娘

彭学明 著

山东文艺出版社

娘，就是那只为了儿女，一辈子没有停歇、无处停歇，也不肯停歇的无脚鸟。

彭学明娘素描像

赵德沈 / 绘画

船未靠岸，娘就看见悬崖边上排着的一排整齐的吊脚楼了，黑瓦，木板，绿竹挺立，绿树掩映。娘像一段命运的印花布，被史伯父的剪刀一裁一剪，娘就由一段布匹变成了一件成衣，由一个少女变成了一个女人。

湘西龙山县洗车河

叶红专 / 摄影

世界上有很多有钱有势的母亲，
我只要我娘这样贫穷卑微的就够了。
世界上有很多伟大高尚的母亲，
我只要我娘这样弱小平凡的就够了。

彭学明娘素描像

赵德洗 / 绘画

月光醒了，可以再回到天空；
鸟儿累了，可以再回到森林；
儿女没有娘了，就再也无处安生。

《娘》是一盏永远不灭的灯火，
照亮天下儿女回家的路。

以《娘》为蓝本打造的"娘主题景区"
所在地湖南湘西泸溪县浦市。

娘是人间最美最好的菩萨，装得了天下，容得了苍生。

安坐在湖南湘西吉首市文化公园的

娘雕像。

孙冬 / 创作

目　录

一

　　路的两边是田，田的两边是山。顺着田和山，娘背着我，进了寨子。

　　寨子不大，却有几蔸大古树。枫香树。高高的。有几个人合抱那么大。是秋天了，地下是一大片枫香叶。金红金红的。金黄金黄的。娘踩着落叶，沙沙有声。一只狗从一户人家冲出来，对着娘和我吠。娘顺手从路边园圃的篱笆上抽了根竹条，对着狗挥。被吓退的狗，引出了更多的狗。一个寨子就被狗吵乱了，吠破了。寨子上的人都走出来，认出了娘，亲热地喊娘，心最热的，就手脚很快地走出来，在半路上迎接娘。狗们见主人跟娘是熟人，也懂事而亲热地摇起尾巴来。有的狗退到一边，像做错事的孩子，默默地望着我们。乡亲们都跟着娘走到了石板路上。边走边跟娘讲话。

　　走到水井边时，娘把我放下来，洗衣的、洗菜的、挑水的，和一路跟过来的人，都围着我转，每个人还喜滋滋地捏我的脸蛋，摸我的鼻子，扯我的耳朵，有的还扯了扯我的小鸡鸡。

　　嗨，走的时候，抱到手上的，长这么大了，泡儿一样，家云哥米有福气。寨上人七嘴八舌地议论。

　　在湘西，米有，就是没有的意思。

泡儿是湘西的一种野果，有两三颗苞谷籽大，红红的，甜甜的，熟透的时候，红得发亮，看得见里面一包红糖水。有点像草莓。比草莓小很多，甜很多。特别熟的，会发黑。是我至今认为最好吃的水果。农历三月有三月泡，农历五月有龙船泡，农历九月、十月有羊屎泡。我们湘西讲长得像泡儿一样，就是讲长得好看，长得乖，嫩得像熟透的泡儿。

　　乡亲们讲的家云就是我爹。我娘带我来这个寨子，是找我爹要伙食费的。我还没生下来，娘和爹就脱离了，用城里人话讲，就是离婚了。娘和爹脱离后，我爹一分伙食费也没给。娘的日子实在糊①不下去了，就找我爹来了。

　　娘从水井里舀了一瓢水喂我，走了一天了，我们都渴了。那是我记忆中吃到的故乡的第一口水。那时候，我是分不出故乡的水有多甜的。长大后，当我第一次回到故乡时，我才知道故乡的水是多么地甜。

　　有人站在水井边大喊：家云哥，快出来！你儿子来了！嫂子带到你儿子来了！

　　那个叫家云的爹，早就听见外面的动静了。他家离水井很近。只隔着一丘田。田里的稻子正是金黄。

　　爹站在门前的阶沿上，目光穿过那层金黄的稻浪，远远地望着我们。稻浪起伏翻滚，爹的心也在起伏翻滚。娘讲，你爹是又喜又怕。

　　见爹站在那里不动，人们又喊：家云哥，你还捱什么，还不快来接？

---

① 糊：湘西方言，维持。

捱，我们读 ǎi，就是故意拖延时间的意思。

众人都附和：是啊，快来接。

爹就慢慢地走到水井边，笑笑地看看我，又看看我娘，不知道如何是好。

寨上人讲：你还看什么，家云哥？嫂子都把儿养这么大了，你还不快抱哈①子？

爹傻笑着，在身上搓了搓手，想抱，却没抱。

爹局促不安地看看娘，又看了看后面。那是一片竹林。竹林里面掩映着一户人家。那是爹的叔叔婶娘家。人们都知道，爹是想看他的叔叔婶娘在不在。爹怕他们不欢喜。尽管竹林的绿色很密很厚，爹还是怕他叔叔婶娘的眼光比竹林还尖还厚。

娘知道爹的顾虑，指着爹对我讲：喊爹，他是你爹。

我看着爹，咯咯地笑。

娘又讲：喊爹，喊，爹——

我就奶声奶气地喊了一声爹。

爹却羞红了脸，还是诚惶诚恐地往后面竹林的屋坎上看。

寨上人就骂我爹：

你还怕什么？你各人②儿子你不要？快抱屋里去！

是的撒！你到哪里捡这么大个儿子去？抱各人儿子，还把你喰③了？

———————

① 哈：湘西方言，下。
② 各人：湘西方言，自己。
③ 喰（qī）：湘西方言，吃。

爹又不安地看了看竹林后面，憋了气，大了胆子，走到背篓边，把我抱了起来。边走边把我亲了又亲。

记忆中，这是爹唯一一次亲我。

娘和爹都流下了泪。

进了屋，爹就给我和娘烧火煮饭。文贵二叔到他家拿了两个鸡蛋。那时都穷得一无所有，两个鸡蛋比现在的什么盛大宴会都珍贵。寨上人也挑水的帮着挑水，烧火的帮着烧火，洗菜的帮着洗菜。边看着我边跟我娘讲话。他们很久没见我娘了，心里很是亲热。见我娘把我养了这么大，我还如此可爱，他们心生感激。我们那个寨子，一个寨子都是家务堂①和亲戚。

水还没开，爹就被他叔叔婶娘喊走了。

爹的叔叔婶娘没有孩子，爹就主动承担起了赡养他们的义务。

寨上人叹气：

唉！家云哥一辈子就是米有主见，信他叔叔婶娘摆。

不晓得家云哥哪门②那么怕他叔叔婶娘？不晓得他叔叔婶娘又要跟他摆什么主意？

饭熟了，爹都还没下来。

爹自己有房子。但因为他叔叔和婶娘没有儿女，他就跟他叔叔婶娘住。爹的房子，和他叔叔婶娘的房子坎上坎下挨着。就隔了几十米。

这几十米，就是几重天。娘和爹就是被几十米的距离

---

① 家务堂：湘西方言，家族。
② 哪门：怎么。

生生分开，天各一方。

很久，爹下来了。爹像灶火里的一锅饭焖着，不讲话。

寨上人问：你婶娘哪门讲？

爹憋了老半天，讲：儿子我要。你把儿子留下。

娘讲：不行，法院是判跟我的。

爹讲：判跟你的，我也要。你要是把儿子留下，我就把这两年的伙食费过①你，你不把儿子留下，我就一分都不过。

娘惊愕：法院判的也不准数②？

爹讲：不准数，我后悔了。

娘讲：你后悔米有后悔药。

爹讲：我不要后悔药，就要儿子。

娘讲：你一个后生家，哪门养得活？儿还要喰奶。

爹讲：儿两岁了，喰什么都养得活了。

娘的泪水一下子就出来了：喰什么都养得活？你给他喰什么？喂鸡食还是喂猪草？你上头有两个老的，下头有两个小的，你拿什么养？你莫把我儿饿死了。

娘讲的两个小的，是指我同爹不同娘的一个哥哥和一个姐姐。

其时，我那哥哥和姐姐都在旁边站着，好奇地看着我。十六年后，我见着了我那个同爹不同娘的哥哥，那个同爹不同娘的姐姐却早就去世了。

娘还记着这两个孩子，特意给他们买了一包糖。

———————

① 过：给。
② 准数：算数。

娘把糖给我那哥哥姐姐时，哥哥姐姐都高兴地叫了一声娘。那个年月，要吃一块糖比过年还难。

爹有些感动，却还是把眼一瞪，对着两个孩子吼：你娘死了！一边去！

两个孩子就乖乖地站到一边去了。

娘讲：你吼什么？我两年不见两个小的了，买包糖你吼什么？

爹讲：你莫管他两个，你把老二还我。

娘讲：我的，我还你？还你，你也养不活。

爹讲：那你莫管我，我养得活。

娘讲：你养不活。

爹讲：我养得活。

娘讲：你肯定养不活。

爹讲：我肯定养得活。

爹和娘争执不下时，爹的婶娘站在屋后面骂起来了：养不养得活是我彭家人的事，不关你吴二妹（我娘的小名）的事！你肯把小杂种留下来，我们就把这两年的伙食费过你，你以后永远不要到这里踩脚迹①！你不留小杂种也可以，赶快死出去，莫到这里耽误我们工夫！

寨上人就劝我娘：嫂子，把儿子留给家云哥，也得两个钱用哈。

娘的泪就一把一把地流出来，放开嗓门哭了起来：他养不活的！我跟他坐了几年，我还不晓得他什么人？他痛②

---

① 踩脚迹：走动，出现。
② 痛：疼爱。

他儿，人家不痛他儿。

寨上人知道我娘指的是爹的叔叔婶娘。劝：是他各人的肉，人家痛不痛无所谓，他痛就成。

娘讲：他痛得了鼻子痛不了嘴巴。还是我各人带到。我留跟他们了，我脚迹都不能踩，看都不得看了，我留跟他们搞什么？

寨上人还是劝：不让看也是你儿子，长大了还得认你这个娘。你一个人拖几个孩子也恼火[①]，你就留跟家云哥算了，也省了心。

娘讲：我晓得，你家云哥要的不是他儿子，是舍不得他十八年的伙食费。他舍得，他叔叔婶娘也舍不得。你家云哥不过伙食费算了，我不为难他，我不要了。我做叫花子讨米都要把儿养大。

娘边讲边把我往背篓里放，背起我就走。

见娘背起我就走，寨上人喊：家云哥，天都黑了，你还不留他们两娘么[②]？两娘么天长路远饭都米嗆！

爹就抓住娘的背篓，不准走。

娘死命地往前奔，偏要走。

一来二去，背篓里的我只差被他们拽出来。

我吓得哇哇大哭。

情急中，爹把我从背篓里抱出来，死死箍着。娘怎么抢，也抢不过来。

爹喊：你要走你走，儿子我要。

---

① 恼火：辛苦。
② 娘么：母子。

娘喊：你早搞什么去了？儿子养这么大了你要？

爹喊：我的儿子我当然要。

娘喊：法院判跟我了，与你米得关系。

爹喊：与我米得关系，你找我要伙食费？！

娘喊：法院判了你要付十八年的伙食费，你不肯就算了，我不要了。

两人你争我抢，我吓得哭声更大。

我哪里肯认爹，对着娘大哭大喊，要娘。

所有的人，都被我哭喊出了眼泪。

寨上人对我爹讲：快松手，家云哥，莫吓着你儿子！退给嫂子，这儿子命里是嫂子的。

爹就极不情愿地放了我。泪，也伤感地流了。

娘像怕我再被抢走似的，背了我就跑。

爹喊：你莫跑！你实在要走，喰了饭再走！

娘边跑边答：不敢喰你的饭！我怕卡犟根①！

爹就装了一碗饭端着在后面追。边追边喊：你不喰，带到路上喰！

娘边答边跑：我不喰，我不是跟你要饭喰来的！

爹就站了，不动。呆呆地望着娘背着我跑远。

娘越跑越快，一跑，就是十六年。

事后，寨上人对娘讲，娘背着我跑对了，要是落到我爹手上，我不是病死就是饿死。因为我那个同爹不同娘的姐姐，就是在七岁时病死在家里了。那时爹常年出去给生产队

---

① 卡犟根：夹脖子。

做木匠活挣工分，我同爹不同娘的哥哥姐姐都没有人管，姐姐病了一个多月也没有人送她去医院。寨上人讲，如果我真的被留下了，也许跟我那个姐姐是一样的命运。

娘在我最危险的时候，抢回了我的命。

这个寨子叫熬溪。一个离湖南湘西保靖县城十来公里的土家族山寨。

二

关于这段历史，我现在什么都不记得了，只记得那口水井，那几蔸古枫香树，那一地枫叶，特别是爹娘把我抢来抢去时，我哇哇大哭的情形。我不知道医学上小孩在几岁时开始有记忆，但这几个细节，的的确确是我自己的记忆库里的，不是寨上人讲给我的。我永远都记得这几个细节。因为，这是娘和故乡留给我的第一个记忆。

娘带着我离开故乡后，就开始了流浪似的生活。我的人生，就有了几个不能不讲的标点。我后来与娘的战争，也与这些标点密切相关。

古丈县是湖南最小的县，现在才十三万人口。人口虽少，却人才辈出。我在保靖出生，却在古丈长大，算在两个县。古丈县，小出了名。我在我的文章里几次写到过古丈县城的小。巴掌大块城，指头长个街。一家炒菜，全城都香。一人打屁，全城都臭。好友颜家文讲：司机进城得早点踩刹车，要不一下子就冲出城了。县城没有广场时，学校在大街上搞百米赛跑，结果冲刺时，学生全都冲到人家菜园子里了。县城的那个高音喇叭，至今还是古丈人生活中密不可分的一部分。每天早上七点、中午十二点和下午六点，准时广播中央人民广播电台的新闻节目。广播一响，全城闻听。全城几代人，都按这广播作息，跟部队的军号一样管用。也许，这个高音喇叭是全中国现存的、唯一的县级广播站所用高音喇叭了，可以申请国家文化遗产。

我流浪生活的第一个寨子叫彻土库，是湖南湘西古丈县断龙乡白家村的一个小寨子。

上世纪六十年代时，乡镇都叫人民公社，村叫生产大队，组叫生产队。彻土库是一个生产队。彻土库是个土家族地名，意思是没有水的地方。实际上，这个地方不仅不缺水，反倒水草肥美。彻土库四周是小山丘，中间是好大一坝子田，而且是肥肥的烂泥田。连起来，几十亩！一条溶沟，从田坝子里穿过，溶沟里的水，足够灌溉两边的田。有人给我娘介绍对象时，娘就是看上了这一坝子丘丘相连的田畴才答应这门亲事的。

那时，稻谷正金黄一片，秋风吹过，金黄的稻浪此起彼伏。娘的心，就是被这稻浪迷醉的。娘一看到那一大坝随风起伏的稻谷，就看到了生活的光泽，闻到了生活的芳香。那一大片迎风摇曳的稻穗，仿佛不是生长在田里，而是生长在娘的心上。娘讲：这地方容易讨喰，撒一把沙子就可以变成粮食，可以养活你和你二姐。只要好讨吃，养得活我和二姐，娘没做任何考虑就答应了这门亲事。我和二姐，就像两粒稻谷，随娘一起被风吹落到了彻土库。

我对娘的这门婚事，没有任何印象。因为，娘的这次婚姻极为短暂。我对那个家庭到现在也回忆不出任何细枝末节。娘跟这个男人的婚姻，最大的成果就是给我送来了一个从小与我相依为命的妹妹。娘跟这个男人生下妹妹后，果断地离了。娘跟我的爹离是迫于无奈，是因为爹的叔叔婶娘极端干涉娘和爹的感情。娘跟妹的爹离，完全是因为娘忍受不了妹的爹好吃懒做。按理，这个人生标点是完全可以忽略不计的，但因为我二姐的命运停靠到了这里，这个标点就显得尤为重要，有了特别的意义。

二姐是娘在第一次婚姻里，跟史伯父生下的孩子。在我们兄弟姐妹中，二姐跟妹最听娘的话、最贴娘的心。二姐留在这个寨子，嫁给姐夫时，可能才十七岁。十七岁，还只是山上的一个小花骨朵。娘讲，她把二姐嫁给二姐夫纯属偶然。那天，二姐夫的爹砍一棵大椿树时，躲闪不及，倒下的椿树压死了他。二姐夫一见就晕倒在地。娘由此认定二姐夫是个心好的人，二姐跟着他不会吃亏。所以，二姐夫不花一分钱就把二姐娶回了家。娘把二姐嫁给二姐夫，可能还有一个原因，就是把二姐留在身边有个照应。一是二姐可以带带我和妹，二是娘也可以照看二姐，使她免被欺负。二姐太老实本分，有娘看着，人家就不怎么敢欺负二姐。实际上，娘的这个轻率的决定，日后给二姐带来了好多不幸。吃尽婚姻苦头的二姐，为娘的这个轻率决定付出了沉重的代价。在我随后的记述里，不管我的文字多么有力，都掂量不出这个代价有多重。

娘跟妹的爹怎么离的，我不知道。那段日子，对童年的我是一个空白。大人的婚姻，我是一点也不懂的。但无论岁月多么漫长，风尘多么厚重，我都记得娘在生产队被人毒打的事。

在我们湘西，每一个生产队都有一个很大的仓库，木板房的仓库。队里打的粮食，都堆在仓库里。仓库前面是一个很大的坪场。全是大块大块的青石板铺的。那里不但是大人们最好的去处，也是孩子们最喜欢的地方。坪场大，地方宽，大人们经常聚在那里摆龙门阵、唱山歌。孩子们更是不管白天黑夜，有事无事都跑到那里去玩。玩游戏、捉迷藏、赛跑，想怎么癫就怎么癫。秋天时，大人们把稻谷、苞谷、小米和黄豆，从田里地里背转来，在仓库坪场前山一样地堆着，草一样地摊着，好壮观。

　　那时，实行的还是农业社，出的是集体工。出工叫上工，收工叫放工。早上，队长站在自家门前放声一喊上工了，人们就三三两两地从自己屋里出来，往山坡或田里走。或牵着牛扛着犁，或背着背篓提着锄头。男的犁田耙土。女的锄草种地。男的挑秧。女的栽秧。日出而作，日落而息。就像学生集体上课和放学一样，辛苦而有序。出集体工非常积极的，队长一喊，就第一个出门到集体做工的地方了。不积极的，人家做了几杆烟时间的活，才磨磨蹭蹭地到达。做工时偷奸耍滑，不断地假装要喝水、解手^①，放工时却第一个扛起农具，溜回屋里。这就是我娘经常嘲笑的"上工如拉纤，放工如射箭"。

　　那天的集体工是打谷子。打下的谷子，有的摊开了，晒在坪场；有的堆在那里，像一座座金黄的小土包。我和一群小伙伴在仓库前的晒谷坪玩。不知道怎么搞的，我们相互发了气，打起架来。我那时劲大，几个小伙伴也打不赢我一个。大人就跑来帮忙，把我提起来，甩进了坪场下的稻田。

---

① 解手：上厕所。

那坎有十多米高，我像一截木桩一样，从高空抛下，栽进田里。幸好是水田，软软的泥巴埋进了我的双腿，也保住了我的性命。我不知道是吓晕了还是吓傻了，埋在田里，不知道哭喊。娘却疯了，丢下正在翻晒谷子的木耙，跑到坎边，边哭边纵身跳进田里，把我从田里扒出来，背上岸。然后就疯了似的，扑向那个把我甩进田里的女人。人疯了的时候是最有劲的，一身泥水的娘，一下子就扑倒了那个胖女人，瘦弱的手铁夹般把那女人箍得放不出气来。

两个女人边骂边撕打在一起，是乡下最好看和最激烈的功夫片。人们纷纷停了手上的工夫，看两个女人在谷子上面滚，在谷子上面骂。晒在垫子上的谷子，被两个女人滚得满地都是。几堆堆在一边还来不及摊晒的谷子，也被两个女人滚塌，散落一地。嘴里骂人的子弹，也像谷子一样密得句句难听。那个女人的男人和儿女，都闻讯跑来助战，把娘打得半死不活。要不是大家看不下去，拖住了他们一家人，娘那天也许就被他们打死了。二姐那时也小，吓得站在旁边放声大哭。当二姐鼓足勇气去给娘帮忙时，却被那人的丈夫像老鹰拎小鸡一样，拎起来甩得老远。

满身是泥的娘，晕死在晒谷坪上，很久才被人喊醒。稻谷，像蚂蚁一样，粘满娘的身上和嘴角。娘，就像一捆被人割倒的新鲜野草，在烈日下暴晒萎缩，蜷成一团，奄奄一息。血和伤，在烈日下，烤成了带着黑斑的红薯干。

事后，乡亲们对娘讲：你哪门那么傻，你一个妇女，哪门打得过人家一屋人？

娘讲：为了我儿，她有十屋人，我也得打！

三

流浪时间最长的地方当属古丈县茄通公社的上布尺。那是我人生中最重要的一个标点和记忆。我童年少年的痛，我童年少年的恨，我童年少年的欢乐和甜蜜，都常常梦回那里，梦里醒来，热泪满腮。

上布尺也是一个土家族语的地名。我不知道这地名的汉语是什么意思，只知道它是湖南湘西古丈县最偏远的一个村寨。

寨子不大，就三十来户人，田姓和金姓两家大户，外加一孔姓人家。

去上布尺的那天，我六岁，可以满山乱跑了。是继父带着一群人来接的。没有锣鼓敲敲打打，就一行人寂寞地走在高高的大山里。

这是娘的第四次婚姻。

娘的第一次婚姻是跟古丈县断龙乡哈列车的史家伯父，生育了我大姐、二姐和哥哥。上世纪五十年代末六十年代初无休止的"大跃进""大锅饭""大炼钢铁"，以及自然灾害，造成了六十年代初的三年苦日子，全中国都是一个空袋子。人人都面黄肌瘦，骨瘦如柴，没有饱饭。娘为了养活我的两个姐姐和一个哥哥，带着他们离开了我那姓史的伯父，嫁给了我爹。史伯父高大英俊，是个裁缝。娘本可以跟他过上好日子，可没过成。三年苦日子，裁缝的手艺派不上用场。一屋人跟所有的人一样，天天挨饿。连山上的草和树叶都吃了，没有活路，娘只好带着我的姐姐哥哥改嫁。

娘讲，史伯父的饭量大得惊人，每天得到的汤汤水水都不够他一个人吃。娘只好带着我的姐姐哥哥另寻活路。这样，娘就有了第二次婚姻，跟我爹。我爹是个木匠，也是手艺人。虽然我爹的手艺也同样派不上用场，但我爹居住的那个寨子是一个旱涝保收的好寨子，用娘的话讲，比我姐姐哥哥那个寨子好讨喰。而且那个寨子都是同根生的一姓人，三年苦日子，大家都偷偷地种点菜、养只鸡，也没有人去检举揭发。虽然也吃不饱，但瓜菜代，还不至于饿死。所以，当有人给娘讲到我爹和我爹那个寨子的情况时，娘就跟史伯父商量着离了。为了孩子能够活命，史伯父也只好如此，孩子似的哭！娘跟史伯父讲：不哭，孩子养大了，就送到你脚手边来。史伯父就站在村口，把娘和我姐姐哥哥送了出去。

娘没有扯灰火①。苦日子一过，真把姐姐哥哥送回了史伯父身边。

娘的第三次婚姻当然就是跟我妹的爹了。这样，我同娘不同爹的兄弟姐妹有五个，同爹不同娘的哥哥姐姐有两个。我的家庭背景就有了不可理喻的特殊性和复杂性。

娘本来是想在彻土库照顾二姐的，但娘不但照顾不了

---

① 扯灰火：扯谎。

二姐，还给二姐添了不少麻烦。嫁出去的二姐本来就家境贫寒，帮不了娘、妹和我，可二姐天下第一心好，她自己不吃不喝也要给娘和我们兄妹。二姐夫自己都要吃没吃，要穿没穿，哪里允许二姐帮衬我们？于是就常常毒打二姐。娘不忍心拖累二姐，就留下孤零零的二姐，带着我和妹远嫁上布尺，开始她的第四次婚姻。

娘的第四次婚姻实在是远，远得走了一天也走不到头。那山，实在是高，高得一抬头望不到顶，头晕目眩。娘的婚姻像是悬在高天上的云朵。上坡时，鼻子贴着路面；下坡时，脚像伸进深渊。看到山越走越高，路越走越陡，谷越走越深，我一下子恐惧得哭了。同行的一群人中就有人蹲下来，背我。娘则背着更小的妹，爬山。背我的那个人就是我的继父，他是跟寨子上的人一起接我们母子三人的。

这背我的人姓金。他住的这个寨子就是上布尺。

这个寨子坐落在半山腰上。几十户人家。散落在几级台地上。

第一级台地上是田姓两兄弟。旁边有一棵巨大的枫树。枫树上有一个撮箕大的喜鹊窝，一群喜鹊在此安家。枫树旁边是好大一排生产队的牛栏。牛栏旁边是一个碾坊。碾坊过去，是好大一坝田。

第二级台地，人家是最密集的。有二十多户，都姓田。左边是学校和操场。右边是仓库和晒谷坪。操场是泥的，很大。晒谷坪是石板铺的，有上中下三个晒谷坪。

第三级台地，是一孔姓人家、三田姓人家和一金姓人家。孔姓和田姓的房子连为一体。很大。吊脚楼。很气派。

第四级台地，是金家四兄弟，也是连为一体的。很大。但不是吊脚楼。没有下面的人家气派。左右两边都是园圃。一年四季长满了绿色蔬菜。后面就是高耸入云的山，陡直陡直的。金家几兄弟的房子就像是鸟笼子挂在山的裤腰上。

还有一家姓黄，因是地主，没人愿意挨着他们，孤零零地立在一边。母子俩，造孽得很，娘身体不好，儿子是个哑巴。造孽，在我们那里就是可怜的意思。黄家成分不好，经常挨斗。我记得有几次都是晚上把那可怜的地主婶娘抓来批斗。虽然老被批斗，但风景黄家最好。前面是一条再干旱都四季长流的小溪，后面是一层层蜿蜒有致的梯土，左边是隔着一定距离的金姓人家，右边是郁郁葱葱的一片竹林。

金姓继父在金家几兄弟中最小，宽肩膀，厚嘴唇，短腿脚，个子矮得站在那里时，不知道他是站着还是坐着。两个孩子，一儿一女。女儿是个哑巴。家境极为不好，只有一间很大的房子。我不知道娘嫁给金家之前看没看过这个地方和这个家，自然环境这么恶劣，家境这么贫穷，长相这么不好，娘居然就嫁过来了。燕子起窠还要看廊场①，娘嫁人家怎么就不选好一点的廊场？真不知道娘看中金姓继父哪一点。也许那个年代的爱情就是这样；或者不叫爱情，有一个安身立命的地方就可以了。

娘把我和妹拉到继父面前，要我们喊他爹。爹死得早，从我记事时起，我就不知道爹是什么，不知道怎么开口。憋了老半天，还是喊了。继父也让他的孩子喊我娘作娘。都是

---

① 廊场：地方。

孩子，很容易听话，也很容易熟悉。日子虽然清苦，却也安宁。

安宁的生活没有多久，日子就乱了。

在湘西，改嫁叫下堂。下堂的女人，即改嫁的女人，是被人看不起的。随娘下堂而来的孩子，也是被人看不起的。可我和妹的学习成绩偏偏最好。语文最好。算术最好。音乐最好。美术最好。体育和劳动也是最好。这在我们那个小小的山寨等于放了一颗卫星。附近的几个村子都知道上布尺这个地方随娘改嫁来了两个小"神童"。我和妹逆境中读书的事迹还上了县广播站，县广播站的高音喇叭几次播放了我们兄妹读书的好事迹。有邻居笑着对我娘讲：我们的孩子都在地下，你的孩子都在天上，这个学堂是给你两个孩子办的。我们那些孩子一天到晚读书读到牛屁眼里去了。

继父也很高兴。时间长了，高兴也就没有了。他的孩子成绩不好。有心不好的人常常在他耳边挑拨：你苦死苦活盘什么书？你各人的孩子读不得书，盘去盘来都给她的孩子盘了，她的孩子翅膀一硬，就飞出去了，还认你这个后老子？你到时候两只手蹲①到灰窝里，什么都米有。

继父一想，也是。就真的不想给我们盘书，要我们都停学。娘当然不肯。娘所有的希望都在我们两兄妹身上，两兄妹成绩这样好，娘怎么会就这样把我们毁了？于是，娘和继父就不断地有摩擦，吵口、打架，那是常事。

一个好端端的家，就这样因为我们姊妹俩读书的事常年硝烟弥漫。

---

① 蹲：按。

开始娘跟继父的战争多半是围着孩子展开的。在娘的眼里，我和妹是没有爹的孩子，没有人痛，没有人爱，也没有人管。我们是孤儿寡母，孤立无援。继父的儿子虽然也没有娘，但毕竟一个寨子都是他们的亲戚，有人痛，有人管，有人爱，一有什么风吹草动，那些亲戚都会围拢来帮他们。娘对我和妹就有了一种本能的保护。眼睛里不仅揉不得沙子，甚至揉不得风。

一次，一屋人正在吃饭，我跟继父的儿子不知道为什么争吵了起来，还动了手。那是我们第一次动手。他讲那是他的家，我是外来人，要我滚出去。我讲你这么小哪门是你的家，是爹的家。他讲不是你爹是我爹，你跟你娘都滚出去。我听了，站起来就走。他以为我站起来是要打他，立马扑上来，给了我一拳。我从小体育成绩就好，篮球、乒乓球、跳高、跳远是我的长项。曾经被县体校选上，只是人家县上有人，我就没去成体校。见他来招，我就接招，一个绊脚，也就是一个扫堂腿，把他扫倒在地。

继父呵斥住了我们，然后用铁钳一个打了几下，算是教训。继父的儿子被打哭了，我没哭，因为我不怎么感觉痛。继父就又连打了我几下，我还是没哭，反倒看着继父儿子装哭的表情笑了起来。这可惹恼了继父，他又举起铁钳狠抽了我几下，我小腿肚和肩膀上都是又红又黑的印痕。

娘也知道继父的儿子是装哭，就给我使眼色，让我也赶快哭。哭了，继父就不会打了。我从小性格倔强，再痛再疼，都不会喊哭。我来到这个寨子，备受欺负，继父却从来不管，我对继父充满了怨恨和仇恨，我哪里会哭？打死也不哭！要是别个，早就被打哭了，可我背得起家伙，神得起^①，我就是不哭！任他打！

这可把娘急坏了，当继父举起铁钳还要打时，娘放下饭碗，一把夺过铁钳吼：你要把学明打死起来是不是？不是你儿子你打起来不痛是不是？你要打死就把我打死起来！

娘哪里夺得过继父，继父的手是另一把铁钳，死死地拿住娘的手。继父讲：这两个狗日的居然打起架来了，现在不教以后就教不了了！

娘讲：哪有你这么教的？教一个不教一个，打一个不打一个！

继父的儿子读书成绩很差，与我相比是天壤之别。继父讲：明天都不要读书了！跟大人上工去！

娘讲：哪门不读了？

继父讲：不听话，读什么书？我盘不起。

娘讲：喰你好多，穿你好多？盘不起？

继父讲：就是不准读了，我讲了算。

娘讲：就是要读，你讲了不算。

继父讲：我的儿反正不让读了，你的儿也不能读，一碗水端平。

娘讲：你儿不读，是你儿啰阔^②读不得书，我儿煞闹^③读得，就是要读。

这下戳了继父的痛处，他一直因为自己儿子不争气抬

---

① 神得起：撑得住。
② 啰阔：做事不认真。
③ 煞闹：了不起。

不起头来，身前身后，他听到了太多的对我们兄妹的赞美，太多的对他的儿子的贬损。娘这一讲，他对准娘就是一拳头：好，我儿是枉耽精①，你儿是文曲星，我就是不准读！

娘的嘴角破了，血流如注。娘立时像发怒的老虎，一口咬住继父的手，与继父撕打起来。两个孩子的战争，演变成了两个大人的战争。两个大人为此大打了一顿。

当继父把娘按倒在地猛打猛搐时，我居然不知道上前帮娘的忙，而是站在旁边看热闹。这时我才知道，我怨恨和仇恨的不仅是继父，还有娘。我是在心里仇恨娘把我和妹带到这样一个家庭、这样一个寨子，让我们在这里被人看不起，受人欺负和侮辱。

是的，我那时就是这么想的。我来到这个寨子不久，每当有女人跟娘吵架时，我都听到那些女人刻毒地骂娘嫁千家嫁万家，骂娘不要脸，我就感到羞辱。当我的小伙伴们受大人教唆也喊我是外来的杂种和野种时，我就感到愤怒。我的尊严、我的幼小的心灵都受到了极大的伤害。在寨子上，在学堂里，我老感到有人在背后指指点点，讲我和娘的不是。像做了小偷一样，我心虚得很。我人前人后都抬不起头来，有时候恨不得找一个地孔钻进去。前面讲过，在农村，下堂的女人是低贱的，下堂女人带的孩子，当然也是低贱的。我想，要不是因为娘下堂，我就不会受这样的屈辱。

因此，我对娘的不解、对娘的怨恨、对娘的抵抗，从小时候就已经开始了。这种怨恨，开始是一块埋在火堆里的

① 枉耽精：差劲的人。

022

火炭，被厚厚的火灰闷在里面，看不见。后来是一粒灶火里飘出的火星，飘出就灭。再后来是一只小小的萤火虫，时明时灭。最后就是一股熊熊的火焰，在我心里呼呼燃烧。

娘使眼色要我哭，我不认为是娘对我的疼爱，而是娘对继父耍心眼。我不痛，为什么要哭？娘叫我哭就是叫我耍心眼。我讨厌耍心眼的人！娘和老师平时都要我们诚实，这时候怎么叫我耍心眼呢？不要！其实，我当时很疼很痛，只是我不愿意哭。我的肩和腿上的伤后来淤积成青紫色，肿了好几天才消失。也许是我心灵受的伤害太深太重了，才觉不出肉体受的伤害。

心灵受的伤害，在我身上是看不见也摸不着的，全在娘身上和心上。娘身上和心上的伤，像一面镜子，在阳光下反射出一个圆圆的光圈，投射到我的身上和心上，让我感到晕眩、疼痛和窒息。

我放学回家时经常看到娘跟继父或寨上人吵架，却从没问过娘为什么跟继父和寨上人吵架。我总觉得娘不应该跟人吵架或打架，那是不团结的表现，因为老师们天天教育我们要团结不要分裂，娘跟那么多人吵架就是搞不团结，娘肯定不对。我就没想过农村吵架打架的其实不止娘一个，人人之间几乎都吵过打过；我就没想过娘不跟人吵，人家也会跟娘吵；娘不惹事，人家也会找娘惹事。我总责怪娘跟人吵架打架，却从没想过娘吵架打架是为了我们两兄妹不被人欺负。老牛护犊不惜舍命的娘，是在牺牲她的尊严来争取我们孩子的尊严，用她身心的痛苦来赢取我们孩子的幸福。我却一点都不理解。只是固执地认为娘老跟人吵架，很丢人。

我在自己和娘之间划开了一条鸿沟，娘在鸿沟那边，我在鸿沟这边。我以为自己是一个不徇私情的铁面包公，站在看似公正的立场上来判断是非，来质疑娘的不是。尽管我从没当面质疑过，但在心里却无数次质疑过、抗议过，甚至讥讽过。

四

娘跟寨上人关系不好，我不能跟寨上人关系不好。我要让寨上人知道我是懂事的、知书达理的。我在埋怨娘跟寨上人搞不好关系的同时，对寨上人嘴甜得不得了，见到大的，不管跟娘吵没吵架，打没打架，我都远远地叔叔婶娘地叫，好像我不是我娘生的，是他们生的。对一起上学读书的小伙伴，我更是吃天大的亏也要亲如兄弟姐妹。老师这么教的，我是这么做的，我不能因为大人之间的矛盾而与小伙伴搞不团结。我要融进这个集体。

外来的我和妹，一直备受同伴排斥。小学三年级时，上布尺的孩子都得到下布尺读书。上布尺只有一个老师，只能带小学两个年级，一年级上课，二年级自习；二年级上课，一年级自习。三年级时，我们就得到山下的下布尺去读。在上布尺，我还不怎么觉得继父的儿子与伙伴们对我和妹的排斥，到了下布尺才切身感受到被排斥和孤立的滋味。那是一种被众人驱赶的野狗的滋味。我必须靠自身的力量驱逐这种人生的异味。

其实，下布尺也在一座山上，叫下布尺，是因为山比上布尺矮。两个寨子看起来只隔了一个山头，走起来却山路几十弯，远得很。那山路就是一根挂在山上的肠子，弯来绞去，没有个头。下布尺是大队所在地。下布尺大队管辖四个生产队：上布尺、下布尺、八坪岩、乱热。这几个怪异的土家族地名，当时被全县人演绎成了一个顺口溜似的段子：上不是，下不是，趴到起，乱日。

因为山高路远，孩子们都是相互邀着、等着，搭伴上学、放学。落单就害怕。继父的儿子每次都不允许我和妹跟着他们。妹吃饭特别慢，一碗饭得吃半个小时，好像跟饭一起玩耍做家家①似的，不慌不忙，快跱②得很。这给继父的儿子创造了可以甩开我和妹的最好机会。每天早晨，不等妹吃完一碗饭，继父的儿子就丢下碗，率领一帮小子一路狂跑。为此，妹没少挨我的骂。我一见继父的儿子跟伙伴们丢碗跑了，就急得双脚直跳，大喊妹快点！甚至恨不得把妹的饭碗抢了，不准妹再吃。妹就往往吃不饱，只好丢了碗，跟着我跑。

追上同伴后，同伴们总是不让我和妹跟他们同行。继父的儿子常常威胁：要是再跟着我们，打死你们。

我和妹就不敢再跟得太紧，远远地掉在他们后面。他们回过头瞪我和妹一眼，我和妹就赶快停下，假装没有追赶他们。等他们扭头赶路，我和妹又轻手轻脚地小跑几步，悄悄追赶。

我倒是不怕打架。他们打不过我。妹太瘦太小，不是他们的对手。我怕妹受到伤害。我没有三头六臂，不可能同时打倒一个寨上的很多伙伴。

———————

① 做家家：一个当妈妈、一个当爸爸的游戏。
② 快跱：缓慢。

打也不敢打，跟也不敢跟，我和妹就像两只小小的流浪狗，战战兢兢地跟在一群狼崽后面，误以为那群狼崽是自己的同伴。时间长了，我就嫌妹是个累赘，也不准妹跟我，自己加快脚步追赶大家。

我太想融进伙伴们中了。我不想因为一个妹而跟大家和不来。更不想要了一个妹，丢了一群伙伴。

不让跟我的妹只有哭。

妹一哭，我又心软了，只好停下来，等妹。一只小狗尚且知道不能丢掉比它更小的狗，我又怎么能够丢下比我更孤独无助的妹呢？

我想，伙伴们之所以不要我和妹，最大的原因就是娘不跟大家搞好关系。要是娘跟大家搞好了关系，伙伴们不会不要我和妹，伙伴们排斥我们事出有因。所以，我不恨伙伴们，恨娘。再就是，我和妹成绩都太好，老师天天表扬，伙伴们嫉妒。这是我自己的错。大错特错。我跟伙伴们的那道鸿沟，我得想办法，填。娘没有力量保护好我，我得自己保护好自己。

于是，我打球时故意给伙伴们输球，让伙伴们扬扬得意。

我赛跑时故意崴了脚落在伙伴们后面，让伙伴们得意扬扬。

我跳高时故意跳得很矮，让伙伴们跳得高高的，沾沾自喜。

考试时我把正确的答案偷偷告诉伙伴们，自己故意做错，让伙伴们也得到几回表扬。

如果打扫卫生和上劳动课，我就脏的重的抢着干，让伙伴们多轻松偷懒一些。

为了讨好继父的儿子和伙伴，我还卑躬屈膝地背他们上学、放学。每天，无论上学、放学都有两段上坡路。上学时，下了上布尺的坡，得爬下布尺的坡。放学时，下了下布尺的坡，得爬上布尺的坡。都很陡，很长，很险。陡和险都习惯了。长年累月地爬上爬下，我们都觉得如履平川。但弯弯曲曲的长度，却让我们望而生畏，常常是一路爬一路歇，精疲力竭。我觉得这是让大家信任我的最好机会，便每天都轮流背大家爬坡。有时候，爬不动了，我就跪着在地上拉^①。五里陡坡，全是一块块光滑而坚硬的石板，我常常双膝磨破皮肉，鲜血淋淋。石板上碎乱的血迹，像一瓣瓣细碎的红唇，亲吻我与伙伴的友谊。

第一天鲜艳。

第二天暗红。

第三天就变成一点墨了。

我怕妹给娘告状，还威胁妹，不准妹给娘讲。我没有觉得是伙伴们骑在我头上作威作福，而是觉得我与伙伴们心心相印、息息相通。我相信那一块块坚硬的石板，是我通向伙伴们信任与友情的台阶，更相信我血染的真诚，能够换来伙伴们全部的真心。

努力的结果是，继父的儿子不再明目张胆地排斥我和妹，而是不冷不热、听之任之。

热脸换来个冷屁股，我满足了。只要这些冷屁股不对

---

① 拉：挪。

我和妹拉屎、放屁，我就快乐和珍惜。

伙伴们也并不在意继父儿子的想法和脸色，跟我和妹变得亲近。孩子毕竟是孩子，像继父儿子那样心眼多的，没有几个。孩子的脸，六月的天，既容易落雨，也容易天晴。伙伴们上学时开始主动等我和妹，邀我和妹一起同行。放学时，如果时间允许，我们还会在回家的路上一起捡码子或打牌。

捡码子是湘西孩子最常玩的一种游戏。码子就是七颗细小的、圆圆的石子。把七颗细小的石子在地上一撒，选取其中一颗石子做码，抛向空中的同时，迅速地捡起地上的石子，然后接住抛向空中的那个码子，只能一只手，接住了，就从一捡到六。没接住就输了。捡一就是先捡一颗石子，后捡两颗石子，再捡三颗石子。捡二，就是先捡两颗石子，再捡四颗石子。捡三，就是先捡三颗石子，再捡三颗石子。捡四，就是先捡四颗石子，再捡两颗石子。捡五，就是先捡五颗石子，再捡一颗石子。捡六，就是把六颗石子同时捡起。每一轮捡完后，还得把所有石子抓在手心同时轻轻抛向空中，捡几，就接住几颗石子在手背上，然后就将这几颗石子高高地抛向空中，两只手掌快速拍几下，再接住石子。不管哪一轮没接住，都算输，都得从头再来。

有时候，我们比赛立摆摆脚。立摆摆脚是我们湘西孩子经常玩的一种游戏，就是把自己的一只脚提起来，另一只脚立起来，跳着走。跳的时候，一崴一崴的，像"摆子"走路一样，所以叫立摆摆脚。在湘西，"摆子"就是瘸子、跛子。每到爬坡时，我们就会比试一阵子立摆摆脚，看谁立得最快最远。这种没有玩具、没有规则的游戏，简单而原始，却每次都能让我们获得极大的快乐。当哪个小伙伴立不起摆摆脚认输时，大家就快活地一起大喊他"摆子"。他或她也会快活地答应。立到最后，所有的人都是"摆子"，最后倒下的那个就是英雄和王子。而那个英雄和王子每次都是我。我空前地喜悦和快乐。

这来之不易的快乐，却很快被娘破坏了。

那天放学后，我们一群孩子还舍不得转到屋里，在学校里玩。先玩的是比胆子大，后玩的是比力气大。比玩胆子大，是从高高的房梁上往下跳。我们猴子一样爬到高高的房梁上，看谁敢跳下来。结果是谁也不敢跳，就我一个人一连跳了好几次。显然我成了孩子们心中的英雄。

继父的儿子一个劲地鼓掌叫好：你看你们有什么用？就学明胆子大，是英雄。

其他的人也跟着鼓掌叫好。

我感觉大家从心底接纳了我，愈发快乐、来劲，对着继父的儿子感激地笑。傻乎乎地，自己爬上房梁又跳了几次。那么高的房梁啊，我不知道哪儿来的勇气，居然爬上爬下，不知疲倦地跳了多次。直到精疲力竭爬不上去，才罢休。

也许，伙伴们这种虚假的接纳，对一个渴望理解、渴望接纳和渴望友情的孩子来讲，太来之不易、太珍贵了。久旱遇甘霖，枯木又逢春。

继父的儿子似乎还未尽兴和不服气，又提出比力气大，摔抱鸭子。摔抱鸭子，就是摔跤。继父的儿子讲：你狠，你一个人摔我们大家试试？

我平时力气大，加上刚刚从高高的房梁上跳下来的那种英雄气和骄傲劲，当然不在话下，满口应承。于是来一个我放倒一个，来一双我放倒一双。一个一个全被我放倒。

继父的儿子见难不倒我，又讲：你那么狠，你困①到地上让我们压，有本事你翻起来，那才叫狠！

我想，这不就是像下棋让几颗子一样嘛，行，让！我困到地上，你们都来压，我照样把你们翻过底朝天。

三个人压在我身上时，我不费吹灰之力翻过身来，把他们一个个撂倒在地。

六个人压在我身上时，我费点吹灰之力翻过身来，把他们一个个撂倒在地。

当十多人使劲压在我身上时，我虽然能够动弹，却始终未能咸鱼翻身。

僵持了半个小时后，我还是翻不过身来。站在一旁的妹急得大哭，上前扯住大家，要大家放开，可大家都沉浸在征服我的胜利喜悦中，哪里肯放。妹只好赶忙跑回屋里把娘喊来。

看到我被十几个人饼子一样压在身下，娘的怒火不打一处来。娘顺手操起一根棍子，朝着十几个孩子一顿乱扫，把孩子们打得七零八落。然后操起棍子朝我一顿猛打：人家喊你跳楼你跳楼，喊你喰屎你喰屎！你一天到晚还背起人家打窝螺旋②！你骨头贱，打死你！你骨头贱，打死你！看你贱不贱！

---

① 困：躺。
② 打窝螺旋：打转转。

我当时并未感到娘是心痛我，而是感觉娘小题大做、无事生非。我讲：我们好玩，你打我搞什么，打他们搞什么？

娘边打边讲：你还嘴硬？好玩玩跳楼，玩不要命？好玩喊人家欺负你，整死你？喊人家整死你，不如我各人打死你！看你还玩不玩！

我看娘疯了似的打我，知道娘真发怒了。跳起脚就跑。娘不放手，拿着棍子追。

我无路可逃，从半山腰一直冲到山谷。鞋都跑掉了。

娘跑不动了，站在山腰生闷气，骂朝天娘。娘骂她为什么养了这样一个任人欺负甚至是喊人欺负的憨宝和蠢家伙，骂上布尺一寨人怎么连孩子都欺负我们孤儿寡母。

晚上回到屋后，不解气的娘把我绑在柜子上狠狠地打了一顿。

娘不是心狠，是要我长记性。娘讲：我们不欺人，但也不能任人欺任人骗，断起骨头喊欺，是天底下最米有志气、最丢人的事。

事后孔家大婶娘向汉英的二女儿告诉我们，继父的儿子要比跳房梁和摔抱鸭子的，的确是预谋好的。继父的儿子就是想把我害死。

怪不得，他们爬上了房梁都讲不敢跳，只我一个人跳；怪不得平时跟我很要好的同学，那天都使出吃奶的力气，想压死我。

娘打的何止是我？娘打的是自己的心窝。

当娘得知我没有骨气地讨好伙伴时，更是生气，又把我绑在柜子上狠狠地打了一顿。娘讲：人从小就要有硬骨头。

你骨头软，我把你打硬起来！

自此，我跟小伙伴好不容易缝合上的友情纽带，彻底断裂。我和妹又回到了独来独往、孤立无援的状态。

天长日久，继父的儿子与我的仇恨越来越深，跟我娘更是形同路人。不管娘对他怎么好，他都对娘横眉冷对。我们从小听到的关于后娘的故事都是不好的故事，听到的后娘都不是好娘。后娘在小孩子们的心中，就是尖酸、狠毒的，就是鸡屎和唾沫。

所以，当有人对继父的儿子讲：你喊她娘做什么？你娘到天上，早死了。你喊她娘，你娘会一辈子眼睛不闭。继父的儿子就真的不喊我娘作娘了。有时候还直呼我娘的名字。

世界上本没有什么好孩子、坏孩子，孩子的好坏都是大人教出来的。这就是娘经常讲的"跟好人成好人，跟着瞎子扯倒琴"。

继父的儿子不喊我娘作娘，我也以牙还牙，不喊他爹作爹。同在屋檐下，形同陌路人。

我每天都坐在一块巨石上，望着万里空山发呆。天空上那只每天都孤独盘旋的磨鹰^①，就是我空空悬着的心。万仞绝壁，挡不住鹰的翅膀，也挡不住我的落寞和悲伤。那绕着天空盘旋的是我的落寞，那贴着绝壁飞行的是我的悲伤。我在孤独中变得自闭，也在孤独中变得坚强。我做人的骨头，一天比一天硬起来，直到堂堂正正、宁折不弯、掷地有声。

---

① 磨鹰：岩鹰。

我现在能够不为权势、不畏权势、不曲意逢迎权势，全仗了娘的这顿猛打。我现在能够不为名声所累、不被世俗左右、不与小人为伍、不怕恶人攻陷，全仗了娘给我那根做人的骨头。

一个人如果只有奴颜，再英武也是被人瞧不起的小丑。

一个人如果只有婢膝，再高大也是站不直的软骨头。

只有当他做人做事都是一块硬骨头时，他才会顶天立地，让人敬畏。

五

　　娘与继父整个家族的战争，发生在我十岁时，正值深秋时节。

　　跟湘西的每一个深秋一样，那个深秋依旧很美。高山界的深秋，虽然霜天风寒，但还是漫山遍野的野花、漫山遍野的野果、漫山遍野的风景。肥美的湘西，一年四季都有鲜花绽放。那些野地里的鲜花，都带着野地里的野性，不计天时，不分地利，不管日夜，尽情绽放。红的、黄的、白的、粉的、紫的、橙的，都从一山一山的绿色里钻出来，挺直腰身，花枝招展。有羞答答、低眉含苞的，有火辣辣、勾人心魄的，有矜持持、不知所措的，有端庄庄、落落大方的，当然，还有温柔柔、含情脉脉的。当花枝招展的花们逝尽芳华孕育果实、落尽繁华托举果实时，一树花蒂就是一个果园，一座大山就是一座粮仓。野花脱胎出来的野果，吸尽天然的甘露与芳香，比任何人工种植的果实都甘甜、芬芳和原生态。三月泡、龙船泡、野樱桃、野葡萄、野梨子、地枇杷、八月瓜、洋桃子、红泡、羊屎泡，好一个天然生态大果园。采野果，就成了孩子们一次又一次的狂欢。

　　那天，放学回家的我们，忽然发现路边的羊屎泡一夜间红了、熟了，就大呼小叫着扑进了满山绿色。羊屎泡，学名叫羊奶子，不是野果中最好吃的。但这个时候，只有羊屎泡熟了。跟羊屎一样大小和形状的羊屎泡，在满山绿色里，透出一丛丛密密麻麻的红来，熟透的模样，像涨得通红的奶头，要流出酸甜酸甜的水来，诱惑得我们的口舌也酸甜酸甜的，要流出口水。

我肯定是跑得最快、摘得最多的。我箭一样射进绿色，靠近羊屎泡时，那些已经涨得通红的羊奶子，被我的手指轻轻一碰，就落入囊中。伙伴们蜂拥上前，摘啊，抢啊，一边往口里塞，一边往书包里装，还一边叽叽喳喳地闹个不停。你喊这蔸是你的！他嚷那蔸是他的！抢得手忙脚乱，欢快无比。大家都一人一蔸占山为王，各摘各的，相安无事。继父的儿子却依然容不得我，邀了几个他亲戚的孩子，扑向我这蔸，抢我的地盘和羊屎泡。抢不赢时，他们就拽下羊屎泡树，往我的头上猛扎！羊屎泡树是一种长满棘刺的小杂木树。那刺一排排的，锯齿一样，大的有大人的小拇指大，小的有绣花针一样大，尖利无比。我站在地势较矮的坎下，他们站在地势较高的坎上，拽下的羊屎泡树枝，刚好直击我的脑袋。他们一下一下地往下猛拽，刺一排一排地扎进我的脑袋，虽然很痛，但我却满不在乎。我要多抢一点，好给我妹和娘。我的心，已经沉浸在抢摘羊屎泡的喜悦里了。那是劳动的喜悦。是劳动成果的喜悦。是胜利者的喜悦。

我不知道鲜血早已把我的头、脸和脖子都染遍了，不知道鲜血早已被深秋的冷风凝固成斑块了。我已经痛麻木了。直到一个大婶路过制止，他们才停止了对我的进攻。那位大婶赶忙扯了一把草药，用嘴嚼烂，敷在我的头上，我才幸免于难。

一个血人裹着一阵深秋的寒风滚进家门时，娘的惊讶和震怒可想而知。娘一边大哭，一边端来一盆热水给我清洗一头的淤血。血，已经把头发凝固成一块钢板了，娘得给我泡软。一盆的血水，仿佛不是羊屎泡刺扎出来的，而是娘心里流出来的。当娘看到我的头上密密麻麻地扎满了断刺时，娘像十月怀胎难产的少妇一样，哇哇大哭。那刺，一截截断在了我的头皮上，却留在了娘的心里。娘一根一根给我小心地拔了大半天也拔不尽时，只好边剃我的头发边拔我的断刺。

得知我被"打"成一个血人，一寨的人都跑来看。有的是开了眼睛①地看。有的是抱了同情地看。有的是看热闹地看。我担心娘跟人拼命，被打吃亏，也不想娘打架打输了出丑，不想让伙伴们讲娘万人不和，就怎么都不肯讲是谁下此毒手，而是撒谎讲自己不小心弄的。

小孩的谎不是天衣，小孩的谎全是漏缝。娘很快就知道是继父的儿子干的。娘冲到每一个参与"残害"我的孩子家里，站在门前，掐腰大吼：有娘养无娘教的！你们喊人谋我儿的命算什么本事？有本事谋我的命！我把命送上来了，你们有本事就谋！

自知理亏的人家，起先不敢接音。见娘越骂越起劲，就开了门来，对娘一顿猛踢猛打。人家人多势众，对付一个外来的弱女子，就像对付一只小蚂蚁。

---

① 开了眼睛：得意，开心。

娘身上的血和伤，当然不会换来继父的同情。那些都是他的亲戚，他不会为了娘去找他们算账，何况他的儿子还是主谋。这个寨子，除了孔姓人家，全是亲戚。因为山高路远，男不好娶，女不好嫁，就一个寨子之间相互开亲，开来开去，一个寨子都是扯葛藤动一寨的亲戚了。

继父不但不教训儿子，还用拳脚狠狠地把娘揍了一顿。

娘，像一只孤苦无助的羊，被狼群撕咬得伤痕累累，倒在地上。

就这样一次次地争吵。

就这样一回回地挨打。

内外交困的娘，终于觉得自己救不了孩子，觉得自己成不了孩子的靠山。娘，选择了逃避和死亡。娘想，她一死，我和妹就成了孤儿，我和妹就是党的孩子、政府的孩子，就没有人敢欺负了。谁敢欺负党和政府的孩子呢？除非他不想活了。

在一个月黑风高的夜晚，娘拿了一根绳索，走到屋后的山上，上吊了。

幸好，我和妹及时发现。行将赴死的娘，被我和妹的眼泪救活。

为了我和妹能够读书，娘和继父离了。一根藤子上的两个苦瓜，被命运的剪刀一剪，两个本是同病相怜的苦瓜都掉在地上，碎了。而苦的种子落在了土里，更苦的瓜果，在土地上发芽。

六

娘是不想离的。娘想尽了一切办法挽回继父和这个家。

娘是一个离了三次婚的女人，离了三次婚的女人如果再离，在农村将意味着什么？意味着没人要，意味着不贞洁，意味着伤风败俗，意味着牛马不如。娘伤不起，也输不起。女人的名誉之沉，儿女的生命之重，日子的生活之苦，都几座大山似的压着娘，娘被压得没有任何选择和回旋的余地，只能抓住继父这根救命稻草，以求一个女人的自尊。

娘对继父每一次流泪的哀求，都能让继父好几天。

娘对继父无微不至的照顾，也能让继父感动一些时日。

但继父的亲戚都在这个寨子上，他们不想娘和我们拖累继父，总会背后搬弄是非，劝继父甩掉包袱。一个油瓶你拖着也就算了，一个磨盘你还背着，不把你压吐血才怪！特别是继父的表妹，每次都自告奋勇地给继父的儿子充当娘的角色，大包大揽地安排继父和继父儿子的一切。这让娘很不舒服。娘不舒服也得委曲求全。谁叫娘几次下堂呢？

为了不再下堂，娘甚至给继父用上了 nia nia 药！

nia。读音为拼音的第一声。是湘西方言，紧紧黏在一起的意思。nia nia 药，是湘西人为了赢得爱情或者挽救婚姻时用的一种药。如果有人对某人爱到痴迷，而对方却置若罔闻、不理不睬，这痴迷到疯的一方很可能采取极端手段去争取和挽救。这种争取和挽救，不是谋色害命，而是给对方服用一种无害的土方子。这种土方子就是用植物或者昆虫做成的 nia nia 药。

娘给继父做的 nia nia 药，是用一种昆虫做成的。

那天放学回来，我看见娘在屋外的墙角捉一种昆虫，便很奇怪。问娘：做什么？

娘赶忙把手收到背后，神情明显有些慌乱。见是我才又很快恢复平静。娘讲没什么，还嘱咐我不要跟任何人讲。

见娘嘱咐不准对任何人讲，我怀疑和警惕起来。娘肯定是在做见不得人的事，不然怎么这么紧张，还不准我讲。我问娘：你想搞什么？

娘不讲。

娘不讲，我就更深信娘在做见不得人的事。那怎么行？！老师教育我们，要跟歪风邪气和阴谋诡计做斗争。娘搞歪风邪气和阴谋诡计，我当然要斗争。我义正词严地讲：娘不讲做什么，我就要给人家讲。

娘只好把我拉到身边，悄悄地讲：你后老子不要我们了，要离婚，要是离婚了，我们几娘么就米有人要了，米有地方去了。把这个虫给你后老子喰，你后老子就会回心转意，不会不要我们了。

我一听继父要跟娘离婚，格外高兴，我讲：离了好啊，我才不想待在这个鬼地方与这些鬼人坐到一起呢！

娘讲：你不懂，离了我们就米有地方去了，要讨米住岩洞了。坐到这里，你后老子再不好，也是你老子，也有个躲雨的地方。

我不再坚持，开始帮娘捉虫子。

这是一种灰色的虫子。叫地牯牛。没有壳，没有翅，肉肉的，像光溜溜的蛹，苞谷籽一样大，一般钻在墙角的尘土里，特别欢喜躲在柱头下边的磉蹬①岩里。年深月久，磉蹬岩边的灰尘都有几寸厚了。这种虫子就钻在这几寸厚的尘土里藏身睡觉。这种虫子钻进尘土里时，是打着窝螺旋钻进去的，松软的尘土就被钻出一条条漏斗状的纹路。顺着漏斗状的纹路，就可以刨出一个个灰色的小虫子。奇特的是，这种叫地牯牛的虫子，听得懂人的语言。人贴近泥土，对着漏斗状的尘土叫几声"地牯地牯喳喳，地牯地牯喳喳，快点出来喰嘎嘎"，漏斗状的尘土就会动，地牯虫就真的爬了出来。"喳喳"是一种象声词，"嘎嘎"在湘西是儿语，肉的意思。

娘把十几个肉肉的小虫子在锅里焙干，碾成粉末，等饭快熟的时候，揭开盖子，撒进饭锅里的一角，拌匀。

吃饭时，娘把撒有虫子粉的那一坨，装给继父。

继父吃时，我的心比娘更紧张。我既怕继父发现了不吃，娘的努力前功尽弃，还要被毒打一餐，又怕继父万一中毒死亡，酿成大祸，继父成了冤死鬼，娘成了阶下囚。尽管娘一再跟我讲，那是无毒虫子。但是，我每次都想大喊一声继父别吃。如果继父偶尔把饭刨了刨、看了看，我的心都快跳到继父碗里了。

---

① 磉蹬：柱础。

幸好，粗心的继父每次都没发现。

更好，粗心的继父没有中毒。

娘的 nia nia 药，还真让继父回心转意了好几年。

我后来想，那虫子为什么要打着转转钻进尘土？一定是蒙得晕头转向才打着转转，或者是打转打得晕头转向了。我又想，娘为什么用这种虫子做 nia nia 药？一定是继父吃了，也会像这种虫子一样蒙得晕头转向，最终转去转来，还是转到娘的怀抱。

也许，世间万物，真有什么神谕和暗合。

也许，湘西的 nia nia 药和放蛊之类，真有什么科学。

但不管怎么神谕和暗合，怎么科学不科学，没有感情的爱情和只有贫穷的家庭，最终都会分崩离析，各奔东西。再厉害的 nia nia 药，也 nia 不过坚硬的生活和人性！

湘西 nia nia 药，透出的不是湘西的神秘，而是一个人对另一个人的坚韧感情。一分执着。一分无奈。一分酸苦。

七

那时是靠工分吃饭。

出集体工是要打分的。打的分就是工分。工分是村里根据能力大小打的，满分是十分。一旦分数定了，就一辈子都是这分。人民公社，村民都叫社员。每个社员都有一个工分本。出一天工，就在工分本上记一次工分，年底分粮时，就按工分积累的多少分粮。分得的粮食就叫口粮。

娘那时不是体弱多病，而是非常健康，但却每天只有六分。分数是群众评定的，一个拖儿带女嫁过来的下堂女人，是没有群众基础的，何况金家一个大家族的群众，都成了娘的敌人，娘能够得六分，就是天大的恩赐。

在人屋檐下，不得不低头。为了能拿到更多的工分、分到更多的口粮，娘什么重活苦活都抢着干，那些犁田耙地的男人活，娘也抢着干。

我至今还记得那个雷雨交加的夜晚。

那是我终生难忘的夜晚。

那年，那晚，大旱了一个冬天的村子，就像一堆干草，一点就燃。眼已望穿的时候，滂沱的大雨终于在声声炸雷中滚下。一个寨子的男人，都像冲锋的战士，连夜打着火把，上山犁田赶水。

娘，也从睡梦中一跃而起，赶着牛，扛着犁，走向山岗。

一阵阵雷砸下来。

一道道电闪下来。

一团团黑色的风滚下来。

娘，深一脚浅一脚的，把干旱一寸寸犁开。

娘在疾风里耕风。

娘在暴雨里播雨。

娘在闪电里种电。

娘在惊雷里排雷。

娘一次次摔倒。

娘一次次站起。

娘的黑夜，是全身湿透的雨水、泥水和血水。

天亮了，田也犁好了，娘却两眼一黑，倒在了田头。

幸好向汉英大婶娘看见了，把娘救了回来。一个寨子，娘只有向汉英大婶娘一个依靠和避难所。

向汉英大婶娘虽然在这个寨子是单家独姓，但没有人敢欺负大婶娘。因为大婶娘是大队支部书记，大婶娘的丈夫孔庆良是人民公社公安特派员。加上大婶娘为人善良、正直、公道，深得整个大队的拥戴。

大婶娘人特别善良。哪个有难她都去帮，哪个有苦她都想办法加点糖。即便揪斗地主婶娘，也只是象征性的。上面抓得紧，她不得不走过场。斗完后，照样给困难的地主婶娘分困难补助和救济粮。我们一家更是得到了大婶娘一家的多方关照。每次娘受欺负后都去给大婶娘诉苦，大婶娘总是一边安慰娘，一边批评继父和那些欺负娘的人。继父和那些欺负娘的人就会安静一段日子。大婶娘的丈夫在外，家里全靠她和老帕普①带着六个孩子。她女儿就嫁在同寨的田家。二女儿和大儿子跟我差不多大，二儿子和三女儿跟我妹差不多大，四女儿很小。我和妹经常上大婶娘屋玩，玩夜了就经常在大婶娘屋歇了。"歇"在湘西有多层意思。歇下，就是坐下来休息下。歇了，就是睡了。歇火了，就是完蛋了。到屋里歇了就是到屋里睡了。主人不讲到我家里睡了，而是到屋里歇了，显得是一家人，亲切。

其实，一个寨子坎上坎下住着，不用歇，摸着夜路，趁着月色，几分钟就到自己屋了。但有时候，伙伴们在一起玩得兴起，难分难舍，就经常你在我屋歇了，我在你屋歇了。童年少年的情谊，就像刚刚降落还没走路的溪水，清亮清亮的，纯洁无瑕，亲密无间，令人一生怀念。人，还是不长大的好啊，一长大，那些世俗、那些功利也随着长大，变成不可缺少的人体细胞，慢慢病变。

娘跟继父离婚后，没马上搬走。我们还跟继父同在一个屋檐下，甚至是同在一个房间里。继父跟他的父兄分家时，只分得一间房子，但很高、很宽。宽可以隔成两间，高可以隔成两层。那时，满山都是古树，只要就地取材，房屋就很高、很宽。娘跟继父分开后，房屋一分为二，我们依然可以在此安身立命。法院判的，继父再不乐意，也无可奈何。

我们就挨着继父的火坑新挖了一个火坑，挨着继父的

---

① 帕普：爷爷。

045

床新开了一张床。一个堂屋,两个火坑。一个楼板,两张大床。看似井水不犯河水,实则藕断丝连。的确,我们都各自生各自的火,各自做各自的饭。早晨或黄昏,当一个堂屋里两个火坑同时飘出炊烟,那是一种怎样奇异的家庭景象?更奇怪的是,两家人分开了,两家的日子却连起来了,哪家炒了一点好菜时,都会分一点给对方。哪家什么没有了,另一家就会借给对方或者送给对方。如果哪家大人出远门没有回来,另外一家的大人就会主动照顾小孩的吃住。继父跟娘也不吵架打架,而是相互客气了。继父的儿子也不跟我斗气赌狠,而是经常在一起玩了。吃完饭,两家人会坐在一起聊天,讲家长里短,讲是非小话,娘和继父还会轮流给我们摆龙门阵、讲故事。要死要活地分开了,居然若即若离地融洽、和好了。你说这生活有多么奇妙和奇怪?

这是距离产生美呢,还是生活太丰富神秘?也许都是。也许都不是。生活,有时候就是一潭深水,我们只能在水边踏浪、嬉戏,而不能在水里泛舟、游泳。我们只要不往深处走,就不会被卷进漩涡,不会被活活淹死。两家人原来如此水火不相容,可能就是把生活这水蹚得太深、太浑,全是漩涡了。

相安无事且有点其乐融融的生活,使得继父想跟娘复婚。向汉英大婶娘也劝娘跟继父复婚。但娘似乎已经看懂生活了,娘不想以复婚的方式打破这种平静,更不想以复婚的方式破坏我和妹难得的快乐生活。娘的几次婚姻,让娘彻底明白,男人并不是女人唯一的天,婚姻也不是女人唯一的山,女人的一生不是男人和婚姻就可以庇护和依靠的。当男人和婚姻都靠不住时,女人只能靠自己,女人只有从男人的怀抱和对婚姻的幻想与依赖里走出来，才会变得身直骨硬、扬眉吐气。没读过一天书的娘，以自己的婚姻实践明白了古人总结的道理：婚姻就是坟墓。为了孩子，娘宁愿自己做一个与色、性绝缘的清教徒。

八

离婚对继父来说，是一种解脱；对娘来说，却是更大的伤害和耻辱。继父把娘从相对平坦的彻土库接到这个高高的山尖上后，本以为娘的命运会站在高高的山尖，览众山小，离天堂近。没想到，继父把娘的命运五花大绑，从高高的山尖上推向了黑暗的深渊。深渊里，是毒液一样的唾沫和刀刃一样的眼神，是一次次的受侮辱和被欺凌。

湘西的春天，无论山里城里，都是水洗过的春天。水洗过的春天，一切都崭新明亮、纤尘不染。山是崭新明亮、纤尘不染的，水是崭新明亮、纤尘不染的，树是崭新明亮、纤尘不染的，大地和阳光是崭新明亮、纤尘不染的。嫩生生的绿叶，被阳光的釉彩轻轻一吻，湿漉漉的油光就在绿叶上纷披摇曳，溅出绿绿的光影和芒刺。迷恋春天的阳雀，独倚春光的枝头，一声一声忘情地呼喊。呼喊春天的季节，呼喊春天的人们，呼喊春天的春情。

人勤春早。春早人勤。晨光还没苏醒，上布尺的父老乡亲们就已经把一个寨子忙醒了。开门关门的声音，吆喝牛羊的声音，特别是生产队长田方块站在高处喊出工的声音，早把一个寨子折腾得不再宁静。

那生产队长总是站在一处高坡上，双手在嘴边捧成喇叭状喊：上——工——了！上——工——了！上——工——了！

脖子扯出大根大根的青筋。

娘总是悄悄笑：你看他展劲①的样子，稀屎都要漏出来了。

队长一喊，就会有一个男声或女声从迷离的薄雾里飘出：今天做什么？

队长就会说是栽秧、锄草或者打谷子、捡桐油籽之类。

再难听的声音，在村子上空转几个弯后，都好听得如同仙音。

我至今还迷恋这种来自乡间、扯着地气、蘸着晨露的声音。

娘每次都是最早的，那天栽秧时，却晚到了一步，妹妹生病，娘得先给妹妹熬草药、煮早饭。娘一路小跑跑到田边时，生产队长正发出工牌。生产队长喊到谁的名字，谁就走到生产队长面前拿出工牌。每一个拿到出工牌的人，就可以下田栽秧。喊完所有的人，也不喊娘。

娘问：我的呢？

生产队长讲：米有你的！

娘问：为什么？

生产队长讲：你迟到了。

娘讲：我女儿生病，就迟到一阵阵，不是才开始栽秧嘛。

---

① 展劲：使劲。

049

生产队长讲：打颗屁的工夫都不行。

娘讲：我以后不迟到了。

生产队长讲：你以后还想迟到啊？米有以后了。

娘讲：那我哪门搞？

生产队长讲：你欢喜哪门搞就哪门搞，不关我事。

娘讲：你不让我做工，我米有活路，我要喰饭哪。

生产队长讲：你喰你的饭，我又米有不准你喰饭。

娘讲：你不让我做工就是不准喰饭。

一直阴沉着脸的生产队长突然声音提高几个八度大吼：吴二妹！你不要给脸你不要脸！好好跟你讲你不听，你还无理取闹！我哪门不准你喰饭了？嘴巴长你嘴巴上的还是长到我嘴巴上的？给我扣这么大的帽子？我戴不起啊！

娘讲：我米有怪你，就求你给我出工牌，我饿死不要紧，我两个儿女不能饿死。

生产队长吼：你两个儿女饿死不饿死关我鬼事！你看看，田里都占满了，米有你位置了！

娘指了指一块空田：那里不是还有空地方米有占嘛！

生产队长讲：那块地方不栽！

娘讲：明明空着的，哪门不栽？

生产队长讲：我讲不栽就不栽！你是队长还是我是队长？有本事，你各人犁田各人栽去！

娘知道生产队长就是要欺负她，要看她笑话，强忍着眼泪和怒火讲：那我各人犁田各人栽去。

生产队长见没有难倒娘，一声冷笑：你各人犁田可以，不准用生产队的牛！

娘讲：我不用生产队的牛犁，我各人犁？

生产队长讲：对，你各人犁，反正你不是人！

娘见生产队长如此为难她，气得发抖，掐了腰指着生产队长喊：田方块！我哪门不是人？你这样欺负人，你才不是人，是畜生！你是要逼死我孤儿寡母是不是？你要逼死我，我就死给你看！

说完，冲上前去，就要撕扯田方块。

田方块灵巧一闪，娘一个趔趄，摔倒在田里，溅起田野一片讥讽的笑声。

娘一身泥水从田里爬起来，要继续扑向田方块时，被地主婶娘拉住了。地主婶娘讲：苦命的嫂子，你就认命，转屋歇一天吧，反正女儿生病，你就放心落肠①地照顾女儿。

娘吐了一口泥水，咬牙切齿道：他要我死，我偏不死！他不让我栽，我偏要栽！

地主婶娘问：他不让你栽，你哪门栽？

娘讲：我就让他得一回脸开一回眼睛，按他讲的，我各人犁田各人栽！

田方块冷笑：你去啊！还赖到这里搞什么？

娘边走边骂：田方块，你这么良心不好，天看到的，人不收你天要收你的！你不得好死！你死了都米有人埋！

田方块回骂：就怕我还米死，有的人先死了！

娘讲：你放心，人瞎天不瞎，老天爷专门天打雷劈那些烂肚子坏良心的！

---

① 放心落肠：安心。

051

娘离开后，生产队长气嘟嘟地开始开秧门。

开秧门是湘西农事的一种习俗。

每年插秧的第一天，都得开秧门。开秧门时，队长带领一个寨子的人，敲锣打鼓来到"娘娘田"边，举行开秧门仪式。娘娘田，就是最大的那丘田。娘跟生产队长战斗时，就是在娘娘田边。在上布尺这样的高山上，很难有这么大一丘娘娘田。娘娘田四四方方的，浅浅的清水，如镜，似绸，平展田间。一面秧旗插在田头，一坛米酒摆在田尾，数担秧苗放在田坎。

队长走到秧苗旁，拿起一大把扎得很紧的秧，念念有词，祝福秧门大开，丰收进来。

你看，刚才队长那张欺负娘的可恶的嘴，此刻嘴皮上下翻飞，嘤嘤有声，振振有词，显得可爱起来：开秧门，开秧门，开了大门，开小门，大开大得，小开小得，左开左得，右开右得，上开上得，下开下得，门缝缝里都会得。

念完，把秧扔向田的中央，叫定桩，或者叫打尖。以此桩或尖为界，扯索子的两个人，站在田的两头，扯索子，量距离，把整丘田画出无数整齐的格子，男男女女各站一格，等待开插。扯索子的人画格子的当口，生产队长又在四周田角各扔一把秧，叫开翼口。四处翼口一开，就算四处秧门大开，丰收和年成就会从四面八方蜂拥进来。

那时候，常常劳动竞赛的，生产队长一声令下，大家就争先恐后地插秧栽秧，看谁插得快栽得整齐。每个人面前都有一个盆子，或木的，或瓷的，盆子里装的是火灰与化肥混合的肥料，栽插时，得把秧苗沾上肥料插入田中。每一个乡亲，都是一台机器，飞速地有规律地弯腰起伏，手指飞速地捻秧栽插，那姿势就像鸡啄米，捻秧的拇指和食指，正像一个鸡脑壳。

所有的农活都是往前走的，只有栽秧是往后退的，是边退边插，边插边退。乡亲们的歌谣，很好地表现了插秧的劳动场面：

> 夫妻双双去插田
> 影子印在水中间
> 一行一行往后退
> 看似倒退实向前

插完秧，一个嫂子抓起一把稀泥就往一个帅哥脸上抹。帅哥毫不示弱，也乘机抓起一把稀泥往嫂子脸上抹。一个见一个抹了，另一个也把另一个抹了。你抹我，我抹他，他抹你，男女老少全都糊成了大花脸和活泥人。你追我赶的身影，此起彼伏的笑声，让繁重的劳动变得无比愉悦和快乐。这叫糊仓门。此刻那田不是田，而是仓；那泥不是泥，而是粮。春天过后，定会风调雨顺粮满仓。

在乡亲们沉浸在劳动的欢乐中时，娘却正忍受着艰难的折磨。

娘那天的劳动权利被生产队长剥夺了，就意味着娘一天的工分没有了。一天的工分没有了，就意味着一天的口粮没有了。为了儿女的口粮，也为了自己的尊严，娘不会坐以待毙。娘要自己犁田栽秧。

但是生产队长不准娘用生产队的牛犁田。娘只好从下布尺借来牛。上布尺、下布尺虽然是一个大队，两个生产队对娘的态度却不一样。上布尺对娘好像怀了三生三世的恨，而下布尺却对娘怀了深深的同情。下布尺的这头牛，让娘记了一辈子。娘说来世做牛做马都要报答下布尺。

山脚下的山谷很长，绵延几十公里，一直通向乡政府。山脚的背面是一座座连绵起伏的大山，那是岁月的小手一把一把捏的，沟壑相连，蜿蜒有致，全是郁郁葱葱的竹林和树木，颇有诗情画意的模样；山脚的正面却只是一座高大挺拔的大山，那是岁月的巨斧一斧劈开的，整座大山都是一面整齐的石壁石墙，刀斧的痕迹，密密麻麻地残留在石壁石墙上。深谷里，就是一谷丘丘相连的田。

娘在这样高耸入云的大山深谷犁田，就像是一只小小的蚂蚁在垒窝，形只影单，孤立无援。太阳已经辉煌地打在对面巨大的石壁上了，不过只照射到了上半部，下半部是一片深色的阴影。上半部像搭上了一件鲜亮的黄T恤，下半部则像穿了一件褪色的灰短裤。光影下巨大的石壁，是亿万年风雨洗刷出的一道道痕迹，像是岁月的泪痕，默默地、同情地注视着娘。一只岩鹰，一直不离不弃地盘旋在娘的头上，一圈一圈，一回一回，不知疲倦。那鹰，是想替娘分担点忧愁与劳苦，还是担心娘不小心倒在铧口上？

娘深一脚浅一脚地犁着，牛在前面走，娘在后面跟，笨重的犁头和铧口在娘双手的掌控下，翻出一片片泥、一浪浪水和一朵朵泥水绽放的花。牛深深地吃着犁，犁深深地吃着水，娘深深地吃着泪。犁好了耙，耙好了栽。等娘把一丘田栽好秧后，已是月明星稀的半夜了。

半夜了，想起病中的女儿还没吃饭，赶忙洗了手上岸，赶着牛，搬着犁上岸。没走几步，娘脚底一滑，摔倒了，尖锐的铧口，无声地划开了娘的小腿肚。血，蚯蚓似的顺着划破的裤脚流出来。

娘瘫坐在地上，疼得老半天喘不过气来。站起来，摔倒了。再站起来，再摔倒了。本就精疲力竭的娘，因铧口的死命一咬，不能再自如地站起来疾步回家。娘只好随便扯了一把脚手边的野草，捣烂，敷在伤口，止血。

娘怕牛跑了，把牛牵来，拴在一蔸树上，然后，自己靠在树上喘气、歇息。

看着吃草的牛，望着黑了的天，想着还在病中的孩子，娘不禁悲从中来，大放悲声。

天本就是黑的，娘的哭声把天变得更黑。

那星，也被娘哭得悲悲戚戚，变成流星，滑落一把闪亮的泪。

见娘还没回来，妹妹哭着去找向汉英大婶娘。向汉英大婶娘让家人给妹妹递上饭菜后，心急火燎地就往山脚跑。

向汉英大婶娘在公社开完会回家时，已经知道白天发生的事。她担心娘想不开，打着手电，疯了似的跑。

山里人，习惯了山路，也习惯了夜路，在山路上狂奔的大婶娘，就像在平地上跑一样。

见向汉英大婶娘来了，娘更加孤恓。娘哭：大婶娘啊，只听这里死人那里死人，我嫁的那个男人他哪门就不死啊？

大婶娘也哭着劝：他不死蛮^①他莫死，你各人好好地活到。

娘哭：大婶娘啊大婶娘，人家靠山山不倒，靠水水长流，靠个男人好奔头，我哪门靠山山倒，靠水水不流，靠个男人是屠头？

大婶娘也哭着劝：靠不到蛮你莫靠，只有各人最可靠。

娘哭：大婶娘啊，都说冤有头债有主，我哪门冤无头债无主，人人都欺负我们孤儿寡母，在我们孤儿寡母身上屙屎屙尿啊？

大婶娘哭着劝：哪里都欺负你呢，我们一屋不是对你好好的嘛！有我们一屋对你好就有了。

娘哭：大婶娘啊，这苦日子什么时候才是头？我什么时候才拖得大我的儿我的女啊？

大婶娘哭着劝：苦两年就过去了，你儿子女子不是都好好的嘛！长得比哪个都好，成绩比哪个都好，一个寨子哪个比得上你和你两个儿女嘛！慢慢拖，牙齿一咬，就拖大了。你一个人拖不起，大婶娘帮你拖。

娘哭：大婶娘啊，我晓得他们是等到看戏，巴不得我死，我偏不让他们看戏，我偏不死。

大婶娘哭着劝：是的啊，你死不得啊，你死了他们就开眼睛了，你一双儿女就米有人管了，你好好活到，你看他们哪个先死。

两个女人在山野的深夜哭诉，像夜莺呜咽的悲啼，一

---

① 蛮：语气词。

阵紧似一阵，一声悲似一声。星星被哭成夜露。夜露被哭成星星。

　　当大婶娘把娘扶进家门时，黑夜已变成了黎明。

九

　　在湘西所有的孩子心里，都留有一幅十分壮美的画面。

　　画面里是烧红的晨光、巨大的天幕。晨光烧红的天幕，云蒸霞蔚。天幕像早晨刚刚洗过的脸，云巾霞帕都还湿润湿润的，冒着水汽和热气，鲜嫩明媚。云和霞难分难舍地纠缠在一起，缠绵，悱恻。天幕打开的尽头，是挂在天幕的山，悬在天边的路，是一群扛着猎枪、打着绑腿、走在天际的人。一个个英姿勃发。一个个气宇轩昂。一个个英雄模样。这些男人的形象，曾经无数次地被我幻化成爹的形象。这幅天边的剪影，也曾经是我最为难忘的画面。一个男人，就应该是一把枪的形象。男人和枪，是点燃我快点长大成为男人的那一缕霞光。

　　这个画面，就是湘西有名的赶仗，俗称撵肉或打猎。

　　每年的赶仗或撵肉，不但是全寨全村的一场生活狂欢与盛宴，更像一场男人们上演的英雄大戏。在寂寞无聊的山村，没有什么比打猎更吸引我们这群野孩子的。一听讲要打猎，我们这些野孩子的心全收了，都搁在打猎的枪尖上；我们这些野孩子的心也飞了，全飞到茫茫大山，追着猎物跑。

　　把打猎叫赶仗或撵肉，很形象。追着猎物满山跑，打

仗一样，所以叫赶仗。猎物是肉，所以叫攒肉。土家族人的
"赶仗"，不是为了打猎，而是为了驱逐野兽、保护庄稼。
以前赶仗是赶害人的老虎，后来赶仗是攒危害庄稼的野猪。
但在上世纪六七十年代最困难的时期，赶仗是为了生存。攒
肉的前天晚上要请猎王和敬猎神。湘西将敬猎神叫敬梅山。
请时排炮齐鸣，喊声如雷。一人"呵——喂——"领喊，众
人"呵——喂——"回应。这样猎王猎神就算请回来了，赶
仗时，就不会空手而归了。几百把火把插在寨子周围迎接猎
王猎神时，比现在的焰火晚会还壮观。

　　敬了猎神，请了猎王，德高望重的老帕普第二天一早
就带着男人，浩浩荡荡地向茫茫大山进发了。几十甚至上百
人的赶仗队伍，行进在高高的大山里时，就像一支上前线的
队伍。威武。雄壮。浩荡。不同的是，这威风八面、浩浩荡
荡的队伍里，有几十条活蹦乱跳的狗。在湘西赶仗这场英雄
大戏里，人是一号主演，狗是二号主演。

　　到了目的地，老帕普清点人数，然后根据山势大小和"卡
子"的多少，开始分工。经验丰富的，组成侦察组，负责理
脚迹，就是侦察野猪的脚印。身强力壮的，组成环网组，负
责安壕。枪法准、刀法快的，组成堵卡组，负责设置哨卡。
嗓门大、眼睛尖、手脚快的，组成闹山组，发现野猪时，拼
命"嗦呀，嗦呀"地大声叫喊，惊动野猪。其余的人组成围
场组，负责围追堵截。老谋深算、经验丰富的侦察组发现野
猪的脚迹后，各组立即到位，堵卡、安壕、围山，闹山组带
上猎狗，边喊边追赶，把野猪往安有壕的方向赶。一旦野猪
上网入卡，上卡入网，就是瓮中之鳖。

当一声响亮的"嗦呀，嗦呀，吆嗬嗬嗬嗬——"在群山里响起时，所有的"嗦呀，嗦呀，呜呼呼呼呼——"就会在群山里回荡。

当又一声"嗦呀，嗦呀，吆嗬嗬嗬嗬——"在群山里响起时，所有的"嗦呀，嗦呀，呜呼呼呼呼——"又会在群山里翻滚。

当"吆——嗬嗬嗬嗬——""呜——呼呼呼呼——"的呐喊声此起彼伏地翻滚成一片大地春雷、乡野民乐时，野猪野物的胆就被吓破了，带着儿孙纷纷出逃。当一头一群的野猪野物出现在猎人的枪口上时，枪毫不客气地响了，"砰——"，野猪野物英勇倒下。

一头肥大的野猪在欢呼声中被抬进寨子。

整个寨子喜气洋洋。

那是全寨人最为盛大的节日。孩子们更是兴奋得欢呼雀跃、又唱又跳。

湘西土家族人赶仗有个自古就传下来的规矩，就是"上山赶仗，见者有份"。分肉的时候，只要你碰见，不管你赶没赶仗，都可以分到一块野肉，充分体现了土家族人的热情和豪气。肝肚肺等猪杂集体会餐吃了，猪头奖给打死野猪的枪手，四脚四蹄奖给查到野猪脚迹的人。其余为了分配公平，防止挑肥选瘦，每份肉用棕叶穿好，将所有分好的肉放在簸箕内，让提索露在外面，再盖上一只簸箕，见索不见肉，而后将簸箕用手摇转几圈，各人拿索取肉，是好是差都没意见。

但是，我家和地主婶娘屋却从来没有分到过。上布尺人从没把我们当人。尽管我也看到了赶仗的壮观场面，看到了分肉的喜悦场景，见者有份的古老习俗，却因寨上人对我们的歧视而被破坏，几千年的民族美德随风飘散。

我之所以要记录我们湘西赶仗的场面，是因为赶仗曾经深深地诱惑了我年少的心。赶仗的神秘、赶仗的壮观，使得一种英雄气在我年少的心底滋生。我那时就盼望也有一杆猎枪，盼望我也像一个英雄一样，在人们崇敬的目光里，扛着猎枪，迎着太阳，走向大山。我曾经无数次幻想我是那个一枪击中野猪的枪手，不但可以多分一个猪头给我的娘和妹，更能够成为人们心中的大英雄。

但是，我一辈子没有摸到过猎枪。湘西赶仗留给我的记忆，除了民间的文化感受外，更重要的是比那头死去的野猪还可怜的屈辱。

娘第一次看见大家在寨上的操场里分肉时，以为也会分给我们一份，就也跟大家一样围着簸箕转了三圈。当娘弓腰准备提起粽索时，生产队长的一声断喝，将娘刚提起的野猪肉吓掉到地上：

吴二妹！米有你的份！

娘怯生生地问：哪门米有我的份？不是上山赶仗见者有份吗？

生产队长讲：你米赶，就米有。

娘讲：她们也米赶哪。

娘指的是那些跟娘一样的女人。

生产队长讲：她们的男人赶了，你有本事，让你的男人也赶哪！米有男人，找个野男人赶哪！

大家一片讥讽的笑声。

都知道，分肉时，只要碰到，不管那家有没有男人去赶，即便是一个外乡的过路人，都要给他分一块的。但没有人会站出来为我们孤儿寡母仗气讲话，只会幸灾乐祸地看热闹。

娘本来移开脚步准备走了，看见我跟妹站在那里，就又捡起了那块不大不小的腰房肉，往外走。

生产队长一个箭步冲上前堵在娘的前面，吼：喊你不要拿，你偏要拿，你要不要脸？

娘讲：我今天就是要拿，你欺负我孤儿寡母算什么本事？

生产队长二话不讲，伸手抢肉。

娘拽住肉块紧紧不放。拽不住的时候，娘就把肉紧紧抱在怀里，任凭生产队长死掰活掰。

娘的身上全是肉腥肉油和猪血。

掰不开娘的生产队长恼羞成怒，死命一推就把娘推倒在地。肉，像一块砖头，砸在地上。

大家又是一片讥讽的笑声。

妹哭喊着冲进去，扶起娘，妹边哭边喊：娘，我们不要了，我和哥不爱人家的，我们不喰肉。

娘转身抱住妹，号啕大哭。

娘哭诉自己没有本事，连一餐肉也分不到，让儿女受委屈，边哭边骂生产队长欺负孤儿寡母不得好死。

我那时已经十一岁了，是个小男子汉了，看到娘和妹在那里被人欺负得哭，突然恶向胆边生，我捡起一块岩头，直冲生产队长，往生产队长腰上狠狠砸去。迅雷不及掩耳。生产队长哎哟一声，蹲在地上。记忆中，这是我人生中第一次勇敢地冲出来，保护娘和妹。

这下可闯了大祸，队长的亲戚一哄而上，将我一顿拳打脚踢。打得正起劲时，人们突然听到一声尖利的喊声：

哪个再敢打，我就一刀子剁了队长！

回头一看，娘正拿着刀子对着队长！那是刚刚破野猪的刀子！寒光闪闪，锋利无比！

娘疯了似的吼：有本事你莫欺负一个小孩，你们把我也剁野猪一样一刀剁了，大家分了。米有本事，我把队长像剁野猪一样一刀剁了！你们选！

大家面面相觑。

队长吓得一个劲地求饶，喊：吴二妹你莫当真，跟你分，跟你分，你要几块拿几块！我的那块都送你！

娘咬牙切齿地讲：你现在想分，迟了，我不要了！我要你的命！

队长所有的亲戚都跪下，都讲他们分的也不要了，都给我们。

向汉英大婶娘闻讯赶来。

娘看见向汉英大婶娘，就像看见了救星，扔了刀就扑向大婶娘哭，要大婶娘给我们孤儿寡母做主。

向汉英大婶娘得知真相后，对生产队长讲：你这是什么生产队长？我撤了你！上山赶仗见者有份，你哪门不分？古时古代的规矩，哪门到你这里就改了？你是天王老子还是地王老子？

生产队长讲：我错了。

向汉英大婶娘讲：错了就把肉捡起来，送给吴二妹！

生产队长赶忙捡起肉，递给娘。

娘抹了眼泪，接过肉，狠狠地砸在生产队长身上：臭肉！

然后拉着我和妹扬长而去。

娘昂着头扬长而去。我却感到灰溜溜的。那种灰溜溜的感觉，就像小狗夹着尾巴逃跑一样。

从此，我不再去看赶仗，更不会去看分肉。

赶仗成了我心中永远的伤疤和痛。

因为赶仗时，中弹倒下的不是一头野猪，而是我的尊严，以及人性中最丑陋的人情与世故。

十

上世纪六七十年代，"饥饿"是那个年代的代名词。

刚刚成立的中华人民共和国，既是一张崭新的白纸，好画最新最美的画图，又是一张千疮百孔的废纸，一切都得从头再来。连年的战争，使得中国风雨飘摇，贫病交加。尽管人们全身心地处在当家做主、建设新中国的热情中，却似乎并没有找准方向，革命热情的劲头也似乎使错了地方。狂热的革命情感，让整个中国都冲昏了头脑。特别是1970年4月第一颗中国自行研制的人造卫星上天后，中国人民建设热情巨大高涨，"大干快上"成了当时中国最强烈、最美好的心愿。但另一方面，人们依然要勒紧裤带过日子。

重重大山里的上布尺，良田不少，旱地挺多，土地也很肥沃，但却年年旱灾，粮食歉收，公粮一交，所剩无几，常闹饥荒。春天叫春荒。夏天叫夏荒。几乎家家都是野菜粗粮熬粥。为了解决饥荒，生产队长把男人组织起来上山打猎，女人上山挖葛。

葛是一种藤本植物。叶如手掌，鲜美肥嫩，有一层绒毛，是猪最爱吃的一种饲料。那时却成人的一半粮了。葛藤有三五丈长，粗如小手指、小手臂不等。葛的生命力极强，什么样的恶劣环境都可以繁茂地生长繁衍。在上布尺的崇山峻岭里，漫山遍野都是葛。葛藤跟葛藤绞在一起，葛叶跟葛叶盖在一起，紫色的葛花扣子般大小，星星点点地洒满葛叶。

娘和婶娘、伯娘们钻进满山野葛，挖葛掘根。柔软而细小的葛藤在地上是藤，在地下是根。那些看似软弱无力的藤扎进地下时，就变成了硬朗粗壮的根。根们争先恐后地饱蘸大地深处的精华和地气，根根肥硕，条条粗壮。娘的锄头一动，整个葛藤都动起来，像风吹过，沙沙有声。挖开的泥土，带着湿漉漉的热气，露出新鲜的容颜。那是葛根的胎盘和胎衣，娘小心翼翼地触摸胎盘，翻动胎衣。胎衣尽处和胎盘深处，就是葛藤孕育的胎儿——葛根。葛藤是多产的孕妇，每一根葛藤都可以产十到几十条葛根，十到几十个胎儿。十或几十个"葛胞胎"，小的如大人的大拇指，大的如大人的腿肚子，短的一派，长的三派。

派是湘西方言，相当于大人张开双臂时的长度。

一天下来，娘可以挖出百把斤的葛根。将葛根洗净，既可生吃，也可蒸吃，还可烧吃。葛根里面是麻一样粗的纤维，纤维上长满了小米一样大小的米粒，白白的，如雪如霜。生吃时，有点甜中带涩，熟吃时，涩味没了，很面，很黏。生吃熟吃，都有嚼头。坚韧的、麻一样的纤维，常常嚼得牙巴骨痛。像嚼甘蔗一样，有渣滓。一家人，有那么一根两根，往往就饱了。有时候，娘会把葛根捣碎，拌在苞谷或大米里，一起煮吃。香，却难吃，依然会嚼出很多渣滓。最精妙的吃法，就是将葛根放到粑粑槽里，像打粑粑一样打，打碎后，将汁和淀粉挤出来，像做豆腐一样过滤，做成一坨坨雪球似的葛根粉。吃的时候，将葛根粉在热水里搅拌成糊糊，摊在锅子里，做成锅贴，焦黄焦黄的，放上油盐和辣椒，好吃极了，典型的山珍美味。

每年春荒、夏荒，这漫山遍野的野葛，就是大地母亲的乳汁，救活了上布尺的每一个人，即便是最困难的三年苦日子，上布尺也靠着这野葛和野果救活了每一个人。上布尺没有一人饿死。

因为饥饿，我十一岁这年，经历了人生中另外一件铭心刻骨的事。这与上布尺无关。与生产队长无关。与乡亲们无关。只是我自己。

此刻已是夏天。是小学最后一年的下学期。万物蓬勃。庄稼和蔬菜，都你追我赶，竞相拔节，开花结果。

稻谷已经灌浆抽穗。灌浆抽穗的稻谷，正开着金黄的稻花。有的稻花正在抽穗灌浆，有的稻花则刚刚脱胎换骨成稻谷，嫩嫩的稻谷上还有稻花连着、黏着，不肯离开。一溜一溜的田坎上，还插满了竹条，豇豆和四季豆的藤蔓，缠绵悱恻地爬满竹条，像一排排屏风，围在田园。地里的苞谷蹿出一人多高，绿油油的叶片，风中起舞，挥动水袖。每家每户的园圃里，辣子、茄子和丝瓜都在朴素地绽放出满园风景，最张扬高调的南瓜花，天天都在喊着高音喇叭。

有一天，我跟妹上学时，路过一片园圃。忽然看见一个小园圃里挂起了几根黄瓜。小园圃在一个小小的台地上，不大，只几个火炕大。我的心一下子就兴奋起来，想，这下子有吃的了，中午不会挨饿了。已经连续好多天了，娘天天都熬稀饭，还是苞谷稀饭夹着葛根。又没有菜，我天天都吃不饱。这几根黄瓜的出现，令我心花怒放。一蓬蓬低矮的黄瓜架下，新鲜的叶子旁开满了黄花。花和叶子下就躲着几根小小的黄瓜。黄瓜已经有拇指大、中指长了，瓜蒂上还开着鲜黄的花。我想都没想就跳进园圃，准备采摘。妹赶忙制止，问：哥，你搞什么？

我讲：摘黄瓜啊。

妹讲：那不是我们屋的黄瓜，是人家的，不能摘。摘了就是偷。

我讲：我饿了，管不了那么多了。

伸手就摘。鲜嫩的黄瓜上，长满了柔嫩的小刺。

妹再次加重了语气制止：哥，偷不得，偷了就是强盗！

我不耐烦了，讲：你莫管，我就要偷！

我一连偷了四根。

妹又喊：那是五保户伯娘的黄瓜，你不能偷五保户伯娘的黄瓜！

一听是五保户伯娘的黄瓜，我立刻停了。问：真是五保户伯娘的？

妹讲：真是的！你快莫偷了！

听妹讲偷啊偷的，我有了种耻辱感，吼：你莫紧叨①偷啊偷的，难听死了！

妹不服气地讲：本来就是偷嘛。

我于是赶紧跳出园圃。把黄瓜递给妹，让妹装进她的书包。

---

① 紧叨：啰唆。

妹讲：这是偷的，我不装。你装你各人书包里！

我眼睛一瞪，讲我的书包装不下，还扬起手要打妹：哼，你装不装？

妹怕我打，就乖乖装了。

我的书包塞满了书和作业本，也的确装不下。

妹边装边讲：你偷五保户伯娘的东西，我要跟老师和娘告你。

我又扬起手：你敢告，我打死你！

妹便不敢再作声。

进了教室，我就像进了牢房。上课下课，都想着那四根黄瓜。那四根黄瓜就像四个小手榴弹，时刻都在我心里快要爆炸。我很后悔一时糊涂，偷了东西，而且还是可怜的五保户伯娘的东西。五保户伯娘的家就在我们学校旁边，我们每天上课下课都能看见她。五保户伯娘七十来岁了，小时候滚进火坑，被火毁容，一脸的疤子，嘴也破了半边，是个豁嘴，一辈子没有婚嫁，无儿无女，甚是可怜。一个老人，好不容易一锄一锄地种出几根黄瓜，我居然偷了，真不是人。

从小，娘就教我和妹要手脚干净，就是别偷东西，老师也讲不要偷盗抢劫，要拾金不昧，我也的确做到了不偷不抢、拾金不昧，连捡到一根针都交给老师。今天我是怎么了？我怎么会偷东西、会当强盗呢？我是学生干部，是三好学生，我不能做这种道德败坏的蠢事。我得跟老师坦白。可是，我又怕一坦白就什么都完了。

于是，我挨了一节课，又挨了一节课。不敢坦白。可是，我又怕妹告发我，妹讲了，她要跟老师和娘告我。万一妹告了，我怎么办？还不如自己先坦白了。

可是，话到嘴边，我又咽回去了。我知道，妹心地善良，肯定不会告的。

可是，我又怕偷的时候有人看到。娘常讲，不做亏心事，不怕鬼敲门；要想人不知，除非己莫为。做什么事，老天爷都看到的。如果真有人看到，我就真的麻烦了。

于是，我在无数个"可是"、无数个"于是"后，终于在最后一节课鼓足勇气站了起来。

我缓缓地、高高地举起了手。

老师讲：彭学明，你有什么事？

我站起来，低着头，讲：老师，我……

老师讲：你哪门的？

我再次紧张地结巴着：我……

坐在我旁边的妹见状一个劲地朝我摆手。

妹不朝我摆手还好，一朝我摆手，我居然讲成了我妹偷了东西！

我本来想讲我偷了东西的啊！

大家惊愕地发出一片嘘声。

妹痛苦地喊了声：哥——

老师问：你妹偷了什么东西？

我讲：偷了黄瓜，五保户伯娘的黄瓜。

老师转而问妹：你偷了米，彭学翠？

妹委屈地哭了起来：我米偷。

老师讲：你米偷，你哥哥哪门讲你偷了？

妹讲：我哥赖我，污蔑人！

我讲：我米有污蔑，不信你翻我妹书包。

老师就对妹讲：我检查下你书包。

结果，可想而知。

我以为妹会反过来指证我，妹没有，而是大哭着，羞辱而绝望地冲出教室。

为了我，妹忍受了我嫁祸于她的罪名。

我像拆除了一颗炸弹一样，暂时心安了。

可接下来的事情，让我到现在，甚至到死，都不会安宁。

当时，我自知理亏，不敢转屋，就在外面山上荡。

无脸待在学校的妹则早就转到屋里，等着跟娘哭诉委屈。

哪知道，娘根本就不信妹的话，讲：你哥哥会偷东西？你哥哥会诬赖你？打死了我也不信！一定是你不晓得话①偷的！

妹讲：我真米偷，是哥哥偷的！

娘一听来气了：你还赖你哥哥偷的？你哥哥是全县的三好学生，你哥哥哪门会偷？你要把你哥哥的名声糊鸡屎②是不是？你再赖你哥哥偷的，我打死你！

妹见跳进黄河也洗不清，就喊：你打死我就打死我，反正不是我偷的，是哥哥偷的！

娘见妹偷了东西还嘴硬，就拿了一根绳子，把妹一绑，吊在梯子上，用竹条子一顿猛刷猛打！

娘边打边骂：看你还偷不偷东西？！看你还赖不赖你

---

① 不晓得话：湘西方言，不懂事。
② 糊鸡屎：把名声搞臭。

哥？！你米有志气，米有骨头，丢人现眼，不扯气！打死你算了！

要不是家访的老师赶到，妹那天讲不定真会被娘打死。

在妹与我之间，娘一直是卫 ① 着我，娘对我的疼爱，要比对妹的疼爱多一百倍。

奄奄一息的妹，被老师救下来时，已经是血肉模糊，遍体鳞伤。妹昏死在老师怀里前，还是那句话：老师，我真的米偷，我是好学生。

老师流着泪讲：老师相信你，学翠，你是好学生，我们都相信你是好学生。

昏死过去的妹，虽然得到了老师的信任，却并没有得到家长和同学们的信任。妹背上了小偷的名声，一直背到小学毕业。

以前，同学们都喜欢跟妹玩。自偷黄瓜事件后，同学们都不跟妹玩了。我再怎么坦承是我偷的，同学们都不相信，都认为我要替妹背黑锅。大家都像躲避瘟疫一样躲着妹，当面背面都讲妹是小偷，不跟小偷玩。妹只能孤独地站在风中雨中，绝望地哭。

我以我的胆怯，我以我的自私，我以我的卑鄙，嫁祸妹，迫害妹，使妹幼小的心灵受到了伤害，使妹清白的童年受到了玷污，使妹微小的快乐丧失殆尽。

我是个卑鄙的小人！

娘确信是我偷了东西、冤枉了妹后，更是怒火中烧。

---

① 卫：偏袒。

娘没想到我小小年纪居然学会害人，边骂边让我跪到地上认错。娘骂：养儿不教，养个苕包①。你手脚不干净！是小时候手米绹②好，我拿根索子把你手脚绹起来，看你手脚干净不干净！

骂完真的拿根索子把我捆了起来，一顿猛打。

娘边打边骂：你不学好！好的米学到，学偷东西，小偷针，大偷金，我今天不打断你一只手杆，还会偷！

娘每抽一下，我的身上就出现一条血印子，像一条蠕动的红蚯蚓。

抽断了一根竹条，娘还不解恨。

娘换了根竹条，继续抽，骂：你偷了不算，还赖你妹！小小年纪学到害人，伤天害理！我这时不把你打怕起来，以后你害的就不是你妹一个人，而是一世人！我最恨害人的人！

末了，娘打得腰酸腿痛，打不起了。娘从牙缝里冷冷地吐出两句话：你这辈子欠你妹的！我看你哪门还？！

这冷冷的两句话，字字都鞭一样地抽在我身上、心上和灵魂里。比鞭抽还疼，比刀割还痛，比锯钝还难受！

由此，我背上了沉重的十字架。我每天都忏悔和解剖自己，为自己赎罪，为自己救赎。我每天都警告自己做人要光明磊落，不要阴谋诡计，做人要善良厚道，不要损人利己，千万不要让嫁祸于人的事再发生。

我现在做人做事，之所以能够光明磊落，那是建立在

---

① 苕包：傻子。
② 绹：捆。

我曾经嫁祸于妹的基础上的。

我现在待人接物，之所以能够善良厚道，那是建立在我曾经嫁祸于妹的基础上的。

即便我现在常常身处逆境、遭人暗算，也不以牙还牙、以恶制恶，而是宽以待人、一笑了之，也是建立在我曾经嫁祸于妹的基础上的。

妹以她名誉和身心的双重痛苦，矫正了我人生的航向，换来了我今生壁立千仞、无欲则刚的风骨和海纳百川、有容乃大的品性。

娘，是站在妹身后，与妹一道矫正我航道的罗盘与指南针。

一个时代的贫穷与饥饿，无意中让一个孩子的心灵和人性扭曲，也无意中让一个孩子的心灵和人性得到洗礼。

这是我人生中唯一的一次偷窃行为和卑鄙行径，要是没有娘的一顿猛打，也许一根黄瓜输掉我的一生，一次栽赃烂掉一颗良心。

娘一生对我的两次痛打，打硬了我做人的骨头，打正了我为人的品性。

十一

娘与继父离婚后，尽管不再水火不容，但毕竟是两家人。两家人同在屋檐下，不得不低头的日子并不好受。一个堂屋两个火坑、一个屋顶两缕炊烟的尴尬，不是一种人见人爱的美景，而是一种好死不如赖活的无奈。我的老师见娘可怜，便找到他的亲戚，让我们住进了另外一个生产队的油坊。老师的亲戚，是另外一个生产队的队长，心眼好，武功高，也正义，没有人敢惹他。他跟娘讲：你想坐好久就坐好久，米有人敢撵你们。

就此，我们与继父一家恩恩怨怨的电视连续剧，演到了最后一集。

分别的先一天，娘给继父一家洗了一天的被子和衣服，补了一天的衣服和鞋子。边洗边偷偷抹泪，边补边偷偷抹泪。朝夕相处了好几年，打打吵吵了好几年，一块硬铁也打得稀巴烂了，恩恩怨怨到此总算彻底了断。

继父杀了一只鸡，叫娘和我们两兄妹吃了一餐最后的晚餐。饭桌上，娘和继父都默默流泪，我和继父的儿子也讲了很多温馨难舍的话。一根鸡腿给妹了，另一根鸡腿在我和继父儿子的碗里转了几圈又回到了锅里，我们都不愿吃这根鸡腿，都希望让给对方。打也好，骂也好，死也好，活也好，毕竟同在一个屋檐下相处了好几年，再坚硬的日子，也能屋檐滴水似的滴出一滴温馨的痕迹。

没有什么家当，不需什么帮手，继父一家和我们一家就把东西搬完了。当继父一家帮我们在油坊安顿好后，我们把继父一家送了好远一程。

娘讲：以前米照顾到你们的，你们多担待点。

继父讲：你莫这样讲，是我米有照顾好你们，让你们喰苦受难了，是我对不起你们。

娘讲：缘分尽了，不是哪个对不起哪个了，算路不依算路来，依到算路早发财，往前看吧，只要有心，路长情长。

继父讲：是的，一日夫妻百日恩，冤家尽了情还在。我会经常看你们的。

娘讲：看不看不要紧，你各人做事要拿把握，莫听人家鸡一嘴鸭一嘴的，棋盘旁边无哑巴。

继父讲：我晓得，我以前就是听人家的听多了，才把你们听打落①了。

娘讲：有什么洗的、补的，你都拿过来，那不是你们后生家②做的。

继父讲：好，你身体不大好，有什么三病两痛让学明他们带个信来。

娘拉着我和妹停了下来，讲：我们不送了，你们转去吧，这些年把你拖累了，现在可以放口气了。

---

① 打落：丢。
② 后生家：男人。

继父讲：是我们金家对不起你和两个孩子，米待好你们。

娘讲：现在讲这些米有用了，你帮我养了几年小孩，我知足了。

继父一家也站下，不肯再走。

娘讲：走吧，不在一个屋檐下，还在一个生产队，还会天天碰到呢。转去吧，天大由天，命大由命，终究各人要讨各人饭喰的。

继父就拉着他的两个孩子，一步三回头地走了。

娘拉着我和妹在山坳上久久站着，看着继父一家走远。

走了一节的继父，忽然转身跑回来，不顾我和妹在场，抱住娘，老半天不肯松手。娘和继父，相拥而泣。

继父对娘的这紧紧一抱，既是不舍，也是惜别，还有悔恨和安慰。这一抱之后，他将永远失去娘和我们了，他将永远打无处打、骂无处骂、恨无处恨了。

山坳上，娘和继父的最后一拥，成了娘和继父功夫片中的最后一个镜头，悲戚而圆满。

那是两截被岁月烧焦却还顽强活着的树桩。伤痕累累，却蓬勃生长。

十二

　　油坊很大，有十来栋木房子那么大。我们住的仅仅是油坊一角。油榨、油锤、油碾，都静静地躺在那里，用一地常年都不会散去的油香欢迎我们。

　　娘带着我们砍了很多土墙树条子，把油坊一角围起来，一个远离上布尺的新家就有了。远离上布尺的新家，虽然显得有点孤零，但却充满了诗情画意。在山与水的交接处，在油坊的裙角边，当峡高谷深的石壁上，有一线瀑布飞流直下时，青山被整齐地翻开，像披满了青枝绿叶的书。那飞流直下的瀑布，就是夹在书中的一根丝线。几架筒车，沿着瀑布和小溪，在悠闲而辛勤地劳作。既有些散漫，又有些老态，更有些安详。筒车劳作的样子，像老人摇着蒲扇的样子，一晃一摇，风就来了；一晃一摇，水就来了。

　　每天，娘都会去瀑布边洗脸、洗菜。飞金溅玉的瀑布，把滴滴水珠摔成水粉，洒在娘的身上，飘进娘的肺腑。两个潭，一深一浅。深的，绿得发稠，有如墨玉。浅的，波光潋滟。阳光的芒刺刺进里面时，一波一闪的，碎成无数金银片和针尖尖。有时候，会有一架彩虹从潭里架起来，把娘弯在一弯彩虹里。娘在彩虹里站着漂洗衣服、蹲着择洗菜叶的身影，就成了远山远水最为宁静动人的风景画。画框里，娘是朴素而美丽的仙人。

一群一群的山鸟，从林中飞出来，落在灌木丛中，偷吃各种野果。鸟最喜欢的是八月瓜。八月瓜是山里的一种野果，因为农历八月成熟，所以叫八月瓜。八月瓜是藤本植物上结的一种果实，有香蕉长，比香蕉大，有香蕉的两三个大，味道也比香蕉甜美很多倍。一串串的八月瓜吊在藤子上时，像一串串风铃在摇响。八月瓜熟时，会从上至下裂开一道缝，慢慢地，缝越来越大，完全炸开。里面的果肉雪白雪白的，像一根圆圆的冰棒，甜入心脾。鸟们就会成群结队地飞落到八月瓜上啄里面的果肉。吃饱喝足后，鸟们就会落在油坊四周的林梢和空地上，散步、嬉戏、鸣唱。满眼的绿色里，都是飞来蹿去的鸟儿。常有一只两只的松鼠，警觉地溜来，在油坊里"翻箱倒柜"，稍有风吹草动，就会箭一样地射出，蹿上一棵又一棵的树。野兔显然比松鼠疲沓，慢悠悠的样子，像迷路的孩子，既有点惊慌害怕，又有点茫然迟钝。面对这样的鸟雀和小动物，不动心是不可能的。我砍了竹子，破成竹块，弯成弓箭，做成猎套，套鸟。把猎套放在林地，丢几粒食物，总能套上三两只的斑鸠、画眉和野鸡。千山鸟不绝的雪天，我和妹在雪地上撒一把稻草，丢一爪稻谷，引诱鸟雀。我们在撒有稻草和稻谷的地方，支一个筛灰篮，用一根绳子套住支起筛灰篮的那个支点，把绳子牵进屋里，躲着。一旦觅食的鸟雀钻进筛灰篮，我和妹把绳子一拉，支点一倒，筛灰篮扑通一声盖在地上，几只、十来只的鸟就成了"篮中之鳖"。那种快乐不是一顿美味可以言表的。也许，那是我童年最快乐的时光。

那天，娘正和大家在苞谷地里薅草，彭文贵二叔慌里慌张地跑来告诉娘，说：家云哥死了，我给你报个信，你要不要看他一眼？

娘二话不说，拿起锄头就走。

生产队长讲：吴二妹！正在农忙呢，你跑哪里去？

娘讲：学明的爹死了，我要去看看。

生产队长讲：都离了这么多年了，你还看什么？不准去！

娘讲：他是学明的爹呢！

生产队长讲：学明的爹你就要去？学明的爹多着呢！死一个你去一个？

大家哄笑。

娘知道生产队长讽刺她改了几次嫁，嫁了几个男人，咬了牙关，眼泪无声地流了出来。

生产队长不屑一顾地从鼻孔里哼了一声：猫哭老鼠！看不出你吴二妹还重情重义的啊！你跟活的脱离了，又跟死的好去了！

向汉英大婶娘怒从心起，吼：田方块！你还是不是人？人死了你还这样苛绊①人！像个队长不？为什么不准去？去了有鬼喊？

这个叫田方块的生产队长不好意思地嘟哝：我就是看不惯她！

---

① 苛绊：刁难。

向汉英大婶娘依然声音很高地骂：你看不惯她什么？惹你什么了？人家还看不惯你呢！你再这样欺负人，我撤你职！看你神气得了几天？

向汉英大婶娘接着对娘讲：你去就是，吴二妹！不要跟田方块磨嘴巴骨①！天塌下来我顶着！我就不信田方块喰了你！

娘千恩万谢地对向汉英大婶娘鞠了躬，恨恨地瞪了生产队长一眼，头也不回地跟彭文贵二叔走了。

向汉英大婶娘的声音从身后飘来：我丑话讲在前头，你们哪个以后再欺负吴二妹孤儿寡母，有你们好看！

彭文贵二叔问：要不要带学明也去见最后一面？

娘于是跑到学校里，问我去不去。

我讲：不去。他是哪个？我认不到。

娘讲：去吧。你认他他是你爹，你不认他他也是你爹。

我讲：我不认他，他不是我爹，我米有爹。

娘笑：你米有爹，你从哪里掉下来的？

我讲：不晓得。

娘扯了扯我手：走，看你爹最后一眼，见最后一面，以后想看就看不成了。

我挣脱娘的手，讲：我第一眼都米看到过，看他最后一眼搞什么？我长这么大了，他哪门米来看我一眼？

娘讲：他不是不看，是看不了。

我讲：哪门看不了？

---

① 磨嘴巴骨：斗嘴。

娘讲：天长路远，脱不开身。

我讲：我也脱不开身，要读书上课。

读书是我最好的理由。娘怕的就是我不好好读书，耽误课。

彭文贵二叔劝：学明不去就算了，他米见过家云，情有可原。

娘叹息一声，只好一个人前去奔丧。

去向亡人道别，我们叫奔丧。

娘到熬溪时，爹已经孤零零地躺在一块门板上了。只有我那同父异母的哥哥一个人孤零零地守在旁边。

娘一看到这个场景，心就凉了，泪就来了。

娘一下子扑倒在爹身上放声大哭。娘边哭边骂：你这杀千刀的剐万刀的！你儿子的抚养费一分米给过，你就去了，你到那边快活啊！你赖账不管你儿子死活了！你小儿子不管，你大儿子哪个管？你这个良心不好的啊！天杀的啊！你就这么走了，叫你儿子哪门活啊！

娘的哭声惊动了熬溪整个水井弯的人。爹死了整整两天了，这个水井弯里，都米有这样惊天动地的哭声。娘的哭声有腔有调，有板有眼，抑扬顿挫，似哭似唱，寂静得连蚂蚁走路都可以听到脚步声的村子一下子热闹起来。村里人都纷纷停下手里的活计，往爹屋里赶。

娘抚着爹僵硬的身子，继续呼天抢地地哭：彭家云哪彭家云哪，你命哪门这么苦啊！你活着跟人家做儿做孙、做牛做马，你死了，连个棺材都米得，就这样困到门板上，死了都米得人埋啊！你给人家做儿做孙、做牛做马有什么用？

到头来还不是孤魂野鬼，米有人心疼啊！

　　一寨人都晓得娘哭丧是在指桑骂槐。寨上人议论，是啊，家云给他们当了一辈子牛马，死了就这么扔到大门外边，是该骂。

　　他们，指的就是我爹的四叔四婶娘。爹给他们做了一辈子儿，人前人后伺候他们，养他们，到头来是这样的下场，一寨人看到寒心。彭文贵二叔就是看不惯才偷偷跑来喊我娘的。

　　爹的四叔四婶娘被娘在光天化日之下剥了衣服，恼羞成怒。

　　爹的四婶娘从屋里冲出来吼：吴二妹！你找死是不是？管去管来，管到我屋来了！彭家云死了关你什么事？

　　娘立马抹了眼泪，停了哭声，接招：彭家云是我儿的爹！我吴二妹就是要管！我就有资格管！你们把我儿他爹吃尽了用尽了，不管了？你们把我儿他爹吃死了用死了，不管了？你不管试试看！你们躲到屋里喰香的喰好的，把我儿他爹像孤魂野鬼甩到路上，你们不怕他变成鬼取你们？

　　爹的四叔也跑到娘身边威胁：你真的找死是不是？

　　娘站起来，两手一掐腰，怒目圆睁：我就是找死来的！我就是找你们拼命来的！你有本事把我一刀子撩了剁了！

　　说完，娘还勾了头来，往爹的四叔面前钻：来呀，四叔，你撩呀剁呀，死了，我正好跟家云做伴！

　　爹的四叔，被娘拱得连连后退，连骂：泼妇！

　　娘对着众人讲：大路不平有人铲，蛇死大路有人挑，我是泼妇还是你们是恶人，喊大家评评！彭家云跟你们当了这么多年牛马，你们连个匣匣都不做，连个灵堂都不扎，就四龙一个小孩守到这里，你们是不是人？你喊大家讲讲，你们的良心是不是被狗噙了？

大家小声议论：

是的啊，匣匣还是要做一个，莫就这么一床垫子一裹把人埋了。

现在不兴做道场，灵堂还是要扎个，米有灵堂死人灵魂不得安身。

这样做，太过分了！

家云命苦啊！

大家的议论，让爹的四叔四婶娘更加恼羞成怒。爹的四婶娘吼：吴二妹，家云死了，你开眼睛是不是？你到这里充什么狠？有本事你给家云扎灵堂、买匣匣啊？

娘针锋相对：四婶娘，做人莫一包屎，你把我和家云拆散了，你现在喊我买匣匣、扎灵堂？你也有脸？家云在世，你就好儿好孙地哄到家云，骗家云跟你当牛做马，家云死了，你骗不到了，就真把家云当成牛马不如，不闻不问，你做人比屎还臭！

爹的四婶娘扑过来撕扯娘：吴二妹，你讲哪个是屎？你再讲我撕烂你嘴！

娘也不甘示弱：哪个不是人，我就讲哪个是屎！哪个把家云榨干了油水不管，我就讲哪个是屎！

爹的四婶娘，对娘甩手就是一耳光：你滚！你有什么资格到我们彭家人这里指手画脚？你不要拿你儿子来做挡箭牌，你儿子不晓得是哪里的野种，我们就米承认过你那个野种是彭家的！滚！

娘捂着嘴角流出的血，眼睛铁钉一样盯着爹的四婶娘，看得出，娘眼里的铁钉已经在熔炉里冶炼过了，全是滚烫的怒火。娘讲：四婶娘，你作为大的、长辈，我最后一次喊你一声四婶娘！你再敢喊我儿子野种，再敢不给家云一个匣匣，你莫讲我不认你老的，不敬你老的了！我就跟你拼个你死我活！不信你试试看！

爹的四婶娘被娘眼里的怒火灼出了一份胆怯，像爹的四叔一样往后退。爹的四叔四婶娘边退边嚷：你想哪门拼？你还敢唚人？

娘拦住爹的四叔四婶娘：我哪敢唚人，唚人的是你们，人死了，你们个个站到看戏，唚人肉不吐骨头！

这时，爹的两个弟弟弟媳妇也来了。也就是我的四叔五叔和四婶娘五婶娘也来了。娘看到他们，也气不打一处来。娘指着他们骂：你们这些当弟弟的，哥哥死了也不管，你们忘了你们是哪门大的？米有你哥哥，你们两弟兄早饿死了冷死了！

四叔五叔赔着不是讲：嫂子，你莫吼，不是我们不管，是不敢管。

娘问：你哥哥你不敢管，哪个管？

四叔五叔讲：四叔四婶娘管。

娘讲：四叔管四婶娘管，就这样管的？

四叔五叔讲：哥给四叔四婶娘做儿子了，我们这些兄弟伙哪有四叔四婶娘做娘老子的亲？哪有我们讲话的地方？

娘讲：你们不要讲了，我看你们也是不想管，也想干上岸。

爹的四叔四婶娘吼：你是哪个，啊？你这个骂，那个吼，你是老几？老四老五讲得对，家云认我们做爹娘了，就得我们做爹娘的讲话，轮不动你到这里指手画脚，当家做主！你快点滚出去！要不，我们真不客气了！

爹的其他几个叔叔婶娘也跟着吼：是的，滚出去！再不滚出去，就让你断脚断手！

娘似乎抱定了必死的决心。娘重新回到爹身边，伸出双手，讲：来啊！砍哪！你们来断脚断手啊！

爹的四叔四婶娘对一群晚辈吼：你们还站到搞什么？看热闹啊？还不赶快把这个癫婆娘赶走？

于是，就有一群人战战兢兢地走到娘身边，强行把娘架走。

娘就这样挣扎着，哭喊着，被架走了！

架走了娘的身子，架不走娘的心。娘待在彭文贵二叔家里，悄悄地观察着爹的四叔四婶娘的动静。

湘西人去世时，埋得再快也得摆上三个早上，叫押三早。爹已经死了两天，摆了两天，明天就是三早，就要上坡了，见他们还是没有给爹扎一个简易的灵堂和买一口棺材，娘一直在彭文贵二叔家里哭，要找爹的四叔四婶娘拼命。彭文贵二叔一家劝住了娘。彭文贵二叔的娘对娘说：二妹呀，你莫好强，莫管那么多了，不是你管的。人家也讲得对，你改嫁出去了，就不是这个家里的人了，你阔是①米有资格管了。

---

① 阔是：确实。

娘讲：婶娘啊，我实在是舍不得他死得这样孤恓，米有人管哪！他小时候养大他的几个弟弟妹妹，长大了养他的叔叔婶娘，一辈子米有过一天好日子，死了，像孤魂野鬼，我想到就心痛啊！

彭文贵二叔的娘讲：你心痛有什么用？你不是这个家里的人，你米有发言权，你是这个家里的人又哪门样？还不是米有发言权？他就这个命，他自作自受。

娘讲：再讲，他也是我儿的爹啊！

彭文贵二叔的娘讲：是你儿的爹又哪门样？人家根本不认，你也就认命吧！你能在他死的时候送他一程，看他一眼，他也算米有白跟你夫妻一场。

说到夫妻一场，娘更加悲从中来，哭声更大。娘讲：我们米有夫妻命啊！要不是他砍千刀挨万刀的四叔四婶娘，我们也不会分开，他也不会这么早死。

彭文贵二叔的娘讲：生死由命，富贵在天，节哀吧，二妹。不是你的，你莫强求。

彭文贵二叔和二婶娘安慰娘道：你放心，嫂子，我们去帮着四龙守夜，今天最后一夜，家云的兄弟姐妹都会去的。

彭文贵二叔和二婶娘去给爹守夜，娘趁彭文贵二叔的娘睡熟后，悄悄地爬起来，走到对面的山上，望着爹躺着的地方，守了一夜。算是给爹守灵。

爹的面前，烧起了一堆熊熊大火，四叔、五叔和彭文贵二叔等披着棉衣，守在火边，说着白话。我同父异母的哥哥四龙披麻戴孝地给爹烧香烧纸。那时候，政府提倡破四旧，除迷信，死人时，不允许敲敲打打地做道场。死人的夜晚，异常冷清和恐怖。猫头鹰的叫声，格外凄厉。

熊熊的大火，也许烤暖了四叔五叔的身子，却烤不暖爹已经僵硬的身体，更烤不暖娘冰冷的心。娘对人说，爹没死时，尽管爹没抚养我这个儿子一天，但娘还是觉得我是有爹的孩子，娘一直幻想爹总有一天会把我这个儿子接到身边。现在爹死了，我就完全成了一个没有爹的孩子，娘的希望也彻底破灭了。爹身边的那团跳跃的火光，不管怎么跳跃，也跳不过娘身前身后无边的黑暗，跳不活爹的那颗永远活不过来的心。娘只能孤独地流泪，孤独地怀念，孤独地给爹守最后一夜。这一夜，比娘的一生还长。

爹上山了，娘远远地跟在后边。一步一滴泪。一步一滴血。娘和爹的恩，娘和爹的爱，娘和爹的恨，娘和爹的怨，曾经因为我这个儿子的存在，藕断丝连，如今总算曲终人散。

山是寂静的。爹是寂静的。爹坟前泥塑般的娘也是寂静的。给爹垒了几块石头、捧了几抔泥土的娘，望着爹的坟头想说什么呢？当娘疲惫地靠在爹坟前睡着时，娘又在做着什么呢？是想拉住爹的手，把爹拉回人间？是想摸着爹的心，让爹放心，说我长大后会给爹烧香叩拜？还是想让爹知道娘的心底一直还有他这么一个人？

不知道。

只知道一个女人被一个家族强行赶出，不能名正言顺地参加孩子父亲的葬礼，不能光明正大地送上孩子父亲最后一程。

十三

娘回到上布尺不久，又得到了一个消息：爹死后，我同父异母的哥哥四龙，无依无靠，没有人管，像野猴子一样，吃亏得很。带来这个消息的还是彭文贵二叔。

娘问：他几个叔叔呢？

彭文贵二叔讲：他几个叔叔各人都顾不过来，哪顾得了他？

娘又问：他舅舅嬷嬷①呢？

彭文贵二叔讲：也都顾不过来。

的确，那个年代，女人生孩子都像鸡生蛋，生得又勤又快，家家户户都是五六个孩子满地爬。贫穷的日子，因为太多的孩子变得更加清苦。

娘叹了一口气，对彭文贵二叔讲：你问问四龙，看四龙愿意不愿意跟我来，我养他。

彭文贵二叔瞪大眼睛，极不相信地问：你养？

娘笑：你不信是不是？我养！

彭文贵二叔讲：我相信，我只是米有想到。

---

① 嬷嬷：姑姑。

娘讲：那有什么想不到的，四龙跟我无缘，可他是学明的哥哥，无缘也有缘，不亲也变亲了。再哪门讲，四龙都是学明的亲哥哥。

彭文贵二叔讲：四龙是学明的亲哥哥，不是你生的，你不觉得亏啊？

娘讲：亏什么？四龙不是我生的，我也养过他几年，喊过我几年娘，不亲也喊亲了，不痛也喊痛了。他现在都十来岁了，我白捡了个大儿子，赚了呢！

彭文贵二叔讲：你各人拖到两个小孩都恼火，还拖一个，拖得起？

娘讲：就是多双碗筷，我喰什么他喰什么，穿的，以后就他做新的，学明捡他穿过的穿。

彭文贵二叔长叹一声，讲：想不到家云哥嫌弃你，最终还是要靠你把他儿子养起来，要是他的兄弟姐妹都像你，四龙就不得喰亏了。

娘讲：你转去，先帮我问哈四龙，看他愿不愿意。

彭文贵二叔讲：还要问哈他四婆四爷呢！

娘讲：他们不是不管他吗，问他们搞什么？

彭文贵二叔讲：不管也得问，那是他彭家人，不是你吴家人，到时候人家告你拐卖儿童。

娘想也是，就静等彭文贵二叔的消息。

左等右等，不见彭文贵二叔回信，娘就又跟生产队长请假，要去彭文贵二叔家问个究竟。娘丢不下四龙，娘想起四龙那个病了半个多月没人管结果活活病死的妹妹就心疼和着急。娘担心我这个同父异母的哥哥也会因没人管而有什么三长两短。

生产队长照例对娘一通大骂：我看你就是贱！

娘不管那么多，说：贱就贱。丢了工日，就往彭文贵二叔家赶。

彭文贵二叔讲：嫂子，你莫管了，管不了的。

娘讲：哪门管不了？他们不干？

彭文贵二叔讲：是的，他们不干。

娘讲：我替他们捡起负担，他们有什么不干？

彭文贵二叔讲：他们讲了，四龙饿死冷死也跟你无关，要你不要打四龙的主意。他们还讲你黄鼠狼给鸡拜年不安好心。

娘讲：我哪门不安好心？

彭文贵二叔讲：讲你想把四龙卖了，把四龙慢慢整死了。

娘一听立刻愤怒地骂：我日他们祖宗八代！做好不得好！以为都像他那一屋，全是烂恶蛇！我找他们评理去！

彭文贵二叔一屋人都劝：你找他们评什么理？你有什么理可评？四龙的确不是你什么人，你拼嘴巴骨拼得赢人家？你莫无事摞事了！

娘讲：他们这样对四龙，就米有人管了？

彭文贵二叔讲：四龙也只是他们的侄儿侄孙，不是儿子孙子，他们管也应该，不管也米有罪，你找不上。

娘讲：那政府呢，政府也不管孤儿？

彭文贵二叔讲：政府管哪，生产队给四龙的粮食一颗米都米有少。

娘讲：那洗衣喰饭上学，哪个管呢？

091

彭文贵二叔讲：那只有四龙各人管了。他四婆四爷不管，米有人能管了。

娘失望地问：那我只有看到四龙饿死冷死？

二婶娘笑道：饿不死冷不死的，你就莫管了。

娘讲：就算饿不死冷不死，什么时候像四龙妹妹一样害病死了，都米有人晓得。

二婶娘讲：那就看四龙命了，但愿他命大福大。

娘想了想，又问：你问过四龙米？他愿意不愿意？

彭文贵二叔：米问，大人不准，问他也未有用，小孩做不了大人的主。

看娘不甘心的样子，彭文贵二叔一家都劝：多一事不如少一事，这个家族是不会让你把他带走的，你就烂在肚里莫想了。

娘只好罢了，躲在后面山上的竹林里偷偷地看了一眼四龙。

当四龙邋里邋遢、蓬头垢面地出现在娘的视野中时，娘的眼泪一下子就出来了：造孽啊，家云！你把儿子搞得人不像人鬼不像鬼，你不得好死啊！

大冷的天了，四龙还打着一双赤脚，穿着一件单衣。娘的心，也被冷得簌簌发抖。娘跑到保靖县城给四龙买了一双鞋子，悄悄地放在了四龙门前。

然后走了。

让娘没有想到的是，四龙居然在另外一个村庄路口等着。

当娘突然看到蓬头垢面的四龙时，激动地边跑边喊：四龙！你哪门到这里来了？你是不是等娘？

四龙也边哭边往娘这里跑，一口一声地喊着"娘"。

娘抱住四龙：你是不是等娘，你是不是等娘？

四龙抹着眼泪哭喊：嗯，我要跟娘去！我要跟娘去！娘莫丢下我！

娘喜极而泣，抚摸着四龙的头：好，四龙，娘不丢你，你跟娘去，这就跟娘去！弟弟也在娘那里！你跟弟弟有伴！

于是，娘牵着四龙，一路小跑。

一路上四龙喜笑颜开地对娘说，他在寨子上看到娘了，不敢喊娘，也不敢跟四婆四爷讲，就跑到坳坳上等。天一亮，他就跑到坳坳上等了。

走到阳朝时，正逢阳朝赶场。娘在面馆里给四龙买了碗面和一个包子，让四龙饱饱地吃了一顿。

然后，又到剃头铺给四龙剃了个头。

吃饱洗净的四龙立刻换了个人一样，帅气清爽。

真像电视剧所演的，无巧不成书。凶狠的四婆四爷正好也在这里赶场，赶场的四婆四爷，居然就看到了娘和四龙。那四婆上前就抓住娘的衣襟质问：吴二妹，你把四龙带到这里做什么？人贩子是不是？

娘没想到会在这里碰到鬼，一时心慌得张嘴结舌，不知道怎么应对。四龙则吓得直往娘身后钻。

四婆见四龙往娘后面躲，更气不打一处来。

四婆放过娘，把四龙一把拉过来打：你这个忘眼睛！养你这么大白养了是不是？跟着她跑！你晓得她什么人米有？是害死你娘的人，害死你的人！你跟她去，把你煮了熬了，你都不晓得！

娘见四婆打四龙，喊：四婶娘，你莫打四龙，不是他跟我来的，是我带他来的！

四婆指着娘骂：你带来这里搞什么？是不是想把他到场上卖猪儿一样地卖了？

娘讲：不是，我是想让他到我那里坐几天。

四婆讲：你讲得比唱得好听，你打四龙主意又不是一天两天了，我还不晓得你什么心思！

四爷也接过话讲：你跟彭文贵讲的，彭文贵都跟我们讲了，你就是黄鼠狼跟鸡拜年不安好心！

娘讲：四婆四爷，我就是可怜四龙，我米有坏心，我只是想把他接过去，跟学明做个伴。他想你们了，我再把他送转来。

四婆往地上猛吐了口口水，讲：呸！我怕你想偏脑壳带残疾！

面对越来越多的人，四婆越说越利索，像爆竹一样，哗哗叭叭地响个不停。四婆面对众人一副指点江山、理直气壮的模样：你们看哪，你们评评理，这个女人跟我屋儿子离婚好几年了，早就大路朝天各走半边了，这倒好，我儿子死了，这个女人跟我来抢孙子了。我这个孙子不是她生的，是我前面那个儿媳妇生的，你们评评，她一个后娘，还是离了婚的后娘，有什么资格抢我这个孙子？

大家都答：是米有资格。

得理的四婆，更加唾沫横飞：不是亲生不疼，不是干柴不燃，一个早已离了婚的后娘想要这个小孩，你们讲安的什么心？不就是想把他卖了吗？不是卖了，也是想给她当小长工做牛做马。你们讲，这个世界上，有几个后娘是好的？
米有一个！

大家都点头，认为这个世界上没有好后娘。

娘像当众被人剥了衣服一样，羞愧难当，哭出声来。

娘讲：蛇烂骨头出，日久见人心，我不这样的啊，四婶娘。
我只是想让四龙跟我坐几天。我米有想过要卖他，要把他当
小长工啊。

四婆鼻子一哼，讲：世界上米有一个人各人讲各人是
坏人。快死开！再不死开，我告你人贩子！

娘只好抹着泪，委屈地离开。

委屈离开的娘，看见四龙在四婆四爷怀里拼命哭喊，
挣扎。娘知道四龙是要跟娘走。娘想跑过去给四龙一个拥抱
或一句安慰，但不能了，也不敢了。娘只能在四龙撕心裂肺
的哭喊声中，越走越远，越走越远。

多年后，娘讲起这个故事还泪流满面，嘤嘤啜泣。娘
还念念不忘给四龙买的那双鞋子，娘讲：你四龙哥那么早就
跑到坳坳上等我，不晓得他后头看到那双鞋子米有？不晓得
有人偷走鞋子米有？那可是一双统统鞋啊！

统统鞋是我们对高筒胶鞋的称呼。

我问：你哪门不让彭文贵二叔转交呢？

娘讲：那时都儿多母苦，我怕你彭文贵二叔各人拿闷①
了。

我一听笑了：娘呀，心胸比天还宽，心眼比针还细。

_____

① 拿闷：隐瞒。

十四

　　那年的九月。火烧云，云烧天，天烧人。什么都被烧焦了，烧煳了，大地上看得见腾腾升起的烈焰，透明的、水一样扭动纠缠的烈焰。田干炸坼了，地干燥裂了，河干断头了，牛羊干渴得看见人背着水就追着撵！湘西河边那些日夜辛劳、不停转动的水车，失去了诗情画意的水色，只能病恹恹地闭上眼睛睡大觉。

　　娘和妹下街赶场转屋时，夜了，打着火把赶路。掉落的火星不小心把旁边的巴茅烧了起来。娘和妹立刻一阵乱扑乱打，可根本扑灭不了，满山都是干了一夏天、不点都可以自燃的巴茅和茅草，并且都是悬崖峭壁，根本没办法扑救。

　　娘想，完了！这下死定了！放火烧山，不枪毙也要把牢底坐穿！

　　眼看火越烧越大，映红了半边天，再不走就只能葬身火海了。娘对妹讲：你快跑！沿着山下跑，从那个山头绕转屋里去，莫让寨上人看到！碰到寨上人就躲！到了屋里，你哪里都不要去。有人问你，你就讲我们转到屋好久了，讲我们是从另外一条路上转去的，千万不能讲是从这条路转去的，更不能讲我们打脱火烧了山！不然我们就要牢底坐穿了！

妹不肯走，要娘一起走。妹才九岁，一个人也不敢走夜路。

娘便边打火边骂：你再不跑，我们都烧死到这里，都看不到你哥了！你放心，娘烧不死的，娘会保护好各人！娘是大人，娘打脱火烧了山，不能跑，跑了有罪！

这时候，已经人声鼎沸，上布尺人提的提水桶、拿的拿盆子、握的握柴刀，跑下山来救火了。

娘便把哭着的妹狠狠一推，边打火边嘱咐：快跑！碰到人了就躲！千万不要讲我们从这里转去的！千万不要讲是我们打脱的火！

妹便一边点头一边哭着往另一条路上跑。在熊熊的火光中，我九岁的妹妹，光着脚丫，甩着俩小辫，往黑暗的深处跑。

火红的烈焰里，娘奋力扑火的身影，比火还红。

大家赶到时，娘的身上都着了火，已经累得奄奄一息。再迟点，娘就被烧死了。

火灭后，公社派孔庆良大叔来调查失火原因。有人举报，讲看见娘和妹妹黄昏时赶路，很有可能是娘和妹打脱火。

问娘时，娘死不承认，还呼天抢地地在地上打着滚哭，寻死觅活地在地上打着滚闹，讲大家欺负孤儿寡母。

妹长大后笑着对我讲：娘那个时候的样子，装得可像了，好像人家真的冤枉了她。

娘笑着瞪了妹一眼，讲：还不是为了你们！我真坐牢了，你们都要饿死在大路上喂豺狗子。

娘讲：承认不得，那是破坏社会主义生产的"现行反

097

革命罪"，承认就是找死。

　　由于娘死不承认，这个失火案就成了无头案。生产队长就怀疑是阶级敌人搞破坏，第一个就想到了地主婶娘，便把地主婶娘押起来斗。

　　每次都是在生产队的晒谷坪开批斗会的。这次也不例外。晒谷坪上，几堆熊熊的大火在夜空下燃烧。

　　地主婶娘被生产队长和民兵营长押上台来。火光映红了生产队长和民兵营长兴奋的脸。生产队长的脸本就是一张马脸，这时兴奋扭曲得更像一张马脸了。奇怪的是，一向和气友善的民兵营长，这时也满脸凶光，那种无以言表的凶光居然让他年轻英俊的脸变得令人恐惧和不安。

　　三堆熊熊大火，似乎拼尽了所有的光芒，要烧破这个夜空，却没有烧破，只能把粒粒密密麻麻的火星交给夜空，若火焰流出的血泪。

　　地主婶娘是早年的大家闺秀，很注重仪表。每次批斗，她都穿戴整齐。这让生产队长很看不惯。生产队长总要把地主婶娘的头发揪下来，让地主婶娘披头散发。生产队长边揪边讲：一个地主婆还装秋，我看你秋！

　　湘西人讲"秋"，就是爱美爱得过分，有点炫耀的意思，贬义。好秋，秋里秋气，秋拉怪死的，都是形容一个人炫耀美炫耀得过分。

　　生产队长疾言厉色地问：地主婆！是不是你放火烧的山？

　　地主婶娘答：不是。

　　生产队长：不是你是哪个？我们这里就你是地主，就你对社会主义刻骨仇恨，就你想变天！

地主婶娘：我米有恨社会主义，米有想变天。

生产队长：不是你想变天还是我们贫下中农想变天？我看你就是过不成资产阶级腐朽生活了，所以想一把火把我们都烧了！

地主婶娘一迭连声地否认：米有米有，一点都米有。

生产队长：那你讲是哪个。

地主婶娘：我不晓得。

你还不老实？嘴巴硬？你跟我跪倒！讲完，生产队长就一脚踢过去，把地主婶娘踢倒在地。

地主婶娘趴到地上呻吟：不是我，你冤枉我。

见地主婶娘讲生产队长冤枉她，生产队长又是一脚：你还敢讲我冤枉你？我看就是你，你是茅室①里的岩头又臭又硬，死不悔改！

地主婶娘这几天重感冒，不断咳嗽。被生产队长踢了两脚后，趴在地上起不来，不断呻吟。

生产队长以为地主婶娘装死，又要踢。

娘突然站起来，喊：你不要斗她了，是我打脱火烧的！

人们面面相觑。原来真是吴二妹！

生产队长看着娘，眼里都喷血：是你？其实我早就晓得是你！

向汉英大婶娘站起来骂：吴二妹，你不要捣乱！今天是斗地主，不是斗你！

_____

① 茅室：厕所。

娘知道向汉英大婶娘是保护娘，讲：大婶娘，真的是我，我不是故意的。

生产队长走到娘旁边，围着娘转了几圈，阴阳怪气地讲：吡嗨——你还有种，敢跳出来承认！

娘讲：我晓得落到你手里了，不死都要脱层皮，我米有什么讲的，要杀要剐由你。你把她放了。

生产队长讲：放了？哪有那么便宜的事！你喊放就放？你是老几？我看你是心疼地主婆了吧？跟地主婆一条裤子！来，拿块牌子来，把吴二妹和地主婆一起斗！

很快就有人找来了一块木板。生产队长在木板上用煳炭儿写上"吴二妹"，还打了个大大的叉。

煳炭儿，就是烧尽了的炭头子。

一时找不到钉子挂索子，生产队长只好命令娘把牌子拿着，跟地主婶娘站在一起挨斗。

当生产队长和村民一声声高呼口号"打倒破坏分子吴二妹"时，我的心也被破坏得千疮百孔。

我的娘啊，你喊妹都莫承认的，你哪门能够承认呢？你承认了，我和妹的脸往哪儿放？你坐牢了，我和妹哪门活？

娘对我们讲：做人要地道，各人的黑锅要各人背，不能让人家背，各人做错了，是泡屎都得喰。地主婶娘本来就害病，他们若把她斗死了、整死了，娘一辈子都不得安生。做人要讲良心。你们两姊妹给我记到，什么事都可以做，就是烂良心的事不能做。

斗了一阵子后，孔庆良大叔站起来讲话了：算了，我看吴二妹不是有意的，斗哈她，也让她长长教训。好在烧的面积不大，只半边悬崖陡坎，又都是巴茅和茅草，米烧到树，米给集体造成损失，这件事到此为止，以后哪个都不准提了。

专抓坏人和社会治安的公社特派员都这么讲了，生产队长只好放手。大家也齐声附和，想早点睡觉。本来大家没想过把娘往死里整，只是觉得应该弄清事情真相，真相明白了，也就没事了。

一场大火，烧掉了半坡荒草，也把娘的做人风骨烧得更硬，做人的良心烧得更红。

一场批斗，飘来了"文革"的一丝寒风，也带来了人性的一星温暖。

要是没有孔庆良大叔和向汉英大婶娘，娘也许真就去坐牢了。要是生产队长们较真上告，娘也许真逃不过命中一劫了。

十五

　　我就读的中学是古丈县茄通公社办的古丈县第二中学。

　　讲起古丈二中，每一个古丈人都在心中藏有一种愉悦而神圣的情感。虽然这是一所乡下中学，但那时的古丈二中却极为辉煌、极为骄傲。古丈二中的办学质量和声誉远远超过县城的古丈一中。县长和县委书记的孩子都不是以在古丈一中读书为荣，而是以在古丈二中读书为荣。如今，古丈县从上到下出的人才和官员，有百分之七十出自古丈二中。古丈县现在在任的各科局负责人也有百分之八十出自古丈二中。

　　古丈二中坐落在从古丈到保靖两个县际的连接线上。在茄通公社的茄通村。背后是一座山，不高，像虎。左右两边各是一条岭，很长，若龙。两条岭的中间，是古丈县难得的一片开阔平坦地带，似毯。背靠虎威，肩倚龙脉，眼收坦途，古丈二中，可谓天时地利风水好。人们至今还怀念古丈二中，就是怀念古丈二中的好风水。风水好，才人气旺、人才多。

　　古丈二中依山而建。最底下的一级是两个很大的篮球场。第二级是一个台地，长满了绿草。第三级是一栋很长、有十二间教室的教学楼，上下两层。教室前是一个很大的操场。操场上有两蔸桂花树，一蔸梨子树。桂花树一年四季郁郁葱葱，不落片叶。一到秋天，满校园都是桂花的芬芳。梨子树足有几十米高，直插蓝天。走遍全国，我还没见过如此高大的梨子树。那一定是成了精的梨子树。教学楼的旁边是一个大礼堂。只是礼堂一般不用，只在雨天时用来开全体师生大会或上体育课。礼堂很大，几千学生装进肚里还绰绰有余。学校把余下的后半截作为食堂，开了五六个窗口，一天三餐，钟声一响，我们都像箭一样射进礼堂，抢着排队打饭。饭堂的旁边是专门用来炒菜的厨房。大教学楼的后面是第四级，第四级有一栋教师宿舍楼，六间，很小。一栋只有两间教室的教学楼。教学楼的两头两尾是四间教师宿舍。再后，就是连着的几栋学生宿舍和一栋很小的教师宿舍。

我们这些十几岁的孩子，与那些青年单身教师没有一点隔阂，经常有事无事地去老师那里串门，甚至吃饭时去老师那里赶菜。老师只要有什么好菜，恰巧又有他的学生路过，就会叫上学生去夹上一筷子。学生也习以为常，秋风扫落叶，把老师的好菜吃个精光。有的成绩好、表现好的学生，甚至把衣服、鞋子、钱包等所有的"家当"都放在老师那里，俨然把老师的家当成了自己的家。全校几十个老师，个个老师家都住有几个学生。校长鲁开文家也不例外。老师对学生好，学生当然记得。学生记得，家长当然就知道。如此，家长也会时不时地让学生从家里带些萝卜白菜和野味给老师。情意重的家长还会亲自登门拜访和感谢老师。老师当然不会占学生的便宜，他们会千方百计把家长留下吃一餐饭、喝几杯酒。一来二去，学生跟老师，家长跟老师，都亲人似的相互牵挂。

如此亲密的师生关系及家长与学校的关系，自然在古丈县比风吹得还快。本就很小的古丈县，人人都知道古丈二中老师好，古丈二中校风好，古丈二中教学成绩好。古丈二中，自然成了学生和家长希望的圣地和未来的殿堂。老师爱学生，学生就尊重老师，听课格外认真。几乎所有的学生读书时都有一个老师情结，哪个老师对学生好，学生上课就开心，格外认真；哪个老师对学生不好，学生上课就赌气，极不认真。好像学生读书不是为自己读，是为老师读。这样，学校就常常会出现一种奇怪的现象，对学生好的老师，他教的这门课，学生成绩普遍都好。对学生漠不关心或者比较粗暴的老师，他教的这门课，学生成绩普遍不好。

幸运的是，我考上了古丈二中。更幸运的是，我的成绩特别好。在古丈二中求学的日子里，所有的老师都喜欢我，所有的学生都敬重我。离开了上布尺那个让人伤心、没有尊严的地方，我在这里得到了空前的尊重。从初中一年级到高中二年级（那时只有高二，读完高二就高中毕业），全校几千学生，每一个学生都知道我的大名，都会给我投来敬佩的目光，都会以和我做朋友为荣。上布尺那种家庭环境中的压抑和阴霾，一扫而光。我不但是学校的大明星，更是学校的掌上明珠。那时候，学校除了评"三好学生"，还评"三好标兵"，就是比"三好学生"还优秀的学生。全校只有两个，高中部一个，初中部一个。我读初中时，我是初中部的那个"三好标兵"。我读高中时，我是高中部的那个"三好标兵"。每年，都是校长给我发奖状、戴红花，我都要在全校大会上做典型发言，接受台下几千学生和老师暴风雨般的掌声和敬佩的目光。我个子不高，站在台上做典型发言时，就像一只小蚂蚁。可这种至高无上的荣誉给我带来的自豪感，使我觉得像在天空中飞翔一样，美！那时的奖励都是精神的，很少有物质的，即便有，也只是一支钢笔或一本笔记本（呵，可不是现在的笔记本电脑），可那时的人们都因精神的鼓励而快乐，因精神的褒奖而骄傲。精神和荣誉，真的是金钱买不来的。不然，有的亿万富翁就不会那么空虚、苍白和不自信了。

不自量力地，我很快堕入情网。我暗暗地爱上了一个各方面都很优秀的女孩。那时的爱情不像现在这样火辣辣、赤裸裸，而是羞涩的、地下的，像小偷一样。想爱却不敢爱。爱却不敢表达。期待，害怕，羞涩，沉醉，奇妙地搅在一起，让人整天处在亢奋中。那时的男生女生是不敢写信，不敢递纸条的，爱和被爱，都在眼神里、表情上。我知道，那女孩也喜欢我，不然她不会对我那么好，不会把家里什么好吃的都拿来给我，不会有事无事就找我搭话，不会总找借口想与我在一起。尽管这样，爱的火焰，还是不敢燃起来。我知道，我们的地位相差悬殊，我们不可能修成正果。相反，只会是苦果。我不能给她写酸菜一样滋味的情书，不能让她过酸菜一样贫穷的生活。我的爱，只是一根火柴划了一下，没有去点亮一盏灯，没有去燃起一堆火，而是亮光一闪就灭了。即便我自己不掐灭这一点光亮，老师和她的家长也会掐灭。那时，学校只要发现学生谈恋爱，就会处分甚至开除。我的初恋，就这样悄无声息地无疾而终。因为，我彻骨地感到，我没有资格谈恋爱。爱，如果不能给爱的人幸福和快乐，就没有资格。

当我爱一个人而感到没有资格时，我对我的家庭又增加了一分厌倦，对娘又增加了一种埋怨。如果……如果……如果……我想象了好多个"如果"来设想我的命运。我唉声叹气，怨天尤人，后悔出生在这样一个家庭。慢慢地，这种悔恨越来越强大，以一种不可阻挡的力量穿透了我本就脆弱的心灵，击溃了娘赋予我的所有亲情。我不愿回到那个破碎的家。我不愿看到娘。即便见到了娘，我也不愿跟娘讲话，动不动就对娘大发雷霆。

家庭苦难带给我的变态的自尊，已经让我彻底沦为一个不孝之子。

每年的寒暑假，我不回家。我待在学校里守校。我不是怕回家劳动，而是怕回家看寨上人对娘的欺负、对我的白眼。作为一个长大成人的男子汉，我不是用男人的血性和孩子的孝顺去保护娘，而是胆怯于别人的白眼。我现在想，别人一个阴冷歧视的白眼，我就选择了逃避，放弃了娘，如果有一把寒光闪闪的刀架在娘的脖子上呢，我会怎样？

我会不会眼睁睁地看着那把刀在娘的脖子上抹出血口？会不会眼睁睁地看着娘倒在刀下？很可能会。一寨子阴冷歧视的白眼，不但让我失去了血性，也失去了人性。我对娘的冷漠和粗暴，何尝不是一把寒光闪闪的刀呢？我不知道，我当时的举动，给娘的伤害有多深、多痛，但我知道，我对娘的冷漠和粗暴，的确是插在娘心口上的一把刀。

我待在学校，参加学校的护校队，守校。一可以逃避家庭的郁闷和寨上的白眼；二可以得到一定的补助，减轻家里的负担；三还可以利用寒暑假看很多的书，增加一些课外知识。暑假不回家，也许还可以以学校有补助、能减轻家里负担为由。寒假过年都不回家，实在是大逆不道，讲不过去。而且从初中二年级到参加工作，一连六年，我都没有回家过年。我在学校，可以吃到学校给我们的好年肉、好年饭，护校队有十来个人，也很热闹。我娘和妹呢？冷冷清清，孤孤单单，连肉影都看不见。我不知道娘和妹过了多少没有肉味的年。

我不愿回家。娘只得到学校来给我送钱、送米。农村的孩子在乡镇或县里读书，一般每个周末都要成群结队地赶上十多公里甚至几十公里回趟家，取米、取菜或者跟父母要点钱。我们那个时候的寄宿学校，条件好的农村孩子就在学校食堂买饭、买菜吃，条件不好的农村孩子，只能从家里带米、带菜到学校吃。米交到学校食堂，再交点钱，叫搭餐。菜都是在家里炒好的酸菜。什么苞谷酸、豇豆酸、萝卜酸、大蔸菜酸、胡葱酸、酸辣子，应有尽有。之所以带酸菜而不是新鲜菜，是因为酸菜不会馊臭，放上十天半月，都没有问题。吃饭时，就从学校食堂买点白米饭，就着酸菜吃。冬天菜冷，就把酸菜埋在热乎乎的米饭下，等热了再吃。全县各地来的酸菜，都是一个品种，味道却不一样。有的油多，香。有的还是跟腊肉一起炒的，更香。当然，更多的还是没有什么油盐的。即便都不富裕，吃饭时，还是让人终生难忘。因为，没有一个同学把好吃的菜收着悄悄吃，都是拿出来，大家分享。再不好的菜，也是大家一起品尝，一起分享。

娘肯定不能每个星期都给我送米、送菜，娘要出集体工挣工分养活我和妹。但娘每次给我送的酸菜，都很香，很好吃。油多啊，自然香。娘把一年出工分得的茶油、菜籽油都用来给我炒酸菜了。娘和妹一年四季都是烧的红锅子。就是讲，娘和妹自己在家里炒菜吃时，从没放过一滴油。缺油的锅子，都变成锈一样的红锅子了。娘和妹，因为常年没油，全都营养不良，全身浮肿。

在年复一年的操劳里，娘终于病倒了。娘得了巴骨流痰，瘫痪在床。一瘫就是一年多。

由于多年不肯回家，我不知道娘曾经在床上瘫痪了一年多。娘不允许妹和二姐跟我讲。娘怕我伤心、担心和难过，影响我学习。我们那里最偏僻，太闭塞，没有办法从其他渠道知道娘的消息。娘瘫痪的那一年多，妹没有钱读书，休了学，二姐离开姐夫，带着年幼的孩子，伺候娘快两年。

而这些，我都是不知道的。

直到有一天，娘作为流窜犯被抓捕到人民公社时，我才如梦初醒。

十六

上世纪七十年代末到八十年代中期，改革开放刚刚起步，一些头脑灵活的人，利用城乡的剪刀差和地域经济发展的不平衡，四处进货出货，倒买倒卖商品。这种市场经济的商业行为，被认为是不务正业，是投机倒把，是扰乱社会主义市场经济秩序。一些没有倒买倒卖，但却经常外出做点手工生意的人，也被当作游手好闲、不务正业的投机倒把分子进行打击。

我至今不明白流窜是什么性质的犯罪。可能是也像投机倒把犯一样，不务正业，四处流窜，这样的就叫流窜犯。

那天，在人民公社做特派员的孔庆良大叔到学校找到我，讲娘被抓到公社了，让我去看看。他讲娘是他抓的，全县搞运动，打击好吃懒做的流窜犯，他没有办法，他不能徇私情，要我理解和原谅。我问他为什么，他讲有人检举我娘瘫痪一年多，病好了，不出集体工，而是好吃懒做，继续装病，拄着拐杖到处乱窜，丢社会主义的脸。

一听娘好吃懒做、装病乱窜、丢社会主义的脸，我这社会主义教育出来的好孩子、好学生，特别是社会主义教育出来的"三好标兵"，真是无地自容。娘怎么能这样呢？我一定要跑到公社问问娘为什么。

公社与学校只有几百米之隔。我生怕老师和同学知道娘被当作流窜犯抓起来了，做贼似的，心虚得很。我恨娘丢了脸，但还是担心娘没有吃饭，就在食堂打了一碗饭，还跟同学借了菜票，打了一勺肉，装在书包里，边走边回头看看是不是有同学或老师发现了我的秘密。

学校和公社之间的一大坝田园里，油菜花张灯结彩，开得正旺。春风的刷子，只那么轻轻一刷，一丘丘油菜地，就被刷成了一块块黄地毯。油菜花的鲜黄和芬芳把我浸润、淹没。

我无心迷醉，穿过鲜黄和芬芳，朝着公社，一路小跑。

公社很大。有五六栋，都是两层楼的木房子。一栋木房子的一层楼全关的流窜犯。其他的流窜犯都是几个人一间房关着，就娘是单独一间，在二楼。

当我端着饭碗站在窗户边时，娘惊喜地站了起来，随后就落泪了。娘已经好久没看见我了，娘流着泪问：你来了，学明？庆良大叔喊你来的？

我只是"嗯"了一声，算答应。

我把饭从窗户里递给娘。

娘没接。娘讲：娘喰过了，是你庆良大叔送的。你莫恨你庆良大叔，他是不得已抓我，他对我很好。你看，他们都是几个人关在一间，就我一个人关在一间，这都是你大叔人好、心好、照顾娘。你大叔送的饭里还有好多肉，比你送的还多。娘喰饱了，你留着。

我知道娘是舍不得吃，想把肉留给我，我就讲：是不是大叔送的牢房饭好嗆些，我送的饭不好嗆？

我这样讲，娘才会吃。

娘的泪水更多了。娘指着地下讲：你看，你大叔给娘送了好大一碗，娘米嗆完。

我一看，木地板上，的确有一大钵头饭，上面的确有不少肉。我知道娘是伤心难过，一口都没吃。在讲究根正苗红的年代，出身寒苦、从小就过着流浪生活、根正苗红的娘，哪里受过这般政治侮辱？

我讲：娘，我晓得你米嗆，你嗆。

娘讲：儿，娘嗆不下。娘不是流窜犯，不是坏分子，娘米给你们姊妹们丢脸。

我讲：你不是流窜犯，人民公社哪门抓你？

娘讲：人民公社抓错了，过几天，人民公社肯定把娘放了，娘米做见不得人的事。

我讲：你米做什么见不得人的事，人民公社哪门会抓你？人民公社哪门会随便抓人？你肯定做了。

娘一听，就放声长哭：儿啊，娘真的米有做任何对不起党和政府的事，真的米有丢社会主义的脸，娘是冤枉的啊！

我立马脸红心跳，慌张起来。我本是悄悄来的，娘这放声一哭，让人听到看到了怎么办？好多学生吃完晚饭会往公社这边散步呢！

我立刻变了脸，厉声呵斥娘：你犯了罪，还有脸哭？你怕我的老师和同学不晓得你被抓起来了？

娘像做错事的孩子，立刻咬住嘴唇，极力不让哭声从嘴里传出来。嘴角咬出了淡淡的血。

我讲：娘，做错了就跟政府老实交代吧，毛主席讲了，坦白从宽，抗拒从严。

娘委屈而乞求地看着我：儿啊！娘真的米做错，娘是被生活所逼，娘都是为了你啊。

我讲：你不要口口声声是为了我，我米有喊你流窜、犯罪。

正讲时，孔庆良大叔走过来了，孔庆良大叔见我这样讲娘，变了脸厉声呵斥：你娘被抓，就是因为你！不盘你和你妹读书，你娘会瘫痪？你不拼命读书，你娘会被抓起来？你娘不是为你还是为哪个？你这个米有良心的，再这样对你娘，我把你抓起来！

我胆怯地低下头嘟囔：我娘米错，你抓我娘搞什么？

娘赶忙擦了泪水替我圆场：大叔，学明小，不懂事，你莫吼他。

孔庆良大叔瞪着我讲：死到你学校去，莫到这里怄你娘！不晓得你哪门读书的，书都读到牛屁眼里去了！

娘讲：我学明成绩好，全校第一。

孔庆良大叔不屑一顾地讲：全校第一有什么用？连娘都不孝顺，全世界第一都米有用！死转去！

见我还不动，孔庆良大叔又吼：把你的饭菜都端转去！你娘这里有我，饿不死的！

严厉的眼神和表情，使我不寒而栗。

我赶忙端了碗筷，往学校跑。

本来我就怕带了枪的孔庆良大叔，有了这顿凶，我更

112

像老鼠见到猫。

娘在公社关了一天，就被放了出来。当孔庆良大叔把电话打回大队时，作为大队支部书记的向汉英大婶娘把他一顿臭骂：你瞎眼睛了！乱抓人！学明他娘是什么人你还不晓得？你快把她放了！无缘无故地抓人家孤儿寡母，你让我以后哪门做人？你不放，以后就不要死转来！

向汉英大婶娘是孔庆良大叔的妻子，又是大队负责人，她的话，当然起决定性作用。因为，社员是好是坏，大队支部书记最清楚。

娘被抓的消息，还是很快在学校传开了。纸里包不住火。彭学明是学校尽人皆知的名人。彭学明的娘作为流窜犯被抓起来，当然会成为学校的爆炸性新闻。只是彭学明以为别人不知道。

娘被放出来的第二天。晚自习。我班一个叫王自泽的同学突然站起来讲：同学们，我今天有一个惊人的消息，我要检举揭发！

同学们问什么消息，要检举揭发哪个。

王自泽指着我：彭学明的娘是流窜犯！彭学明的娘被公社抓起来了！

同学们惊讶的目光和惊讶的嘘声，立刻像万把利剑汇聚到一起，直刺胸口，前所未有的耻辱，犹如万把利剑，穿透我心。我在学校赢来的所有荣耀、所有尊严和所有敬意，此刻都因为他的"检举揭发"和"道破天机"而烟消云散，付诸东流。

我先是惊慌失措地看着大家，貌似辩解求助。

后是惊慌失措地低头逃避，想找个地孔钻进去。

最后就有一团怒火直冲胸膛。

我愤怒地站起来，咬牙切齿地指着王自泽扔过去一个炸雷：王自泽！你个狗日的！我日你娘！

王自泽也大喊大骂：你还骂娘？你娘就是流窜犯！你还在这里充什么"三好标兵"？

我跑到王自泽身边，揪住王自泽的衣领，指着王自泽的鼻子：我是"三好标兵"关你什么事？！你有本事也拿一个"三好标兵"！你眼红我"三好标兵"就污蔑我娘是流窜犯，你娘才是流窜犯！你娘不但是流窜犯，还是"地富反坏右"！

王自泽自以为捏有我的短处，理由充足：你凭什么污蔑我娘？

我讲：你凭什么污蔑我娘？

王自泽讲：你娘就是事实！

我讲：你娘也是事实！

王自泽讲：你娘被抓好多人看到的！

我讲：你娘被抓也好多人看到的！

王自泽见他讲什么我回什么，也开始气急败坏起来：彭学明，我日你娘！

我一拳打过去，喊：王自泽，我日你一百个娘！

然后不由分说，把他拖出桌子外面，狠狠地揍了一顿。

他在我们班个子最小，哪是我的对手。还没等同学们回过神来，我三拳两腿，就把他打趴在地，起来不得！

我长时间没打架了，一口恶气，全在拳脚声中出来了。

恶气出来的代价，就是我平生第一次给老师写了一封检讨书。

表面上，我似乎在为娘的名誉而战；实际上，我是在为自己的荣誉而战。

表面上，我战胜了；实际上，我战败了。

在以后的日子里，我就此彻底认为娘给我丢了大脸，我彻底地自惭形秽、自卑自闭，人前人后抬不起头来。尽管我还是"三好标兵"，尽管我还是荣誉连连，但从心底，我自己把自己彻底打垮了。

我不允许娘再来学校看我。

取而代之的，是我年幼的妹。

我是一朵春光早昧的油菜花，未开先衰。

十七

多年后，我考起了大学，二姐和妹才给我讲起了娘为什么被当作流窜犯抓起的事。

那是娘最为黑色的时光。

那一年的冬天，二十四个节气所有的日子都凝结成了最冷的冰寒。雪一层层地落，冰一层层地盖。层层冰雪，夜夜冰冻，整个世界就冷酷无情了。一层层冰雪，钢铁一样坚硬地冻结在地上。一根根冰柱、冰凌，竹笋一样挂满了屋檐、树枝和沟坎。树叶、草、蔬菜和所有的一切，都裹上了冰甲、戴上了冰盔。连续半个多月大雪封山，鸟无踪影。所有的人都冻得耳鼻皴裂，心都是冰。

在城里人的眼里，冰天雪地的世界是最美的。看不见肮脏，听不见喧嚣，只有一望无际的纯，一望无际的静，一望无际的美。而本来就宁静干净的乡下，这样的天气不能持续太长太久。太长太久的话，美就会被寒冷撕碎，变成恶劣，乡下人的生活就会被冻僵、冻死。

没有办法干活。也不会有人干活。坐在家里烧着旺火都热不了身子，出门干活不是天冷冻死就是路滑摔死。眼看生产队的牛没有粮草就得饿死了，生产队长心急如焚。可动员谁，谁都不肯割牛草。

前面多次讲过，我们那个寨子山高路陡，到处都是悬崖绝壁，稍有不慎，就很可能粉身碎骨。这样的天气割牛草，就是等于送死。

娘却顶着风雪上路了。因为生产队长给娘承诺，只要娘在集体最需要的时候能够为集体出力，娘以后就可以多挣几个工分。这种承诺，使受尽委屈的娘，在冰天雪地里看到了阳光一样的希望。多挣工分，就意味着年底可以多分粮食，意味着娘手心里的两个孩子可以多一口米饭。娘和地主婶娘，非常高兴地承担起了照顾生产队十多头牛的任务。更重要的是，娘跟那个地主婶娘一样，觉得这是生产队长和集体的信任。生产队的牛、集体的财产，一般人是不让挨边的，谁要是起了坏心，把牛毒死了怎么办？娘的心里，充满了被人信任的自豪和满足。

娘就在这样的冰天雪地里，连续多日早出晚归割牛草。每天裹着一身冷气回来时，都摔得鼻青脸肿，头破血流。手上、脸上，也全是巴茅草划破的一道道血痕。巴茅草一年四季常绿，吃起来有淡淡的甜味，是牛最喜欢的草。巴茅草是根状植物，叶片很长，足有几米，一山一山的，生命力极强。它像一把把绵软细长的钢锯，两边布满了密密麻麻的锯齿，稍有不慎，就会被划得皮开肉绽。这咬人的锯齿，在牛的舌头上和口腔里却不知道为什么不再是刀和剑，而是大山赐予的美味。牛的舌头和口腔那么翻来覆去地咀嚼，也不见划破一个伤口、流出一滴鲜血。也许是牛舌和牛口腔长满了厚厚的老茧。

连续一个星期后，累得虚脱的娘终于一脚踩空，滚下岩坎，倒在了冰天雪地里，是地主婶娘费了九牛二虎之力把娘背回家的。娘和地主婶娘浑身都结了冰甲，冰凌、冰屑和冰块凝结在娘和地主婶娘的头发、眉毛和眼睫上。衣服冻成了冰疙瘩，一碰，吱嘎吱嘎响。地主婶娘讲，娘在这边山割，她在那边山割，割完，她喊我娘一起回家，喊了十多声，娘没有答应。她知道大事不妙，赶忙去找，结果发现娘奄奄一息地倒在地上。娘流着眼泪求她背自己回家，娘讲不想做野死鬼吓自己的两个孩子。

冰天雪地里，同样瘦弱的地主婶娘，根本背不动已经冻得僵硬的娘，她只能用一根绳子把娘自腋下一捆拉回家。那是一条何等艰难的路啊！好几座大山，好几座陡岭，还是弯弯曲曲的羊肠小道！地主婶娘的肩胛被绳子勒出了深深的血印和血口，娘拖在地上的双脚，磨掉了所有的指甲，染红了一路的冰雪！

娘一动不动地躺在火坑边，牙关紧闭，没有呼吸，熊熊的大火根本烤不热已经冻僵的身子。年幼的妹吓得号啕大哭。已经跟娘离婚的继父，也不禁悲从心生，流出泪来。他和妹抱着娘一遍一遍地喊，一遍一遍地掐人中，终于把娘从死神手里喊了回来。

娘醒了，活了，却不能动了。长久受冻的娘，冻坏了两条腿。娘得了巴骨流痰，下肢瘫痪了。

想起来了，我并不是连续六年没有回家过年，我这年回去过。但我不知道我娘实际上已经瘫痪了。我以为我娘只是病情严重，一时起不了床。

大年三十，我们没有鸡可杀，没有鱼可捉，没有肉可吃。娘躺在床上嘱咐我和妹把几斤大米和黄豆磨成浆，然后，让我们把娘背到火塘边，坐在板凳上，一小勺一小勺地给我们炸油粑粑，也就是灯盏窝。

灯盏窝是湘西最有名的小吃之一。磨成浆的大米和黄豆放进墨水瓶一样大的一个容器里，拌点辣椒、大蒜和酸菜，在翻滚的油锅里一炸，米浆就从容器里脱离出来，蓬松蓬松的，浮游在锅里。炸熟捞起，金黄金黄，蛋糕一样。轻轻一咬，一股油香从里面冒出来，又香又辣，又软又脆，真是人间难得的美味。

我跟妹吃得津津有味，娘却一口都没吃。娘病得厉害，吃不下。炸完，娘就精疲力竭，睡了。我跟妹守岁到半夜鸡叫。

大年初二，我就回到学校守校去了。

当时，我还是不忍心去，但娘讲，你守校你就得守好，你都回来三天了，万一学校东西被人偷了，你就是罪人了。做什么就要像什么，不要打马虎。

我看二姐也拜年来了，就放心地去了。

哪知道，二姐这次拜年一拜就是快两年。娘瘫了，二姐无法离开。

娘瘫痪后，二姐不顾二姐夫的强烈反对，冒着被抛弃、被离婚的危险，带着年幼的孩子，一把屎一把尿地伺候娘近两年。没有二姐，娘也许早就死了，娘若死了，也就没有我和妹妹的活路了。所以，我那普普通通、名叫水玉的二姐，是娘和上苍赐予我的一泓救命水和一块保佑玉。

娘瘫痪的日子里，寨上那些平时恨娘、整娘、巴不得娘早死的人，这时也不再恨娘、整娘，不再巴不得娘早死了。嫌穷不羡富，恨生不恨死，是湘西人的为人处世哲学。娘整天躺在床上不能动弹，相当于半个死人了，还能跟大家抢几天日子，争几天生活？还能跟大家吵几回架、打几回架呢？跟一个黄土埋进脖子的人计较，实在不人道。因此，一个寨子的人开始同情娘，开始回想娘的点点滴滴的好，觉得一个女人拖着几个孩子到处讨吃，实在不容易；一个家族的人对付和欺负孤儿寡母，实在不应该。于是，不断有人和向汉英大婶娘一样上门看娘。

条件好的，带一包糖，拿几个蛋；条件不好的，陪娘讲讲话，帮娘翻翻身。早已离了婚的继父有时候也会到县城割两斤肉送娘。年底时，没有工分的娘自然分不到口粮，平时最欺负我们的生产队长特地跟公社打报告，给我们要了救济粮。把一袋子救济粮送到我家的队长讲：这是我跟公社要的救济粮，给你背来了，你们喰，米有了，我再去公社要。

不用道歉，不用解释，不用提伤感的过往，相互之间的恩怨，就在一言一笑和一举一动中没有了。

娘讲：要早晓得你们都这么好，我就早点瘫了。

给娘送来了几个苹果的继父表妹笑着讲：讲什么哟！快点好，好了我们继续吵架、打架。

讲得二姐和大家又是泪又是笑。

这就是真实的湘西、真实的农村、真实的人性。人，其实是最简单，又最复杂的。人的简单和复杂，都是取决于社会形态和文化形态的。社会形态和文化形态往往决定了人的形态，影响了人情和人性的形态。现在，我想，那些乡亲们欺负我娘，并不是他们的人性有多坏，而是几千年的社会和文化形态影响了人情和人性形态。因为几千年的社会和文化形态告诉我们，女人要嫁鸡随鸡、嫁狗随狗，如果嫁鸡随了狗，就是不守妇道、不贞洁，就会成为众矢之的。那么，人情和人性形态也就根深蒂固、自然而然地受到影响，那些原本很善良的人也会因此看不起你、歧视你，甚至欺负你。而当你真正大苦大难、死到临头时，他们内心深处的那份善良又会被唤醒、复活，然后回归人的本真。

老天开眼，一个土家族的民间草医路过我家，不要一分钱地给娘开了几服草药，娘竟然奇迹般地站了起来。娘、二姐，还有妹，都不知道这个草医从哪里来、到哪里去，她们都一致怀疑是神仙被我娘感动，可怜我娘，救了我娘。

十八

重新站起来的娘，还是不能跟大家一起下地劳动。娘只能艰难地拄着双拐，如蚁挪行。不能干活就没有工分，没有工分，就分不到粮食。瘫痪快两年的娘，早就断了粮、断了炊。要不是二姐接济和生产队长要的一点救济粮，我们一家早就饿死了。

有人讲：喊你学明回来，莫读了，回来可以抵一个劳动力了。

娘讲：我学明那么成绩好，莫读了可惜，我舍不得。

有人讲：饭都喰不上了，还读什么书？喰饭保命要紧。

娘讲：我活一天，我学明就要读一天。

有人讲：读那么多书搞什么？读去读来，还不是要读到山旯旮来。

娘讲：井越深水越凉，书越多心越亮，读书哪门会米有用？一颗字就是一斗米。

有人讲：那让学翠莫读了，女儿家大了，反正是人家的，读了米有用。

娘讲：学翠也成绩好啊，哥哥读，妹妹哪能不读？手心手背都是肉。

有人讲：这个也要读，那个也要读，你就等着饿死吧。

娘讲：饿得了一张嘴巴，饿不了一把骨头。只要骨头不断，骨气就活着。

娘又讲：只有冷死的蚊子，米有饿死的蜂子，一颗露水养一棵草，天底下饿不死喫草的人。

娘背着一个背篓，带着一个口袋，还有一双碗筷，挂着双拐，出发了。这艰难的求生之路，就是后来被人民公社所认定的流窜之路。

屋里就留下了我年幼的妹。

在家里，小小的妹是孤零零的。

在山野，半身不遂的娘是孤零零的。

大病未愈的娘，要靠双拐走出山重水复的重重阻碍，不知道是怎么走的？那求生的路，不知道有多远、多难、多长……

娘走的方向，是我读书的方向。

娘一天只走得了一两公里。娘哪是走啊？是挪。一寸一寸地挪。

正值秋天，秋收的时候。娘选在这样的时候出发，就是去跟秋天要生活、要生存、要活命的。

看到一片田园，娘停下来，走进田园，捡拾秋收后遗落的稻穗。一线一线。一捧一捧。一粒一粒。

看到一片庄稼地，娘停下来，走进庄稼地，捡拾秋收后遗落的苞谷、豌豆、黄豆、绿豆和红薯。一个一个。一爪一爪。一颗一颗。

捡拾秋收时田地里掉下的粮食，我们叫缮粮。

123

空旷的大山和田地里，缮粮的娘像一只快散架的瘦鸟，耷拉着翅膀，艰难觅食。

天快黑时，娘就找一户人家，跟人家讨一口水喝，讨一碗饭吃。如果人家不给，娘就另外再找一家。如果附近没有人家，娘就只好挨饿。实在饿得不行，娘就点一堆火，把缮来的苞谷或红薯烧一个，就着泉水充饥。然后找一座风雨桥、岩凹或一处可以遮风挡雨的地方，铺一捆稻草，住下。

空旷无垠的夜里，山风徐徐，星月当空，重重山影若隐若现，朦朦胧胧，一幕比一幕深，一幕比一幕浓。暧昧的黑影，因为树的茂密和稀疏程度而浓淡不同。树木茂密的，黑影是一团一团的，深而浓，像墨汁。树木稀疏的，黑影是一块一块的，淡而浅，像淡淡的水墨。夜风猛烈时，那黑黑的树影，也摇曳起伏，像墨流动。熟悉的青蛙反倒跟鸟一样睡着了，不知道名字的各种昆虫，则不知疲倦地叫。这些叫不出名的山地歌手，一定是拿黑夜当幕布，拿大地当舞台，拿星星当追光了，娘是它们唯一的听众和观众。当各种各样的声音在夜空中飘来时，娘躺在风雨桥上或岩坎脚下，会不会害怕？夜空中高远明朗的星星，会不会让娘想起孩子的眼睛？各种夜色中唧唧唱歌的虫鸣，会不会让娘想起孩子的歌声？孩子的眼睛和歌声，会不会驱走娘的孤单、恐惧，让娘胆壮和温暖？

娘就这样一路挪着，一路缮粮，每天都能缮上三五斤。

每个村庄、每个寨子，娘都会缮上十天半月。娘是生活逼出的一把梳子，把村庄和田间，一一梳遍。

久而久之，周围每个村庄和寨子的人，都知道上布尺有一个半身不遂的女人在缮粮盘儿养女，都很感动。所以，娘走不动或过不了某一个坎时，那些素不相识的乡亲就会主动过来帮娘一把，扶一程或背一节。如果碰到有的寨子还在秋收打谷子，善良的乡亲就会故意割断一些谷穗掉到地上，等娘去捡、去缮。心地好的人家，还会主动把娘喊到家里住上一宿、吃上一顿。等娘缮到几十斤粮食时，那些人家就会主动地帮娘把粮食给我送到学校、给妹送到屋里。

娘千恩万谢，就要跟人家认姐妹，以便日后报答。乡亲们也不嫌弃，非常真诚地与娘结拜为姐妹。娘就有了好几个患难真情的姐妹。娘流离失所、缮粮求生的过程里，娘的这些姐妹，给了娘最真诚无私的援助。如果没有娘的这些姐妹，娘也许早就倒在求生的路上，永不起来了。那时的人，真的是纯善哪！不趋炎附势。不嫌贫爱富。不背信弃义。不见死不救。有的只是——真！情！善！

娘就这样，拄着拐杖，前后缮了两年的粮食，度过了一生中最黑暗、最艰辛的日子。

娘被当作流窜犯抓进公社时，娘正在茄通公社附近，也就是我学校附近的田园里缮粮食。

工作后，我见到了娘的几个结拜姐妹，我问她们为什么也不跟我讲真相，她们讲：哪门能跟你讲真相呢？你成绩全乡第一，你是你娘的希望和命根，你晓得真相若是不读了，你娘的希望和命根不就断了？那我们就是要了你娘的命。

现在，我的记忆里，都是娘在莽莽苍苍的大山里蹒跚挪步的身影，是娘在秋收后的田园艰难弓腰缮粮的身影。娘之所以那么瘦小，是因为山太大。娘之所以那么艰辛，是因为山太沉。娘之所以那么苍白，是因为山太深。所有的不幸和苦难山一样层层压向娘时，娘不但没有倒下，还草一样从夹缝中钻出，给孩子一缕绿荫。娘是中国乡村最朴实顽强的骨头。骨髓的钙，是中国女性最坚韧的品性。

还是老天有眼，我娘在床上瘫痪近两年，拄着双拐又两年后，终于痊愈，健康如初，没有留下任何后遗症。

十九

很快，我高考了。

中国的高考，绝对是世界上最盛大的一种人文风景。千军万马过独木桥的场景，既让人兴奋，又让人揪心。经历了"文革"，中国在长时间的动乱和冬眠中苏醒过来，明白了"知识就是力量""知识改变命运"的道理，也找到了一条"我劝天公重抖擞，不拘一格降人才"的人才之路——恢复高考。高考，成了全中国农村孩子鲤鱼跳龙门的最佳途径，也成了全中国城市孩子更上一层楼的最好阶梯。1977年恢复高考时，整个世界都听到了五百七十万考生的心跳，看到了那张决定中国未来的考卷。考生赶考的脚步，中国赶考的身影，就此载入中国史册，进入百姓人生。

可是，当我1982年第一次高考时，一分之差，不幸落榜。

我是做足了准备，抱着必胜的信心，参加高考的。整个学校和公社也都把宝押在了我身上。

为了让我安心读书考学，不为生活担忧分心，班主任田开化老师特地向校长鲁开文汇报，请求减免我的一切费用。鲁开文校长不仅同意了田开化老师的请求，还每个月让学校给我五块钱的零用钱。这在古丈二中是前无古人后无来者的。那个年代，每月五块，可是一笔不小的数目。鲁开文校长还给了我一件他穿不了的旧呢子衣服。田开化老师的爱人陈平玉阿姨在食堂工作，负责炒菜打饭。每次轮到给我打饭时，陈阿姨就会多打一些，打一两给二两，打二两给四两。我吃不起食堂的菜，没有菜票，陈阿姨总是喊：彭学明，你菜票都交我了，你哪门不来打菜？然后不由分说把我拉到打菜的窗口边，把一小碟肉或者一小碟蛋倒进我碗里。我既感动温暖，又诚惶诚恐。我得到了老师们的温暖，却占了同学们的便宜，实在汗颜！我报考的是外语专业，口语却不怎么好，英语老师向德生就把他的录音机借我，让我天天听上一两个小时。

遗憾的是，我辜负了全校老师的情感和希望，名落孙山。所有人对我的情感和希望都鸡飞蛋打、付诸东流。真应了那句"有心栽花花不开"。

我不是宝贝的宝，而是蠢宝的宝。

每次作文，我的作文都是范文，不但被作为全校范文，还是全县学校的范文。整个古丈县的语文老师都知道古丈二中有一个彭学明作文好、语文好。高考，我作文居然没写完，语文不及格，其他功课也发挥失常。

本以为会上北大、清华、人大，结果是上了一个自高自大。

全校成绩第一好的人，狗肉上不得正席，实在是奇耻大辱，无颜面对江东父老。我不得不回到我那不愿转去的家，见我那不愿见的娘。

奇怪的是，没有考好，我没有从自己身上找原因，而是埋怨我娘没有给我一个好的家庭环境。我还在想，如果我不是出生在这样一个天天吵闹不休、打骂不止的家庭，我考试就不会发挥失常。我甚至还想，我如果有一个城里的好爹好娘，我根本不用考学就可以招工招干，有大好前程。我没有一点对不起娘的意识，反倒觉得娘前辈子就欠我的。我不知道上天为什么要把我生在这样一个家庭。一片叶子，飘到哪里不好，为什么偏偏飘落到娘这样的一碗水里，漂浮无根？我更不明白上天为什么那么可恶，就不多给我一分。多给一分，我就不用死皮赖脸地再待在农村，受人歧视和白眼了。那一分，就是一根命运的绳索，把我本该春风得意的人生五花大绑地绑回了农村。那一分，是一把人生的锈锁，冷冷地锁住了我本就很不幸的命运。

我哭不出，也吼不出。只能在家里生闷气，发脾气。稍不如意，就毫无道理地对娘和妹大发雷霆。

娘和妹，每天都小心翼翼地安慰着我、维护着我，也回避着我，生怕一不小心惹我不耐烦了，引爆地雷。

是的，我是一颗埋回家里的地雷。我胸膛里全是雷管、炸药和引线。家里弥漫的，也全是我身上强烈的火药味。

问题是，我这时的雷不是埋在自己屋里，而是埋在了舅舅屋里。因为，高考前两年，我跟娘，还有妹，迁徙到了保靖县水银乡马湖寨大队梁家寨生产队的舅舅家。

那年，农村全面实行家庭联产承包责任制，也就是包产到户。国家为解放农村生产力、解决农民温饱，将田土等集体生产资料承包给农民，让农民自给自足、丰衣足食。

舅舅和舅娘心疼娘和我们两兄妹一直过着颠沛流离的

生活，就跟寨上的乡亲们商量，把娘和我们两兄妹接回他们身边，以便有个照应。实行生产责任制，田土分到户，是舅舅舅娘接我们转去的好机会。那时回去，就可以赶上分田分土。有了田土，就可以解决温饱，不用颠沛流离了。

湘西人把深埋地下的竹鞭叫马鞭。马鞭有节，节上生根，根上发芽，有的发育成笋，有的发育为新鞭。地下马鞭连着马鞭，根系连着根系，盘根错节。地上竹子连着竹子，密密麻麻，一望无际。无论地上所有的竹子还是地下所有的马鞭，都是由一根马鞭发源、孕育和繁衍的。湘西的每个寨子和村落就像一蓬蓬的竹子和一片片的竹林，是一根马鞭发下来的，都亲连着亲、骨连着骨、肉连着肉，用娘的话讲，是连亲带义——亲戚连着情义。或者你屋爹娘是我屋舅舅舅娘，我屋叔叔婶娘是他屋姑爷嫲嫲，而他屋姑爷嫲嫲又是你屋姨爷姨娘，转来转去都是亲。

虽然一个村子血脉相通、根茎相连，却也各有心思、各怀心机。那心思和心机就像深埋地下的根系，多如牛毛，细如乱麻。舅舅舅娘为了把我们母子三人接回身边，可真是讲尽了好话、费尽了周折。好长一段时间，舅舅和舅娘的心都没日没夜地走在乡村的各个路边路口，飘荡在家家户户的房前屋后。他们没有别的本事，只能凭自己的一双脚和一张嘴，挨家挨户地上门给全村人讲好话。全村几百户人家，舅舅和舅娘提着礼信[①]一家家登门拜访，讲我们母子三人在外的难处，讲我们母子三人受人欺凌的情景，讲舅舅跟娘同

---

① 礼信：礼物。

130

根所生的血脉之情、思亲之苦，讲到动情处，舅舅总是泪眼婆娑，舅娘总是轻放悲声。有的人家天生善良大度，二话不讲，就发自内心同意接受我们母子三人，还帮舅舅舅娘出主意如何去做另外人家的工作，甚至帮着去做工作；有的人家本就接受过舅舅舅娘的恩惠，正是回报舅舅当生产队大队长时对他们点滴照顾的时候，也满口应承下来；有的人家则当面满口答应，背后尽着烂药，不仅自己不同意，还煽阴风、点鬼火，劝别人也不同意。这样，舅舅舅娘就得忍气吞声，假装不知道，多提一些礼信，三番五次登门拜访，磨破嘴皮，直到这些人同意为止。整个马湖寨人同意后，舅舅舅娘千恩万谢，把辛辛苦苦养了两年的两头大肥猪杀了，开流水席，请全村人。滴水之恩，涌泉相报。舅舅舅娘的一片苦心，换来的是全大队人对他们的敬重，是全大队人对我们母子三人的真诚接纳与欢迎。俗话讲，嫁出去的女泼出去的水，对于嫁出去的娘和我们兄妹来讲，马湖寨那么多的田土，没有一丘一捧是我们的，只有他们心甘情愿地分给我们，我们才有；马湖寨那么多的山岭，没有一石一沙是属于我们的，只有他们心甘情愿地分给我们，我们才有。对马湖寨人来讲，我们是纯粹的外来人，是跟他们连不到一起的一根纱线，现在，要跟他们连成一件衣、一床被，要分他们的田土、抢他们的口粮，谈何容易，何其艰难！只要有一家人不同意，我们就走不进这片青山绿水，融不进这份血脉亲情。但舅舅舅娘做到了。我不知道舅舅舅娘磨破了多少双布鞋草鞋，不知道舅舅舅娘讲了多少箩筐的好话，不知道舅舅舅娘赔了多少辈子的笑脸，更不知道舅舅舅娘受了多少年的苦和委屈。万事不求人的舅舅舅娘，只因骨肉相连的我们，弯下了他们挺直的脊梁。一棵树没被雷劈死，却被风吹弯。

舅舅舅娘和梁家寨的十来个人，翻山越岭，把娘和妹接回了保靖，而我依然留在古丈读书。虽然，我自出生后就没见过舅舅舅娘，但舅舅舅娘接我们回家的这百里山路，让我明白舅舅舅娘一直在牵挂我们，让我明白这百里山路虽然弯弯曲曲，却一直连着骨肉亲情。

就着几盏油灯，娘和一个寨子的乡亲们都兴奋地抓阄分田、分地、分山林。轮到娘抓时，娘不抓，娘讲：舅舅舅娘，我不抓，你们分我们几娘么是什么就是什么，烂田烂土、荒山野坡和乱岩寨，我都感恩戴德。

娘讲的是真心话，舅舅舅娘收留了我们，还给我们分田、分地、分山林，娘打心眼里感谢和知足。

但舅舅舅娘却不依的，他们怎么能给我们烂田烂土、荒山野坡和乱岩寨呢？我们是他们的手心，也是他们的手背，他们得对得起列祖列宗。

娘抓的田土和山林都是好田、好土、好山林。分到田土那天，娘默无声息地流了一整天的泪。妹讲：娘想着想着就哭了，想着想着就哭了。一无所有的娘，搭帮好的政策和好的乡亲，有了自己的田土和山林，哪能不哭？

舅舅舅娘在屋后接了两间偏房，给我们安了一个家。两间偏房是用苞谷秆和小树枝围起来的，夏天透风，冬天透冷。一间用来放几件简单的家具，一间用来做饭。铺就开在舅舅舅娘屋楼上。可以讲，舅舅舅娘对我们是无微不至、贴心贴肉了。在上布尺受尽了歧视和磨难的娘和妹，非常满意这个来之不易的家和这份来之不易的亲情。

我却安顿不下来。当我高考结束回到保靖时，我还是没有感觉到回到自己家，而是回到舅舅家。尽管舅舅舅娘极为疼我，尽管一个寨子的亲戚都对我很好，我还是没有家的感觉，没有根的概念。我跟着娘漂泊了十八年，娘十八年都没有给我一个像样的家，还是在舅舅家寄人篱下，让我人前人后抬不起头，我心里实在是装满了对娘的怨恨。

娘和妹到舅舅家两年了，她们已经完全融入这片土地和这种亲情。而我是第一次回到这里，这里的一切对我都是陌生的。我不认识这里的山水，不了解这里的人事，再强大的亲情也一时消除不了我的隔膜。我一直待在学校，一直得到的是老师和同学的加倍赞美和呵护，我的心似乎都留在了学校。我更愿意把学校当作我的家。特别是当我高考失利，不是衣锦还乡，而是灰溜溜地逃回时，耻辱的心，更是极度失落，无所寄托。

我没有想过我是家里唯一的男人，我应该是家里的顶梁柱。更没有想过我应该给娘和妹遮风挡雨，应该为娘和妹建一个家。我只想着所有的一切都是我娘造成的。十八年的漂泊，十八年的逃离，十八年的奋斗，最终都随着高考梦想的破灭而变成了对娘无休无止的积怨和仇恨，火山一样，全部爆发。

我对娘横眉冷对、恶语相向。

我对娘暴跳如雷、大发雷霆。

只要娘跟我搭话，我就点燃炸药，把娘炸回去。即便娘和妹不跟我搭话，我也会无缘无故地升起一堆怒火。娘和妹整天如惊弓之鸟，以泪洗面。舅舅舅娘和寨上的亲人们面面相觑，不敢相信我是这样一个粗暴不孝的人。

我也不知道我为什么一瞬间就变成了这样粗暴不孝的人。

高考那场残酷而结实的青春博弈，让我完全扭曲了人心、变态了人性。我太想让高考改变我的命运，逃离我的家庭，开始我新的人生了。而高考，却残酷无情地撕碎了我唯一的一张命运通行证，斩断了我唯一的一根人生救命索。我怎么能不绝望地扭曲和变态？

看我如此暴躁、沉沦，娘很是心疼。知儿莫如母，娘理解我心里的痛、心里的苦。娘把自己的痛和苦咽下，医治我的痛和苦。无论我怎么吼、怎么凶，娘都不讲我一句重话，也不让我下地做工。再忙，都不让我做。而是带着妹做。

人们不解：学明那么对你，你哪门不管？

娘讲：做娘的米有给儿女一个好日子，做娘的对不起他。他有气不对娘发，就米有地方发了。

人们劝：学明那么大的人了，让他劳动。

娘讲：学明一直都到学校读书，米做过劳动，做不起，等他坐到屋里看书，讲不定哪天就看出息了。

我的确天天坐在家里看书。尽管我心如乱麻，看不进去。我还想再考一次。我不甘心我的梦想就这样一败涂地地破败下去，不相信命运的枪口，会再一次把我从天空中射下来。

娘讲：学明，你去补习，再到学校补习一年。

我讲：不要你管！

娘讲：不要我管，你哪儿来的钱？

134

我知道娘没有钱，我也没脸再花娘的钱。我讲：我就在屋里补习！

妹也讲：你到学校补习吧，哥。有老师教，还是好些。

我讲：你晓得什么？要你管！你读你的！

妹讲：我不读了，我跟娘在屋里做工。我反正考不上，读了也米有用。

我惊讶地看着妹和娘，讲不上话来。

妹不可能考不上。妹成绩也是全年级第一。"三好学生"和各科成绩前三名的奖状报纸一样贴满了苞谷秆扎成的墙上。

我本来是心疼妹，想坚持要妹去读。口里出来的却是没有一点人味的话。

我讲：你读不读不关我的事，你想让一寨人背后指起指头骂我是不是？我不想让一寨人讲我只顾各人读书，不让妹读书。你不要到这儿充好人！

讲得妹当场就抹着鼻子哭了起来。

我是一个典型的好心当作驴肝肺的人。

其实，我早已得到了老师的话。我打电话问我的高考成绩时，老师在无限惋惜的同时就跟我讲，只要我想读书补习，学校就免除我的一切费用。学校不想他们这个最优秀的学生一身武功废了。

我只是觉得没考上大学，补习丢人。我丢不起人。

娘讲：读书丢什么人？又不是做强盗、抢犯。读！讨米都要读！

二十

在我左右彷徨时，乌云沉沉的天空里，突然间漏下一线光来，照射到我人生的十字路口。阳光和雨滴同时飘落下来，架起了我人生的一段彩虹。

我出生的老家——熬溪来人找我了。

来的是彭文贵二叔和我同爹不同娘的哥哥四龙。

这是我第一次见到我同爹不同娘的哥哥四龙。

哥哥四龙木讷、沉默、寡言。皮肤黑红黑红的，一身的肌腱。三十来岁的大男人了，一讲话就脸红、低头。

兄弟第一次见面，没有那种抱头痛哭的场面。十八年颠沛流离的生活，已经在我和我哥之间隔了一堵很高很厚的墙，我们彼此是陌生的。特别是当我从乡亲们口中得知我是被爹抛弃的时候，哥的到来，没有在我的心中激起一点涟漪。

娘却是惊讶和欣喜的。

娘虽然也这么多年没见到我这同爹不同娘的哥，但还是一眼就认出了他。娘怜惜地喊了声：四龙。

娘把我拉到四龙身边讲：这是你哥，四龙。

我没喊。

我十八年漂泊的字典里，没有"四龙哥"这三个字。

哥也没喊我，倒是先喊了声：娘。

哥的这声娘，让我非常惊讶，并有了一丝感动。这些年，我一直怨恨娘，我都没怎么喊娘，同爹不同娘的哥居然喊了。我对哥有了一丝好感。哥喊的这声娘，让我想象出当年娘对哥很好。

彭文贵二叔讲：老家人听讲你们搬回保靖县了，都很高兴。你们几娘仫一走十八年，都不晓得你们是死是活，现在你把一尺大的学明养这么大了，大家都想学明转去看看，想你们把户口迁到獠溪去。

彭文贵二叔讲话时，哥一直在悄悄看我。他慌乱而迷离的眼神中，看得出激动和不安。激动的是他有了丢失十八年的弟弟，不安的是这个弟弟会不会认他。

娘讲：我米有什么意见，看学明的。学明同意，就去；学明不同意，就不去。我们走断脚杆，就是为了转到一个好安生的地方。

娘话没讲完，我就斩钉截铁，冷冷两字：不去！

二叔讲：你是不是放心不下你娘和妹？她们都去。

我摇头：不是，就是不想去。

哥哥讲：二佬，你放心，我和你嫂子会对娘和妹好，不会让娘和妹受苦。

我冷笑：不会受苦？受的还少吗？不去！

我嘴上只这几个字，心里却有很多话：十八年了，我们在外面吃了那么多苦，你们哪个来找过我？哪个想过接我回家？现在，我长大成人了，可以自食其力了，你们假惺惺地来接我，我会去吗？还有，我自己对我娘和妹都这个样，你们会对我娘和妹好？鬼才信！

哥和二叔，就这样被我冷冷地打发走了。

我对那个老家，对那个老家所有的人，都充满了怨恨。我不需要他们这时候来献殷勤。十八年了，离开老家，我还不是照样活了下来？哥和二叔踏着夕阳离开时，夕阳的余晖，洒给我的不是秋天的炎热，而是冬天的悲凉。

那条从家门前穿过一片油茶林的泥土路，就此定格了哥和二叔有些失落和伤感的背影。

在以后的日子里，我常常想起哥和二叔的背影，特别是哥的背影。那条红壤的泥土路，在不知不觉中变成了一条脐带，连着我和哥，连着我和老家——那个我不到一岁就离开了的故乡。

我开始想象我的那个老家、那个故乡，想象哥住的木屋，想象我出生的那间房，想象寨子上的那些从未谋面的亲戚。那都会是什么样呢？我对故乡的情感，不知不觉开始生根、发芽。这时，我才发现每个人都有一条根深埋在故乡，只要稍稍飘来一丝故乡的气息，根，就会紧紧地把你和故乡箍在一起，长出新芽。我对故乡的情感之所以慢慢苏醒、复活，就是因为哥和二叔带来了一丝故乡的气息。

我有了去故乡看看的欲望和冲动。

可是，当这种欲望和冲动出现时，娘找爹要伙食费时抢我的情景就会强烈再现，娘和我们兄妹所受的苦难就会一幕一幕在脑海重放。有一种声音在呼喊：不能去，不能去！不要忘记你是怎么离开那里的！不要忘记你是怎么吃苦的！

我第一次因为故乡陷入煎熬。

娘似乎看出了我的心思，讲：儿，想去就去，不远，就七八里呢。

娘讲：娘跟你爹离婚，不是你爹不好，更不是你这个哥哥不好。他们都好。你爹是个老实人。心好。人好。脾气也好。你爹的爹娘也死得早，你几个叔叔，都是你爹讨米带大的。你爹还养他四叔四婶娘，要给他们养老送终。你爹就是太懦弱，米有主见，什么都听他四叔四婶娘的。要不是他四叔四婶娘作怪，你爹也不会不要我们。

这是我十八年来，第一次听到爹的有关信息。十八年来，我知道自己没有爹，就从来不跟娘问爹的情况。娘也知道爹对我幼小的心灵伤害很大，从不跟我谈爹。爹在我的生活里连个影子和符号都不是，就是虚无。

也的确是虚无。爹一生连一张照片也没留给我，我不知道他长什么样。到现在都不知道。想象的余地都没有。

娘讲：你看到你四龙哥了，你爹就跟你四龙哥一样，脱的壳壳。

我没想到，娘因为爹而受了这么大的磨难、这么多的苦楚，娘居然讲爹人好、心好，是好爹。

娘讲：我晓得你恨你爹，你爹不是不要我们，你爹是死得早，你爹不死的话，肯定早把我们几娘么接去了，你莫恨你爹。你爹也活得不容易，有时间去跟你爹烧根香。

去跟我爹烧根香？开玩笑！

我真不知道娘是怎么想的。

我才不去！

娘讲：你更不要恨你四龙哥和那些家务堂，你四龙哥从小就米有爹娘，是孤雀一样的孤儿，比你还命苦。这个世界上，米有哪个欠哪个的，只有各人欠各人的。该有还是不该有，都是命上带的。都在农村，都苦，各人都爬不起来，哪门还扶得起人家？你彭家人在熬溪大根大族、大家大业，你是彭家人一根马鞭子发下来的，哪能不认祖归宗？

舅舅舅娘却劝我不要去。舅舅舅娘讲：你喰苦受难把学明养这么大，他们哪个来看你一眼？现在大了，他们来接你们了，早到哪里去了？他们是看学明大了，是好劳动力了。

娘讲：我这一辈子就欠学明最多。水玉、学翠几姊妹的爹都活得好好的，她们想看就看得到，学明生下来就不晓得他爹什么样子，就米有他爹那边的家务堂痛过他。现在，他爹那边的家务堂好不容易想痛他了，我哪能不让他们痛？痛学明的人越多越好。

舅娘讲：你忘记当年他们是哪门整你的了？你眼泪水泡饭喰的日子忘记了？你忘记了，我们米有忘记。

于是，舅娘给我讲起了娘生我时落难的场景。

舅娘讲：你娘生的时候，你爹他们哪个都米有拢边，你娘各人扯断脐带生的你。米有喰的，米有穿的，就连一根柴都米有。我那天背了屋里几十斤米、捉了屋里唯一的一只鸡去看你娘，你娘和你二姐都挨了一天饿了。我想烧火给你娘杀鸡炖鸡，一看，一根柴都米有，我火冒三丈，跑到你爹屋里跟你爹和他四叔四娘大吵了一架，他们不要以为你娘屋里米有人！我要到你爹那里搬柴，你爹和他四叔四婶娘，死死扯到我，不准我搬，我就一边骂一边把你爹夹的壁板撤了几块，给你娘杀鸡炖鸡。哼，你娘鸡肉喰完了，把这些苦全部忘了！

讲完，舅娘眼泪双抛，悲伤难抑。

娘也抹着眼泪讲：我米有忘，那些苦，是我各人熬的、受的，哪门会忘？只是那些苦过去了就过去了，人不能各人把各人泡在苦水里天天去想，越想就越不过味。上一代人是上一代的人，只要他们对学明好，那些喰了也值了。

舅舅舅娘不再说话，看着我。

我经不住对故乡的好奇和诱惑，在娘的再三劝说下，回到了那个模糊而久远的出生地——熬溪。

当娘站在小山腰，指着一片村庄讲这就是熬溪时，我的泪水一下子就涌了出来。我蹲在地上，呜咽抽泣。——家啊，我终于见到你了！

十八年，我在他乡异地从没流过眼泪，哪怕再大的委屈，我都没有流过眼泪。那些苦难和委屈，早就变成了坚强的骨头，支撑我生命的历程。可是，当我踏上故乡的土地，看到故乡的瓦房和炊烟时，我的泪居然决堤似的奔涌出来，怎么都控制不住。故乡，是可以让游子尽情流泪和安放悲伤的地方。

我出生时远走他乡的第一滴泪，漂泊了很久，落回了故乡。

夕阳在故乡的天空烧着。红色的云，不是一块一块、一朵一朵，而是很长很宽的一溜，像是某个画师拖着狼毫泼的浓墨。确切地讲，应该是胭脂。凝固的胭脂。而天空，依旧如洗的蓝。红色的胭脂，恰如蓝天的一抹口红。一只鹰舒展着双臂，在故乡上空低低地盘旋。这是故乡的主人还是远方的来客呢？它飞翔的姿势，为什么如此潇洒和优雅？那条劈开山丘的公路，从故乡的腰边穿过，把故乡的两个小寨挑在肩头。肩的这头是我出生的那个寨子，肩的那头是另外一个寨子。两个寨子之间，是一坝田园。几堆满含柔情蜜意的稻草垛，像蹲在田边解手的妇人；满田齐刷刷的稻草桩子，像是男人刚理的板寸。有一群鸭。有一群鸡。还有几只猪和狗。都闲来无事，跑到田里打牙祭。

我迫不及待地穿过几丛竹林，寻找我记忆中的那棵古树和那口古井。那棵高大的枫香树早已被砍掉，荡然无存了。我看不到华冠入云，看不到红叶满地，更看不到深埋大地的根。那口古井却依然丰沛地流淌着故乡的乳汁和甘甜，哺育着故乡的乡亲和万物。我捧起井水一口又一口地喝、一把又一把地洗，让故乡把我从身到心，浇灌，沐浴。一条背井离乡的鱼，游了千山万水，今天终于游回生命的源头。

我回乡的消息，不到一袋烟的工夫，就传遍了。整个寨子的人，不管是不是家务堂和亲戚，都迈开喜悦的脚板赶到我哥屋里，来看我这个离开了十八年的孩子。甚至别个寨子的人，也远天远地地赶来，看个究竟。

一连几天，哥屋都过年娶亲似的，人来人往，喜气洋洋。就连故乡的鸡和狗都不断跑来，给我讲着土话。

一个寨子的鸡鸭鱼肉和禽蛋，全摆在了桌上，迎接我这个离家十八年的亲人。

亲人们得知我成绩一直全校第一，高考只差一分，一致同意凑钱让我补习。这天大的好消息，的确是我阴沉沉的人生里一抹最亮的光。仿佛高高的云端里，一纸大学录取通知书，正上下翻飞着，飘落。

哥和大家旧事重提，希望我把户口迁回熬溪，跟他们在一起。我想起小时候我们母子三人被人欺负没有一个亲人在身边帮忙时，我就答应了。一下子有了这么大一个家务堂和这么多的亲戚，哪个还敢再欺负我们呢？

我平生第一次有了靠山的感觉。

可是，当村委会把这件事交给全体村民讨论时，嫂子的娘家人坚决反对。他们只同意把我一个人的户口迁回熬溪分田分土，不同意娘和妹的户口迁回熬溪分田分土。借口是我是熬溪出生的，娘和妹不是。

我一听，不高兴了。我尽管恨娘、埋怨娘，可我从没想过要抛弃娘。我怎么能抛弃含辛茹苦养育我十八年的娘而独自回到老家呢？那我成什么了？瓦孔雀，还是白眼狼？

瓦孔雀是我们湘西特有的一种鸟，不知学名叫什么，全身灰扑扑的，像瓦的颜色，所以叫瓦孔雀。传说瓦孔雀长大后是吃娘肉的。我脾气再暴躁，良心再坏，也不至于坏到瓦孔雀吃娘肉的地步，也不会是一只没有人性的瓦空雀和白眼狼。

我断然拒绝了哥和乡亲们的好意，回到了娘的身边。

没有泥土就没有大地，没有石头就没有高山，没有母亲哪会有我？

没有母亲的故乡，那不叫故乡。

我青春的梦想，的确就像人生的一道彩虹，转瞬即逝。

当娘听我讲我不愿做瓦孔雀和白眼狼时，躲在一角，喜极而泣。

　　十八年的千辛万苦，换回儿的这一句话，就够了。

　　命里注定，儿与娘，是前世今生都无法分割的骨肉。

二十一

　　最终，我回到了学校。

　　我还是一块毛铁，得到学校回炉才能成钢。全校第一，既不是骄傲的资本，也不是前进的包袱。我没有再要学校的照顾。也不想再给娘和妹增加负担。勤工俭学，自强自立。

　　供销社常年收购红根、金银花等农副产品。红根可常年挖采。金银花则是春季。一到周末，我就上山去挖红根或采摘金银花。有时中午和晚饭后也去。这些野生的植物，都有药用功效，且漫山遍野，是供销社的生财之道、彭学明的求学之路。

　　红根学名丹参，是多年生草本植物，有半人多高。一到春秋季节，红根就开满了紫色的花朵。花朵明媚，花瓣粉嫩，开花的姿势，仿若收拢翅膀停在草叶上的蝴蝶。无数的花朵。无数的蝴蝶。挖开或硬或软的土，鲜红的根筋裸露出来，且直且弯，若大地粗壮的血管。粘着泥土的新鲜红根，还会像胭脂一样，把手染成淡红。我想，有了红根，我的日子就会红红火火。

　　金银花是藤本植物，两种颜色。黄的如金。白的如银。花蕾若针，一束一束，直刺青天，奇异的芳香，染遍山野。

145

当花蕾的花蕊顶破花冠，含苞怒放时，那根挺直的花蕊，就像一根挑着小花的绣花针。采摘金银花时，我总是要忘情地深嗅几口它们的芳香。那来自大地深处的芳香，是我学习和生活的芳香，我靠着它带来金银和新生。

把晒干的红根和金银花卖成钱后，我就可以给学校交点学杂费、买点课外书。实在嘴馋了，我还可以买点零食。有次午休，我看同学们买包子馒头和面条吃，嘴馋得直泛口水，就下了狠心，买了一碗面。那面真香啊！几个细细的肉臊子和漂着油星的汤，香得我舍不得动筷子。我刚动了几筷子，班主任老师突然闯进来，吓得我赶紧端着碗躲到课桌下不敢出来。我躲，是生怕老师讲我好吃，那么困难还买零食，不知节约，不是好吃是什么？班主任老师假装没看到我用身子捂着的碗，笑着走了。可我却很多天为此不安。因为我太穷，我有饭吃就不错了，没有理由买一碗昂贵的面作为零食。虽然我不再享受学校的困难补助了，但那困难补助金好像还在我这碗里，一个好吃的人拿着公家的困难补助金买零食，羞耻！我为这一碗面深感羞耻！

我太贫穷了，我没有吃一碗面的资本和权利，我应该感到羞耻！

就此，我再也没有买过零食。以至现在工作了，我也很少买零食。

我在学校的寝室边搭了一个土灶，自己生火做饭。咸也吃，淡也吃；饱也吃，饿也吃；风也吃，雨也吃。

没有米，我熬一口粥。

没有菜，我打一碗盐汤。

没有汤，我就几滴酱油裹着米饭。

只要能够读书考大学，我吃什么都津津有味。

说实在的，我真的想念酱油裹饭的味道。那时的酱油真叫好吃！黄豆做的，保靖酱油，饭里放那么几滴，那个香啊，真是无法形容。那颜色不像现在的酱油黑漆漆、脏兮兮的，而是金黄红褐，鲜亮鲜亮的，浓香扑鼻，令人胃口大开。不要一口菜，就可以吃上几大碗。在湘西地区及湘、鄂、渝、黔四省市边区，保靖酱油，享有盛名。那以优质黄豆、面粉、食盐为原料，没有任何色素和添加剂的酱油，真是色香味全、美味可口。那味只应天上有！可惜，现在再也吃不到那样美味的酱油了，我们吃到的只是毒饮料、毒火锅、毒食品和转基因。不知道我的家乡还能不能恢复出这种传统的美味佳肴？我想，怀念保靖酱油的不仅仅是我一个人，而是所有曾经吃过那个年代保靖酱油的人。我们怀想的不仅仅是一种民间食品，更是一种美好的民间滋味与民间情感。

我在学校酱油裹饭时，妹妹失学。初中尚未毕业的妹妹放弃了心爱的课本、优秀的成绩，回家务农。妹的成绩一直都是前几名。妹退学时，给妹带课的所有老师轮流到我家家访，要妹回校读书。他们不忍心看着一个品学兼优的学生就这样废了。屋里太穷，娘实在没有办法再让妹上学，妹只能含泪站在风中，把老师送走。妹没有我那么幸运，学校可惜她，却不会像古丈二中一样给她免掉一切学杂费。妹得以她幼小的肩膀，帮娘撑起整个天空。

娘和妹的天空很小很窄，也很矮。就是头顶上那小小的一片。簸箕大。斗笠大。风一吹，就垮，就散。

娘和妹的天是经常下着雨、落着霜、结着冰的，可娘和妹得给我一个晴朗而温暖的天空。她们得像女娲一样给我补天。

娘带着妹每天风里来雨里去，田里地里忙个不停。种田。犁地。栽秧。喷药。打谷。不到一年，小小年纪的妹，就变成了一个娴熟的庄稼女。对于妹，风霜来得太早，冰雪承受得太重。

农活不忙的时候，娘和妹就找一些副业，给我找生活费和学费。

一山一山的金银花开放时，娘和妹就采一山一山的金银花，晒干，卖钱。一山一山的竹笋长出时，娘和妹就扯一山一山的竹笋，剥壳，卖钱。还有一山一山的蕨菜，一山一山的鸭脚板，一山一山的枞菌，娘和妹都会扯来，卖钱。最值钱的是枞菌。枞菌是长在松树边的一种菌子。我们湘西喊松树为枞树，长在松树边的菌子，我们就喊枞菌。枞菌一丛丛地长在松树边的棘蓬里、草丛中，大的若拳，小的若扣，特别鲜，特别香，是天底下最好吃的山珍。娘和妹舍不得吃一口，全卖给了城里人。那是城里人最喜欢的一道菜，能卖最好的价钱。妹还像男孩子一样，到山上烧野蜂窝，换钱。

湘西的山上，有很多野蜂。一个个野蜂窝，像一盏盏褪色的旧灯笼，挂在树枝上，吊在岩坎里，砌在土堆上。土里的叫土蜂子或地蜂子，岩石上的叫岩蜂子，树枝上的叫雷蜂子。条条恶蛇都咬人，个个野蜂也螫人。特别是土蜂子，毒气特别大，咬到一口，黄泡烂肿。妹常常跟那些男孩子去烧野蜂窝，常常被螫得鼻青脸肿。

娘和妹，就像那满山飞舞的蜜蜂，满山采蜜，满山辛劳，蜜给了我，苦给了自己。而娘错过了自己的果实，妹错过了自己的花期。

然而，娘和妹千辛万苦给我攒的蜜罐子，被命运再一次无情地打碎了。我再一次被命运的栏杆挡在了大学门外。

开始我总以为是邮局把我的录取通知书弄丢了或忘记了。我想，走了一千年的邮差，也该走到我家了。结果是上帝的脑子坏了，上帝忘了填写那张属于我的大学录取通知书。

当得知自己超出大学录取分数线六十八分时，我的眼前立刻浮现出了北大、清华的模样。未名湖和清华园的风，甚至轻轻吹拂了我心花怒放的青春。我满以为轻轻一跃，就会飞进大学校园，谁想，落在了命运的阴沟。

本以为扬眉吐气、苦尽甘来，可以给娘和妹一个交代了。到头来，还是竹篮打水、痴人说梦。

我整个人都崩溃了。

我把嘴锁起来，粒米不进。

我把心铐起来，一话不讲。

我把人关起来，哪个都不见。

娘和妹一旦靠近，我就像一头发怒的狮子，直扑铁栏，狂吼乱叫。

我变态的人格、扭曲的心灵，再一次火山爆发。

生活、高考、命运、社会和这个极不公道的人间，都是我诅咒和憎恨的对象。我真觉得山穷水尽，没脸活了，绝望得想自杀。

想死，不敢死。

想活，好难活。

我第一次深深品味了生不如死、死又不甘的滋味。

不知道为什么，我居然极为不满又极不甘心地给《湖南日报》写了一封信，质问为什么我超过分数线这么多也没有被大学录取，而那些比我分数低了很多的人却被录取了，是不是因为我是一个没有后台的农村孩子。小学时，我考取了县体校，被人开后门顶下去了，现在我考上大学了，难道又要被人顶下去吗？穷人的孩子就这么好欺负吗？

《湖南日报》群工部居然给我回信了。回信首先祝贺我考出了这么优异的成绩，然后讲，考上了没有被录取很正常，这样的事情很多，希望我不要灰心、再接再厉、明年再考。

我将《湖南日报》的这封信保存了好多年，后来还是不小心弄丢了。在我人生最灰暗、最需要倾听和安慰时，素不相识的《湖南日报》给了我这么温暖的鼓励和安慰。我得铭记。

《湖南日报》的回信当然不是我想要的答案与结果。《湖南日报》不能解决我的问题，我只能更加失落和灰心丧气。

我曾经几次偷偷地拿起农药，想一口吞了。却又贪生怕死，没有那个勇气。只能更加痛不欲生。

看我萎靡不振、要死不活的样子，娘几次想对我讲什么，都被我凶狠的目光盯了回去。有一次，娘给我打了几个荷包蛋，被我一声怒吼，一把打掉。

直到一天半夜，我听到娘的哭声，才知道我活着多么重要，死了多么可耻。

娘不敢在屋里哭，只能在屋外的茶树林里哭。

娘跪在地上边磕头边哭诉，乞求老天爷的可怜，娘讲只要老天爷让我考上大学，哪怕折娘的寿命去换，娘都愿意。

娘的眼泪，像一夜洪水，冲垮了我坚硬的心堤。我的精神和良心，被娘凄凉的哭声，半夜唤醒。娘的哭声和诉求，让我明白了活着的意义和方向——人不能光为自己活，还得为亲人活，为别人活，甚至为这个国家和社会活。——人活着的路不只是高考和城市这一条，还有很多条，只要肯迈开步子，就能找到活着的路。既然高考的路高不可攀，远在天堂，我就俯下身子，走好地上的路。地上的路，不是虚无缥缈的天堂之路，而是结结实实的生活之路，过日子的路。

娘讲：眼睛看到天上走路的人，肯定会滚跟头。

我拿起锄头，跟娘下地了。

我是娘生命中的山，我的生命不能塌方。

娘是我人生里的根，娘的人生不能断秧。

我跟娘和舅舅学会了所有的农活。看我亲手栽种的蔬菜长得郁郁葱葱，我的心也乐得郁郁葱葱。看我亲手收割的庄稼饱满丰硕，我的心也充实得饱满丰硕。看舅舅和寨上人夸我吃得苦、耐得劳，我的心充满了自豪。曾经，偌大的一片天空，安放不了我的心，我的心在天上好高骛远地飘着。现在，我的心落在了地上，才知道大地是这么结实、博大和敦厚，才觉得心只要贴近大地，就能够听见大地的心跳和笑声。

在学校，我触摸的只是书本和文字，看到的只是书本和文字的美丽。我从没有认真地打量和触摸过大地。我以为大地只是书本上的那些山水、树木和花草。静下心来，才发现大地如此丰厚和博大，远比书本和文字美丽。

书本和文字的美丽是平面而虚幻的。

大地的美丽是立体而真实的。

每当农闲的时候，我就会坐在一个山头或家门前，看满眼庄稼绿浪翻滚，听满耳蛙声和鸣。锯齿一样的山丘，拖着一根根波浪似的墨线，错落起伏，淡入淡出，仿若一张大地的心电图。心电图上，一根根起落有致、血脉相连的筋络，昭示着大地无限的生机和蓬勃的生命。一座山，就是一幅画。水墨的。水彩的。水粉的。水印的。一幅比一幅生动。夕阳。飞鸟。牛铃。夜色。风声。星星。还有村庄、灯火和山歌。都在画里真实可亲。娘和妹，是最生动的画面和意境。

而最动人的画外音，是娘和妹的山歌。

劳累了一天，娘和妹就会搬一把椅子或板凳靠在墙壁上唱几首山歌。娘的山歌低回圆润，妹的山歌高亢飘逸。娘的山歌是山涧里流来的一泓清泉，所以水一样的温厚醇醇；妹的山歌是云端里飞来的一只云雀，所以云一样的飘逸干净。娘和妹的山歌，都来自生活、大地和心灵，所以，娘和妹的山歌，格外生动和动听。以至于，娘和妹的山歌停了，那声音还停在天上，不落下来。真正的天籁之音！

娘去世多年后，舅舅和寨上人提及娘时，还忘不了娘的歌声。娘的歌声不但留在了夜空，也留在了大家心里。舅舅和寨上人讲，娘的山歌，是他们心里的一碗酒，心里的苦累，都会在娘的山歌中借酒消愁，泡软挥发。

我至今还在想象当年娘唱山歌时，一寨人都搬了凳子坐在坪场听的情形。

娘对我讲，再苦的人生都要唱歌，再苦的人生也都有歌。

娘是真正从生命里感知人生如歌的人。娘在歌声里倾吐心声。娘在歌声里讲述生活。娘在歌声里生动形象地表达对生活、世界和人生的诉求与理解。有喜。有怒。有爱。有恨。

娘唱的那首《扯白歌》我至今还记得，还会唱。扯白，就是大白天讲假话。湘西人叫讲寡话。

清早出门吹羊角
听我唱首扯白歌
扯白歌　白话多
风吹石头滚上坡
鸡生牙齿马长角
屋里有副大石磨
被虫喰成光壳壳
一根扁担睡十人
乱打翻身挨不着
牛栏里面关蚊子
硬是挤得莫奈何
两个和尚打死架
头发扯得像鸡窝
扯的白话信不得
穷讲饿讲穷快活
要是你信扯白人
早饭夜饭都打脱

153

这首诙谐有趣的山歌，是娘在贫穷艰辛的生活里得到的音符，是娘在丰沛诗意的音符里得到的生活。娘在逆境中的乐观，娘在困顿中的豁达，娘在艰苦中的坚韧，都在这首《扯白歌》中神采飞扬。如今，我有事没事经常哼哼曲、飙飙歌，全得益于娘给我指点的歌里人生。的确，当我有什么烦恼忧愁，憋得难受时，只要跑到 KTV 放肆一嚎，我的心就大地一样宽广、流水一样欢快了。

人生，的确是一首唱不尽的歌。

妹的歌声，被乡阳戏团看上了，时任乡文化站站长的彭司礼几次登门，把妹招进了乡阳戏团，挑大梁。

唱山歌的妹，有了一段唱阳戏的人生。

与此同时，村支部书记找到我，要我到村里做民办教师。书记叫吴绍海，因跟娘一姓，我叫他舅舅。我们湘西，一姓人，是绝对不能开亲结婚的，如果开亲结婚，就是大逆不道的乱伦，就会被打个半死，赶出家门。湘西人认为，只要是一姓，八百年前就是一家。所以，当我回到保靖后，绍海舅舅也是把我当自己的亲外甥。要我去做民办教师，也是基于湘西这种八百年前是一家的纯朴感情。民办教师，是中国当代教育最朴实的一盏灯火，我们几代人都是在中国教育最贫乏、教师人才最奇缺的时候，蒙受着民办教师的恩典来认识世界、了解世界的。在中国教育的词典里，民办教师是没有名分的。没有编制。没有工资。没有荣誉。没有地位。连教师的一个偏旁部首都不是。他们只是拿粉笔的泥腿子，打牛屁股的知识分子。可他们干着的，的确是太阳底下最光辉的职业。一方面，他们站在三尺讲台，教书育人，播种文明；一方面，他们要走向广袤的田园，种田务农，养家糊口。一个人带着几个年级的课。一个人干着几个公办教师的活。最后得到的只是三百来斤的谷子。而这三百来斤的谷子，他们往往得用来给学校换简单的教学设备，比如篮球架、乒乓球桌或者损坏的门窗。俗话讲，吃的是草，挤的是奶，可他们连草都吃不饱，就把一生交付出来了。他们真正是燃烧了自己，照亮了别人，普度了众生。中国农村教育事业的大半个天空，都是无数民办教师无私的脊梁支撑起来的。没有民办教师，中国的教育事业，特别是农村的教育事业，就是一片荒漠，中国的农村大地，就到处都是文盲。中国之于世界，至少还要多落后一百年。

我之所以拒绝了绍海舅舅，没有去当民办教师，不是因为我看到了民办教师有多么辛苦，也不是看到民办教师不受重视，相反，我很想站在三尺讲台，把我所学教给学生，把我的梦想传给学生。但我很明白，我是一个脾气极为暴躁、最没耐心的人，我会误人子弟。我不能为了自己的光环和荣誉，而拿学生和村庄的未来当实验品。

我出身农民，我还有跟泥土一样朴实的道德底线。

二十二

这时，我们已经不住在舅舅舅娘家了。田土到户多年后，粮食都满满地堆进了乡亲们自家的粮仓。生产队的粮仓，完成了自己的使命，被彻底废弃。舅舅舅娘和寨上的乡亲们就把生产队的仓库送给我们，仓库成了我们的家。虽然仓库空空如也，没有一粒粮食，但这个仓库，承载过娘和妹的苦难，承载过舅舅舅娘和乡亲们温暖的情意，仓库里，有我生命中最宝贵的粮食。

在湘西，仓库总跟田园、庄稼连在一起。仓库和田园、庄稼，就像动物的肚子与五脏六腑。肚子是仓库，田园和庄稼是五脏六腑。一个粮仓的肚子，装尽天下的五脏六腑。那时候，每一个小生产队都有这样一个仓库，每一个仓库，就是这样的一个肚子。仓库永远是一个沉默寡言的老人。安详、孤寂，却沉稳、乐观。它一辈子都那么蹲着，听风吹来，看雨打来，望云飘来，当然，也任凭阳光泼来。风染一道，它老了点。雨染一道，它老了点。云染一道，它老了点。阳光染一道，它又老了点。这样，它就上了些年纪，有了些历史。它皮肤的颜色就

156

黑了，身上的骨头就硬了，历经沧桑的老年斑也满仓奔走了。可仓库，就是神清气爽，硬硬朗朗的，顶天立地，从不服老。其实，仓库就是最大的一个农家院落：木板的墙壁，木质的立柱，石头的磉磴，青瓦的屋顶。在每一个寨子的最显眼处，占每一个寨子最好的风水，成每一个寨子最好的风景。

这是我在《流年》里描述仓库的一个段落。

梁家寨这个废弃的仓库不大，实际上不是一座，而是一间，其余的被人早一块晚一块地拆掉了。一间很大，两层，娘和妹睡仓库里面，我睡仓库楼上。因为抽掉了一些筋骨，仓库显得有点站立不稳，歪脚斜身，摇摇欲坠的样子。仓库的门，也不好关。仓库门全是一小块一小块的，有十多块。关时，从最底下一块开始，一块一块地关上去。开时，从最上面一块开始，一块一块地开下来。很麻烦。来了客人，也没有地方坐，只得在旁边搭起的一个小偏房里坐。

就是这样一个简陋的仓库，成了我生命中一个重要的粮库。在这个仓库安就的家里，我有生以来第一次最长时间地接触了泥土和大地，触摸了乡村和乡情，感受了乡村和乡情那种复杂的美和杂糅的丑。乡村那些看不见的根系和摸不着的喘息，远比我们想象的要深重和沉重。那是乡村日子与日子纠结时年深月久的结，是乡村人性与人性碰撞时经年累月的痂。

梁家寨是个典型的土家族山寨。在这样一个山坳里，整个寨子随着地势弯来弯去，像一个睡着的"S"，睡姿优

157

雅，睡相恬淡，睡梦安宁。从马湖寨翻过山来，是一面斜坡。斜坡一直往下，是一条溶沟。溶沟里奔走相告的是一条不到十米宽的小溪。溶沟两边贴着的是层层向上的田。田的两边躺着的是小山小丘和小土包。小山小丘和小土包上站着的是一片片茶树林和竹林。而茶树林和竹林里藏着、蹲着的，就是一栋一栋的木屋、一缕一缕的炊烟。田舍相连，鸡犬相闻，仿若世外桃源。

梁家寨之所以是梁家寨，是因为这一个寨子都姓梁。在湘西，一姓一族组成一个村寨是非常普遍的。以姓氏命名的寨名司空见惯。彭家湾、李家洞、张家坡、龙鼻嘴、马儿冲、吴家坪、王家院、田坝寨等等，都是。梁家寨，当然就都姓梁。

梁家寨不大，只有十几户人家，却是影响我人生的另一个重要标点。在娘的心里，梁家寨是她的天和后背亲，有了这片天和后背亲，娘的天空就是阳光，娘的后背就是靠山，即便有风有雨，也是风雨过后彩虹般的美丽。即便那些山有时候靠不住，山的影子也足以让娘心安和踏实。娘的人生，再艰难困苦，也有了盼头和希望。用娘的话讲，她走夜路，就不怕鬼了；即便遇到了鬼，也有舅舅舅娘们帮着打了。

刚来到梁家寨时，我也感受到了这种温暖和希望，看到了春色和光芒。一个寨子都姓梁，一个寨子都是我的舅舅舅娘，都是娘亲舅大的亲情。刚到梁家寨的那半个多月，每个舅舅舅娘都杀鸡宰鸭，请我吃饭。不为别的，只为我是他们远走了多年都没见过面的外甥。娘和妹来时，他们轮流请过一次。我来了，他们得再请一次。他们给娘和妹接风洗尘了，也得给我接风洗尘，抚慰我年轻而疲惫的心灵。舅舅舅娘们的请客，比熬溪那些叔叔伯伯的请客，应该更质朴更真心。熬溪的那些叔叔伯伯都或多或少跟娘做过冤家，有过过节，我去见时，他们或多或少有些迫不得已，而舅舅舅娘们却少了这种尴尬与芥蒂。

生活美好时，文人们总喜欢把生活比喻成酒。生活纠结时，文人们总喜欢把生活比作乱麻。其实，生活既不是酒，也不是麻，生活是实实在在的日子、实实在在的人生和实实在在的人性。生活是世俗的，世俗的生活，就得遵循世俗的世情和习俗。一旦你的生活偏离了世俗的世情和习俗，你就会成为众矢之的，就会遭到围剿。不管你的生活是多么与人无关，也不管你的生活是多么本分规矩。只要你不按约定俗成的世俗出牌，你的生活就越了位、就出了错，你的生活就不再是你一个人的生活，而是大众的生活、世人的生活，大众和世人，都会参与到你的生活中来，强迫你按世俗出牌，否则，就给你一张黄牌警告，甚至红牌出局。

秋天正熟的时候，我看到了这个寨子上，舅舅舅娘们是怎样团结起来，要娘按世俗出牌的。也看到了我自己是如何加入舅舅舅娘们的阵营，要娘按世俗出牌的。一张张的黄牌警告，逼得娘没错有错，举手投降。

正是打谷子的时候。

寨上一彭姓人家帮我家打谷子。男的打谷，女的割稻，梁家寨的日子，和庄稼人的生活，在一坝稻香里流淌。可是苦啊！炎炎烈日下，大地被烤得像大火焚烧，整个皮肤烤得生生发痛，衣服更是烤出了焦煳味。清亮的尿屙出来时，像烧开的红茶，烫得生疼。那汗水，从头到脚流下来，就像发烫的皮肤烧开的水，一直没停。可是，当我看到一望无际的稻浪在风中翻滚时，我心里还是充满了欢喜。

> 我从乡间走过
> 总有不少收获
> 田里稻穗飘香
> 农夫忙收割
> ……

当时全国流行的这首港台歌曲，正暗合了我的心情，也说明了我骨子里就是个农民。只有农民才会对庄稼发自内心地欣喜和热爱。

在湘西，任何农村出来的人眼里，谷子的金黄永远是最美的黄。那是秋天的成色、丰收的象征、收获的光芒，是一个农人最美的生活与希望。娘和妹把金黄的谷子一把把割倒，放在地上，一摞一摞，像金装的书籍铺满田间。飞快的镰刀和起伏的身影，穿破千重稻浪，留下金色诗行。彭家的两个弟妹，一路小跑，把谷子一摞摞抱来递给我和彭叔。我分明感到他们递给我和彭叔的就是一摞摞书籍和一行行诗歌。书和诗行，在我和彭叔飞旋的轮下脱落成无数的谷粒和无数的汉字。或者讲，那脱落的谷粒和汉字，就是最初的标点和诗词。我和彭叔肩并肩地脚踩打谷机时，上下起伏的姿势，就像舞蹈家轻盈起舞，飘飘欲飞，感觉美极了。我在那一刻突然爱上了田园，爱上了劳动，觉得田园和劳动是最美的画面和差事。

这种美好的感觉，却瞬间化为乌有。

晚上，我就隐隐约约地听到了梁家寨人的非议：

你看你看，我米讲错吧，都合在一起打谷子了！今天一起打谷子，明天就合在一起同锅造食了。

是呀，连学明都接受了，我看差不多了。

我猜得出一点点意思，却还是云里雾里，就跑去问舅舅舅娘。

舅娘讲：哎呀，我不晓得你也跟他们一起打谷子，我要晓得的话，我就不让你去打谷子了。你那娘啊，铁脑壳，讲不听。我喊她莫和他屋来往她偏来往，出了那么多是非小话！

我问：到底什么小话？

舅娘讲：有什么啊？什么都米有！就是你娘帮他小孩洗了几回衣服，他帮你娘犁了两回田，一个孤男，一个寡女，米有事人家也要无的讲出有的来。我劝你娘好几回了，人言可畏，你娘就是油盐不进。讲人家小孩米有娘管可怜，还讲什么光明正大，不偷鸡摸狗，不怕。这下好了，把你也搭进去了，让人家鸡屁股里屙鸭屎，狗嘴巴里屙牛屎了。

舅娘接着讲道：你娘不听，我和你舅舅只好跟你娘翻了脸，你娘听得起，我和你舅舅听不起。我和你舅舅平时哪门讲你娘，都是一屋人关起门讲的，再讲都是各人的。人家讲你娘就不是关起门讲的，讲得我和你舅舅独心巅巅都痛。

独心，在我们湘西就是心。巅巅就是尖尖。

在乡村，就是这样，谁家跟谁家稍微亲近点，闲言碎语就会随之而来，张家长李家短的不算，制造乡村桃色新闻，

161

才是最让人刺激兴奋和津津乐道的。你添点盐，他加点醋，再添点盐，再加点醋，假的就比真的还真了。宁愿信其有，不愿信其无，是中国人的惯性思维。娘的所作所为，似乎被人抓了现行似的。有人将信将疑。有人彻底不信。有人彻底相信。娘一身的清白，因此变得含糊不清了。

我知道娘没有什么，但听了还是无地自容，好像娘真跟某人好似的。在娘的四次婚姻生活里，娘尽管饱受人间屈辱，却还从未有过关于娘男女问题的流言蜚语，而在梁家寨，在舅舅家，我居然听到了关于娘男女问题的流言蜚语，真是气不打一处来。无言的耻辱，像一堆狗屎堵在胸前，堵得我心里发慌、发毛、发臭，又像一根鱼刺卡在喉咙，发干、发痒、发痛。

我愤懑地质问娘：到底哪门回事，为什么会有人这样讲你？

娘没想到我会问这个问题，呆呆地看着我：你也相信？

我讲：我不相信，但人家讲你，我就要问清楚。

娘讲：我就是看他的几个小孩可怜。几个米有娘的孩子，像几个米有人管的野猴子，喰米有人管，穿米有人管，不饿死也冷死。

我恨恨地对娘讲：各人都管不过来，还管人家，你不管人你就会死？这么多年，离了你人家就米活了？他小孩偏米饿死、冷死！

娘讲：我不做亏心事，不怕鬼敲门。我越不来往就表示越心虚。

我火冒三丈，暴跳如雷。我愤怒地反驳：什么不做亏心事不怕鬼敲门？你是为跟他接近找借口吧？你为什么非要揽人家的闲事，惹火烧身？你还嫌你不够苦、不够累，嫌人家讲你闲话不够？

娘讲：人家要讲就让他讲啊，哪个人前不讲好，哪个人后不讲歹？你娘到外头那么被人整，都米整死，还怕被人讲死？

我讲：娘，你不怕被讲死，我们怕被讲死！

娘讲：你讲哪门搞？你以为不跟他家来往，人家就不讲了？良心好的，你再有事，也不讲；良心不好的，你再米得事，照样讲。不信，你看。

我不解恨地甩了一句：丢人现眼！

娘的眼泪一下子就出来了，娘哭诉道：学明啊，你哪门也讲娘丢人现眼哪！娘都七老八十的了，还丢什么人、现什么眼哪？我就是跟他调了几个工，帮他小孩洗了几件衣服，我又不是跟他一个人调工，我跟一寨人都调过工呀？为什么不讲一寨人光讲他呢？

我几乎歇斯底里地吼叫：他是什么？他是鳏夫！你是什么？你是寡妇！鳏夫跟寡妇在一起，人家不讲也得讲！你哪门硬要讨贱，让人家无的讲出有的来呢？你再这样，我就米有脸活，我就死给你看！

娘惊愕地看着我，浑浊的眼睛充满了恐惧。

事后我才知道，是官本一家传出的谣言。官本一家之所以认定娘跟人有关系，是因为娘曾经把官本家当作最可以信任的人，娘跟官本娘聊天时，曾经提过这个男人的好。官本一家就作为新闻发布，把娘结结实实地卖了。我找上门

163

去，在官本家大闹了一回天宫。我扬着刀子对官本放出狠话：你再敢嘴巴放屁，再敢污蔑我娘，我就一把火把你屋烧了。那时候，官本家刚修了一栋漂亮的砖房子。

幸好娘行为端正，流言蜚语，很快烟消云散。

我还是不放心地对娘讲：娘，你要是真有这想法，就死了这条心，我是不会同意的，死也不会同意的。到时候，莫怪我不认你、不养你！

语气不重，但极冷极硬，比刀子冷硬。

眼里的光，也比刀子冷硬。

习惯了我的"刀子"的娘想了想，讲：你不同意，娘不会迈这一步，娘也米有想过迈这一步，娘就守着你和妹。

同时，娘又重复了句：我都七老八十的了，还活得了好久？我不会米有脸地进入土孔。

土孔是什么？坟墓。

不知道娘讲这些话时，有多少无奈和伤感。娘沉重的一声叹息，有灯油熬尽的悲凉。

客观地说，这个彭姓叔叔老实忠厚，我对他没有任何不良印象和反感之处。在这个男人的心里，娘一定是最美的女人。尽管岁月剥离了娘的青春与风韵，却没有剥离娘的美丽和心灵。娘的吃苦耐劳，娘的善良无私，娘的坚强意志，和娘蓬勃旺盛的生命活力，一定是让这个男人心旌荡漾的地方。他的女人死了，他的女神来了。

娘扛着犁去犁田时，他总会等在田头，帮娘犁田。

娘提着锄去薅草时，他总会站在地头，帮娘薅草。

娘挑着粪去上肥时，他总是守在路边，帮娘挑担。

有时候，他还会把他的几个孩子都带着，帮娘种地、栽秧和打谷子。

有什么好吃的，他也不忘让他的孩子给娘和妹妹送去一碗。

几十年了，再也没有一个男人如此关心娘了，娘当然知道他安的一片好心。娘坚硬如铁、板结如钢的心，因为一个男人的微小呵护，有些感动和滋润。娘没有把这当作爱情，只是当作一种关心，一种同病相怜，或者是一种纯善的友情。几次婚姻的失败，娘已经不再相信爱情，不再奢望爱情，也不再相信男人，不再幻想男人。爱情的路上，娘踏破了铁鞋，已经没有觅处。但不相信爱情和男人的娘，并没有刻意躲避这场秋风细雨，而是落落大方地接受了这场秋风细雨。娘心里很坦然，所以也没有顾忌世俗的眼光，只是平静而自然地享受着秋风细雨带来的一丝清爽和甘甜。这个男人的孩子衣服破了，娘让妹妹拿来，补好，送去。这个男人的孩子衣服脏了，娘让妹妹拿来，洗好，送去。偶尔做了一餐好吃的，娘也让妹妹端了一碗，送去。如果是他的孩子病了，娘更会买了补品，带上妹妹，帮忙照料。娘之所以做什么都带上妹妹，是为了堵上世人的嘴巴，不给人留下说闲话的空间。

然而，在这样一个喜欢窥探他人隐私、惯于飞短流长的国度和社会，无论你多么注意、多么清白，会有多大的空间呢？

从不喝酒的娘，在我和妹都入睡后，悄悄打开一瓶散装酒，坐在屋外的石板坪里，扬起脖子灌了一口。那是湘西人用苞谷自制的酒，甘洌，火辣，度数高得像火烧一样，叫苞谷烧。一口苞谷烧，是一口刚刚出炉的铁火，从娘的嘴里烧进喉咙，烧进肠胃，烧进心中。娘刚刚萌发的一丝情感，彻底烧灭，化为青烟。娘的悲怆，娘的决绝，与酒，与血，还有欲哭无声的泪，一口吞进肚里。娘像一截烧焦的门柱，醉倒地上。白白的月光和清风，盖在娘的身上。

就此，娘这一生再也没有对男人的一星半点之情，只有对子女无穷无尽的爱，娘与男人的爱和情都被娘的儿女们，特别是我这个自私自利的儿子亲手断送和埋葬了。"鳏夫寡妇""丢人现眼"，这些冰冷缺德的文字，是我讲的吗？对一个养育自己十八年的娘亲，吼出这样的话，是人话吗？我有娘养有娘教，可为什么被教养成这样了？我为什么就不认娘的养、不听娘的教呢？

流着血泪，娘在大家和世俗规定的生活里，依然含辛茹苦却信心百倍地养育娘的儿女。

可世界上，有多少儿女能够体谅父母，多少儿女真爱父母？如果儿女的婚姻破裂了或丧偶独居了，父母总是千方百计地要让儿女再婚，父母怕儿女的日子孤单，哪怕一分一秒，父母都不愿意，不然父母就吃不放心睡不落觉。可是儿女呢？如果父母的婚姻破裂或丧偶独居，有多少儿女会像父母一样吃不下睡不着，会让父母再婚？如果父母再婚，儿女们想到的不是父母的幸福，而是世俗的流言，是自己的脸面，是强烈反对、决绝决裂，甚至将父母逐出家门。儿女们真正爱的不是父母，而是自己的脸面。儿女们真正活的不是为了父母，而是为了自己。父母永远活在儿女心里，儿女永远活在自己心里，或者世俗的眼里。

二十三

　　早春二月，鸟跟春光挤眉弄眼地调情时，我还是离开了梁家寨，去学校补习了。只为逃离梁家寨和农村。

　　知儿莫如娘。娘从我沉默寡言、满腹心思的态度里，从我常常望着远山出神的眼睛里，看出了我对生活的一万个不甘。娘知道我的心还在山外。知道我安于现状不是自暴自弃，而是虎落平阳的无奈、龙搁浅滩的委屈。

　　所以，娘无论如何要我再补习一年。要不，娘讲她死不瞑目。

　　我只好依了娘，再去补一年。

　　考了几次都没考上，又去补习，免不了会遭到嘲笑和打击。

　　表哥们笑：毛铁也久炼成钢了，学明肯定不是毛铁，是茅室里的石头。

　　表哥们又笑：只见鼎罐煮笘笘①，米见鼎罐煮文章，我看学明二回②文章当饭喰。

　　说得我看见他们绕道走。

----

① 笘笘：米饭。
② 二回：以后。

娘却鼓励：怕什么！你是读得才读，他们是读不得才不读，千丑万丑，读书不丑，千错万错，读书不错。你腰杆直起来往他们前面走就是，看都不看他们一眼！等你考起了，我看他们哪门笑你！

我补习的学校是保靖县民中，一所湖南省的重点中学。教学质量和教学环境都在湘西名列前茅。我不知道人生地不熟的娘，是怎样找到保靖民中的。也不知道娘是找的哪位老师。反正，我很顺利地进入了保靖民中插班补习。我像一只燕子，重新衔起理想的春泥。

课程于我，就像一件衣裤。穿在身上，再熟悉不过。补习课程，就像缝补衣裤。查漏补缺，越细致越好。我一针一线地把课程和日子穿起来，一页一页地翻，一天一天地读，把书翻得烂如猪尿泡，皱皱巴巴，尽是破损。

皇天不负有心人，我终于拿到了大学通知书。

我忐忑不安等来的虽然不是北大、清华的橄榄枝，而是名不见经传的吉首大学，但我知足，没有遗憾。在我人生的铁砧上，娘像一个没有拿铁锤的铁匠，终于把我这块又臭又硬的毛铁，锤打成钢。

吉首大学录取通知书到达的那天，娘捧在手里喜极而泣。二十年了，娘忍辱负重，含辛茹苦，不就盼的这一天吗？这一天终于来了，娘哪能不喜极而泣？娘不识字，录取通知书上的字也不认识娘。娘却把录取通知书捧在手里看了又看、摸了又摸，仿佛多年未见的亲人。

为了这样的一位亲人，我、娘，还有妹都等了很久。这薄薄的一张纸，是宽宽的一扇门，走进去，就不再是人生的荒漠，而是命运的绿洲。为了这一片绿洲，娘先是一个人独自在沙漠里艰辛跋涉，后又拉着妹一路同行。没有骆驼可骑，没有驿站可靠，没有滴水可饮，没有寸草可攀。孤独的娘和妹，只能相互依靠着，孤独前行。贫穷与饥饿，劳累与疾病，屈辱与痛苦，都是娘和妹背井离乡的风景。

现在，这个叫吉首大学的亲人，背着一面琵琶来了。琵琶弹奏的，将是我们一屋的快乐人生。

都讲儿是娘的心头肉。可我总觉得我是娘心中的一块石头。肉不会伤着娘，石头却会压伤娘。我以我二十年的沉重，压弯了娘的脊背，压白了娘的头发；我以我二十年的冷硬，催老了娘的岁月，摧毁了娘的幸福。有时候，我更觉得自己是插在娘心中的一根肋骨，把娘的心戳得鲜血淋漓、伤痕累累。我打心里盼望就此搬掉娘心中的一块石头，盼望吉首大学的录取通知书真如一面人生的琵琶，给娘的后半生一点点幸福和快乐。

几十年过去了，我的脑海里还深深镌刻着吉首大学录取通知书和吉首大学信封上那鲜红醒目的四个大字——吉首大学。苍劲生动。拙朴典雅。柔韧有力。

考上大学，娘叫我做的第一件事就是挨家挨户去感谢舅舅舅娘寨上的每一户人。

我讲：每屋都要去？

娘讲：都要去，这个寨上，每屋都对我们有恩。

然后娘就给我细数每家每户的恩情。某某给我们家帮了几回工。某某给我们家送了几回好吃的。某某给我们家借了油盐不要还。某某在娘生病时送了几个鸡蛋。某某看妹没有穿的给妹送了一件旧衣裳。就连某某给我们家借了一次针，娘都记得。

我讲：借颗针，都要去？

娘讲：要去，人捧富的，狗咬穷的，人穷的时候，狗都赶到你咬。借颗针，就是借颗心。滴水情，露水恩，都得记。

妹讲：有的人坏，老是欺负我们。

娘讲：那也得去，你只想到人家坏的时候，哪门不想到人家好的时候？好的时候，人家还不是对我们客客气气的？莫讲别的，当时舅舅舅娘要我们把户口迁到梁家寨时，要是他们反对，我们也来不成。做人，要念人家的好，不要念人家的错。念人家好，你好他好大家好，好上好；念人家错，他错你错大家错，错上错。

娘以前老跟人家吵架，我老认为娘是小气的人。这时候，我才知道娘是装得下整个世界的人。

现在，我能够知恩图报，能够大度容人，包括容小人、恶人和害过我的人，都得益于娘教我怎么感恩、怎么容人。

娘还特地带我去看了娘缮粮时那几个帮助过娘的姐妹，看了我老家熬溪的哥哥嫂子和叔叔伯伯们。

娘讲：我晓得你对熬溪的家务堂有意见，可他们也是你的亲人。他们虽然米帮你一分钱、一颗米，但他们也可怜过你，心痛过你，想要你把户口迁过去。不要记仇，仇恨不是杀别人的快刀，而是毒各人的慢性毒药。你想想，一个人的心里老是憋着一肚子仇恨，仇恨不像慢性毒药把各人慢慢毒死？心里不快活，就什么都不快活。找气受，找罪受，不是死得快就是老得快。

我忽然觉得娘不但是一个善良博大的女性，还是一个看云知天的哲人！

吉首大学坐落在湘西土家族苗族自治州首府吉首。是一所典型的少数民族大学。开始，吉首大学的同学们都对吉首大学没有什么特别的看法。但当得知吉首大学是毛主席亲自审批、周总理亲自题写校名时，我们充满了自豪。那时的吉首大学还在吉首大田湾老校区。建在几座推平了山头的山丘上。错落。不大。一层一层，依山而上。因为都是山，偌大的校园，没有一条笔直的道路。全都弯弯曲曲的，东拐西拐，曲径通幽。我们外语系在一座小山的山尖尖上。

一座浑圆的山丘。一山茂密的绿色。一条小小的石阶。外加三栋教学楼。就是外语系的全部家当。全校最美的风景所在。我们外语系的学生每天都坐在一山绿色里，坐山观景。全校的学生则每天都爬到山上来，在一山景色里看我们。我们外语系每个班都只有几个男同学，其余全是女同学。自然界最美的花，人世间最美的花，都开放在外语系的这座山上，开放在山上的外语系里。

满眼都是风光美景。每天都是鸟语花香。夜夜都有美女入梦。这让心情沉重了二十年的我，一下子轻松愉悦起来。这所当时并不起眼的国家大学，却是学生福利待遇最好的大学。不但不要一分钱的学费，还每个月给学生发伙食费、生活费和粮食。就是讲，只要踏进这所大学的门，吃、住大学全包。这对一个贫穷人家的孩子来讲，简直就是天大的喜事。

而娘和妹却依然过着清贫和艰苦的生活。除了过年，娘和妹是不会吃一口肉的，甚至连油，都舍不得多放一滴。没有了我这个巨大的包袱与负担，娘和妹并没有一丝轻松，娘要起新屋，要建一个真正属于自己的家。我和妹都不主张娘再起新屋。因为我工作时，单位会分屋，妹嫁人，也不可能嫁一个没有屋的人。至于娘，跟我住就成。娘坚持要起。娘认准的事，别讲十头牛，一百头牛都拉不回。

娘和妹，像两只小小的蚂蚁，艰辛而执着地跋涉在了搬家的路上。蚂蚁。一种很不起眼的昆虫。却是世界上生存力最强大的生命。世界上没有它们不可容身、不能生存的地方。最干涸的沙漠、最险恶的沼泽、最黑暗的巢穴、最肮脏的下水道，都没有办法阻止它们繁衍生存。一只小小的蚂蚁，可以在松散的沙漠上筑起蚁穴遮风挡雨，可以在坚固的河堤上撕开裂口摧毁家园。暴风雨来临时，看看万里长城一样蜿蜒搬家的蚂蚁，我们就知道什么叫锲而不舍，什么叫团队精神，什么叫集体主义。

娘和妹，就是这样的两只蚂蚁。

砍树。锯树。搬树。

烧窑。烧砖。烧瓦。

下脚。下夯。下料。

跟起新屋有关的基础活，娘和妹都一一学会和承受。

娘和妹还每年养两头年猪和一群鸡。到年底时，年猪和鸡全卖了。娘和妹连猪毛和蛋壳都看不见。每次卖完猪和鸡，妹都会伤心地抹一把泪水。娘则在卖猪卖鸡时，要在路上撒一些猪草或粮食，喊着猪和鸡的名字。娘讲这样，它们就会认得回家的路，就会来世再来我们家，让我们养。

操劳过度的娘，落下了一身的慢性疾病。类风湿、肺气肿、哮喘、肺心病等疾病，都先后潜入了娘的肌体，啃噬娘的身心。娘的风湿，是在生我时就得的。娘坐月子时，那种冷水洗衣泡饭的日子，像历经沧海桑田的冰毒，啃噬娘的后半生。一遇天气变化，娘的骨节就隐隐发痛，像有无数个钢钻在钻骨节。一根根骨节的骨渣、骨屑似乎在一层层脱落，一层层粉碎。那痛，卧在骨头，东奔西突，却处处碰壁，找不到出路，只得在里面爆裂，痛不欲生。慢慢地，娘手脚所有的关节都变形了。每个关节的骨头都拳头般地凸了出来，像长的树瘤，杆细细的，若折弯了的圆规。娘的心脏，也一样受不得风寒，动不得冷水。一有风吹草动，娘的心脏就会扯得生疼。娘的心脏不但是娘生命机器中最敏感最重要的零件，更是儿女生命机器中最敏感最重要的零件。娘的心脏在为儿女跳动、运转的过程中，负荷太重，磨损太大，以致被病魔的齿轮深深咬住了，不能正常运转和跳动。一淋雨，一下田，一出汗，一吹风，娘的肺心病就会发作。整日整夜地咳嗽，整日整夜地呻吟，扯得天地阵阵生疼。

几种病魔的交替折磨和同时发难，使得娘每次都在死亡线上挣扎。为了攒钱给儿女起新屋，娘从不去乡诊所抓药。强忍着。硬神着。痛得实在受不了时，就用柴火头烫腿烫手，以痛制痛。时间长了，娘的腿上手上，全是烫伤的疤痕。想想看，当一根烧得通红的柴火头子，冒着青烟，烫向皮肉时，那是一种怎样的残酷、怎样的痛楚？是一种怎样的顽强、怎样的意志？为了一栋房子，娘像那群特殊材料制成的革命烈士，忍受了人世间非人的痛苦与折磨！

娘在与病魔和死神的一次次博弈中，终于竖起了一栋三柱四骑的小木屋。

就此，我们母子三人真正告别了居无定所的日子，告别了寄人篱下的生活，有了属于自己的、真正的家!

这是娘和妹用风雨和阳光绘就的画册，每一页木板和瓦片，都是娘和妹最美丽的画面。

这是娘和妹用心血和汗水写就的作品，每一粒文字和标点，都是娘和妹最感人的诗行。

二十四

　　新屋落成，熬溪老家的彭文贵二叔给我们免费放了三天三夜的电影。

　　改革开放了，政策好了。彭文贵二叔自己买了一台放映机，在全乡各村放电影。一场电影十块钱，彭文贵二叔一个晚上放两三场电影可以得二三十块钱。日子，就像电影一样，越过越好看。

　　娘的一生就是一部电影。吃苦受难、流浪漂泊、挨打挨骂、屈辱抗争，是电影的上部。下部呢？且慢慢看。

　　为儿女漂泊和辛劳一生的娘，终于千辛万苦地修起了一栋小木屋，算是松了一口大气。娘的心也算是落了拍、定了根。每一根柱头仿佛不是立在坚实的地上，而是落在娘踏实的心里；每一块瓦片仿佛不是盖在屋顶，而是盖在儿女的天空。一根柱头落地，整个腰身挺直。

　　娘对妹讲：有了各人的屋房子，就米有人看不起你哥了，你哥就有女人看得上了。上无片瓦下无立锥之地的话，哪个看得上你哥？来个客人米得地方坐，生个小孩米得地方生，哪个肯跟你哥来？

娘拼死拼活修一栋房子，就是为了让儿子讨媳妇时不被人看不起，是不是太重男轻女了？不是。这是湘西做爹娘的，最朴素和普遍的愿望。生活的现实、世俗的规矩，都决定了女儿终究得嫁出去，最后守房子的还是儿子，所以爹娘建房主要是给儿子建房。当然，如果家里只有女儿没有儿子，就另当别论。

　　"做事三年讲，起屋三年想"，安身立命，是湘西人比天都大的事。想到自己的儿子和儿媳将要住进这栋房子，安身立命，娘心里装满了喜悦和甜蜜。娘似乎看见一顶花轿顶起一山绿色，挨山擦水地穿过来；看见一把唢呐和一列锣鼓，把一个寨子的天空吹出漫天喜气、敲出天女散花；看见儿子儿媳被人推推拥拥闹进家门拜堂成亲。娘的日子和生活因此有了生气和生机。

　　娘讲：屋是家的一张脸、人的一面镜，屋不好，家不正，人就丑。

　　为了这张脸和这面镜，娘和妹买来了桐油，把墙壁刷得金光闪亮。金黄的桐油刷在金黄的墙壁上后，金黄的墙壁就有了金黄的光亮，金黄的光亮里弥漫着金黄的油香。时间长了，新鲜的金黄就变成了锈色的铜黄。

　　看家守门的狗，也比以往任何时候都兴奋。曾经，狗也看家守门，可家不像家、门不像门，狗看起来都没有劲。现在好了，家是新的，门是新的，狗的脸上也有光彩。狗兴奋得整天在娘和妹面前摇头摆尾地打转。

　　我家的狗是湘西常见的一种土狗，灰的。既没有哈士奇的尊贵，也没有藏獒的威猛，却朴素、平实、眉清目秀、英俊硬朗，有一种天然美。

我家的狗跟湘西所有农家狗一样都没有名字。湘西的狗有一个共同的名字叫"萨猎邬"。"萨猎邬"是土家族语言，就是狗的意思。每次喊狗回家时，娘只要长一声短一声地一喊，狗就欢天喜地地跑回来了。

"萨猎邬嗷嗷——"

"萨猎邬嗷嗷——"

娘唤狗的尾音，常常拖成了湘西美妙的魔音。

没有名字也不妨碍狗成为家中一员。再没有饭吃，娘都会省出一碗饭来给狗吃。再没有地方住，娘都会空出一块地方给狗住。在娘看来，宁愿自己挨饿，也不会让狗饿着。宁愿自己受冻，也不会让狗冷着。

相对于我，狗比我忠于职守、知恩图报，比我懂得亲情、懂得爱憎。娘和妹出工了，狗会老老实实地待在家里，看家守家。来了生人，狗会一顿狂吠乱叫，不让生人靠近。来了熟人，狗不吠不叫，一番亲热，但绝不会丧失警惕地让进家门。如果是我们家的什么亲戚来了，不管见没见过，狗都会跑出很远迎接亲人。我同娘不同爹的哥回到他爹身边后，多年都没来过我家，狗却认得。哥第一次回来看娘时，狗跑出了一里多地摇头摆尾地迎接。喜得娘摸着狗头，热泪淋淋。狗通人性，狗懂人情啊！

一只家养的狗，都能够从主人的身上闻得出亲人的味道，看得清亲人的面孔，嗅得出亲人的滋味，我却身在亲人中不知亲人味。

有一年，娘和妹都去舅舅家打年粑了，狗突然跑到舅舅家来，叼住娘的裤脚就往外拖。见娘不走，又叼住妹的裤脚往外拖。娘和妹都以为狗是跟她们亲热，就没理它。狗见娘和妹不理，焦急地退到一边对着娘和妹大吵大吠。吠了几句，又死命地叼住娘的裤脚往外拖。娘终于明白了狗的意思，大感不妙，跟着狗跑。

跑到家里一看，娘整个身子瘫软了。原来，我家的灶房着火了，墙壁一团漆黑！是狗打翻了灶台上的那盆水，将火及时扑灭！否则，后果不堪设想。

狗，成了我家临危不惧的战士和地地道道的功臣。

就此，狗更加成了娘的心肝宝贝。

然而就是这样一个心肝宝贝，娘还是狠心地将它卖了，并且"眼睁睁"地看着人家把它打死了。

起因是那个曾经到处讲娘是非小话的官本。

一天晚上，睡得正香的娘和妹突然被一阵狗吠吵醒。听得出，越去越远的狗声是追着东西跑的。等娘和妹爬起来一看，一根料筒子躺在离家不远的田坎边。有人偷娘和妹起屋时没有用完的木料！

很快，娘和妹就知道，偷木料的是官本。

本来狗是从来不吠寨上人的，一寨的狗是它的朋友，一寨的人都跟它混了个脸熟，只要不惹它，它都很友好。那晚之后，狗只要见了官本就箭一样射出去，狂吠乱咬，把官本追得屁滚尿流。

娘和妹便知道是官本偷了木料。

娘问官本时，官本讲：我偷你屋的料，是因为你起屋偷了我的梁，我要扳本。

娘一听笑了，连讲官本是尖嘎子^①。

偷梁是湘西的一种习俗。不管哪家起屋，只要看中了哪棵树可做屋梁，长在太岁头上，也可正大光明地偷来。被偷的人家不能讲二话，不能有怨言，哪怕是冤家仇人，也得强颜欢笑，拱手相送。偷的梁树一定要笔直粗壮、枝繁叶茂，几棵长在一起。笔直粗壮代表家风端正、事事顺畅；枝繁叶茂代表子孙兴旺、奋发有为；几棵长在一起代表后继有人、层出不穷。我们家的屋梁，的确是木匠师傅和两个后生在官本家的林地里偷的。

视财如命而又有口难言的官本，只好想办法偷我家一根木料，扳本。

想扳本的官本，没想到偷料不成反被狗追得狼狈不堪、惶惶不安，只好自认倒霉。

这狗可不会得理饶人，狗是仗势欺人的，官本越怕狗就越咬，直到那天真把官本咬伤了。

官本被狗咬了，妹当然高兴，时不时给狗一点小小奖励。娘却整天提心吊胆，担心狗咬把官本咬没了。

那时候，乡下不知道可以打狂犬疫苗，咬了也只能硬神。

妹讲：咬死了才好，哪个喊他偷我们料！

娘讲：再坏也是人哪，不能让狗咬坏了，咬坏了，狗无罪，人有愧。

妹讲：什么愧不愧的，这喊恶有恶报，时候已到。

娘讲：他也不是有意要偷，他只是想把他屋的东西偷

---

① 尖嘎子：吝啬鬼。

转去，我们偷了他的树做梁。

妹讲：起屋人偷梁不算偷，祖祖辈辈都这么传的，他才是偷。

娘讲：不管规矩是什么，人家想偷转去，就是人家不愿意把屋梁送我们，我们不能强求。

妹赌气地讲：他有本事的话把我们屋梁拆了。妹指了指屋顶的屋梁。

娘讲：讲狠话米有用，当紧的是，莫让狗再咬官本了，再咬就出人命了，我们的狗再大，也米有人的命大。

妹便不再讲话。

娘先是心里歉歉地提了礼信给官本赔不是，让官本及时上药。然后自作主张，瞒着妹把狗卖了。伤心得妹扎扎实实哭了好几回。

狗懂情，也认路，没有几天，又跑回来了，扑在妹的身边，一个劲地舔妹的眼泪水。

新的主人无可奈何，只好把狗打了。

打狗那天，娘和妹都有感应。虽然是远隔几里的寨子，那边打一下狗，这边娘心痛一下；那边狗叫一声，这边娘筋抽一下。等娘心焦火燎地跑到那个寨子时，娘看到的只有一堆狗毛。娘被人抽空似的，一阵晕眩，差点摔倒。

娘流着泪水，把狗毛一一捧进袋子，带回家，埋在了屋后的菜园里。娘讲狗有灵魂，狗得回家。

用一只冤死的狗救一个作恶的人，娘是心胸博大还是思想愚钝？

二十五

我考上了大学，娘修起了房子，娘的千斤重担总算卸了下来。卸下重担的娘，有了一生最快乐的时光。

皱纹褶皱起来的时光，在娘的额头，逐渐舒展开来，有了鲜亮的色泽。心底的快乐，就像岁月的熨斗，把风霜和阴霾熨去，把阳光和晴朗熨来。

快乐的娘，脚步是快乐的。娘快乐的脚步，走到哪儿都像在跳，噗噗噗，一阵风。

快乐的娘，声音是快乐的。娘快乐的声音，不再低眉顺眼，而是走到哪儿都当当当，如钢在敲。

想什么，成什么。

养什么，好什么。

养一只鸡，出一窝崽。

养一头猪，出一栏肉。

栽的桃树李树和枇杷树，也随栽随发，棵棵都是摇钱树。

白天忙农活家务，晚上就唱山歌、打苗鼓。

娘虽然一直生活在土家族地区，但娘是地地道道的苗

181

族。娘十来岁随嘎婆^①来到土家族地区时，就已经打得一手好苗鼓了。

苗鼓，是湘西苗族最喜欢的一种文娱活动。湘西苗人喜鼓，是祖祖辈辈传下来的。苗乡人，无论男女老少，都喜欢打鼓。无论农闲农忙，每一个苗乡都是一面巨大的鼓，任苗乡人尽情地敲。久而久之，湘西就有了一种奇特的舞蹈，叫鼓舞。吉首市的迎宾鼓，凤凰县的猴儿鼓，花垣县的团结鼓，保靖县的八合鼓，古县丈的撼山鼓，都成了苗乡人人会跳、人人会击的鼓舞。

曾经，苗鼓是集结士气的战鼓，吓退野兽的惊鼓，合家欢庆的喜鼓。而今，苗鼓就是苗家人欢庆的喜鼓和健身的乐鼓。有事没事，苗乡人都会敲一敲，跳一跳。娘不在苗乡了，娘把苗乡的鼓声带来了。当娘从街上买来一面鼓时，舅舅和整个梁家寨的人惊讶不已。

舅舅问：姐，你买鼓搞什么？

娘一脸兴奋地回答：打啊！

舅舅一脸惊讶：姐喰错药了，想到打鼓？

娘得意地讲：姐就是喰错药了。你看看姐打的。

于是，娘敲起了她几十年都没有敲过的苗鼓。

鼓槌上的两片红绸，像两团红色的火焰，随着娘的翩翩进退，上下翻飞，周身飞旋。

咚，咚，咚，咚咚咚，咚咚咚，咚咚咚咚……

咚，咚，咚，咚咚咚，咚咚咚，咚咚咚咚……

---

① 嘎婆：外婆。

鼓声，凝重而响亮，激扬而顿挫，缓如清风，急若暴雨。从娘迅疾的手上飞出，从娘跳跃的脚步踏出，从娘飘逸的红绸飘出。不对，是从娘博大的心海冲出。播种，栽秧，锄地，浇水，收割，推磨，织布，洗衣，崴苞谷，打粑粑。所有舅舅熟悉的农事，舅舅熟悉的生活，都被娘敲在鼓上，写在鼓边，留在鼓里。一个寨子都被娘的鼓声，舞动得生动妩媚，神采飞扬。

娘的鼓舞，看得舅舅和一寨人眼花缭乱，目瞪口呆，欣喜异常。他们跟娘生活了这么多年，居然不知道娘的苗鼓敲得这么好。娘的鼓舞和鼓声，敲来了苗乡的新奇和风韵，敲来了娘的生命与灵魂。生活曾经是一块巨大的石头，把娘压得筋疲力尽，伤痕累累，如今，生活是一面欢快的苗鼓，激活了娘埋在心底的快乐，让娘身心和灵魂都无限愉悦，轻歌曼舞。鼓给了娘生气。鼓给了娘生动。鼓给了娘生命。鼓给了娘神韵。从来没有什么东西能够让娘如此生动妩媚、容光焕发。只有这鼓和鼓舞，鼓和鼓声。

于是，舅舅和一个寨子的人才知道，鼓舞和鼓声，一直梦一样在娘心里沉睡着，苏醒着。鼓和鼓的声音，是绽放在娘心底的最美的一朵百合。

就此，只要十里八村有什么喜事，都要请娘去给敲一段，跳一曲。娘成了土家山村最快乐的使者、最幸福的鼓手。

娘在乐此不疲的鼓舞里和乡亲们的赞叹声里，找到了自己的价值和报答乡亲们的方式。

打完鼓，娘就会跟乡亲们一起跳摆手舞 ①。

---

① 摆手舞：一种土家族的传统舞蹈。

183

在湘西土家族山寨，许多寨子都有一个摆手堂。摆手堂，是土家族祭祀祖先和祈求丰年的祠堂，也是土家族举行大规模摆手舞的娱乐场所和竞技场所。摆手堂飞檐翘角，雕梁画栋，木板木楼，高大气派，分土王祠和摆手堂两部分。土王祠里设有神龛，敬有土家族的彭公爵主、向老官人和田好汉三尊神像。彭公爵主是土家王朝世袭的土司王，向老官人和田好汉是土司王的左膀右臂。摆手堂是青石板铺就的，每一块青石板都青光闪亮，如岁月的册页和史书。

逢年过节，土家族的村村寨寨都会跳一种舞蹈，叫摆手舞。我在我的散文《跳舞的手》里曾经如此描写过摆手舞的盛况：

　　这样的时候，正是我们的双手跳舞的时候，几千乃至上万双结满了民谣和音乐的手，都聚拢在摆手堂上，静候着几十杆铳炮鸣响。一面硕大的、足以站上多个人的牛皮鼓，架在摆手堂的中央。鼓手，捆着红腰带，包着蓝丝帕，光着脊梁骨，等待手起槌落。当那个受人爱戴的乡亲宣布摆手开始时，铳响了，鼓响了，几千乃至上万的手，像是千万瓣一夜竞放的花叶，从挨山擦水的峡谷边突兀而来，抵达桃花满树的摆手堂。

　　大摆。小摆。

　　单摆。双摆。

　　前摆。后摆。

　　左摆。右摆。

　　摆成一朵花，花就艳艳地开了。

摆成一条河，河就汤汤地流了。

摆成一座山，山就慢慢地绿了。

摆成一片云，云就朗朗地飘了。

摆成一只鸟，鸟就叽叽地飞了。

在梁家寨，虽然只有几十户人家，只有几十双上百双的手，逢年过节时，我的舅舅舅娘们也无例外地蹁跹进退，朴实摆跳。

虽然，梁家寨不像那些大寨子一样有摆手堂，但梁家寨人的心里都有一个摆手堂。梁家寨的舅舅舅娘们只要想跳，到处都是摆手堂。坪场、院坝、草滩、河谷和丰收过后的庄稼地。都是。

在跳摆手舞的人群里，娘总是最先领舞的那一个，也总是跳得最好的那一个。

娘虽然犯有风湿，一跳起舞来，风湿就好像没有了。娘的腰肢板直而灵动，娘的舞步硬朗而轻盈，娘的双手坚实而灵巧。摆手舞和苗鼓舞，就像是民间文化酿制的两颗灵丹妙药，焕发了娘的艺术青春，激活了娘的艺术生命，赶走了娘的阴霾和沉闷，让娘越活越快乐，越活越年轻。

要是没有土家摆手舞和苗族鼓舞，我的舅舅舅娘们都不会知道：我娘居然还是一个魅力四射的民间艺人和奇人。

民间，总是有许多娘这样的种子被埋没着，缺水缺氧，无水无氧，但只要一丝阳光渗透，一粒露珠浸润，就会生根发芽，开花结果。

慢慢地，一个寨子的人都跟娘学打苗鼓。一个寨子的乡亲都成了娘的徒弟。当一个寨子的苗鼓都漫天敲响、隆隆滚动时，一个寨子的乡亲都蹁跹进退、击鼓传花时，一个寨子都是娘的心鼓，一个寨子都是娘的欢乐，一个寨子都是娘的鼓声。

每当娘敲起苗鼓时，妹妹就会站在鼓边，给娘敲边鼓。一面苗鼓，往往不是一个人击打，而是两个人击打。主角在鼓面上敲正鼓，配角在鼓沿上敲边鼓。正鼓的声音，激越雄浑，有如雷声隆隆；边鼓的声音，清脆轻快，有如细雨密密。当咚咚咚和嗒嗒嗒的声音在一面鼓上同时响起时，就既如轻音乐，又如狂想曲，是叙事和变奏的交响曲。

娘和妹妹，就是这大山交响曲中最美的湘西表情、鼓的模样。

二十六

　　毕业后，我没有分配回保靖县，而是被分配到古丈县第一中学教英语。家和娘依然离我很远。

　　这时的古丈一中已经不是当年的古丈一中了，其教学规模和教学质量已远远超过古丈二中。古丈二中已经完成它的使命，变成了初级中学。选择来古丈，是因为我对古丈充满了感恩和挂念。我的童年、少年和最初最嫩的青年，都留在了古丈。而保靖，我只是度过了保靖民中补习的那一年。一年的光景再美，也美不过童年少年的那一抹纯真。一年的记忆再深刻，也深刻不过豆蔻年华的那一盏青灯。最真的奋斗与汗水，最初的伤痛与甜蜜，最纯的友情和记忆，是任何人都不会忘记，而且深深怀想的。

　　像所有刚毕业的大学生一样，我一个月六十三元的工资，根本不够用，往往不到月底，就秋风落叶，无处飘零了。一有工作就给娘寄钱、为娘养老、报答娘恩的愿望，变得虚无缥缈。接娘和妹跟自己一起住的想法，更是叫花子讲瞎话，摸不到一点套路。

　　娘不知道我生活的窘境，但知道我是一个大手大脚的人。娘担心我客人太多而钱不够用，让妹写信问我要不要屋

187

里的米。娘讲屋里的米都是新鲜米，比粮店的米好吃，讲粮店的米粗，还有老鼠屎，要我买乡里的米，钱不够的话，就把屋里的米卖成钱，寄给我，我再买乡里的米。

我不能给家里钱，当然也不会要家里的钱。娘快六十岁了，本该是我饭前饭后问冷问热了，怎么还能要娘的钱呢？有娘的爱，我就不会贫穷，更不会饿死。娘的爱，是一粒一生一世都享用不尽的米。

我那时在文学上已经有所收获，名气渐升。全国的不少报刊都开有我的专栏，刊有我的照片，登有我的专访。《新华文摘》《中国文学》《散文选刊》《散文海外版》等权威性的选刊也经常选我的作品。文学与文字，不经意间变成了我生命中的一个细胞和露珠，让我的人生多了一种颜色和风景。这种颜色和风景，又无意中冲刷出了我生命中的另一个河床，让我的人生从此拐进了曲水流觞的别样意境。

但我做得再好也没有用，我不会溜须拍马，不会察言观色，我还有那么点穷文人的清高和自傲，不小心得罪了校长。我当然得一双大脚穿着一双小鞋了。

于是我想调离古丈，明哲保身。我冒昧地给中共保靖县委宣传部写了一封自荐信，信中非常详细地介绍了自己的成绩，也非常诚实地介绍了我在古丈一中的遭遇和现状，最后表达了我想回家乡效力的愿望。

没想到，我居然顺利调回了保靖，安排到了县文化局。我的人生就这样在保靖靠岸。

八分钱邮票就可以改变一个人的命运，这在当今也许是天方夜谭，在那时，却梦想成真。

感谢时任保靖县委宣传部部长的王德靖大姐和副部长向希圭、石鑫两位老师。感谢时任保靖县文化局局长的彭校、副局长彭司礼和张承清。

保靖县文化局，一个小而精的单位。人不多，却个个身怀绝技。王庆海的小品、刘官仲的书法、曾君龙和徐勤莲的小戏、龙泽瑞的音乐、彭图湘的小说、张君林的器乐、胡启炎的画、汪石凌的摄影，特别是副局长兼文化馆馆长的彭司礼的多才多艺和一心为公，让我折服，促我努力。

保靖的工作环境和生活环境都是我在古丈一中时无法企及的。不到一年，单位就分给我一套三室一厅的新房子。领导、同事都对我赞赏有加，关爱备至。为了让我更好地创作，文化局专门为我成立了一个机构——创作室。几十年了，县文化局都没有这个机构，就是我调去以后才专门成立的，目的是让我更好地创作，写出更好的作品。

为了让我写出好作品，宣传部和文化局规定我可以随时下乡体验生活，县里的主要领导们也经常在下乡时喊我一同前往。前任县委书记向世林，后任县委书记王德靖，还有县长、政协主席、组织部部长、宣传部部长等都会随时邀请我跟他们一起前往。

跟着他们，我跑遍了保靖的山山水水、旮旮旯旯，饱览了山水之美、民风之淳。我不是才，但他们爱才，他们把我当作人才去培养。我不会逢迎他们，他们反倒觉得我纯洁。几乎每个领导都这么跟我讲过：我们愿意跟你打交道，主要是你纯善，你眼里和心里都没有渣子，从不给我们提任何要求，从不给我们讲人家长短，跟你打交道，我们可以找到快乐和宁静。

调到保靖，离娘近了。按理，我可以经常在周末回去看看娘和妹，帮娘和妹干点活，减轻点娘和妹的负担。但我却依然每周不回家看娘、不回家帮娘。任凭年迈体衰的娘和年幼的妹妹，在风里滚、雨里爬。我疯狂地迷恋和沉浸在我的文学、我的工作和我的事业中了。领导这么信任我，我不能辜负领导们的信任和期望，应该做出更大的成绩。

为了繁荣全县的文学创作，我跟几个志同道合的文学青年，在保靖县组织了一个文学社——湘西谣文学社。社长是我，副社长是彭光荣，总编是杨亲英，副总编是杨雄，秘书长是卢瑞龙。彭光荣是我在保靖民中补习时的同班同学、班长，文章写得好，行政能力比我强，在统战部对台办工作。杨亲英是团县委书记，不但文章写得好，人也美丽大方，待人接物更是无可挑剔。杨雄是岳阳人，在保靖县税务局工作，大学时就在《散文》等名刊上发表了作品。卢瑞龙在县工商银行工作，以诗歌见长。还有一个从桑植县来保靖开打字店的小尚，自告奋勇地给我们免费打印。

我们起草了章程，发表了宣言，发誓要把湘西谣文学社办成湘西第一流的文学社。

几个文学疯子，每天都聚在一起讨论文学，幻想着保靖的文学甚至湘西和湖南的文学，能够在我们这代人身上"天开文运"。

"天开文运"是保靖县城酉水河边的一处文物古迹，也是来保靖县必看的一道人文风景和自然风景。褐红而陡峭的绝壁上，"天开文运"几个大字历经岁月的洗礼，更加遒劲有力，更加厚重雄浑。风声染过。雨声洗过。涛声拍过。雷声滚过。历代保靖文人墨客的心声，更是一遍一遍、一代一代地祈祷过、抚摸过。哪能不更加遒劲有力、更加厚重雄浑？

也许真是我们的虔诚打动了上天，文运的天空，真的给我们露出辽阔的天际和无垠的天宇。我们湘西谣文学社的几个成员，都在大报小刊上发表了不少作品。尤其是我，在全国的名气越来越大，全国各地读者的来信和编辑约稿信，雪片似的飞到我工作的这个小小县城。

我的成绩，领导和同事看在眼里、喜在心上，经县委统战部张才军副部长提议推荐，各级统战部层层上报、筛选，我当选为湖南省第七届政协委员，成了最年轻的省政协委员，时年二十七岁。同时，领导还推荐我当团县委副书记，见我不愿，又推荐我当县文化局副局长和县政府办副主任。但不知道为什么，那么激情而年轻的我，居然把官场的这扇门关得那样紧，一点缝隙都没有，风和空气都透不进。也许是文学的力量，给了我足够的定力；也许是跟老百姓的接触，让我找准了自己的位置；也许是生活的磨难，让我过早看淡了一切。我不是说自己多么高尚，也不是说做官有什么不好，但我确实一点都不想在官场上踩钢丝、踏地雷。我一是担心走官路时"遭劫"，二是担心不会走官路而"甩同边手"。

正当我在工作和事业上突飞猛进时，妹的婚事让我心烦意乱、头痛欲裂。娘看中了一个小伙子，逼着妹就嫁。而妹以死抗争，誓死不从。结果，还是被迫就范。

我不得不三番五次转到家里，解决矛盾。我一个劲地埋怨娘拖了我工作的后腿。小伙子就是我现在的妹夫。客观地讲，年轻时的妹夫非常英俊，一表人才。但是一个人光有外表有什么用？马屎皮面光，肚里一包糠。年轻时的妹夫走过一段弯路，打架、酗酒、赌博，什么都干。用湘西的话讲，像个"烂伍"。他家徒四壁不算，其父也是一个酒精中毒、常年好酒醉酒的酒鬼。这样的年轻人和家庭背景，怎么能成为我的妹夫呢？我妹又怎么看得上呢？

开始，我以为是妹自己看上的，如果是妹自己看上的，我做哥的能劝就劝，不能劝就不管。毕竟婚姻自由。哪想，是娘看上的。是娘逼着妹嫁给这个小伙子！我气不打一处来，质问娘：娘，你哪门要跟妹订这样一个亲？你的女儿就只配这样一个女婿？

娘不作声。

我又质问：你是不是看他长得乖，是不是看他会打架？你晓不晓得他是什么人，他屋里是什么人？

娘不作声。

我也不管娘作不作声，一个劲地质问：你是不是觉得你会看人？你会看什么人？你当年认为二姐夫好，把二姐嫁给二姐夫，二姐被二姐夫打了一辈子！你各人一辈子的几次婚姻更是烂透了！你会看什么人？你毁了你各人的婚姻幸福，毁了二姐的婚姻幸福，你还要毁掉妹的婚姻幸福？

娘终于哇的一声哭出来。

我不耐烦地吼：你哭什么哭？你把妹害成这个样子还有脸哭？

娘就忍着不哭了，嘴角咬出了血。

娘一直没讲为什么要把妹嫁给妹夫。我想，娘看中的一定不是他的外表，而是他的高大和敢打敢冲。娘和妹这一辈子被人欺负怕了，一个高大而敢打敢冲的男人出现在面前时，娘可能觉得有了一种依靠感，觉得没人再敢欺负了。等到娘发现妹夫的不良品行时，后悔已经晚了。

见到年轻美貌的妹，妹夫就像蚂蟥一样盯上了，妹走到哪里他追到哪里。妹不同意，他就以杀我全家相威胁，威逼妹就范。那时，娘还鬼迷心窍，认为妹夫会是一个好青年、好男人，也强迫妹跟妹夫好。妹不同意，娘也以死威胁。妹只好躲到舅舅舅娘家避难，寻求保护。而娘和妹夫都不依不饶，跑到舅舅舅娘家，把妹带了回去。

我一生被人欺负怕了的娘，变得稀里糊涂起来，成了绑架爱情的帮凶。妹担心妹夫真的杀了我全家，只好就范，跟着妹夫住到了妹夫家里。

妹从小就跟着娘受苦受难。为了我，纯洁清白的妹背过小偷的黑锅。为了我，成绩优秀的妹被迫辍学。为了我，妹失去了去县文工团当演员的机会。妹为了我牺牲太多。牺牲太多的结果，居然是被人胁迫就嫁。这可是终身大事啊，弄不好一辈子都毁了。

我于是向领导求助。公安局龙教就带了几个公安，随我前去办案。我当时是抱定了要抓捕妹夫的决心的，我想，不把妹夫的嚣张气焰打掉，妹和娘永远都逃脱不了妹夫的魔掌，如果不把妹解救出来，我就枉在人世。

当我们一行十来人，浩浩荡荡地摸进村子时，妹夫闻风而逃。就剩妹和妹夫的老爹老娘。看着妹夫那连一块壁板

193

都没装，只有一个破锅歪灶的家，我万箭穿心，伤心欲绝。我讲：妹，不怕，我们回家。妹却摇了摇头，不愿回家。

龙教讲：你不要怕，抓到他，我们让他牢底坐穿。

妹流着泪水，还是摇了摇头。

我以为妹还是怕妹夫威胁杀我全家，就一再给妹鼓气，让妹回家。

妹还是摇头，一脸的泪水，越摇越多，甩了一地。

我只好随着龙教等公安干警，无功而返。

走出寨门，我终于抑制不住内心的悲怆，当着众人，号啕大哭。哭娘的无知。哭妹的懦弱。哭我的无能。

我一个堂堂的男子汉，一个堂堂的省政协委员，居然连我的妹都保护不了，我愧对世人。

娘的无知，使得我对娘更加失望，甚至绝望；而妹的懦弱和不肯回家，让我在众人面前丢尽面子，好像我谎报军情似的，令我非常生气和愤怒。我决定不再管妹的婚事和生死。我管好自己就成。

我讲：妹，明知是火坑你要跳，你莫怪哥米有保护你，莫怪哥无情！

舅舅舅娘讲：你妹不跟你们走，还是害怕你妹夫报复，你妹只能牺牲各人的幸福换取全家人的安全。

伤心透了的我，没有领受妹的这种牺牲和感情。妹举办简单的结婚宴席时，我没有送一分礼金，更没有去出席妹的婚礼，我以我的冷漠和无情，表示对妹婚姻的强烈不满和反对。没有我的支持，娘只能想方设法为妹做一点嫁妆，弥补对妹的过失。娘是妹婚姻的始作俑者，娘得给妹一个交代。

为了妹不被婆家人看不起，也为了偿还娘对妹的亏欠，娘想方设法要给妹做一套嫁妆。

　　娘养猪卖猪，猪不值钱。

　　娘养鸡卖鸡，鸡不值钱。

　　娘砍树卖树，树不值钱。

　　娘种菜卖菜，菜不值钱。

　　贫寒的农村和贫寒的农民，没有一样值钱。

　　最后，娘不得不悄悄地去县城翻捡垃圾。大街上的废纸片，垃圾桶里的啤酒瓶，阴沟边的破铜烂铁，都是娘的好收成。

　　在寒风中，在酷暑里，娘拿着一把火钳，把一个城市翻个底朝天时，娘的五个儿女都不知道。娘的五个儿女，个个长大成人，其中两个还是国家干部，可娘居然沦为了捡垃圾的人！我们这些做儿女的，都到哪里去了？我们酒足饭饱时心安吗？我们穿金戴银时自得吗？我们歌舞升平时无愧吗？

　　我没有出席妹的婚礼，当然受到了舅舅舅娘的强烈指责，舅舅舅娘讲：妹为哥遭了那么多罪，再嫁错人，做哥的也该出席，也该让对方晓得妹的娘家是有人的。

　　舅舅舅娘讲：学明，你晓得你娘哪门要把妹嫁给田二米？晓得你妹哪门不跟你回来，要留在田二身边米？

　　我讲：是怕田二动杀气。

　　舅舅舅娘讲：是的，但你娘和妹怕的不是对她们动杀气，而是对你。你娘天不怕地不怕，一辈子米跟恶人低过头，还会怕一个田二？是怕你受到伤害。在一寨人眼里，田二就是混社会的，烂得不能再烂，你娘和妹担心田二讲到做到，真把你剁了。所以，当田二口口声声要杀人时，你娘选择了低头，你妹选择了牺牲。

我，无地自容。我突然觉得，我自己就是一个垃圾，是人们不要、娘和妹却很珍惜的垃圾。当妹孤立无援地带着恐惧嫁给妹夫时，当娘孤独无助地带着恐惧嫁出女儿时，我不是紧紧地站在妹和娘的身边，保护她们，安慰她们，而是埋怨她们拖了我工作的后腿，不闻不问，任凭娘和妹走向恐惧，走向火坑。娘和妹是多么祈望我出现在妹的婚礼上呀！哪怕我不送上礼物，不送上祝福，就那么在妹的婚礼上一站，娘和妹都会高兴，都觉安全。我却没有，压根都没有。我只想着我的工作、我的进步、我的愤懑，却没想过娘的辛酸、妹的眼泪。一个人因为工作而不珍惜亲情、放弃亲情，甚至践踏亲情，那他工作再好有什么用呢？他再进步有什么用呢？讲白了，还不就是为了自己的功名利禄吗？一个把功名利禄看得比亲情更重要的人，往往是薄情寡义的人。

我那么理直气壮地责怪娘害了妹妹，其实真正害妹妹的到底是谁呢？害娘的又是谁呢？我是家里唯一的顶梁柱，可我就从来没有当过顶梁柱，我想到的永远是我自己的功名利禄，我顶起的也永远是自己的利禄功名。如果我不怕苦、不怕累，如果我承担起一点点家庭责任，如果我有一点点湘西男人的血性，妹妹和娘都不会这样感到脚下的大地是空的，妹妹的婚姻也不会如此心酸和无奈。

我欠妹的不是一份彩礼、一声祝福，而是今生今世。

我欠娘的不仅是今生今世，还有来世来生。

二十七

妹的婚姻注定是不幸福的。不幸福的婚姻注定了妹要吃尽妹夫的拳脚。这让我对妹夫充满了失望和绝望。一个男人不但不疼女人，还打女人时，这个男人就不是一个男人。一个男人不但养不起家，还要捣毁这个家时，这个男人就是从地狱爬出来的人。

我曾经无数次想给妹和妹夫找一个好的工作，但都因妹夫的酗酒闹事而罢休。我也曾经给妹和妹夫找了工作，也因妹夫的不争气而被迫放弃。妹夫不喝酒时，勤劳肯干，懂礼数，明事理，也就是讲，妹夫不喝酒是人，一喝酒是鬼。妹夫在这个世界上什么都没学到，只学到了他爹的酗酒、醉酒和滥酒。穷得上无片瓦、下无立锥之地的妹夫，整天泡在酒坛里，一喝就烂醉，一喝就闹事，一喝就打妹，常把妹打得鼻青脸肿，甚至半死。打人成为家常便饭，在妹这里他有了用武之地。我痛感妹夫的无可救药，更痛感自己的无能为力。一家人管不了两家人的事，如果妹心甘情愿地选择了承受，我也无可奈何。我只能力所能及地给妹经济上的援助，别的，我无能为力。

幸运的是，活了四十多年的妹夫，终于活明白了。像

197

在魔界里睡了一觉，四十多岁的妹夫终于睡醒了。他不再好吃懒做。不再浑浑噩噩。而是变得勤劳、善良、懂事。变得顾家、爱家、持家。前几年，他在保靖县城开了一家小餐馆，叫"二肥农家乡菜馆"，与妹一道没日没夜地忙碌、辛苦。妹夫的手艺得到了全城人的首肯。妹夫的几个拿手菜，在保靖县堪称是独此一家、全城一绝。羊脚、狗脚、牛肉、羊肉、鸭子、土鸡等家家餐馆常见的菜，硬是被妹夫弄得让人百吃不厌。许多人到他那里请客和就餐。就连离保靖县较近的花垣县的一些单位也常常慕名而来。有次一个单位请客，一个客人居然吃得哭了起来，说是几十岁了还没吃到过这么好吃的菜，这可给妹夫的小菜馆做了巨大的无声广告。加之门面干净、菜量又大，妹夫的小餐馆越做越红火。妹夫，终于像乡村来的萝卜土豆，洗去泥土污秽，就是没有污染的绿色产品。

人与鬼，好与坏，都只在一念之间、一步之差。

其实，看人，不能把人一辈子看死。对那些有过前科和过错的人，我们更不能戴着有色眼镜去把人看扁了、看偏了。谁没有过小过小错呢？干吗把芝麻大的错看成西瓜大的罪呢？干吗从门缝里看人呢？对于妹夫，我就犯过这样门缝里看人的错误。如果我早落下架子，与妹夫谈心、沟通，早给妹夫足够的理解、尊重，妹夫也许早就浪子回头金不换了。妹夫也出生在一个贫寒的、被人瞧不起的家庭，妹夫父亲的酗酒成性，使得妹夫从小没人管教，他就像一匹脱缰的野马，怎么能够一下子就那么有规矩和有教养？怎么能够不走一段弯路呢？他也是苦水里泡大的。我一个从苦中过来的人，现在开始完全理解同样从苦中过来的妹夫。

所以，当妹讲妹夫其实人不坏，心眼好，豪爽，大度，义气，只是酗酒了脾气坏时，我对妹夫有了足够的信心。我为妹夫高兴，也为妹夫加油。妹夫，以他的实际行动和点滴进步，逐渐赢得了我的尊重和掌声。如果妹夫哪一天把酗酒的毛病彻底戒掉了，那妹夫就了不起了。

娘要是泉下有知，也定会为妹夫的脱胎换骨而高兴。

衷心地祝福妹妹妹夫的日子越来越美好、婚姻越来越幸福。

妹出嫁后，娘就彻底孤独了。没有人跟娘一起下地劳动、上山砍柴。没有人跟娘一起讲话聊天、拌嘴斗嘴。没有人跟娘一起暖被捂脚、梳头洗头。娘真的成了孤家寡人。二十多年了，娘习惯了妹在脚边手边，习惯了对妹打打骂骂，更习惯了妹娘前娘后地喊。一下子，都没了。娘的肋骨和心脏，被人一夜挖走，空虚得疼。

我知道，没有妹在娘身边的日子肯定是没有油盐味道、没有心肺力气的日子。我不能坐视不管。毕竟我是娘的儿子，是娘历经磨难才从心头掉下的一坨子肉。我得把娘接进城来，与我同住。我更知道，疾病和伤痛，已无可救药地走进了娘的身体。娘的生命在一天天痉挛、一天天消瘦、一天天枯萎。我担心娘像一片柔弱的桑叶，被疾病的虫子，啃噬殆尽。我更担心娘哪一天断了气，我们都不知道。那就真的大逆不道、忤逆不孝了。

娘却怎么也不肯跟我住进城来。

娘舍不得她的田土和山林，舍不得她竖起的那栋小木屋，也舍不得她那些像亲人和冤家一样的乡亲。娘不愿意把田地和山林转租别人，是娘怕人家不好好地管理我们家的田土和山林。这些年，娘和妹每年都在农闲时给田里地里上草木灰和粪，把田地都喂得肥肥的，娘怕人家把田地喂瘦了、抛荒了，怕把一山树林砍光了。娘讲：那一铆头①砍下去，砍倒的就不是一兜树，而是一条命。

　　娘有事没事，都往庄稼地里跑。娘不到庄稼地和山林里走走看看，就闷得慌，手脚和心都不知道往哪里放了。在娘的眼里，一叶叶庄稼拈在手里时，比一张张钞票值钱；一根根树木捧在掌心时，比一坨坨金子真实。除了儿女，娘最金贵、最上心的就是庄稼和山林。庄稼争气，就跟娘的儿女争气一样。山林成材，就跟娘的儿女成才一样。令人叹奇的是，娘居然把我们家山里的树木记得一清二楚，如数家珍。当我非要娘进城住时，娘把我拉到山里，指着一片郁郁葱葱的树林对我讲：你看，那是茶树，一百二十六兜；那是桐油树，六十二兜；那是杉树，九十五兜；柏梓树四十一兜原先就有，七十八兜新栽的；枞树九十九兜是原先的，一百六十九兜新栽的；一百一十二兜椿木树都是新栽的。椿木树是打家具最好的料，你娶媳妇的家具就都有了。这么大一个家业，我哪门喊甩就甩，喊不要就不要了呢？

　　这的确是一份不错的家业。山野里，一份风景中的家业。我家的山林在一条很长的溶沟里，从溶沟里起步，一路上爬，

---

① 铆头：斧头。

形成了半壁江山。郁郁葱葱的树林和绿意，组成了郁郁葱葱的画意和景色。在这一片苍茫的绿色里，乔木和灌木是最好的夫妻和兄弟。乔木高大，灌木娇小。乔木灌木相好相依，以身相许。那些高人一等的绿色是乔木的，高人一等的绿色疏朗、深沉、飘逸；那些低人一等的绿色是灌木的，低人一等的绿色柔软、鲜嫩、稠密。一挂流泉从山顶上飞泻下来，把一山绿色隔成两半，洁白耀眼的颜色，仿若一匹洁白的哈达，长空练舞，飞金溅玉。

我讲：娘，你算过账米？你守住了这些树木，却花了无数冤枉钱，你一害病就坐院，一坐院就一千几千的钱不见了，这些树和粮食都卖了，也抵不上你一年坐几次院。

娘不管这些。娘讲她不坐院、不花我的钱。娘两眼一闭，也要闭到自己的粪田粪土里。

可我经不起娘这么折腾。娘被病魔蚕食得千疮百孔的肌体，已无数次倒在阎王爷的门口，奄奄一息。花费大笔的医疗费不算，还得花费我大量的精力在医院、家里、菜市场之间来回跑，累得自己也害了一场大病似的。所以，每次都会因为强迫娘住院治病和不准娘回家种田吵得天翻地覆。

要命的是，每次争吵，娘都会不管三七二十一地大放悲声，哭声响亮得整个单位宿舍楼或整个寨子的人都听得到。哭的时间还长得不得了。熟悉的，知道我是为娘好才吵。不熟悉的，还以为我怎么虐待娘了。

更要命的是，娘还经常跑到单位领导那里哭诉。诉苦不像诉苦，告状不像告状，解释不像解释。耽误了领导的时间不算，还让我丢尽了脸。要不是单位的领导和同事都了解我和我娘，大家还真会把我当作一个反面典型。

为了娘过几年好日子，也为了娘多活几年，我只能硬着心肠跟娘争了又争、吵了又吵，甚至我也以死相威胁，威逼娘就范。

但最后就范的不是娘，是我自己。娘认准的事，就是油盐不进、滴水不漏，你再吵再闹都没有用。你吵得凶，娘吵得更凶；你闹得狠，娘闹得更狠。吵急了、闹急了，娘就会哭着从屋里跑到外面寻死觅活，造成一种死在大路上无人埋的样子。

我只好一次又一次地投降，万般无奈和委屈地由了娘去。

我实在不明白娘为什么这么固执地要去乡下吃苦受罪，还没有吃够受够吗？为什么有福不享呢？再讲，我这也是为娘好啊，干吗这样大放悲声，让我颜面扫地、下不得台？我不知道田土、庄稼和山林，为什么对娘那么重要。难道自己的身家性命和儿女的孝心、脸面都没有田土、庄稼和山林重要吗？我越来越不认识我娘，越来越觉得我娘的行为不可理喻，儿时对娘的种种不满和怨恨，又像春风吹过的种子，复活，疯长。

我突然有了一个恶毒的念头，那就是釜底抽薪——强迫娘把房子卖了。房子一卖，娘没地方去了，就只好跟着我进城。进了城，就自然远离风寒和冷水，远离辛苦和劳累，不会那么容易诱发疾病。一个朋友给我出主意，对付你娘这样的老人，不能硬碰硬，你硬她比你更硬。你得来阴的。朋友讲，他当年对付他老娘老爹就是这样用的阴招，但是高招。

一招见效。

我便如法炮制。

我请单位领导借下乡的机会，专门去看看我娘，讲我每年有几个月因为服侍生病的娘，不能上班，造成了非常恶劣的影响，同事连续几年给我打的不称职，要把我开除回家，希望娘理解。娘一听吓坏了，立马跟领导讲对不起我，是她害了我，求领导看在她年老多病的面子上，给一个改正的机会。领导见好就收，问我娘怎么办。

我娘见领导松口，连忙讲：你们讲哪门办就哪门办。

真是高招！娘很快找了一个买家，把房子以最低的价卖了。

妹讲：卖房子那天，娘交了钥匙后，躲在屋后的园圃里，独对房子坐了很久。整个人像丢了魂似的，不辨东西南北。娘和妹千辛万苦盘起来的窠，被我一棍子就戳丢了，哪能不伤心呢？

买房的人看见娘如此难过，讲：二嬷，买卖不成仁义在，你要舍不得，不卖了，我退你。

娘强作笑脸，不好意思地摇头讲：舍得，舍得，卖了好，卖了，我跟我学明到城里坐砖房子享福去了。

一抹泪还是忍不住流了出来。

我没扬扬自得几天，就发现我大错特错，甚至是犯了弥天大罪。

我可怜的娘一夜间头发全白了！

望着娘驼得不能再驼的背，望着娘空空无助的眼神，望着娘一夜间苍老成壳的背影，我才突然明白那乡下的房子、田土和山林，不仅仅是房子、田土和山林，而是娘的筋和根！我不是卖掉了与娘朝夕相处的一栋房子，而是抽掉了娘生命中的筋和根！这些和儿女一样，来自娘的血脉和创造，都是娘生命中不可缺少的一部分。我把娘生命中的筋和根都拔掉了，娘的生命不一天天枯萎才怪！

这时候我才认认真真思考"家"字的意义，才认认真真细想娘为什么那样吃苦受罪也要守住那个"家"。娘是"家"字的那个宝盖头，上面顶着的是我这最重要的一点，下面护着的是姐姐哥哥和妹连为一体的一横、一弯钩，及田土、房子、山林和家禽组成的几撇几捺。少了一笔一画都成不了"家"。

为了儿子，娘痛苦地承受了家的破碎、筋的离散、根的断裂。那是比任何疾病都折磨得更厉害的病、更深重的伤、更悲怆的痛！

二十八

　　住进城后，娘很长一段时间无所适从。就像我在《住进城来的老母亲》一文中所写的，"不能串门，就像砍了她一双脚；无处讲话，就像封了她一张嘴；无事可做，就像捆了她一双手"。彻骨的孤独使得娘感到孤恓无助。特别是娘随着我的工作调动，一同搬到张家界以后，娘更是远离了她生命的乡土，连根的气息都闻不到了。

　　我是1992年11月，离开保靖，调到张家界的。

　　临离开的前两天，已经任县委书记的王德靖大姐和梁天云大哥就来帮我清理物品，打背包，扫房间，忙得一身灰尘一身汗。我是一个不会安排生活的人，我的房间一直乱得像个狗窝，常常是朋友们帮我一整理就是大半天。走的那天，王德靖大姐要县委、县人大、县政府、县政协四大家和县文化局各派了一名领导，把我送到了张家界。

　　人生苦短，故乡情长。游子心灵，夜夜还乡。

　　在保靖，我只待了短短三年。可这三年里，我学到了我前二十多年没有学到的东西。比如待人接物。比如笑看人生。比如应对世事。我不再是大学时那个青春生涩、少年得志的青年，也不再是教书时那个书生意气、孤傲任性的老师，我变成了一个会思考、有思想的人。虽然我不是思想者，可我知道在夜深人静时，独对青灯，与自己的心灵对话，与隔世的未来对话。每一次对话，就是对自己的言行进行一次洗涤和梳理，是一次自省和修正。人，最怕的就是不会自省和自醒。一面透明的镜子，如果不用来观照自己的身心，再透明的镜子也映照不出自己的美丽和缺陷，那么我们就永远认不清自己。连自己都认不清，还怎么认清这个世界？即使我们认清了自己，也难以认清这个世界，更何况我们往往认不清自己。

成长，需要经历；成熟，需要磨砺；而成功，需要自励。我就是在这样不断自省、自醒和自励的过程中健康成长、快乐成熟、幸福成功的。成长的标志不是我们像树一样长了多高，成熟的标志不是我们变得圆滑世故，成功的标志也不是我们每个人都能够经天纬地。主要的标志是要让心灵变得更为纯净和高贵，让言行变得更加纯善和有尊严。

是的，我是一个穷苦人家的孩子。我受过的苦，我的同龄人和现在的年轻人是想象不到的。但我还未到保靖工作时，我都是沉浸在自我的悲苦里。虽然我也富有同情心，也会从自己的嘴里节约一口饭一块钱来救助跟我一样受苦的人，可我总以为自己是最苦的，总以为命运和社会对自己是最不公平的。所以，人生的前二十二年，我的奋斗都是为自己奋斗，我的努力都是为自己努力，就像有句话说的：幸福着自己的幸福，痛苦着自己的痛苦。

那时，张家界已从湘西土家族苗族自治州剥离出来好几年，需要大量人才。张家界的朋友先把我推荐给了永定区委宣传部。永定区委宣传部部长刘曙华马上就派人来考察。因为永定区和保靖县同为县级单位，属平级调动，保靖县没有放我。于是朋友又把我推荐给了《张家界日报》，张家界市委宣传部也立刻派人来考察，并把我调到了张家界日报社。当时的报社社长是钟以田，总编是向永新。去保靖县给我办调动手续的是张家界市委宣传部的赵群杰。

同样是不需要花一分钱，不需要请一顿饭，公平的人事制度和一群公平的人们，在我人生的天空投射下了新的光芒和希望。

到张家界后，我还是湖南省政协委员，并很快当选为全国人大代表。社会行政事务多如牛毛。加上张家界是世界著名的旅游区，全中国和全世界的人都跑来张家界旅游。相识的、不相识的，都得去作陪和应酬。来的都是客，都得陪好、应酬好。这是工作。有时候，一天得陪着几批客人爬几次张家界的山，得一个晚上陪几批不同的客人吃饭。真个是累！不陪，人家讲你架子大，摆谱，不好客。陪，实在是受不了。客变主不变，我跟张家界所有的领导一样，几乎每天都是半夜才能归家。一回家，就散了架，想睡觉，一句话都不想讲了。而娘却每天再晚都开着电视和灯等着我。常常是电视讲着话，娘在沙发上睡着了。锁一响动，娘就会站起来给我开门。热天一杯凉茶等着。冬天一盆炭火等着。

娘每天都会不厌其烦地问我吃饭了没有。这么晚了，哪有不吃之理？我就很不耐烦地责怪娘假客套。有时候很不耐烦地搭理一句，有时候就懒得搭理。看我一身的酒气，娘一方面埋怨我不爱惜身体、又喝酒了，一方面给我泡茶、端洗脸水。而我总是不耐烦地拒绝。

我讲：娘，我这么大了，你不要老把我当三岁小孩，我各人有脚有手，我各人会来。我天天半夜回来，你天天等到半夜，有什么必要？

娘如果想问问我陪什么人，我更是一口拒绝：你问这些搞什么？你又认不到，真是多管闲事！

娘只好不放心地、惴惴不安地睡去了。

现在想来后悔的是，娘跟我南征北战地住了十来年，我居然没有好好地跟娘聊过一次天！我现在真想边打字边抽自己几耳光！是的，人在江湖，我们常常怕忽略和怠慢这个那个，怕得罪和轻慢这个那个，我们很少怕忽略和怠慢爹娘，怕得罪和轻慢爹娘。在我们生活的天平上，我们的爹娘往往不如同事和朋友，更不要讲子女和领导了。有几个敢讲子女的要求不去全心全意满足的、领导的任务不去坚定不移完成的？同事和朋友托办的事，我们没办好，怕同事和朋友不满，所以，要千方百计地办。孩子提的要求，我们没满足，怕孩子受委屈、被伤害，所以，要千方百计去满足。领导交代的任务，更是会竭尽全力，生怕没做好而惹领导不高兴，从而影响进步。而爹娘交代的事情或者提的要求，我们常常不那么放在心上，甚至责怪爹娘多事或多管闲事。我们很少考虑和在意过爹娘的感受。最亲的人，往往是我们最以为可以无所谓的人。

张家界市是湖南新建的地级市。原属于湖南湘西土家族苗族自治州，后因张家界景区的举世闻名，湘西自治州的大庸县、桑植县和常德市的慈利县一起组成了张家界市。张家界景区太庞大了，以大庸县为主，几个交界县都挂有一角。景区开发成名后，几个县的老百姓经常因争景区地盘和游客而群殴，甚至放火烧过宾馆。真个是民风强悍！

为了解决这一矛盾，省里将几个相互交界的县合并成地级市——张家界市。据说，时任湖南湘西土家族苗族自治州州长的女州长石玉珍在张家界被剥离出自治州时号啕大哭，她讲，湘西人民会骂她千古罪人。

我调到张家界时，张家界已经建市多年，初具规模。一个新鲜得像初生婴儿和旭日初升的城市。一个生动得像大幕将启、人生阔步的城市。在这样一个充满活力的城市里，我以为娘会过得很新奇、充实和快乐，却忽略了娘不是城市的瓷砖，而是乡间的泥瓦。她不习惯牢笼一样的生活。

娘讲：你们那里哪是楼房，那么高，像住到悬崖陡坎上，哪个时候倒了掉下去都不晓得。娘还讲：你们那里街道的路不是人走的，是车跑的，走到街上，就像走到蛇窝窝里，时时刻刻提心吊胆，怕被车咬了。城里有什么好？去米有地方去，玩米有地方玩，讲个话的人都米有，又什么都贵，米有意思。

的确，在张家界这座陌生的城市里，娘还不如一只远方飞来的麻雀。麻雀熟悉张家界的一切，麻雀也可以在张家界的任何一个地方安家落户。而娘呢？满城灯火辉煌，没有一盏能照亮娘回家；满城高楼大厦，没有一栋娘可以自由出入；满城人来人往，没有一张是娘熟悉的面孔；而那些满城纵横的街道，也没有一条通向娘的生活。娘是这个城市的盲人和外人。娘永远没有心灵的家园。

早上，娘每天都站在阳台上看着我上班远去，那是娘对儿的不舍与牵挂，也是娘的孤独和孤恓。

晚上，娘每天都站在阳台上等着我回家，那是娘对儿的期盼与等待，也是娘的空虚和恐惧。牵挂和等待，成了娘唯一的精神寄托和支柱。

娘在阳台上目送和等待的身影，成了这个风景城市的最好风景。奇峰竞秀的张家界，娘是最美的那一峰。

而我却总是一脸的不高兴，我总是站在楼下对着娘吼：你看什么看？我又不是死了，不转来了！

娘便怯怯悻悻地把头缩了回去。

等我转身离去时，娘又把头悄悄伸出来。

对一个农村人来讲，任何城市都是一副有色眼镜。在不知道娘是我母亲时，这个城市是不会正眼瞧一下这个乡下来的老太婆的。在这副有色眼镜里，这个农村来的老太婆浑身上下都是与这个城市不协调的土气。固然干干净净，阳光和风雨的颜色却固执地堆在了娘的脸上；纵使体体面面，乡土和岁月的习性却固执地刻进了娘的生活。娘就是乡村来的一棵野草，没有任何人会在意一棵野草的生死与存在。或者，娘是农村溅来的一星泥点子，所有城市的光鲜，都会本能地躲避。

娘最初的交往圈，是跟娘一样从乡下来的老太婆。我在张家界最初的单位是张家界日报社。分的房子也在报社。报社彭华伟的母亲和覃兴华的母亲，都是一样从乡下飞落城市的候鸟。娘跟两位老人自然成了朋友。彭华伟和覃兴华的母亲朴实善良、身体很好，对我年迈多病的娘颇为关照。彭

210

华伟的母亲做得一手醋萝卜，每天在街头卖醋萝卜能够卖不少钱。勤劳惯了的娘坐不住，也想做醋萝卜。城市消费高，我又天生好客大方，加之娘每年都要大病住院，使得娘天天担心我攒不到钱、娶不了媳妇。所以，就想着做点什么，以便减轻我的经济负担。可醋萝卜要的是冷水洗萝卜，娘一动冷水肯定又肺心病、哮喘病和类风湿同时发作，我当然不允许。娘便又想跟覃兴华的母亲一道去收废旧报刊。那更辛苦。我更加不允许。其实，除了心疼娘，我自己的虚荣心也在作怪。我骨子里是担心人家笑话：你看，那是彭学明的娘，彭学明的娘在卖醋萝卜、收废旧。我脸没地方搁。娘如果卖醋萝卜和收废旧，人家骂的是我的名，打的是我的脸。

娘便跟我打起了游击战。我一上班去，娘就悄悄地背着背篓和秤杆去农贸市场，批发水果，不多，十来斤。多了，娘背不动，更怕卖不完被我发现。批发完，就到我们家旁边的一个小巷子卖。

娘担心被我发现，每天都做贼似的进货、贩卖，等我快下班时提前到家，把没有卖完的水果和秤都收起来，以防我发现。一连一个多月，我都没有发现。

虽然一天就得那么两三块钱，娘却很快乐、高兴和满足，因为，我跟娘一天的小菜钱有了。娘在城里有了可以自食其力、替儿分忧的事做，就平添了一种价值感和成就感，心情和日子也变得充实和有滋味起来。可这样的好心情、好滋味，还是被我一把怒火烧成废墟。

那天，我下班回家拿东西出差，突然看到了在街边跟彭华伟母亲一起摆摊的娘，心里的怒火啊，一下子就从喉

211

咙里喷了出来。我就那么铁青着脸，一言不发，怒视着娘，目光里喷出的全是尖锐的针和锥子。正在给人称椪柑的娘，吓得慌了神，秤砣掉了下来，咚地砸在脚上，娘疼得龇牙咧嘴瘫坐在地上，捏脚呻吟。我扔了一句"活该"，就愤愤地扬长而去。出差回来，我没问一句娘的脚伤重不重、好没好，反而余恨未消地对娘又是一顿怒吼：大冷的天，你这么大年纪还摆摊做生意，是不是要让全城人都晓得彭学明不孝顺？

娘讲：我是心痛你开销大，米有钱哪。

我讲：我再开销大，也不需要你那一点点，你好好跟我坐到就是。

话是这样说，我那时的确常常捉襟见肘。我们文联是个穷单位，要车没车，要钱没钱，来人来客，不管是公是私，都得自己掏腰包请客。我尽管一年有那么多稿费，却常常入不敷出。外地来张家界旅游的朋友，实在太多，开始几年，我还热情好客得不得了，不但来者不拒地请客，还常常打电话邀请朋友们来旅游做客，手脚大方得像解裤带子屙尿，畅快，舒服。天长日久，我就受不住了，常常不到半个月，就把工资和稿费都花得所剩无几。加上本地的人情世故，我就陪不起、背不住了。常常愁眉苦脸，唉声叹气。

娘看出了我的生活窘境，就劝我：你要学会攒钱治家啊，姜不擂不辣，家不攒不发，要宽宽打铺窄窄睡啊。

我讲：娘，你看到的，人像流水席，你又老生病，我哪门攒哪，攒不到。

娘讲：要划算哪，喰不穷穿不穷，不会划算一世穷。有时想到米有时，富时想到穷的时。钱是一个个上万，粮是一颗颗上担。

我讲：我攒不到，我拿什么上万上担？

娘讲：那你这也不准娘做那也不准娘做？娘得一天给你做一天，得一点给你做一点，有什么不好？像哪门又丑到你了？

我蛮横地喊：就是丑到我了，就是不准做！做就是丢我丑，害我！

就此，娘再也不敢卖水果，或做其他小生意。娘只是奇怪，凭劳动吃饭赚钱，有什么丢人的？

慢慢地，娘跟周围人开始熟悉起来，人们也慢慢知道了娘的儿子是张家界最有名的作家、记者和全国人大代表。因为那个时候，张家界市电视台、永定区电视台及湖南电视台、中央电视台经常有我的专访或发言。张家界无人不晓。于是，娘看到的是整个城市的笑脸，听到的是整个城市的恭维和夸奖。昔日陌生的张家界，成了娘心中的一罐蜜。

城里的退休干部职工和跟娘差不多大的居民，开始亲热地跟娘打招呼，与娘聊天，还邀请娘一起打麻将。娘六十多岁前，麻将是什么样都不知道。娘也痛恨那些打麻将的人。娘讲打麻将的人都是心术不正的人，心术正的话，就不会一心想着赢人家的钱。可是，娘经不住人们劝。人们讲，一块两块钱的输赢不是赌博，更不是心术不正，是娱乐、散心。一家人不也打麻将吗？一家人打麻将，您讲一家人都心术不正？娘一听也是，就开始学。学得还挺快。都讲娘的麻将打得不错，比我好。娘打麻将，从不赖账赊账，也从不跟人讨账要账。就是讲，你输了，可以欠着不给娘开钱，等你赚了

213

再开。娘输了，一分不欠，输完为止。娘的大度、大气和善良很得大家敬重。那些麻友们都很喜欢跟娘打麻将。跟老年人打打麻将不要紧，水平和动作都差不多。老年人跟年轻人打，就难免吃亏。在麻将馆里，一些年轻人经常偷子儿欺骗老年人。见娘如此大度大气，他们就专瞄准了娘。常常是几个年轻人跟娘一桌。娘就常常输得很惨。尽管娘打的只是一块两块钱一次的麻将。我听后非常生气。对着娘又是一顿劈头盖脸大发雷霆：你跟老年人打我不管你，你天天跟那些年轻人打，你是他们的对手？他们天天骗你，哪儿来那么多钱让他们骗？

可悲的是，不管娘讲什么、做什么，我都非常武断地不让娘解释，娘一解释，我火气更大，声音更高。娘无处申辩和解释，只能无声地抹泪。

我不让娘打麻将，是医生讲娘心脏不好，最好不要打麻将，打麻将易激动、兴奋，诱发心脏病。我担心娘打麻将就这样忽然打没了。娘去麻将馆跟那些社会上的闲杂人打麻将，不是找死吗？坚决不准！娘在这个城市唯一排遣孤独的通道，被我生生堵死。娘只能关在家里，天天看电视。有时候实在孤独难受了，娘也会偶尔去一次麻将馆，看人家打麻将，而我知道后，根本不信娘是看人家打麻将，而是固执地认为娘在打麻将，就又会对娘一顿凶，而且几天都不给娘好脸色。

娘依旧只能无声地抹泪。

我是真担心娘的病。娘的病不但把娘折磨苦了，把我也折磨苦了。娘跟我住进城后，娘的病也跟着娘住进了城。

那身病并没有自觉地留在乡下、葬于土中。

娘依然冷不得、热不得，见风就感冒。一感冒就诱发哮喘和肺心病，一病不起，需要住院。几乎是小病一月一两次，大病一年三四次。住院勤得整个医院的医生、护士都认得娘。娘每次大病住院，都是心力衰竭到最严重的一级，都下了病危通知，输液输得护士都找不到血管下针了。就是讲，整个血管都扎碎了。

看到娘手上、脚上密密麻麻的针眼，真是心疼啊！比扎在自己身上还疼！都下病危通知了，你说，我怎么还会让娘去打麻将？怎么不会因娘不爱惜自己的身体和生命而大发雷霆？

还令我头疼的是，娘自己身上没什么钱，还总给人钱。看到乞讨的小孩或妇人，娘总要给钱。有段时间，那些乞讨的妇人和小孩，像羊城暗哨一样，到处都是。你给了一个乞讨者钱，立刻就冒出十来个乞讨者拽着你不放，像地下冒出来的似的。也许这就是所谓的丐帮和职业乞讨者。不劳而获的职业乞讨者。识破了这些装可怜的职业乞讨者后，人们就都侧目而过，不再施舍了。娘却只要看见就给。一给就把让她买菜的钱、买药的钱全给完了。

我讲：娘，真正断脚断手和瞎眼有病的，你可以过，我不反对，那些看起来好好的，你就不要过，都是骗人的。

娘讲：断脚断手也好，脚手好好的也好，出来讨，肯定有难处，不到万不得已，哪个肯不要脸出来讨？娘是这么过来的，娘比你懂。

我讲：你懂什么？那些人就是好吃懒做的骗子，你真是被人卖了还帮人数钱。

娘讲：人在亮处要想到暗处时，娘看到他们就想起我各人和你们小的时候，就忍不住要可怜他们，送他们钱。

恐怖的是，娘有一次看到两个乞讨的小孩饿得奄奄一息、不成人样，就把两个小孩带到家里做饭吃。一顿好饭好菜，一通热水淋浴，两个该死的小蟊贼居然把我一块崭新的手表顺手牵羊偷跑了！

看着被两个小蟊贼弄得脏兮兮的毛巾、地板，我气得欲哭无泪，搬起板凳就往地板上砸，甚至，还有了把娘一脚赶出家门的罪恶念头。

我多灾多难的娘啊，您怎么就尽做这样的傻事？怎么一点都不体谅体谅儿子、一点都不为儿子着想呢？

可是，作为儿子，又什么时候体谅过娘呢？娘在这里举目无亲，做儿子的从不陪娘聊天讲话，娘想跟儿子聊天讲话时，我又总是一块冷冰冰的石头扔过去。娘好不容易认识了几个人，找到了一种排遣孤独的方式，我又是扯闪电又是打炸雷，把娘吓得像老鼠一样东躲西藏。我讲娘不体谅我，其实娘最体谅我了。娘要做小生意，不就是体谅我、想给我减轻负担吗？我认为做小生意丢脸，娘便不做了。我认为打麻将伤身体，娘便不打了。我认为娘多嘴，娘便沉默了。娘怎么就不体谅儿子了？完全是儿子的自私和自以为是。

二十九

　　如果说湘西自治州是我事业的起点，那张家界就是我事业的高点。在湘西自治州工作时，二十七岁的我，当上了湖南省政协委员，是湖南省最年轻的政协委员。在张家界工作时，三十二岁的我当上了全国人大代表，是湖南省最年轻的全国人大代表。其间，张家界市第二任市委书记肖征龙、第三任市委书记刘力伟、人大常委会原主任燕伯雄都在毫不相识、未曾谋面的情况下，给了我成长的阶梯。

　　当上全国人大代表是我不敢想的事，不想居然成真。当时，以长篇小说《醉乡》和短篇小说《甜甜的刺莓》蜚声文坛的湖南省作家协会主席孙建忠老师，是第七届、第八届全国人大代表，他年过六十即将退休时，需要一个人以同样的条件接替他全国人大代表的位置。党外人士、社会名流、高级知识分子和少数民族，四个条件缺一不可。全省挑去挑来，就落在我头上了。开始，我有一种极不真实的感觉，我跟市里的领导一个都不熟悉，跟省里的领导一个都不熟悉，怎么会落到我头上的？谁推荐的我呢？后来才知道，是张家界市委组织部干部科的朱用文和龚明汉两位同志及市人大联工委的陈百胜一起将我推荐给市人大常委会主任燕伯雄，市人大再三讨论后再报市委和省人大、省委统战部、省委组织部，层层报批，层层筛选，我才成为候选人的。如果不是他们发现并推荐，我是没有机会当上全国人大代表，并连选连任的。所以，我发自内心地感谢他们。

1998年，我在湖南省人代会上，连选连任两届全国人大代表。最初，全国人大代表的光环，像六月的太阳一样光芒四射，照得我晕晕乎乎。走到哪儿，我的头顶上都像有一个小太阳金光闪闪地点着、亮着、跟着，很不适应。强烈的幸福感和满足感，让我走路、睡觉都像弹钢琴、跳伦巴一样美妙。慢慢地，荣耀感很快被责任感取代，幸福感很快被使命感浇铸。在与百姓乡亲更亲密和频繁的接触里，我深深体会到了百姓的艰难困苦和疼痛，掂量出了一个人大代表应有的良知和责任。

因为当选为全国人大代表，免不了有张家界市的黎民百姓找我喊冤诉苦。每次看到他们坚毅祈求的眼神、孤独无助的表情，我的心就一阵阵痛；每次看到他们酸楚痛苦的泪光、疲惫顽强的背影，我的心就一阵阵紧。他们是一片树叶都可能砸死的草啊，他们的生存何其艰辛！

特别是看到有的案子一目了然却被弄得山重水复，有的案子领导层层批示却多年毫无结果，我就愤懑：我们的法制怎么了？我就想：我该为老百姓做些什么？如果不做，我就不配当全国人大代表，就有负于人民群众。

于是，我与张家界市人大商量，设立全国人大代表接待群众来访日，每个月在市人大坐班三天，专门接待来访群众，解决群众困难。报纸和电视，都公布了我每月坐班的日期和我的联系方式。我与张家界市人大，开创了全国人大代表坐镇人大机关，接待来访群众日的先河。

在接待来访群众的日子里，张家界市人大给予了大力支持和帮助，专门配备了人大法制委员会的主任皇甫夏军和主任科员刘秀英两位同志一同接待。不少问题都是当时的人大常委会主任严高明和分管政法的副主任饶升梅一起亲自处理。

每逢接待日，张家界市人大都挤满了上访的人。我和皇甫夏军、刘秀英热情地接待每一位来访者，耐心地倾听每一位来访者的哭诉，细心地解答来访者提出的每一个问题。当来访者一把泪一声哭地诉说时，当来访者突然跪倒在地久久不肯起来时，我们几个人的心常常痛得流血又流泪。特别是当成百上千的农民工打工一年却拿不到工资，甚至连回家的路费都没有时，我们常常愤怒得拍案而起。难受啊！

几乎每一个上访的案件，我和人大的同志商讨并请教法律专家后，都亲自去有关单位研究解决。幸好，每个涉及的单位都很支持，都较好甚至圆满地解决了多年未能解决的问题。为了那几千个农民工一年的工资，我们曾经多次去外地调查了解情况，解决了老板赖账、法院错判的问题。为了给永定区两个在外地被误抓和收容，从而受到不公待遇的农村妇女洗清冤情，我带着受害者远赴外地，找到当地政府部门，圆满地解决了上访九年都未能解决的问题。

当时，我在当地老百姓心中简直就是包青天。

有时候，我出差了，有的人就找到我家里，把状纸交给娘，要娘转交。娘也就非常热情地把材料留下来，小心翼

219

翼地保管好，等我回来。见娘大包大揽地替我接状纸，我气不打一处来：哪个喊你收的？！哪个喊你收的？！你喰多了米有事做？！

娘怯生生地讲：你不是什么人大代表吗？人家讲你人大代表可以通天，人家有冤屈找你通通天，哪门不行？

我吼：不要你管！你哪门晓得人家有冤屈？有冤屈也不关你的事！你还嫌我忙得不够是不是？你到哪个手上拿的，你跟哪个退转去！

娘讲：人家是找你的，我找哪个退去？我又认不到他们。

我还是吼：认不到他们，你乱接？

娘连连认错：我以后不接了。我也不想接，看他们可怜的样子，我不接不行。想起你两兄妹小时候被人家欺负，我就背泪。

背泪是湘西方言，就是满含眼泪的样子。

我的个娘哎，你背泪，我也背泪，我也没有忘记小时候被欺负的样子呢！正因为我没有忘记小时候被欺负的样子，我才拥有一颗柔软的同情心和勇敢的正义感。我之所以接待群众来访，很大程度上就是同情弱者、疾恶如仇，见不得那些欺负百姓的人和压榨弱者的事。

在接待的上访案件里，不少是关于农民工的。在城市这个冷漠的钢筋水泥森林里，是只有肺没有心的。即便有心，也都长偏了，长硬了，变冷了。农民工用血汗甚至生命修建每一座城市时，城市给予农民工的不是感谢和温暖，不是感动和问候，而是歧视、冷漠、厌恶、欺骗。农民工一砖一瓦建起城市后，城市就不属于农民工了。城市是一把冷血的铁扫帚，把农民工扫地出门。孩子无处读书，工伤无处医治，生死无人问津，权益无人保障。农民工只是一片飘零的落叶，被风吹落，被风刮走，没有方向。

我为中国上亿的农民工群体落泪和不平。我觉得不应该只是接待来信来访，而应该从法律法规上为农民工做些什么，从而从根本上保障农民工的权益。

于是，我在2000年的全国人大代表会上，联合湖南的五十四名全国人大代表，递交了《尽快制定农民工务工条例，切实保护农民工合法权益》的议案。这是全国第一个为农民工讲话、为农民工讨法的议案。我的这个议案在全国引起了强烈反响。《人民日报》、新华社、《光明日报》、中央电视台等全国数十家新闻媒体都进行了宣传报道。在以后的多年里，我又先后多次递交了关于保障农民工和农民权益的议案，都引起了极大反响。我非常骄傲自豪，我是第一个为农民工权益在全国"两会"上递交议案的代表，更非常骄傲自豪农民工待遇的逐步改善有我的一份心血和劳动。那段时期，我几乎成了农民工的代言人，到处接受媒体采访，为农民工的权益奔走呼吁。

可悲的是，我那么关爱他人时，却从未关爱过娘，无论在北京开全国人代会还是在外地出差，我从没有想过给娘打一个电话、报一声平安，更没想过打一个电话问问娘的冷热、娘的病痛。有时开完会，我还想着为家乡和百姓办点什么好事，可就没想过给娘办点什么好事。

2002年在北京开全国人代会时，我为了给湖南最偏远的桑植县建一所希望学校，找到同样是全国人大代表的湖南长丰集团董事长李建新，希望他支持湘西的教育事业，让那些贫困的山区孩子搬进窗明几净的教室。李建新甚为惊讶和感动，因为他想不到我会贸然向他提出这样一个与个人利益毫不相干的请求。我和李建新虽然共同开过几次人代会，但平日里没有什么交往，不怎么熟悉，就是见面打声招呼而已。他的惊讶可想而知。李建新是一个非常大气、富有爱心且雷厉风行的人，很快就带着一干人马走进湘西，去赴一个爱心相连的约会。他不搞面子工程，要求学校建得越偏远越好，真正做到扶贫帮困。在桑植县细砂坪中心学校，当他看到老师没有办公桌，学生书桌残破得无法放作业本和教材时，他感慨万千。特别是他看到男女生宿舍都是破旧阴暗的木板房，每张床上要睡四人，臭虫成串时，泪水一下子模糊了双眼。他当即决定由长丰集团捐助一百五十万元援建希望学校，并且还长期资助六个贫困生。这真让我喜出望外。因为在我的设想里，能够捐三十万，就谢天谢地了，没想到他一下子捐了一百五十万，这真比我自己盖了一栋别墅还高兴。

我以我博大的爱心，为贫困山区盖起了一栋崭新的教学大楼，为含冤受屈者撑起了一片天空，却以我狭小的心肠，把娘的世界变成了一片废墟！

为什么？

为什么我容得下跟我不相干的陌生人，容得下对我落井下石的恶人、小人，却容不下生我养我的娘亲？为什么我装得下整个沧海和世界，却装不下恩重如山的娘亲？为什么我能够竭尽全力地亲近和帮助那些受苦受累的弱者，却如此极端地厌恶和打击同样弱小的娘亲？为什么我对天下人都

222

好，唯独对娘不好？一个把娘都当作敌人的人，是没有资格和脸面谈自己有一颗"亲民爱民"的菩萨心的；一个成天凶恶地对待娘的人，再善良伟大也是小人。

于那些我给予了最大帮助的弱者，我是一头披着狼皮的羊。

于一个我无数次打击伤害的娘亲，我是一头披着羊皮的狼。

三十

　　对外好学上进、朴实善良、正义勇敢、年轻有为的行为和形象，使我赢得了张家界市百姓普遍的信任，在张家界市换届选举的民意测验和推荐中，我赢得了民主推荐的绝对高票，作为党外副职候选人。那时，我才三十四岁。市委常委会讨论推荐名单时，我的呼声也很高。张家界市人大常委会主任燕伯雄等绝大多数常委认为我德才兼备、年轻有为，应该不拘一格降人才，三十四岁风华正茂，正是时候，再不用就迟了。而个别主要领导觉得作为一个地级市的副职候选人，我太年轻，资历不够，以后还有机会，便力推另一位年长的同志。这引起了常委们的激烈争论，甚至争得面红耳赤，燕伯雄主任甚至激动得拍案而起。那时，我还没见过燕伯雄主任，他能够如此为一个素昧平生的后生鼓与呼，现在想来，还特别温暖和感动。因我而引起的这场激烈争论，我是不知道的。因为，我跟哪个领导都没有私下的交往，没有领导会告诉我其中的是非曲直。由于市委书记是新来的，对我不了解，那位年长的同志便被最后上报为党外副职候选人。

　　在党外副职候选人尚未定板上报时，有人劝我，机会难得，三十四岁当地市级副职的话，最多两届，你可能就是副省长了。你当了两年全国人大代表了，跟省里领导也熟悉了，赶快找省里领导活动活动。的确，我那时跟我们的省委书记和省长们都较为熟悉了，我也知道民意测评推荐时我的呼声最高。但我压根就没想过这样大的馅饼会砸在我的头上。我从小的志向或梦想不在官场。我家祖坟也不是对着官场修的。要不，我不会二十几岁时就不愿做团委副书记、文化局副局长和政府办副主任。但现在，当官场这么大的馅饼突然往我头上砸来时，不瞒你说，我还是有过些许期待和幻想的。我想，是不是该听从大家的建议，抓住机会，接住馅饼，别把到口的肥肉吐出去了？在保靖县工作时，我婉言谢绝了做官的机会，人家都讲我傻，这次是不是不能再傻了？很多老同志劝我，年轻人可以跟这过不去跟那过不去，就是不能跟政治前途过不去，人家是没机会和条件，你有机会和条件，为什么不抓住呢？是啊，我为什么不抓住呢？

但我很快把持住了，放弃了这种期待和幻想。我没去找任何人做工作。我清醒地意识到我的确没有这方面的兴趣和热情，兴趣和热情是追求进步的原动力。我也的确没这方面的本事和能耐。为事上我太疾恶如仇，为人上我太胸无城府，为官上我太清高孤傲。再加上不会忍辱负重、低调做人，不会见风使舵、左右逢源。往往光明磊落敌不过口蜜腹剑，踏踏实实敌不过溜须拍马，善良仁厚敌不过心狠手辣。与其想出污泥而不染，还不如不进污泥；与其不知水深水浅，还不如不蹚这浑水。所以，我根本没把我的党外副职候选人一事放在心上。我不相信官是跑"部"前进来的，更不想为了一官半职去断了骨头和脊梁。我丢不起这个人，也弯不起这个腰。

坦然面对。

顺其自然。

不想，娘去了省城。

娘是二姐和妹陪着去的。不是去找省领导，而是去找大姐和大姐夫。

大姐是我同娘不同爹的姐姐，跟二姐一样，是娘与史伯父的孩子。娘与大姐的故事，其实可以另外写一篇很长很长的文字。虽是一对母女，却早就老死不相往来了。母女冷战，相互牵挂惦记，却又相互敌对防备。我不知道娘和大姐之间到底发生了什么，不知道是一道什么样的鸿沟，把娘和大姐如此顽强地隔开了。熟悉而陌生。

每次，我去省城开会，娘都会千叮咛万嘱咐地要我去大姐家看看大姐和大姐夫，要我带一点湘西的土特产给大姐和大姐夫。我每次都坚决地拒绝：你管那么多搞什么？人家又不认你这个娘！娘讲：哪个讲你大姐不认娘？她再不认也是娘心头掉下的肉。我讲：那你就好好掉吧，你肉掉完了，大姐也不会认你！

每次到大姐家时，大姐只问我的情况，从不问娘的情况，好像娘根本不存在。只是我回的时候，大姐每次都会带很多东西给娘。什么蜂蜜、阿胶、西洋参、鹿茸，都是老年人的补品。带的时候，也总是一句话：你把这些东西带回去。而不是讲带给娘。对娘，只字不提。要提也只是用"她"来替代。并一再嘱咐我：你千万不要让她到我这里来，我这里不欢迎她，她来了，你莫怪我不理她、不认她。

为此，我对大姐深深不解，甚至厌恨。不管怎样，也是你娘，怎么连门都不让进，脚迹都不让踩？

　　事情往往就是这样，当你自己不知不觉地做着坏事时，你同样会对他人的坏事义愤填膺。

　　几十年来，娘曾经无数次地提出要我带她去看大姐。自从大姐回到史伯父身边后，就很少再见。那种骨肉分离的煎熬，使娘日夜都想奔到大姐身边，看看大姐。但我不能带。大姐在单位上，我怕娘和大姐一旦吵起来，会让大姐颜面扫尽。因为，我们都太了解娘一旦爆发时，那种不顾一切的脾气。

　　娘去长沙时，是讲跟二姐和妹去长沙看二姐的孩子。二姐的孩子刚刚在长沙工作。我想，娘没去过长沙，又有二姐和妹陪着，就勉强同意了，还对娘放下狠话，不准娘去找大姐和大姐夫，不要自讨没趣。

　　大姐是娘丢失在外多年的心头肉，多年不见，哪能不找？我那些狠话都是白讲。

　　在二姐的努力下，娘和大姐时隔二十来年相见了。

　　极度激动的娘，见到大姐就放声长哭。大姐却异常严肃和冷峻。大姐没有什么话，讲也只是冷冰冰的几句：你来长沙搞什么？

　　娘讲：我挂牵你们，看哈你们。

　　大姐讲：我米有什么好看的。我米有饿死就是好事。

　　听得出，大姐的话语里满含着对娘的不满和怨气。其实，大姐有很多地方跟娘相像，好强、能干、善良、无私、大气、固执、心直、口快。典型的刀子嘴豆腐心。大姐把她的泪都流在了心里。

娘找大姐和大姐夫的真正目的，是去替我求情的。娘不知道从什么渠道得到了我要做张家界市党外副职候选人的消息，娘希望大姐和大姐夫帮我一把。

那时候的大姐，在一家省直单位工作，大姐夫是湖南省武警总队的队长、少将，跟省委书记是老乡，也许说得上话。但大姐一口回绝了。大姐既不相信娘讲的话，也不相信我能够做什么政府副市长、人大常委会副主任，更不相信我做得好什么政府副市长、人大常委会副主任。在大姐眼里，她这个同娘不同爹的弟弟，是极为普通的，没有任何特别之处，全世界眼睛都瞎了，也不会摸到她这个弟弟当副市长、副主任。

我一听，气不打一处来。一气娘多事，自讨没趣。二气大姐不帮就不帮，还把我贬得那么低。全世界眼睛都瞎了，都摸不到我？哼！我就那么无能，是全世界的落脚货①？太小看我了！

我当时就想，不肯帮，还不是因为我不是她亲弟弟，分比子②。如果我跟她同娘同爹，你看她帮不帮，帮不彻③地帮！

就此，我对大姐和大姐夫心生怨气，再也懒得去大姐家。人生事业最关键时，举手之劳和顺水人情都不做，还算什么骨肉亲戚？尽管我没想过去要这些。但我要不要是一回事，你做不做却是另一回事。

---

① 落脚货：垫底的，最差的。
② 比子：湘西方言，彼此。
③ 彻：湘西方言，完。

娘却劝：大姐不做，肯定做不好，做得好肯定会做。你不要记恨你大姐和大姐夫。

我气不打一处来，对着娘吼：劝什么劝？就是你没事找事，喰多饭了，找气恼！

娘讲：你要恨就恨娘。娘是想，见官矮三级，官大一级压死人，他们都讲你是一个好官，讲你官当大了，可以多给老百姓讲点好话、做点好事，我就经不住大家劝，找你大姐和大姐夫去了。你脾气太臭，不敢跟你讲。你大姐和大姐夫不做，肯定是做不到。你大姐和大姐夫的心都好，都心疼你，都顾这一大家子。你千万不要把火烧到你大姐和大姐夫身上。

凭良心讲，对我们这一大家子，大姐和大姐夫是操碎了心。顾了大的顾小的，顾了老的顾少的，顾了这头顾那头。大姐和大姐夫自己省吃俭用，拉扯了大姐和大姐夫两边好大一个家族。我从心底感谢大姐和大姐夫。

娘讲：官不官，都是命里注定的，大姐和大姐夫都帮不上你，说明你命里米有这个官，恨你大姐和大姐夫也米有用。为了一个命里都米有的东西把命里已有的东西丢了，不划算。你和你大姐能够成为姊妹都是前世几千年就命里注定的。

话是这样讲，我对大姐和大姐夫还是明显地疏远了。当然，不是因为这一件事，主要是因为他们对娘的感情和态度让我极端不满。

娘好不容易去一次省城，好不容易见上大姐一面，大姐居然只让娘堂堂正正地进她一次家门、吃了一顿饭，就再不让进了！

　　娘是多么想在大姐家多看看、多住住啊！娘想把几十年的苦水都给大姐倒倒，娘想把几十年的思念都给大姐诉诉，可是大姐没有给娘任何时间和机会，就给了那么短暂的一餐饭的时间。一餐饭后，娘就跟大姐分开，不得不回到二姐的孩子那里去了。娘的心该有多痛？女儿近在咫尺，却又远在天涯，不能相见，做娘的该是多么痛苦？娘的眼神一定每时每刻都试图穿透长沙，落在大姐家的窗台上和客厅里。娘的心一定每时每刻都有一把刀子在绞，绞出一滴滴谁都无法体味的血泪。

　　在长沙的十来天里，不管二姐和妹怎么劝，娘都固执地站在通向大姐家的路口，祈望大姐突然来临。白天像一个交警。晚上像一盏路灯。

　　然而，长沙满街的人流，没有一个身影是娘身上掉下的我的大姐。长沙满街的灯火，没有一盏灯光是娘生命点亮的我的大姐。

　　娘，像一只流浪街头的老猫，孤独地困守母爱的心。娘却一再对我讲：学明，不要恨你大姐，不是你大姐对不起娘，是娘对不起你大姐。俗话讲，养儿养女十八岁，娘米有把你大姐和你哥哥养到十八岁，就把你大姐和哥哥送回去了，娘对不起你大姐和哥哥。娘这一辈子都欠你大姐和哥哥的，娘这辈子是还不清了，下辈子再还。

　　我没想到，本是亏欠娘太多的我们这些儿女，居然让娘一辈子都活在对儿女的亏欠里。

　　我知道，大姐不是对娘不好，但我不知道大姐为什么会长时间地与娘冷战，长时间地与娘老死不相往来。直到后来，大姐给我讲了几个她与娘的故事，我才渐渐理解大姐，知道大姐的不易。大姐与娘的故事，我在这里不表，留在即将为大姐树碑立传的文字里。大姐的一生也是平凡又传奇，且富有个性的一生，从大姐的一生里，我们可以感受到另一个湘西女性带给我们的感动与力量。

后来，经过岁月和时光的无数次砥砺，经过情感和生命的无数次磨炼，大姐跟娘最终站在了骨肉亲情的同一地平线上。当大姐把什么好吃的都从长沙带给娘时，我的心也慢慢复苏、慢慢变暖。特别是当大姐第一次问娘身体好不好，第一次用"娘"这样的称呼而不是用"她"时，几十岁的我，居然稀里哗啦地流出了一串动彻心肠的泪。

血浓于水，水融于血，血水缔造的亲情，是任何力量都无法击溃的亲情；血水凝固的颜色，是任何力量都无法改变的颜色。

1999 年，三十四岁的我虽然没有当上党外副市长或人大常委会副主任，但我却经历了一次亲情的洗礼，懂得了亲情的重要。亲情与官位，就像大地和流水。流水一样的官位终究会被岁月流走，不留一丝痕迹；大地一样的亲情，会永远坚实厚重。娘就是让我懂得亲情的那片大地。娘就是让我拥有大地的那种亲情。

所以，当我 2004 年再次有机会成为张家界地市级班子的候选人时，我毫不犹豫地跟与我正式谈话的省委组织部的两位干部表达了我放弃候选的意愿。我决定北上北京，从事我钟爱的文学事业。那是一种发自内心的放弃，也是一种出自真情的意愿。

一个人，只有当他不为官场和名利所累时，他才是一个真正脱离了世俗、真正纯洁纯粹的人。

一个人，只有当他真正懂得亲情比官场和名利及一切都重要时，他才是一个真正幸福快乐的人。

三十一

在这个世界上，当有人昧着良心、泯灭良知、伤天害理时，你如果睁一只眼闭一只眼，你可能活得很自在、很安逸，也瞎不了。但，如果所有的人都睁一只眼闭一只眼，这个世界就活得不自在、不安逸，就瞎了。所以，总会有一些人的良心是亮着的、良知是醒着的，总有一些人会在良心和良知的照耀下，睁大双眼，挺身而出，为这个世界探路、护路和修路，甚至会以自己的血肉之躯，变成这个世界的铺路石。

所以，就有了正义和邪恶的较量。

就有了美好与丑陋的争锋。

就有了见利忘义的鼠辈，有了舍生取义的志士；有了无恶不作的恶魔，有了侠肝义胆的英雄。

我不是志士，也不是英雄。但我却有尚未泯灭的良知和做人做事的良心，所以，我能够睁着双眼，竭尽所能给那些受委屈的人主持公道，为他们的委屈和伤痕送去一份慰藉。这当然为我赢得了鲜花和掌声、尊敬和尊重，更让我增加了责任感和使命感。遗憾的是，也让我不知不觉有了一种沾沾自喜的虚荣心，甚至，差点在虚荣心中迷失。

做了好事，有的人会发自内心地感激，甚至会登门致谢。所有提着礼品致谢的，我都一概不收，并且也交代了娘。我不是装什么清高，而是知道我的一切来之不易，得好好珍惜；知道东西好拿，来路难走，不能在好好的人生路上走岔了、走黑了、走丢了。可是，有次我却收了，因为那是一个朋友带着他的亲戚来的，我实在磨不开脸面，就收了。我想，反正是朋友，来来往往的，不要紧。坚决不收的话，朋友会在他亲戚面前没有面子，显得我太不近人情。

不想，当朋友和他亲戚起身走的时候，娘却从房间里拿出了两瓶酒，非要给那个朋友。朋友当然不会要，因为我那两瓶酒比他的两瓶酒贵。娘却拽住他的衣襟，不拿不让走。朋友拗不过，只好提出把自己那份拿走。那怎么可能呢？我立刻对朋友讲，老人家的一番心意，你就拿着。朋友讲，那哪门好意思？我带来一颗蛋，抱走一个鸡。我讲，什么鸡呀蛋呀，都是兄弟，你还不晓得我娘固执出名了吧？你不拿，就莫想走。朋友只好拿了，对娘千恩万谢。

我习惯了娘的好客和大方，但娘不经过我同意，就这样自作主张地把我的酒送出去，我尤为生气。我虽然不是小气之人，但娘的这种自作主张不制止，以后还不知道会把什么东西送出去。

朋友一走，我就讲：娘，我房里的东西，你以后不要乱动！

娘纳闷：哪门？舍不得了？

我讲：不是舍得舍不得，那是我的东西，我有用的，你不能乱动。

娘讲：我是你娘，还分你的我的？

我讲：你是我娘，也有你的我的。

娘听了，半天没有答话。

娘一定是伤心了。娘是不是在想，儿大不由娘，儿开始分彼此了。

隔了一阵，娘解释：本来我是不会拿你房里东西的，你一再讲，不要随便收礼，见你推脱不掉，我就把你房里的东西拿来跟他回礼了，我是怕你犯错误。

我讲：我这犯什么错误？这是我朋友，你情我愿。

娘讲：是朋友就更应该帮忙，更不应该拿东西。

我讲：我又不是白拿他的。

娘讲：你米给他还礼就是白拿。喰别人的便宜要屙出来，拿别人的东西要还转去。

我讲：我哪门米给他还礼？我还礼要让你看到、给你讲？我各人有哈数①的！

娘讲：就怕你米得哈数，你晓不晓得，每次电视看到这个贪官被抓那个贪官坐牢，我就替你担心。

我一听更来气了：你担什么心？我只是个小小的市文联副主席，无职无权，清水衙门，米有人来求官，也米有人来跑项目，给人家批不了一张条子一个字，根本不是官。是官，我也成不了贪官，你的儿子你不晓得？听你口气，我就像贪官一样。

娘讲：我米讲你是贪官，我各人儿子我还不晓得？我

---

① 哈数：规矩。

235

是担心。

我讲：你老这样噇多饭了米有事，白操心。

娘讲：反正，我当娘的要提醒你，当干部就要当好干部，要按毛主席讲的，不拿群众一针一线。看人做事，多思前想后地想哈子。我不怕跟到你穷，就怕看到你犯错误。米有几个人犯错误是有意犯的，好多都是糊里糊涂、不晓得信犯的。眼睛再狠，都看不到各人后脑壳。眼睛不亮，处处上当。电视上那些坐牢的，都是这样子不得信就犯了错的。俗话讲，穷得硬扎，饿得硬邦，有噇有穿就够了，不要爱人家的，不要拿人家的。爱人家的，就想拿人家的，拿一回，就想拿二回。今天拿的两瓶酒，明天拿的就是两坨金。天心坑填不满，屎肚子胀不饱。钱和财，都是喂不饱的饿老虎、填不满的无底洞，爱不得，贪不得。人不贪财鬼都怕。

看娘一说这么一大串，我不耐烦地喊：你啰啰唆唆这么一大串，烦不烦？你讲的这些，我都晓得，不要你讲。

娘讲：晓得也要讲，那些当官坐牢的未必不晓得？比你还晓得。就是放松了警惕。人要各人给各人上紧箍咒。千万贪不得，要是贪了，就是软泥巴插棍——越插越深。

我愈发不耐烦地嚷：你莫再啰唆了好不好？我不会的，你把心放进肚去就是了。

可是，娘的嘴好像坏了的水龙头似的，关不住了，还是喋喋不休地讲：不想锅巴饭，不到锅边转，手不抓屎手不臭，只要我们嘴上手上都干干净净的，就不怕鬼敲门。三百斤野猪，也只有一张嘴巴，我不晓得那些贪官要那么多钱搞什么！

我不屑一顾地答：贪官不嫌钱多，阎王不嫌鬼瘦呗。

娘笑：也是哦，牛角越长越弯，财主越阔越贪。那些贪官也不想想，堂屋滚好汉，阴沟翻大船，他们以为做得神不知鬼不觉，哪晓得，萝卜扯了，眼眼还在。反正，你给娘记住了，儿女对娘的孝顺，不是赚了好多钱，而是不违法犯罪，儿女要是违法犯罪，爹娘就会一辈子被人戳脊梁骨，一辈子抬不起头，那是儿女最大的不孝。

我虽然嫌娘啰唆，可娘的这些话，当时就句句都醍醐灌顶。我对娘的态度也在当时慢慢由阴转晴。我现在能够不羡虚荣，不慕浮华，吃得踏实，睡得安心，除了自己珍惜自己，严格要求自己外，娘的这次啰唆，让我受益终生。娘讲得好，人最怕的是吃不落肆①，困不落觉②，鬼不敲门心自惊。

我那时候那么嫌娘啰唆，从不愿意坐下来，好好听娘说话。殊不知，作为儿女，多听听父母的啰唆不是坏事。父母的啰唆不是累赘，而是财富，是至真的深情和至爱的呢喃。如果有人在你身边成天啰啰唆唆，请不要烦躁，请一定珍惜，那不是知了无聊的噪音，而是亲人幸福的歌声。

---

① 吃不落肆：吃不下喉咙。
② 困不落觉：睡不安生。

三十二

在张家界期间，也许我的工作太顺风顺水了，很长一段时间，我的傲骨和傲气也与日俱增，但傲骨、傲气模糊不清。

我一直信奉古人的"人不可有傲气，但不可无傲骨"，所以，对那些人品好的人，我会特别热情好客，彬彬有礼，敬重有加，并且特别喜欢跟他去交往，甚至是热情主动地交往，有什么事，也特别乐意去帮忙。而对那些我认为人品不好的人，我不会正眼去瞧一下，哪怕这个人在我面前特别和善、谦卑。当然，碍于面子和身份，我会尽量显得没有瞧不起这个人，我还是担心人家说我清高傲气。所以，我表面上客客气气的，心底里却一万个瞧不起，甚至像吞了苍蝇一样难受，大有老死不相往来，与之同行为耻的感觉。就是说，对于我眼里没有好人品的人，我不会同流，更不会合污。我要保持我冰清玉洁的独立品格和人格。

这样，傲骨，就不知不觉地混杂了傲气。傲气，不知不觉混杂了自高自大。我是非分明，却往往难辨是非。我极有主见，却往往偏听偏信。我谦虚低调，却往往听不进别人的意见。我善良宽厚，却往往不会包容谦让。我成了一个矛盾的混合体。

因为不知不觉透出的这种傲，使得我爱钻牛角尖，认死理。钻得太深，认得太死，就不知不觉变得固执和自负。这样，在工作和为人处事上，我懂得原则，却不懂灵活；懂得尊重，却不懂服从；懂得踏踏实实，却不懂忍辱负重，导致我或多或少吃了不少亏。

我曾经有一个好朋友，在湘西自治州工作的时候就认识了，我一直叫他大哥，他爱人我也一直叫大嫂。我从湘西自治州调到张家界时，他帮了不少忙。单身时，经常上他家吃饭。我出差时间长的话，他爱人就会三天两头看我娘，给我娘带好吃的。我娘生病时，两口子会一次两次地去看。当然，我有什么好的，也不忘分他一点。应该说，我们的友情牢不可破。

但是，就是这样的友情，在流言蜚语面前居然也不堪一击。我们在一个单位共事。他是正手，我是副手。开始，我们的配合非常默契，没有任何磕磕碰碰。他说什么就是什么，我建议什么也就是什么。非常愉快。不好的是，我听到了关于我的流言蜚语，说我跟某某女孩有染。众口一词，都讲他跟他爱人说的。一个人这样告诉我时，我不信。两个人这样告诉我时，我不信。当一帮子人这样告诉我时，我就不能不信了。面对流言蜚语，我不是敞开心扉地找他去问个究竟，而是憋在肚里生闷气。我彭学明一生洁身自好，我怎么会跟人有染？别人不了解我，你还不了解我吗？你为什么要这样说？

于是，心灵有了隔阂，友谊有了鸿沟，工作上，当然

239

就有了磕磕绊绊。心灵一旦结了疙瘩，解不开的，就不仅仅是心灵了，而是方方面面。我开始在生活中有意回避他，工作中有意敷衍他。他做得好的，我不表示肯定。做得欠缺的，我不提出建议。你不是嫌我吗？好啊，你自己干就是，干好干坏，都与我无关！甚至，在我心情特别恶劣时，还希望他工作干得不好，等着看笑话。虽然，我不会有落井下石的那种歹毒和卑鄙，但我的确有那么一点等着看笑话的可笑和可耻。

这也让他很伤心，觉得我是典型的忘恩负义。于是，我听到的不好，更多了。

两人的心，就这样伤了。心的窗和灯，就这样一扇一扇、一盏一盏，关了，灭了。

两人的友情，山穷水尽，走到了暗处或尽处。

娘很久不见他两口子上门做客了，就问：大哥大嫂哪门这么久不见了？

我只能撒谎，回答是忙。

娘也就不再问什么，而是跑到他两口子家，去看他们了。娘讲：你们忙，米有时间看我，我就来看你们。

两口子见娘去看他们，泪都出来了。他们没想到娘跑去看他们。于是，他们把所受的委屈给娘一股脑倒了出来。

得知原委的娘，回到家里就教训我：大哥大嫂对我们这么好，你哪门忘眼睛不认人？

我讲：不是我忘眼睛不认人，是他们乱说乱讲，到处污蔑我。

娘讲：你莫深山不识宝，沉香当作烂柴烧，你哪门就

240

那么相信呢？他们那么好的人，哪门会污蔑你呢？

我讲：我是不信，但都讲是他们讲的，不信也得信。

娘讲：热稀饭难喝，人心里难摸，你就不怕是人家眼红你们，挑拨离间？

我讲：一个挑拨，一百个也挑拨？

娘讲：你不要只听人家讲，要多往心里想。王桶怕散箍，缆绳怕分股，你们现在各搞各的，就不觉得可惜？娘看到都难受。

我讲：又不是哪个离了哪个活不了，好朋友打狗的事，多的是。

娘讲：舌头底下压死人，你两个一打狗，正好被舌头压死了。

我讲：打人莫打脸，骂人莫骂短，哪个喊他那么讲我？

娘讲：话明气散，你问都不问哈他，就听人家讲的？人家讲的都是好的？捆得住的手，塞不住的口，人家要讲你喊他莫讲？好的讲不坏，丑的讲不乖，你怕人家讲搞什么？

我讲：我要名声啊，我不能就这样名声坏了。

娘讲：朋友千个少，冤家一个多，吃得亏，才打得堆。你也好，我也好，打个鸡蛋吃不了；你不好，我不好，杀个水牛吃不饱。你计较大哥大嫂讲你搞什么呢？

我讲：那我就让他乱讲？

娘讲：结巴越扯越紧，是非越讲越深，就算大哥大嫂讲了，你也莫往心里去，多想人家的情，少想人家的坏。

我讲：那他哪门不想想我的情呢？就只他有情，我米有情吗？

娘讲：都有啊，都有才好啊。有情人才亲哪，人亲骨才黏哪。你两个闹成这样了，我到他屋去的时候，他还是好酒好肉招待，伯娘伯娘的喊得亲热啊。

我讲：你是你，我是我，我咽不下这口气。

娘讲：好大个事啊，不就是个是非小话吗？一个是非小话就把你搞成这样，你还做什么大事，还当什么全国人大代表？兄弟朋友，同学同事，都是千年修得同船渡，一路争什么高低呢？都下个矮桩不就得了？一争两丑，一让两有。哪门硬要恶蛇抵杠，相互咬呢？蛇咬人，有药医；人咬人，无药治。

娘的话，总是这样朴实而深刻。想想我当时的处境，我觉得娘说得很有道理。的确，现在这种状况，是一争两丑，两败俱伤。我想维护自己来之不易的好名声，反倒可能会丢了自己的好名声。

于是我问娘：都已经闹成这样了，我哪门搞？

娘讲：三句好话软人心，一颗胡椒顺口气。你小些，你就先跟大哥赔个不是，就讲误解他了。

我讲：男儿讲话当钱用，我开不了这个口。

娘讲：你开不了，我带你开去。

我讲：不要。要去我各人去，你去算什么？

娘讲：有的人是嘴甜心拐，有的事是话丑理正。道歉的时候，好好讲，会讲的讲自己，不会讲的讲别人。做人做事，都要宁走过头路，莫讲过头话，蚊子挨打，都是嘴伤人。

我被娘惹笑了。蚊子挨打，都是嘴伤人，娘的比喻太贴切了。

娘讲：你不要笑，是这样子呢。会做人，心里做人；不会做人，嘴巴做人。俗话讲得好，隔壁三年成老亲。是亲有三顾，取火要三家。多相互关照，少相互拆台。要学芭蕉一条心，莫学花椒藏黑心。酒肉朋友不是道，患难之交才可靠。千万莫做麻雀肚子和鸡儿眼睛。

我不解，问：麻雀肚子鸡儿眼？

娘得意地笑：米听讲过吧？麻雀肚子鸡儿眼，吃不饱来看不远。

我虽然没有鸿鹄之志，却也不是麻雀肚子鸡儿眼。娘的话，字字入心，声声入耳，让我的心结彻底打开。

我开始认真地反思自己。为什么那么好的朋友差点反目成仇？为什么我会越来越不支持他的工作？为什么我越来越不尊重他的劳动和为人？想来想去，是我潜意识里把自己看得太高了，是在不知不觉中把尾巴翘起来了，是在太多的赞美和荣誉里把自己不声不响地迷失了。自信变成了自负，傲骨变成了傲慢。自以为很低调，实际上很张扬。自以为很宽广，实际上很狭隘。自以为很淡定，实际上很虚荣。就因为这样，我才在工作中摆不成二传手的角色，生活中摆不成小老弟的角色，我才处处想占上风，处处不肯低头。想想看，在张家界那个小小的城市里，连很多踩人力车的和卖蔬菜的人都知道彭学明，彭学明不自我膨胀才怪！

于是，我主动找到我这位老兄和大嫂，在微醉的酒桌上，坦诚地检讨了自己的不是。那时，我还没有足够的勇气解剖自己，还得借助酒的力量。我借了酒胆，才敢酒后吐真言。

其实，借我这个胆的哪里是酒呢，是娘。是娘的一番苦口婆心，让我懂得了怎样处事为人。这不是叱咤风云的英雄虎胆，而是润物无声的忠肝义胆。

我现在跟同事和朋友之间的关系处理得如此融洽与和睦，变得如此开阔和美好，不能不说是因为娘的谆谆教诲。娘让我从虚无缥缈的"天上"回到了地上，从自以为是的"小人"变成了大人，从高高在上的"伟人"变成了凡人。娘用自己最为朴素善良的为人处世哲学，重塑了我的金身。

三十三

娘人住进了张家界城里，心还常常在梁家寨那个乡下。梁家寨还有娘和妹分得的田地和山林。娘舍不得。娘是夏夜里一粒忽闪忽灭的萤火虫，从张家界的某一堆草尖里飞出，飘在梁家寨的上空。娘在张家界住了一段时间后，总要回到梁家寨去看望娘的那片田地和山林。开始，我是极力阻拦娘去的。娘一去，我的心就紧、空和发慌。张家界到保靖县一百九十七公里，保靖县城再到梁家寨又是几十公里，路途颠簸转车不算，我最担心的是班车在那曲曲弯弯的山路上出状况。湘西的公路，全在大山里穿行。没有一处是平坦的。大。险。陡。每一座山都温情地敞开了胸怀，让你钻进它的怀抱，每一座山又露出了獠牙，等待撕扯你的心肺。那公路像兴奋的酒徒，一会儿跳到山的最高处欢呼雀跃，一会儿缩到山的最低处载歌载舞，更多的，是像无头苍蝇，在山中乱窜。最陡的地方，看一眼心都会吓碎。很多北方的司机来到湘西时，是不敢上路的，花钱请湘西的司机代开。所以，每次娘离开张家界，我都目送着远去的班车在心里祈祷司机开慢点，祈祷娘一路平安。只有在这时，我才知道我心里是疼着娘的。张家界到梁家寨的山路，就是一条长长的纽带，连着我和娘的心。那远去的班车仿佛不是在公路上跑，而是在心上碾。

我曾经多次劝说娘把田土和山林退给集体，我们不缺粮，不缺吃，不必受那些苦。或者把田土和山林给舅舅舅娘，让舅舅舅娘种，反正是舅舅舅娘求爷爷拜奶奶让人给我们分得的田土，给舅舅舅娘也理所当然。娘都不肯。娘讲：我不是舍不得钱米，我宁愿每年不吃不用给你舅舅舅娘钱米，也不愿意把田土和山林给舅舅舅娘，更不要讲退给集体了。那是我和你妹一颗汗一颗汗养出来的。我不能不要。你莫看田土和山林都不会讲话，它们都有灵性，都有人性，认得我，也认得你，不要了，它们都会死。

我便知道，这些田土和山林已经融进娘的骨髓，是娘生命中的一部分了。

娘最终拗不过我的坚持和大发脾气，还是把田土租给了舅舅舅娘，让舅舅舅娘种，年底时，给娘分点粮食就成。

娘每次回去，就是去舅舅舅娘家称粮食的。粮食不多，两百斤，我劝娘不要。娘还是不肯。我跟娘算账：你每次去舅舅舅娘屋，光给舅舅舅娘的礼信就不止两百斤粮食的钱，路上来去的车费还不算。娘讲：账不能这样算，不能算金钱账，要算人情账，仁义值千金。我讲：既然仁义值千金，你把两百斤粮食和礼信一起送舅舅舅娘不就得了。娘还是讲：账不能这样算。这是粮食，我要吃饭活命的。我讲：我们又不是养不起你。娘讲：你们养得起那是你们的本事，我各人劳动所得，那是本分。

我哑口无言。娘的道理，都像泥土一样，看起来软，实际上硬。

那粮食是从娘的心里和生命中长出来的，娘不能不要。每一颗粮食都是娘的精神需求与精神寄托，娘不能没有这种需求与寄托。娘要的其实不是这点粮食，而是地气，精神和灵魂上的地气。

这种地气，包括粮食，也包括亲情。

娘在张家界没有地气，也缺乏亲情，只好回到梁家寨去，在田地、山林和乡亲中接地气、寻亲情。只有回到有地气和亲情的地方，娘的心才有所依有所靠，才会踏实。那是安放娘心灵的最好方式。梁家寨是娘的一池清水，一回到梁家寨，娘就像一条复活的鱼。亲情的风把娘的皱纹抚平了，气色好看了，脸色滋润了，心气也顺了。娘穿行在亲情亲风里时，脚步似乎也轻快了许多，脚劲似乎也大了许多。那些舅舅舅娘们，见娘回到梁家寨，总是第一时间会聚到亲舅舅舅娘家，与娘围坐，与娘拉家常，久违的喜悦，自然而然地流露在言语间和眉宇里。看乡亲们脸上和眼里放出的光、开出的花，听乡亲们言语里透出的喜、滴出的乐，你就知道乡亲们有多高兴，多欢喜。一个寨子，无论老少，都叫娘二嬷。湘西土家族嬷嬷就是姑姑。二嬷就是二姑。娘在娘那个家庭是第二个女儿，上面还有个姐姐，所以寨上人都叫娘二嬷。我们湘西兄妹排行，是男女分开排行的，而不是男女统一排行。假如一家有六兄妹，有三男三女，那排行就是男的喊老大、老二、老三，女的喊大妹、二妹、三妹。娘这个二嬷，到了梁家寨是格外地客气大方，家家送糖酒礼信，每个小孩都打发几块钱。礼不重，钱不多，但乡亲们看重的不是礼物和钱，而是你对他的那份情意，是你走了多远过得多好都没忘记他们和看得起他们的那份情意。对娘，当然是加倍地以亲相待，以情相亲。

我把娘的房子卖掉后，娘跟我一样就是梁家寨的过客了。当然是梁家寨最亲的过客。娘每次回梁家寨一去就是两三个月，吃在谁家，就住在谁家，就帮谁家下地干活。娘不是怕白吃白住人家的，娘是在地里和劳动里才会得到更大的快乐和慰藉。

舅舅舅娘们讲：你这样跟着我们吃苦受累，学明晓得了会骂我们剥削的。

娘讲：你们不讲，学明哪门晓得？学明又不是特务。

娘又讲：你们把我养白了胖了，学明欢喜都来不及。

除了帮别人劳动，在自己的田地和山林里转外，好笑的是，娘居然还买了十来只鸡在舅舅舅娘家养着。在梁家寨时，娘天天自己喂。离开梁家寨，娘就买下足够的谷子苞谷，让舅舅舅娘喂，喂大了，娘就在第二次去梁家寨时把鸡给舅舅舅娘留几只，感谢舅舅舅娘喂得辛苦，然后把其余的鸡带进城，一部分卖掉，一部分拿到张家界，给我。

有一回，舅舅舅娘养的鸡都发瘟死了，娘托付给舅舅舅娘的鸡当然也未能幸免。娘就买了一只公鸡、一只母鸡和几十颗鸡蛋送给舅舅舅娘。舅舅舅娘以为鸡蛋是用来吃的，准备打给娘做个菜。

娘讲：打不得，不是送你们喰的，是鸡抱蛋的。

我们湘西讲抱蛋就是孵鸡崽。舅舅舅娘笑破了肚子，笑出了眼泪。

娘老了，讲的话也老了，老资格的娘和老资格的话，

248

就像慈禧太后给舅舅舅娘下圣旨，舅舅舅娘当然照办，一颗蛋都不敢动，原封不动地拿来孵鸡崽。孵出的鸡崽，娘很公平地给舅舅舅娘一半，自己留了一半。不过还是都归舅舅舅娘养着。

我讲：舅舅舅娘，你们耐烦心真好，理我娘搞什么？还买鸡蛋让你们抱，亏我娘想得出。

舅舅舅娘讲：那有什么法，你娘人老话老脾气也老了，哪敢不顺她？

娘最出格、最搞笑的，还不是让舅舅舅娘帮她孵鸡崽和养鸡，而是让保靖县委书记给娘养鸡！

这听起来真是天方夜谭，不可思议。娘却就这样天方夜谭，不可思议了。

现任湖南省民委主任的王德靖，那时是保靖县委书记，这是我工作后，人生和事业中遇到的第一位好人和好领导。用娘的话讲，是贵人。

前面讲过，我是用八分钱的邮票被时任保靖县委宣传部部长的王德靖大姐调到保靖县去的。我调离保靖县时，又是她任县委书记时把我送走的。自从与王德靖大姐和她家先生梁天云大哥相识，我就姐姐哥哥地喊他们。我喊得亲切，大姐和大哥应得亲切。这不是我嘴巴甜，更不是我会逢迎，我叫王德靖姐，叫梁天云哥，完全是发自内心的声音和情感。有了王德靖这样的姐和梁天云这样的哥，娘也就自然不生分、不客气，把王德靖大姐和梁天云大哥当成了自己的孩子，有什么事都去麻烦大哥大姐。娘不认为这是麻烦，而是觉得理所当然。

娘每次从张家界回保靖县梁家寨和从梁家寨回张家界，都要上德靖大姐家去，看德靖大姐。当然，娘不会空着手去，会买上几十元的糖果给德靖大姐的孩子。德靖大姐两口子每次都是热情地安排娘吃住在家里，跟娘拉一会儿家常，从娘的身体好坏一直讲到我的工作婚姻。走的时候，会给娘强行塞几百块钱。娘如果不要，德靖大姐就会假装威胁：你不要，以后就不去张家界看你和学明了。娘为了让德靖大姐看自己和我，只好收下。

　　我讲：娘，德靖大姐是县里领导，一天到晚忙得要死，你不要有事无事往德靖大姐那里跑，给德靖大姐添乱。

　　娘讲：我看她就跟她添乱了，你看她就米添乱？

　　一句话，就把我堵得死死的。

　　娘总是能言善辩，十张嘴不见得讲得过娘一张嘴。

　　我讲：横强霸道的，我讲不赢你。

　　湘西话，横强霸道，就是强词夺理。

　　娘讲：不是娘嘴巴会讲，是娘有道理。

　　娘又讲：我晓得她忙，她每回都送我钱，我也米好意思去。我不去，她碰到我又会喊我、拖我去。

　　我知道德靖大姐两口子把娘当作自己的老人一样对待，但我总觉得娘该自觉，不该去打搅德靖大姐两口子。毕竟娘是乡下老太婆，有事没事往县委书记家里跑，丢县委书记的脸。我怕娘在德靖大姐家劣污劣瑟 ① 的。这句话，遭到了德靖大姐两口子的强烈批判。

---

① 劣污劣瑟：不利落，邋遢，麻烦。

德靖大姐讲：你脑子里原来是这种见不得人的思想，各人老人家你都嫌劣污劣瑟，人家老人家你更嫌了。她到了保靖，能够想到看我们，说明她老人家重情重义，看得起我们，我们心里高兴，看到她老人家，我们就像看到你一样。再讲，她老人家在保靖县城米有亲人，一个人都认不到，不找我们找哪个去？

那次，舅舅舅娘对娘讲：寨上的鸡又开始发瘟了，你看哪门搞？

娘想了想，讲：我有办法。

娘的办法就是把鸡送到德靖大姐那里，让德靖大姐帮娘养。

亏娘想得出！

一个寨上的人都讲不可能。县委书记给你养鸡？笑话！想养，也米有地方。

娘却不想那么多。娘心里想的只是保护她的鸡不受病毒侵害和发瘟。娘认定德靖大姐会帮她养。因为，在娘的眼里，德靖大姐是天下最好的人。

娘让舅舅舅娘孵的鸡，最后成活了十二只，斤把大了。娘依然很公正地给舅舅舅娘分了六只，然后自己背着另外六只，向县城进发。

舅舅舅娘跟娘开玩笑：你的六个喊县委书记帮你养去了，我的六个发瘟了哪门搞？

娘回答：太多了不好，县委书记屋小，你鸡不会发瘟的，发瘟了，我再分你三个。

舅舅舅娘讲：县委书记屋再小，也不会多我这六个，你就一下子背去，喊县委书记帮养。

娘很认真地讲：那不行，我已经跟县委书记添麻烦了，不能再让你们也添麻烦。

舅舅舅娘笑：你阿 ① 晓得是跟县委书记添麻烦哪？

娘依然很认真：那哪门不晓得？我是无可奈何。寨上鸡不发瘟，我哪门会麻烦县委书记？

舅舅舅娘的目的，是想劝娘不要麻烦县委书记做这鸡毛蒜皮的事。

娘却认定了。娘在这个十月里做出了全中国都不会再有的事。真是壮举！

十月，在湘西还是大热的天。秋老虎还在咬牙切齿地给大地高温消毒。大汗淋漓的娘，背着六只鸡走了三个来小时的山路后，在夜色里敲开了县委书记家的门。当娘心焦火燎地讲一个寨子鸡都发瘟，要县委书记两口子帮着养时，县委书记两口子一时没有反应过来，不知道怎么回答。县委书记两口子做梦也不会想到，娘要他们两口子养鸡。县委书记两口子面面相觑。

德靖大姐两口子都是从农村走出来的，不是不会养鸡，而是没有地方养鸡，也不是不肯养鸡，是没办法养鸡。娘根本就看不出德靖大姐两口子的难堪之情，而是一个劲地给德靖大姐两口子讲这几只鸡的来历和故事，讲这几只鸡现在面临的危险，讲自己没有别人可找，只好找德靖大姐两口子。娘还强调，娘回张家界时，要从德靖大姐这里路过，把鸡放

----

① 阿：湘西方言，还。

到德靖大姐这里养，就不用绕路，可以直接把鸡带回张家界。

德靖大姐两口子被娘讲得哈哈大笑。德靖大姐讲：好好，我帮你养，就怕把鸡养歪了，养歪了你莫怪我。

娘讲：养歪了米要紧，莫养死了就成。

湘西话，歪了，就是瘦了。

天云大哥接过鸡，把鸡先放到了阳台上，用几个纸箱子装起来。

德靖大姐就给娘热饭热菜。

娘习惯了德靖大姐和天云大哥为她服务。站在旁边吩咐天云大哥：你一天跟鸡要喂两次食，要米和苞谷，莫喂饲料，饲料喂出来的鸡肉粗，不香。莫忘记跟鸡喂水，这么热的天，鸡会渴死。

天云大哥都笑呵呵地满口应承。

天云大哥为了让娘放心，当天晚上就忙活到半夜。给鸡在阳台上搭了个鸡笼。天云大哥把冬天烤炭火的火炉找出来，用纸板四周围住，一个简易鸡笼就做成了。火炉架高过膝盖，有足够的空间。

娘在旁边指挥，讲要挖个眼眼，让鸡透气，不然鸡闷死了。

天云大哥就在纸板上挖了几个小眼，让鸡见光、透气。还挖了一个大眼，以便给鸡喂水。

让德靖大姐和天云大哥笑得喘不过气来的是，娘当场就指着几只鸡讲：这两个鸡是你们的，这四个鸡我各人留到。

直到德靖大姐答应要那两只鸡了，娘才放心落肠地睡了。第二天，又放心落肠地回到舅舅舅娘家。

一寨人，见娘真把鸡留给了县委书记，让县委书记养，个个都傻眼了、痴天了。天！居然还有这样好的县委书记？！

一寨人看娘就像不是看他们天天见到的二嫲，而是从未见过的神仙。

你娘真是神了！舅舅舅娘讲。

娘是神了，德靖大姐和天云大哥可苦了。德靖大姐是没有工夫管这几只小鸡的，她有全县二十多万百姓要管。养鸡的任务自然落在了天云大哥身上。

天云大哥是古丈县人，有丰富的人生和小小的传奇。天云大哥自小就是一个音乐"神童"，拉得一手好二胡。六岁时，天云大哥穿着开裆裤登台演出拉二胡，上了湘西的《团结报》，被全国多家媒体转载。毛泽东主席不知道怎么看见了，心生喜欢，要接见这个"神童"。当时，古丈还没有火车，也没有公路，当地领导准备用箩筐把天云大哥挑到省城长沙，再坐火车上北京。天云大哥看见箩筐，就吓得哇哇大哭，死活不肯。领导只好作罢。一个音乐"神童"就此失去了与领袖相见的机会，本可极尽辉煌、大书特书的人生，因此变得平淡无奇。后来，天云大哥当了兵，与徐海东首长的儿子在一个班，两人情同手足，徐海东首长的儿子还送给天云大哥一把小提琴，要天云大哥在音乐殿堂越走越远。遗憾的是，天云大哥最终回到了湘西，没有从事自己心爱的音乐事业，而是做了一名普通的机关干部。他那双五线谱一样全是音乐、充满传奇的手，不但没有拉上二胡和小提琴，还意外地给我娘喂上了鸡，而且一喂就是两个多月。

早上出门上班前，天云大哥得给鸡喂一次食，中午回来给鸡喂一次水，晚上下班再给鸡喂一次食、喂一次水。每天还得打扫鸡笼，清理粪便，要不就臭气熏天了。幸好，天云大哥出差极少，单位与家也只百把米。

就此，整个县委大院宿舍，在天亮前都可以听到县委书记家雄鸡高唱的声音。

睡得正香的时候，突然一阵鸡叫，你讲烦不烦？县委书记尴尬不尴尬？

为此，我狠狠地把娘骂了一顿。

我的娘，真会剥削，居然剥削到县委书记家去了！

我的娘，真会丢脸，居然丢到县委书记家里去了！

我愤怒地吼娘：娘，你那几只鸡重要还是县委书记工作重要？你那几只鸡大还是人的脸面大？你哪门这么不会看事？你把我脸都丢尽了！

娘讲：我哪门丢你脸了？县委书记都帮你娘养鸡，是长你脸！再讲，县委书记帮我养鸡，是心甘情愿的，不是我强迫的，她要是不养，我还不是背转去了，我又不是那种为难人的人。

我哭笑不得：娘，你这不是为难人是什么？你把鸡卖了不得，杀了不得？你哪门非要人家县委书记帮你养？

娘讲：杀了，卖了，都可惜，我养老火 ① 了，舍不得。我要县委书记养，是县委书记对你好、对我好，县委书记又不是别人，是你天天喊的大姐，要什么紧？我也是看到看到

---

① 老火：苦，累。

255

来的。

看到看到来的，就是省到省到来的。

我终于明白，娘养的不是鸡，而是一种精神寄托和慰藉。娘在农村里，与田土、山林和家禽打了一辈子交道，那些田土、山林和家禽都融进了娘的生活、娘的生命和娘的灵魂。有了这些，娘才能活，或者是才活得开心、活得快乐。娘之所以叫县委书记帮娘养鸡，除了舍不得那几只鸡，是为了寻求精神寄托和慰藉外，在娘的眼里和心里，没有书记、百姓的贵贱尊卑之分，只有朋友和亲戚、友情和亲情，凡是跟娘儿女是朋友的，娘都当成自己的儿女。

从生到死，娘都是这个世界上没被污染的人。

如今德靖大姐和天云大哥讲起这件事时，还忍不住哈哈大笑。

德靖大姐讲：我和天云都米想到她老人家会当场给我们分配鸡，而且分得清清楚楚，我们不要，她还不许。

我讲：我娘可能是怕你们不好好喂，所以，用两只鸡来诱惑你们。

德靖大姐讲：不是，她老人家不是那种心眼多的人，心眼多就不会让县委书记帮她喂鸡。她老人家是觉得不好意思，生怕亏欠我们，所以用鸡来弥补这种不好意思和亏欠。

我想，也是。我讲：也是你们，要是我，才不给我娘养呢。

德靖大姐讲：她老人家举目无亲，我们不给她老人家养，哪个养？她老人家尽管是你这个大名人的娘，但她老人家还是一个手无寸铁、孤独无助的农村老人。在我们眼里，田土家禽是芝麻大的小事，在农村，田土家禽就是天大的事。

我作为县委书记，不管也得管。何况是你娘，还不是跟我和天云娘一样？

娘百分之百是第一个让县委书记给自己养鸡的人。王德靖也百分之百是第一个替老百姓养鸡的县委书记！

一个县委书记和一个农村老大娘，就这样有了一段匪夷所思又让人津津乐道的故事，有了一种看似好笑却又极尽自然的鱼水亲情。

娘任何时候都是来自乡野的一泓清水，没有功利和污染。

三十四

娘回保靖老家，一半是为了娘心爱的田土，一半是为了娘需要的人情世故。张三嫁女，李四娶媳妇，王五添丁，彭五起新屋踩大门，娘都要去。梁家寨的去，熬溪的去，彻土库二姐那个寨子上的，娘只要听到消息，都会去。每次去，我都会跟娘闹个不快，吵上几句，极力阻止娘去。因为，在我的眼里，我们已经完全脱离了那个环境，我无论结婚成家还是干别的什么，都不会给那些父老乡亲发请帖，不会让他们千里迢迢就为来我这里吃一餐喜酒。舟车劳顿不算，他们的车费路费和住宿费，都是一大笔冤枉钱。那么娘送的那些礼金，就收不转来，打了水漂。我的小心眼打着小算盘不算，我下意识里还是有点瞧不起那些乡下的父老乡亲。我怕走得太勤太近，他们什么事都来找我，孩子考学当兵，家人生病住院，邻里官司纠纷，一旦找上门来，就是蚂蟥要脚杆，扯也扯不脱。关键是，十件事你做好了九件，有一件没做好，就会把所有的好都抹丢了，让你做情不得情，倒把雨来淋。

娘却不这样看。娘讲：钱财如粪土，仁义值千金。做了异乡人，才晓故乡亲，你乡里屎都米屙完，不要忘了乡里乡亲。

我讲：我不是忘了乡里乡亲，他们有什么事要我帮，我照样帮。我是造孽你这么大年纪，跑去跑来，难得跑。

娘讲：年纪再大我也得去，莫让人家讲闲话。哦，你儿米当官，你走得起我们，你儿当官了，就走不起我们了？讲得起，听不起；听得起，受不起。人在世上，要让人讲好，莫让人讲歹。

我讲：你那眼屎点礼，到得起那里，人家米放到眼里，讲不定，人家还不欢喜。

娘讲：长短是根绳，大小是个情，钱米虽短，情深意长，哪有不欢喜的理？

我讲：我以后又不请他们，你这些钱礼都打水漂了。

娘讲：请不请是你的事，当娘的做不了你主。娘是想，宁可喰钱亏，不可喰人亏，人在情在，我也米想过要取转来。

我讲：你实在要走，你就走走舅舅他们，是人是鬼你都走，走得起？

娘讲：乡里乡亲的，谷熟米不熟，人熟礼不熟，人家看得起，请你你不去，二回哪门见？是门留一扇，日后好见面。

我讲：一代亲，二代表，三代四代认不到，你现在走得再多，以后也米有人认你。

娘讲：你不走，更不认。亲戚六眷，要走要看。亲不走会疏，路不走会荒，走亲，走亲，走了才亲。

我自认为我不是个笨嘴笨舌的人，但在跟娘的说理中，我没有一次说得赢娘。娘总是以她简单而深刻的道理，说得我哑口无言。说不过娘的时候，我要么就生闷气，要么就蛮

259

不讲理，抓住娘的某一点，大发雷霆。

有一次，熬溪老家有一隔房的叔叔娶媳妇，我叫娘不要去，娘偏固执地去了。我本不高兴。自从爹抛弃我和娘，我就不愿意踏进那个村子，不愿意与那个村子有什么联系，我生怕那个村子的什么缠上我，我纠缠不清。

娘从熬溪吃完喜酒转来后，我突然发现屋里有一股烟味。我不抽烟，对烟味就特别敏感。我问娘：娘，有人来了？

娘讲：米有啊，就我一个人到屋里。

我边找边闻：就你一个人到屋里，哪门这么大烟味？

娘闻了闻：烟味？米有啊！你狗鼻子，这么灵？

我深吸了几下，讲：有啊，好大的烟味！你好好闻下！

娘也深吸了几口：米有，我闻不到。

我不信，依然边闻边四处找，终于在厕所里找到了一个烟头，电视柜后面找到了一包烟。是我们湘西凤凰卷烟厂生产的"古湘"牌。

我拿着烟，像连珠炮一样愤怒质问：这是哪个喰的，哪个来的？明知有人喰烟，你还假装不晓得？你硬要我人赃俱获才肯承认？

娘惊恐地看着我，老半天才应：是我喰的。

我一听是娘抽烟，更加怒火万丈，娘还没讲完，我就接过来一顿臭骂：啊？你喰的？你老来快进土孔了，不学好，学喰烟了？你不晓得喰烟有害健康啊？你本来就肺部有病，你不怕喰烟把你喰死、呛死啊？

娘讲：这是到五叔屋里喰喜酒时发我的喜烟，甩丢了可惜，我就喰了。

我把烟往地上一扔，几脚一捻一踩，吼：这什么破烟？一块钱一包，你可惜什么？一块钱你再喰出个痨病肺病来，我看你可惜不可惜！

　　娘讲：我也米喰几根，丢了可惜。

　　我吼：你不要紧叨讲可惜，我看你就是想喰！一个女人学到喰烟，你不怕丢丑？你看有几个女人喰烟的？有几个女人喰烟的是好女人？那些喰烟喝酒的女人，不是卖的，就是癫的，不像女人的！

　　娘眼泪巴裟地讲：你莫讲了，学明，我不喰了，我又不是有瘾。

　　我追问：你米有瘾，那你以前喰喜酒发的那些烟呢？都到哪里去了？

　　我怀疑娘早就抽烟了。

　　娘讲：以前一发就送人了。

　　我讲：那你哪门这次不送人？

　　娘讲：忘记了，就带转来了，哪想到你发这么大的火。

　　我讲：我发火？我发火是为你好，你真喰上瘾了，你死都死得快些。

　　娘讲：我晓得你是为娘好，娘错了，以后不喰了。

　　娘一句错了，我不好再吼什么，一屁股坐在沙发上生闷气。

　　娘手足不安地站了一会儿后，拿来扫把，想把我踩碎的烟末，扫进垃圾桶。

　　我一不想让娘多干活，二烦不让娘去乡里喰喜酒娘偏要去，去了还抽烟，越想越气，见娘拿了扫把和垃圾铲，就吼：不要你扫！扫什么死扫！我各人米有手啊？

娘看了看我，像做错事求表现的孩子，不晓得怎么好，停了停，还是低头去扫。

我一下子站起来，冲到娘的身边，抢过扫把和垃圾铲吼：跟你讲了我各人扫！你哪门硬要扫？你米得事做是不是？米得事做扫大街去！

娘委屈得号啕大哭：左也不是，右也不是，我就是喰根烟嘛，又米杀人，好像我犯了天杀的罪。

娘一哭，我的语气马上缓和了下来，不再气势汹汹地高声大叫，我讲：你是米犯天杀的罪，我冤枉了你是不是？不准你喰烟是害你是不是？你各人讲你一年要害多少次病？那是鸦片是毒品，喰一根你早死一天！喰一根你早死一天，你晓不晓得？

娘哭：是毒品，哪门那么多人喰？我晓得你是嫌我，你嫌我，你莫卖我屋呢！你把我屋卖了，你嫌我，我落脚的地方都米得了。

我讲：我卖屋也是为你好，你一个人坐到梁家寨，三天两头害病，哪天死了我们都不晓得。

娘抽泣着讲：你像这么对我，我死了还好些。

我讲：我要哪门对你？喰的米饿着你，穿的米冷着你，苦的累的米挨着你，你还要我哪门对你？天王老子一样把你供起来？

娘讲：我不要你把娘当天王老子供起来，我只要你莫吼娘、凶娘，对娘态度好点。

说完，娘抹着泪，默默地，孤独地，进了房间，老半天不出来。

望着娘孤独的背影，我一下子后悔起来，不就一根烟吗？值得我这样大发雷霆、出言不逊吗？那是我的娘，不是烟花巷里的女人，我怎么把娘喰烟跟烟花巷里的女人联系起来了？为了这一块钱一包的烟，我打击甚至污蔑娘的一生，我是人吗？

　　在我曾经的潜意识里，我认为抽烟喝酒的女人都是不正经的女人，是烟花巷卖弄风骚的那些，是欢场里卖弄风月的那些，是传统中不守妇道的那些。可是，谁又规定烟酒是男人的专利？谁又规定女人不能抽烟喝酒？谁又说抽烟喝酒的女人就不是好女人？谁说抽烟喝酒的女人就没有品位、不像女人？只有我彭学明这个混蛋才这么规定这么认为！在此，我向天下所有抽烟喝酒的女人真诚地道歉！我那时的想法和行为不但是对娘的大逆不道，也是对女性的不恭不敬！

　　这辈子，我给这个道歉那个道歉，给这个低头那个低头，给这个认输那个认输，为什么就不给娘道一次歉、低一次头、认一次输？我这个头在娘面前就那么高贵，在别人面前就那么低贱？我这张嘴是专门用来讨别人欢心、跟娘作对的吗？我也是娘的儿子，我为什么就不会想娘的苦、懂娘的爱？为什么就不顺娘的心、合娘的意？难道我生下来就是与娘为敌、要娘流泪、让娘受罪的吗？

　　我真是欠抽等揍啊！

三十五

　　打开门，一个中年男人站了起来，怯生生地叫了一声：学明不？

　　我不知道是谁，尴尬地答应。瘦和长脸是这人留给我的第一印象。

　　中年男人不知道该站还是坐，尴尬地站在那儿搓着手笑。

　　娘赶忙喜滋滋地从厨房里钻出来讲：学明，他是下布尺的村长，黄三，你要喊三哥。

　　下布尺的？下布尺的怎么会找到我？我本能地感到是娘把他带来的，头本能地痛。

　　我强装笑颜问：三哥从下布尺来？

　　娘抢先道：下布尺的，不从下布尺来，从哪里来？问账话①。

　　我不耐烦地讲：米问你，你不讲话，米有人讲你是哑巴。

　　村长讲：想找你帮忙。

　　我以为是学生上学之类，就讲：你讲吧，看我帮得到米。

---

① 账话：傻话。

村长讲：我们想请你帮忙跟我们到上面讨点钱，把公路修通，整个古丈县，就我们村米有通公路了。

我讲：我在张家界，管不了古丈，不是一个地区的。

既是推辞，也是实话。

村长讲：你不是全国人大代表嘛，全国都管得了，你讲话，领导会听。

我讲：全国人大代表不是管全国的。

娘接口：不管全国，哪门是全国人大代表？全国人大代表不就是全国人的大代表吗？

本就在气头上的我，差点笑出来，我的娘，真会理解全国人大代表。

我讲：全国人大代表不是万能的，我不是领导，更加不是万能的，提拔不了人，帮助不了人，人家哪门会听我的？

村长讲：都讲你现在是大名人，天上可以管一半，地下可以管全盘，米有你做不成的事。

我讲：你给我戴高帽子也米有用，我帮不了。

村长讲：我晓得，我们村对不起你和你娘，还有你妹妹，你们在上布尺喰了太多的苦，受了太多的欺负，我们有愧。

我一听村长讲这个，马上打断：快莫讲这些，那都是猴年马月的事了，跟你们也米有关系。

村长讲：不讲不行，我们的确对不起你和你娘。

我问：你哪门找到这里的？

村长讲：你现在是全国的名人，我们村里的骄傲，找你好找，拐两个弯弯，就找到了。

我讲：天长路远的，让你白跑了，我帮不了你。

村长哀求：你就帮我们想想办法吧，我们是无路可走了才找你的。我也晓得我们米有脸找你，不找你我们又找哪个去？你放个屁都比我们喷香水香。

我肯定不会帮他们修这条路的。那是我人生最伤心的地方。那样的伤痛，是任何人都无法想象的。

于是，我客气而决然地拒绝了。

娘炒了一大桌子菜。鸡鸭鱼肉一应俱全。还自作主张地拿出了一瓶茅台。在娘的眼里，酒和人，都是没有贵贱，是一样的。娘不识字，再好的酒，娘也分不出。

我本就在家没有什么话，对一个从伤痛之地而来的人，话就更少。酒也只是礼貌地表示一下。

娘怕村长难受，笑呵呵地讲：学明沾不得酒，你多呔^①点，我陪你呔一口。

我白了娘一眼，讲：你呔什么酒？一个女人呔什么酒？

我骨子里还是觉得抽烟喝酒的女人，要么是素质高雅的知识女性，要么是烟花柳巷的烟花女。像娘这样两头都不靠的女人抽烟喝酒，实在不靠谱。那时的我，骨子里还是男尊女卑的封建思想。

娘讲：老家来人了，高兴，就一口，试哈子。

我在心里冷笑，老家人？人家才不当你是老家人，当你是老家人的话，就不会欺负你。

不过，我也不好再当着客人面强行制止娘，就让了娘。

娘一个劲地给村长夹菜舀菜，村长碗里都垒得快掉桌

————————

① 呔：喝。

266

上了，娘还是一个劲地夹和舀。只要家里来客，娘总是这样慷慨得恨不得把一屋的东西都送客人吃。

娘离开上布尺、下布尺二十多年了，村长是第一个上我们家看我们的，娘高兴。

娘问东家长西家短，村长答东家长西家短。

娘问南边山北边地，村长答南北山北边地。

娘甚至还问到了继父一家。

得知孔庆良大叔和地主婶娘去世后，娘的泪水滚进了碗里。娘讲：都是好人哪。

喝多了酒的村长也哭出声来。村长的一杯热酒，被娘怀乡的情绪，浇出一腔热泪。

村长讲：学明啊，我们那里苦啊！黄连和苦瓜都米有我们那里苦！学堂撤了，几岁的小孩读书都要爬山过河几十里到乡政府读；代销店米有了，买包火柴都要跑到几十里外的乡政府买；赤脚医生也米有了，头痛脚痛都要到几十里外的乡政府看。女子大了，一个个都嫁了出去，儿子大了，一个个讨不上婆娘，一个寨子都是光棍。那些在外打工讨上婆娘的，也不敢把婆娘带转来，十个转来，九个脱离。我搞不懂，人家村越建设越好，我们村越建设越落后，政府哪门能够把我们这穷山沟的学堂都撤了呢？几岁的小孩每天要跑十多里山路上学放学，作孽啊！万一过河泡死一个、下坡滚死一个，哪门搞啊？

娘讲：你莫人穷赖屋场，要怪就怪我们那里太山高路陡，山太高了人心就矮，路太陡了人情就远。

我越看越觉得村长面熟。

267

我讲：我看你哪门这么面熟？好像见过。

村长本就喝红的脸立刻泛出一点黄。

村长尴尬地答：小时候你在上布尺生活，在下布尺又读过书，肯定见过。

娘赶忙给村长敬酒，讲：到上布尺坐了那么久，肯定见过。

我突然觉得他就是上布尺的生产队长。我讲：你是不是生产队长？

村长一惊，结巴了：我，我，我……

娘讲：他是黄三，下布尺的，不是上布尺的，哪门会是生产队长呢？不是不是，你认错了。

我不信，眼睛死死地盯着村长，不讲话。

村长知道瞒不住了，红着脸讲：我就是生产队长田方块。我对不起你们！

我没有对村长发火，而是把筷子往桌子上一拍，恼怒地盯着娘，一声不吭。

明明是田方块，娘偏偏讲是黄三，娘居然伙同生产队长骗我！

娘张了张嘴，想讲，又不敢讲。

村长木偶一样呆在了那里。

我盯着村长，想，这样的人还当村长，还敢跑来跟我开口要钱修公路，真是脸皮比城墙转拐还厚。

村长和娘都像做错事的孩子，低着头，不动筷子。

我觉得没有什么可跟这两个人讲的，站起身，准备走。

娘拉住我，喊：学明，你莫怪他，怪我，是我喊他找你的。

我愤怒地甩开娘的手，吼：不要解释！我什么都晓得！

娘讲：你不晓得，他不是村长，是副村长，是一个村要他来找你的。

什么长都和我米有关系！不要跟我讲，讲是白讲！我愤怒地盯着欺骗了我的娘，就像娘犯下了滔天大罪。

瞒到你，是怕你不答应，赶他走。娘讲。

你尊贵的客人，我有什么资格和本事赶？你好酒好肉供着就是。我讥讽道。

都过去几十年了，你……娘迟疑着劝。

我什么？当天王老子把他供起来？上布尺害我害你害浅了是不是？我米有你那样的心胸！

村长吞了几口口水，鼓起勇气讲：学明，我晓得你会恨我，我麻起胆子来找你，就是为了给你和你娘一个道歉。我那时也不到三十岁，米有见识，做了好多对不起你和你娘的事，我有愧。如果你不解恨，你现在哪门打我骂我都行。

我心里更加看不起他，哼，典型的小人！想死就死，想活就活，一点都不要脸！

村长讲：我本来也不敢来，哪有脸来？来了肯定会讨你恨、讨你嚼①。我五十多岁的人了，哪里还丢得起这张老脸？我实在是米有办法，一村的人都骂我当时把事做得太绝了，一村人都晓得上布尺的人，特别是我，对不起你娘和你。所以一村的人都讲，只有我来卖了这张老脸，求你原谅，你才会答应帮我们找钱修公路。我要是不来，我就是一村人的

---

① 嚼：骂。

269

敌人、几代人的罪人。为了全村的路，为了上布尺、下布尺祖祖辈辈不再受穷，我给你认错下跪了！

讲完，村长就要跪。

娘赶忙拉住村长，喊我：学明！娘的声音很大。

我讲：你不要跪，你跪，我更背不起罪名，一个人大代表让老百姓下跪，传出去，一辈子都死到你手里了。你还嫌害我害得不够是不是？

村长便没有坚持，而是问：那你哪门才原谅我？

没有什么原谅不原谅，我确实帮不了。这不是我力所能及的事。你转去吧。

村长站着不动。

娘讲：学明，都这么暗①了，你让他转哪儿去？就让他到屋里歇一夜，有的是铺。

有的是铺？哼，那是他住的吗？全世界的人都住，也不能让他住。想当年，上布尺那么广袤的山野，他逼得我们母子没有立足之地，我买的房子能让他住？笑话！

村长讲：我不住，我到外面旅馆住去。但却没有迈步。娘用乞求的眼神看着我，意思是让我留下村长。

娘对村长讲：不要紧的，住得下，宽得很。

讲完，娘一个劲地给我使眼色。

我想，我毕竟是所谓的名人，是全国人大代表，不能把事情做绝，传出去，的确名声不好。就不再作声，依了娘。

村长讲：学明，我是真心借这个机会来跟你娘和你认

---

① 暗：晚。

270

错的。你能帮我们村上找钱修公路，一寨人都感激你、念你的好。你帮不了，也不要紧，我们不为难你。我们也不会讲你一个不字。自从你和你妹妹跟着你娘离开上布尺后，我就心里后悔。特别是你和你妹妹都长大有出息后，我更后悔。我有眼无珠、前世作孽，你就莫往心里去。这回见到你和你娘了，把错认了，也就好受多了。要不，一副磨子压我一辈子的心病。

我讲：我不想再讲，你先困吧。

娘见我态度好转，不再坚决，惊喜得喜笑颜开地给村长下台阶。

娘讲：你放心，学明会帮忙的，除非学明帮不到，你就放心落肠地困一觉。

等娘把村长安顿好后，我气不打一处来地对娘低声怒吼：你打什么包票，充什么狠？是不是你酒多了？你以为钱那么好要的，路那么好修的？我是省长、书记、银行行长啊？

娘讲：我是怕他难受，话赶话。

我讲：我看是你难受，一口一个我们那里，你是哪里？你是花垣下寨河，是保靖梁家寨，不是上布尺、下布尺。你忘记上布尺、下布尺那些人是哪门整你的了？莫讲我米有本事帮他们找钱修路，就是有本事，也不帮他们找钱修路。我们喰亏落难时，他们都到哪里去了？我们挨打受辱时，他们都到哪里去了？现在上岸了，他们都来了。想到我就来气！

娘讲：人在红处莫记仇，仇记仇，仇上仇；他在难处莫讲恨，恨讲恨，都是恨。恨人恨不死，记仇仇死人。他们都是好人。你忘记娘瘫痪时，他们对娘的好了？

我讲：我都米有忘记，仇也米有忘记，好也米有忘记，那么一点点好，就可以抵那么大大的仇？我就是不帮他们修路，我没有责任为他们修路。

娘讲：什么仇啊？就算人亏你，地米亏你；人不好，地米对你不好。人不养人地养人，你毕竟喰了那个地方好多年饭，是那个地方把你养大的。

我讲：我不是那个地方养大的，是风吹大的，我喰了那个地方好多年什么饭？怄气饭！你以为是什么光荣饭？不修！

娘讲：你就不想下你小时候是哪门过来的？那路再不修的话，鬼都不敢走了，要是路好，娘那年也不会割牛草时滚下岩坎昏死过去。讲完，娘长叹一声。

娘的话音一落，我就想起那年雪天娘割牛草摔倒昏死，被地主婶娘拉回家的情形。

我讲：娘，要不是上布尺人欺负你，你就不会滚下岩坎昏死在雪窠里。你好了伤疤忘了痛。

娘讲：不是好了伤疤忘了痛，是将心比心，人家求你，是看得起你，你哪门样都要想点办法。叫花子开口都要打发点，何况是乡里乡亲！人家二十多年问你开一次口，不是金口也是银口。你不能让人家大老远跑来空脚空手转去。他就这么空脚空手转去，到村里好米面子。

我讲：我拿什么打发？我又不是开银行和印票子的。我各人都米有面子，哪门给他面子？

娘讲：我晓得我儿子有办法，我不信我儿子是个铁脑壳、铁心肠。

272

我讲：我就是铁脑壳、铁心肠。

娘长叹一声，讲：反正你要好言好语交代人家，莫让人家不好想。

我不耐烦地讲：我晓得，不要你教！

躺在床上，我翻来覆去睡不着。上布尺屈辱的一幕一景，都电视剧似的，一集集、一帧帧回放。

我又回到了那个山寨。那个在我心中想永远推倒却永远矗立的山寨。

高得鹰飞不过的山。

陡得蛇溜不了的路。

鸟笼一样挂在山腰的吊脚楼。

漫山遍野的三月泡、龙船泡。

激动人心的赶仗。

我满头的羊屎泡刺。

妹被冤枉的泪水。

娘被毒打的拳脚与棍棒。

娘被揪斗的夜空与篝火。

娘晕死在雪地时被地主婶娘拖回家的身影。

娘瘫痪在床后在庄稼地里缮粮的拐杖。

特别是娘活不下去时上吊的那根索子和那块被生产队长抢走的野猪肉。

一个声音是娘的善良在劝：帮帮他们，人亏你，地米亏你；人不好，地米对你不好。一个声音是我的苦难在喊：不要帮，他们活该。

我最终没有听从娘的善良，委婉地拒绝了村长。

273

除了记恨那个地方的人外，我的确是帮不了。因为，张家界和湘西自治州早已不是一个地区。人家有人家的安排，我不能随便插手。如果硬要找，那是给人家添乱，也是给自己添堵。

娘的情绪比村长还失落，好像是娘住在那个寨子，娘找我要钱修路似的。

娘不死心地讲：你就不能试哈子？

语气里明显有央求的味道。

我讲：试不了，人家不会买我的账、背我的情，我也不愿卖这个账、背这个情。

娘讲：那你哪门跟其他地方就做得了，跟上布尺、下布尺就做不了？

我一听又火了，娘分明是站在村长一边，不相信我。我不耐烦地大吼：娘，你哪门也认为你儿子什么都做得了，你去当全国人大代表好不好？我就搞不懂了，上布尺人还米有整饱你是不是？你哪门比他们还着急？好像你欠了他们几十几百担！

娘讲：我不是比他们急，我就是想，有钱钱交接，无钱话交接，人家跑这么远的路，我们连个话都米有给他们交接，不好意思。

我讲：我哪门米交接？不是交接了吗，修不了。你莫再啰唆了，再啰唆，我走了。

娘便不讲了，长叹一声。

怕村长不好想，娘硬是强行挽留村长在家住了几天，让村长去张家界景区看了看。

村长讲：米有想到，岩包子看土包子，还真是好看。

娘讲：好看就把上布尺、下布尺人都喊来看。

村长讲：那不把你喰穷？

娘讲：那哪门喰得穷，好烟好酒米得，粗茶淡饭尽喰。

娘，你真是老鼠上秤杆——越上越大方，娘是不是还想转到上布尺去受二遍罪？

娘讲：我黄土都进犟根①了，还管什么？你是全国人大代表，我怕人家讲你人大代表不认人。

---

① 犟根：脖子。

三十六

在张家界这个世界级的旅游景点生活，如果与外界交往很少，倒是过得悠闲舒适，生活质量很高。这里的每一寸土地都是绿色的，是绿色大花园；每一丝空气都是富含负离子的，是天然氧吧；每一种食品都是原生态的，没有转基因。上班下班，走几分钟就到。进门出门不会堵车。没有那么多的汽车尾气，没有那么多的工业污染，吃得放心，玩得悠闲，工作得很自在。与在北京生活相比，那简直就是神仙过的日子。

我在张家界住的小区里有一个幼儿园，叫北门幼儿园。有花，有草，有池塘。池塘的水虽不怎么干净，但有了水，就有了灵气。牡丹、月季、栀子花，赶趟似的开。特别是洁白的栀子花开时，满园都是香味。好事的居民，还会连枝带叶地偷折几朵，放在房间，装进水瓶。那花，放上个把月都还满屋清香。

小区的人也都不错。住不上多久，就都熟悉了。你来我往地经常聊天、走动。有时候还一起喝喝酒、打打牌，很是人情敦厚。不像在北京，对门对户，也不知道住的是谁。

张家界日报社的宿舍一共六层。都是报社的员工。一

276

个报社的人关系极好，几乎每天吃完晚饭都会相互串门。单身的年轻人更是几乎天天在一起。单身汉跑到已婚同事家混饭吃，那是常事。一个单位，真的好得像一家人。我娘，他们个个都认识，我不在家的时候，他们常常会叫娘上他们家吃饭，有的还会强行给娘塞点零用钱。不像北京这个大都市，对门对户坐着，也不知道是谁。那人性人情啊，真的让我流连忘返。不是人老了、爱怀旧了，而是大都市钢筋水泥般的冷漠，的确容易让人想起湘西深处那点点滴滴的温情。

我的房子和幼儿园几乎在一个院子里，连围墙都没有。我们每天上下班都从幼儿园穿过。看着幼儿园那些花蝴蝶一样飞来飞去的孩子，娘是又羡慕又伤感。羡慕的是人家老人都有儿孙可以接送，伤感的是我三十来岁了还没结婚。

看我手里的钱只嫁出去、不娶进来，娘甚是担忧。娘总是怯生生地提醒：你还米成家，你要攒钱问亲哪！

我讲：我问亲不要钱，人家各人会来。

娘讲：你又不是皇帝，哪个会跟起来？

我们湘西讲问亲，就是讨媳妇，讨媳妇和问亲，肯定问亲更贴切，更有人情味。讨媳妇，听起来就像做买卖。

娘要给我问亲，不是一天两天、一年两年了。娘对儿子的婚事，有着永不衰竭的精力和激情。我十七岁时，娘就开始给张罗着问亲。哪家有好看的女子，娘就会对哪家格外亲切，走得勤，喊得亲，就会不知不觉地讲起她的学明怎么怎么成绩好，怎么怎么有知识，又怎么怎么孝敬她。添油加醋，好像天下就她学明这样一个好儿子。

在梁家寨时，娘总会带上几个女孩上我家串门。那些女孩既漂亮也懂事，一来就帮我家做家务、干农活，勤快得很。那时，我心比天高，认定自己会走出农村，所以，我就一口回绝，并烦躁娘多管闲事。后来，我工作了。娘更加着急，走到哪里，把命算到哪里。娘什么也不算，就算我的婚姻。对算命先生来讲，娘算是一个大客户。当我二十大几还没结婚时，娘更是急得寝食难安：你哪门搞的啊？学明，你还不动婚姻？你再不动婚姻，我就闭眼睛了，看不到那天了。

碰到我的任何朋友和熟人，不管是本地的还是外地来看我的，娘都会张口闭口跟他们要儿媳妇：哎呀，你们这些当哥哥姐姐、叔叔婶娘的，也不管管他，你们快点给他找个女的管到起，他再玩就老了，就米有人要了。娘见人就要儿媳妇的事情，成了我们当地的一个美谈。

有一次，贺龙元帅的女儿贺捷生将军找我有事，打电话到我家，我不在。是娘接的。娘一听来者是贺龙元帅的女儿，立刻跟贺捷生将军高兴地聊了起来。娘讲：贺老总的女儿呀！我哪门这么有福气啊？你是不是从北京中南海打来的电话啊？我学明哪门认得到你的啊？我学明福气啊！我做梦都梦到北京、梦到毛主席啊！

我一直叫贺捷生将军贺妈妈。贺妈妈讲：学明是你儿子，也是我儿子呀！你没来过北京，让学明带你来，他每年都在北京开全国人大会，他开他的会，你就住我这里，我带你转。

娘讲：那感情好，难为你了，我得叫你妹子。

贺妈妈讲：是的，你得叫我妹子。我在保靖县读过书，就是学明读过的中学，学明那浑小子还是我校友呢！

娘根本不知道校友是什么，娘以为贺妈妈讲我是贺妈妈的小友，就接过话讲：学明都三十了，不是小朋友了，你得赶紧催他问亲，找媳妇。

贺妈妈一定是没听懂问亲，但听懂了找媳妇，就在电话里应承：好，我一定催他找。

娘还是不放心，又嘱咐贺妈妈：你真的要跟学明找啊，三十了还不成家，我喰饭都米着肉。

米着肉，就是吃饭不长肉、没有味的意思。贺妈妈肯定也没听懂。

贺妈妈听懂了前半句，在电话里连连答应：我保证催他找、帮他找。

娘见贺妈妈答应找，又嘱咐贺妈妈：你莫跟他找心不好的，找个心好的，乖点丑点都米要紧。

贺妈妈笑：要找就找个又乖又心好的。

见贺妈妈答应给我找媳妇，娘高兴得连连感谢。娘讲：有你催学明成家，我就放心了。我学明福气啊！

一个国家领导人的后代和一个目不识丁的乡下老太婆，居然远隔千山万水聊得如此亲密、如此真切，是乡情乡音，还是真情真性？我不知道。但我知道一点，贺妈妈平易近人、善良慈爱。如果不是，就不会跟一个乡下老太婆亲热地聊这么长时间。

娘的这通电话又遭到了我一通怒吼，我觉得娘太不懂社会规矩和世俗风情了，我吼：娘，你真是想媳妇想癫了！居然跟国家领导人后代啰唆这么久！还喊国家领导人后代给你找儿媳妇！你也不看看你有几斤几两！不看看你儿子有几斤几两！米有媳妇你就会死？

娘也寸步不让，娘讲：我接个电话也错？你横挑鼻子竖挑眼！我就是想媳妇想癫了，米有媳妇我就是会死，你什么时候找了我什么时候就不癫了，死了也值得了。

我除了无语，还是无语。

我知道，那高高的楼房，像坚实的牢房，已把娘关得疲惫不堪、伤痕累累。那是精神上的疲惫和伤痕，痛在暗处，疼在深处。娘一天到晚想冲出这个牢房，却又不知道怎么去冲，不知道冲向哪里。眼窝一天天更深，头发一天天更白，人也一天天更老。娘需要一个陪她讲话的人。

我把妹的孩子接来，给娘做伴。妹的孩子很乖，很懂事，没有几天，她就成了娘的开心果、小蜜糖。我们湘西把外婆叫嘎婆。小外甥女每天嘎婆长嘎婆短的，叫得娘心花怒放。婆孙俩每天看动画片和电视剧，或因电视小品笑成一团，或因戏中悲情哭成一团。看到悬疑剧时，婆孙俩还热烈地讨论电视人物谁是好人、谁是坏人。小外甥女实在是聪慧。看娘洗碗，她就帮着洗菜。看娘煮饭，她就拖地板。看娘洗衣服，她就抹家具上的灰尘。还一个劲地劝娘歇着，讲她长大了，做得起。其实，大什么，站起来没有桌子高。可她的确长大了。她对娘讲，长大了，她不要舅舅和爸妈养嘎婆，她养嘎婆。舅舅不让嘎婆打麻将，她让，她一天送两百块钱打。舅舅不准嘎婆喰烟喰酒，她让，要好多喰好多。乐得娘一天到晚讲我是块大石头，一点也不会给娘讲乖面话，一点也不会顺娘的心，还赶不上一个三岁的小孩。

小外甥女上幼儿园后，娘就天天接送。尽管幼儿园就在楼下，娘也要去接去送。以前幼儿园尽管有满满一园的孩子，但娘的心是空的。现在外甥女来了，娘的心满了，也不再催我结婚生孩子了。娘的心都在幼儿园和外甥女身上了。接送外甥女时，幼儿园的老师总要跟娘讲上一会儿话，有关于外甥女的，有关于我的，也有关于其他的。慢慢地，一个幼儿园的家长，都知道娘是彭学明的母亲，很多家长都会亲热地跟娘搭话，夸我外甥女几句后，总不忘夸我一箩筐。娘的眼里，儿子是凡夫俗子，是农民的儿子，没有什么特别和金贵的。所以，当人们猛夸娘的儿子多么有出息、多么优秀、多么有名时，娘真的不知道讲什么好，只是一个劲地笑着讲人们抬举了。有时候却又顺着梯子爬，把儿子夸得更猛，就像她的儿子是全世界第一。

娘的确不知道我在这个城市的知名度和影响，我从来没有跟娘沟通和汇报过我在这个城市的工作和生活。我给这个城市和这个地方做的任何好事，我都没有给娘讲过。本地、外地电视报纸对我不间断的专访，我也从没给娘提起过。因为，我觉得这是一件自然的事、普通的事，没有什么好讲的。但娘还是从人们的嘴里知道了一些，娘于是高兴得偷偷地喝了一小杯酒。特别是有一次娘从一个省电视台偶然看到对我的专访时，娘呆了。娘和外甥女都十分不解地问我：那么小小的电视，你是哪门钻进去的？这么小小的电视，哪门装得下你的？问得我也不知道怎么答复。我也懒得答复。娘便和外甥女天天守在电视前，希望再看到我。在娘孤独狭小的世界里，娘和外甥女每天都坐在电视前，期待看我一眼，这几乎成了娘年复一年的精神寄托。我为什么就不能告诉娘一声哪天有我的电视专访，让娘好好看看，免得空空等待呢？

见儿子在这个小城市如此受人敬重和抬举，娘自然比她能活一百岁还高兴。有了这个小外孙女的陪伴，有了对这个城市的熟悉与亲密，娘开始有了安详感。新的根系，开始在娘的生命中生长，一点一点地，坚韧顽强地，扎进张家界这个钢筋水泥森林般的城市。

我以为娘再也不会提出回舅舅家、二姐家或妹家了，再也不会舍不得她命根子一样的田土、她冤家一样的乡亲。没想到，娘还是每年都要去。娘像一颗钉子，只钉得进乡下木制的墙壁，钉不进城市坚硬的砖墙。稍微一钉城市的砖墙，娘这颗钉子就会转脚、断裂、落地。

骨子里依然孤独却有无尽牵挂的娘，又开始旧事重提，寻思为儿子问亲。儿子还没成亲，无疑成了娘最大的心病。娘觉得，娘养这么一个优秀的儿子，又是在这样一个人情美好的地方，不早点问亲实在太亏。很长一段时间，她没催我问亲，是以为自己老住医院把我拖穷了，以为人家嫌弃她拖累了我，而不愿嫁过来。娘多次嚷着要去姐姐和妹家住，这也是一个重要原因。

后来看不是那么一回事，就又惴惴不安地试探起我来：你都三十了，你哪门还不找？

我讲：不急。

娘讲：哪门不急？跟你样高样大的人，小孩都打酱油了，你不同些？

我讲：太忙，米有时间。

娘讲：你再忙有毛主席忙？毛主席都有时间，你米有时间？娘的眼里，毛主席是最了不起最受她爱戴的人。

我讲：你哪门动不动就毛主席毛主席的，我哪门能跟毛主席比？

　　娘讲：你就是不能跟毛主席比，你才要赶紧问亲！毛主席都有时间问亲，你米有时间？哦，你不急，你不急我急，你三十岁了不结婚，人家以为我养的个假妹妹呢！

　　我讲：娘，我结婚不结婚，关人家什么事？

　　娘讲：你以为人家爱管你闲事？你不结人家巴不得，少了个竞争对手。

　　我一听，笑了起来，我讲：只要我想找，这个城市，米有人是我的对手。

　　娘却不笑：吹牛不上税，你有本事你明天就跟我领个来。

　　我摇头：米有。

　　娘胸有成竹：米有是不是？你米有，我有。我明天跟你带一个过来。

　　我根本就没有把娘的话当真，随口一句：你爱带不带。

　　没想到，娘还真在第二天带了一个过来。

　　那是我的一个老师的女儿！

　　我一下子蒙了，喊天：天，你哪门就这么信我娘的话，一喊就来了。

　　凭良心讲，老师的女儿非常漂亮，也非常非常贤惠。那天刚好有报社的记者找我采访，看到这个女孩时，也有意问了我的婚姻问题。我支支吾吾，不好回答。娘倒落落大方地给记者介绍起那个女孩来，讲是刚为我找的。我突然感到娘像一头蛮横的牛，用两只坚硬的角，把我抵到了墙上，不能动弹。我想开口辩解，又怕伤了女孩，我如果不辩解，万一报纸登出这事，我想找一个也找不着了。

两个记者本来就是朋友，他们的眼睛，立时放出惊喜的、为我高兴的光来，把我家的墙壁都照得发亮。一男一女，丝毫不掩饰地赞叹。那男记者，也是单身，看那女孩时，眼睛都鼓绿了，像蛤蟆胀气的样子。事后，那男记者还后悔不迭地讲：早晓得你看不上人家，我就下手了。

其实，我也是真心喜欢那个女孩。在老师家很早就认识了。我当时不答应，一是觉得她太小，才十七岁；二是觉得是熟人的孩子，万一以后扯皮打架的，不好跟老师交差。

对一些忘年交的孩子，我也都是这样彬彬有礼地想的。我怕到时候，连朋友也做不成。偷鸡不成，反丢了一把米，实在不划算。

什么逻辑？你想得真远！

娘和朋友都这么讲我。

但，我的确是这样想的。我还有一个想法，就是不想那么早就让家庭和婚姻给捆住了，因为我听到了太多的同龄人对婚姻的抱怨，看到了太多的同龄人对婚姻的无奈，娘的几次婚姻，更是让我痛感婚姻的恐惧和严酷。我还想多自由几年。

娘不管这么多，娘要的只是快点抱孙子。

娘开始频繁地发动她认识的那些中老年朋友给我张罗对象。即便那些从外地来我家的编辑、记者和读者朋友，娘都不放过。三句两句，娘就直奔主题，央求大家给我问亲。

于是，就有人热心地介绍他们的亲戚朋友的孩子，甚至自己的孩子。

于是，我家里会常常有些不速之客，城里的、乡里的，老的、少的，都有。有时候是一个，有时候是几个，有时候是一屋。搞得我非常恼火。

　　当然，我讲不速之客不太准确，因为他们都是娘请的，只是不是我请的而已。那些不速之客，见了我后，总是心满意足地回去，然后，就不断有女孩子光顾我家了。

　　神奇的是，娘居然让我的一个朋友把一个大领导的女儿介绍给我！而且人家领导发话了，要见见我。我急得眉毛头发都竖了起来，头皮一阵阵发麻。我实在不知道该怎么处理，只好秘密地跟我最要好的一个领导朋友请教，问该怎么办。我不想找一个高干的孩子，我骨子里流的是平民的血，我担心人家以为我是看上了人家父亲的官位才跟人家女儿好上的，也担心自己和娘以后在人家家里受气还不敢讲。最重要的是，我在爱情上是个完美主义者，我不愿因为高官厚禄而下矮桩①。这不是我的个性和德行。但是，如果人家看上了我，我没看上人家，怎么办？我以后的日子会好过吗？

　　也许，有的人攀上这么一门高亲，会高兴得一切都可以放弃，可我做不到，我不想在一个高官的家庭里那么卑微而谨慎地活着。我那时真恨我娘多管闲事，给我出了这么难的题目。娘不多事，我哪会遇到这么高的一个坎？跳也不是，不跳也不是。

　　我讲：娘，你这是把我往火坑里推啊。

　　娘讲：你这个狼崽子，娘哪门是把你往火坑里推？娘

────────────

① 下矮桩：曲意逢迎。

285

是给你做好事。人家不缺鼻子眼睛，哪里差了？

我讲：不是这个意思，你不懂。

娘讲：那是什么意思？

我讲：人家是领导干部的女儿，会合不来的。

娘讲：领导干部的女儿也是人，也要结婚过日子，你不也是领导干部？

我讲：我这是什么领导干部，啄木官、蚂捻子^①，人家一脚就踩死了。

娘讲：你不是领导干部，你当代表，人家求你？

这是哪跟哪啊？我没想到，人家夸她儿子、敬她儿子的结果，是她把儿子也当成了一个什么官。

我再次感到，我根本不是娘的对手，就直截了当地讲：到时你会跟着受气的，受气了还不敢讲。

娘讲：只要你找到媳妇，问到亲，我一天被你媳妇打三餐，都欢喜。

我实在理屈词穷，只好突然提高八度音节，发了脾气：你哪门油盐不进？

娘也一下子来劲了：是我油盐不进，还是你油盐不进？

我的事不要你管！

我不管，哪个管？我是你娘，我活一天就要管一天，你一天不结婚，我就一天不放手！

我斗不过娘，只好硬了头皮，跟人家见了面，然后就找各种借口，装聋作哑，不了了之。

---

① 蚂捻子：蚂蚁。

我当时想，反正不想进步了。我一不卖淫，二不嫖娼，三不贪污，四不腐败，再大的官也拿我没办法。

娘却不管我卖不卖淫嫖不嫖娼，依然锲而不舍地给我找媳妇。大有不获全胜绝不收兵的气势。

后来，娘不知道是听了哪位高人指点，为我做了件惊天动地的事。有人可能觉得这不算什么，在我，却觉得这是惊天动地，丢了大丑。

——娘，居然在电视上替我打了征婚广告！

幸好，电视台的朋友在播出前打电话征求我的意见，全市的人才没有看到我出的这个大洋相。

我是个要面子的人，我想，我再差劲，再没人要，也不至于要到电视上征婚。当时，我气得哟，只差吐血或者吊掔①。

我讲：娘，你是不是嫌你儿子丑丢得不够，非要丢到电视上去？

娘不解地望着我：哪门是丢丑了，你不是经常上电视吗？你各人上电视不是丢丑，我替你上电视就是丢丑？丑到你哪里了？丑了麦子，还是丑了面？丑了里子，还是丑了面子？

我没有办法跟这个与我较了很多年劲的老太太说明白，就讲：你搞不清楚，我不跟你讲，这个社会很复杂，你看不懂。

娘讲：我搞不清楚？我什么都清楚！我看这个社会一点都不复杂，好得很，是你各人复杂和不清楚。

我一听，还是哭笑不得。只得顺了她：好好好好，我

① 吊掔：上吊。

米有你清楚，我不复杂，我简单点，我今年就结婚。

娘咧嘴一笑：嘿，这还差不多。

在倔强的母爱面前，我终于无可奈何地举手投降、俯首称臣。

我早该料到，一个任何困难都击不倒的女人，是不会在我面前轻易言败的。

于是，我自己上心地找起媳妇来。我自己不找的话，不知道我那想抱孙子想疯了的娘还会闹出什么险招。

当我把一个姑娘带到娘面前时，娘欢喜和慈爱的眼神里尽是笑和蜜。也许，天下所有的父母都是一样，只要能够早点抱上孙子，儿媳一天打父母三餐，父母真的没有怨言。那一天三餐的拳头，在父母眼里也许都是软软的包子馒头、甜甜的水果罐头。

三十七

　　谈了恋爱，我就更加冷落了娘。尽管女朋友家与我家相距不到几百米，我还是一天到晚赖在女朋友家不愿意出来。很多时候，就睡在女朋友家了。完全忽视了娘的存在。典型的娶了媳妇忘了娘。我是没娶媳妇就忘了娘。

　　女朋友就是张家界本地人。我跟女朋友的相识，缘于文学。她不写文字，却爱文学。我的那些漂亮的文字，常常是那些女孩子和男孩子的迷魂药，特别是那些青春年少的女孩子，更是常常被我的文字迷醉。天南海北的读者来信，女读者占了绝大多数。我的这位女朋友也不例外。我们因文字相识，因文学相爱。文字和文学是缪斯赠予我们的红线与媒人。

　　那个雪花飘飞的雪天里，当介绍人把我带进她的办公室时，她的那张红润的脸，像雪地里绽放的一束玫瑰，让我身心一片沸腾，似乎要烧沸满地冰雪；而她那双燃火的眼睛比她脚下的那盆炭火还炙热，把我像雪一样烤化了。我对介绍人讲：就是她了。

　　于是，我把娘丢在了家里，天天上女朋友家吃饭睡觉了。赶也赶不走。

我不问娘吃什么，也不管娘吃什么。

我不问娘缺什么，也不管娘缺什么。

几乎一年时间，我都没回过家。

女朋友家与我家和娘不到几百米，可是，我与家和娘似乎隔了几万里。

我被爱情蒙住了双眼，找不到回家的路，没有了想娘的心。

我当时如此迷醉女朋友的家庭，除了爱情，还有一个重要原因，就是我从岳父身上寻回了我一生渴望的父爱。

从来不知道父亲什么模样的我，当然不知道父爱的模样。如果父亲有模样，我就想象成山的模样，高大，坚挺，沉默，慈祥。如果父爱有模样，我就想象成一双抚摸在我头上的手，一堵让我依靠的背，和一副让我可以甜甜入睡的胸膛。于我这样一个从小就远离父亲和父爱的人来讲，如果稍稍有点父亲和父爱的气息，我就会第一时间主动靠拢靠近、第一时间被感知融化，并孩子似的迷恋和依赖。

岳父知道我从小就没有父亲和父爱，所以对我格外心疼。一家人在一起时，他跟我说的话比跟他们一家人说的话还多。对一般人来讲，可能觉得啰唆，我却嫌不够。我只想天黑得慢点、时间走得慢点，以便晚点睡觉、多点讲话。每天睡觉前，岳父总是打来一盆热水，要我跟他一起洗脚；第二天起床时，岳父会把洗脸水打好端到我面前；而每逢上街，岳父又会自觉不自觉地牵着我的手过马路，生怕我被车子撞了。岳父也是完完全全地把我当成了小孩，归还我的童年。这种幸福的感受，我曾经在一篇散文《岳父》里做了较为详尽的记述，我印象最深的几句是写我跟岳父一个脚盆里洗脚的话：两双脚，四条鱼，在盆里摇头摆尾、游弋嬉戏。

在这个家，我不但得到了甜蜜的爱情，还得到了缺失的父爱，我怎能不迷恋呢？

由此，我的心就不知不觉地每天都走在去女朋友家的路上了。女朋友家的每一个人都是照亮和温暖我的灯。每次出差，我只记得给女朋友和岳父岳母打电话问寒问暖，却不知道给娘报一声平安、问一声好。我的所有行踪，娘一概不晓，只能从女朋友和同事那里知道一点点。可恶的是，我居然没告诉娘我的手机号，因为，我认为娘不识字，告诉娘也没有用。我也不想教娘那几个简单的阿拉伯数字，怕教会了后，娘一天到晚打我电话啰唆。

我就是这样一个不可理喻、大逆不道的人。娘一生吃苦受难让我认字、盘我读书，让我著书立说，而我却不愿教给娘那从零到九的十个最简单的阿拉伯数字！娘受尽磨难让我看见和拥有了整个世界，而我却不愿意让娘知道这个世界里的一个电话号码！对朋友和同事，这个电话号码，是我们通向心灵的电波与密码，而对最爱我的娘来讲，则是竖起的电网与高墙，铜墙铁壁般坚硬，生生堵死了我与娘的心灵通道。

在对待岳父和娘的态度上，我也完全判若两人。比如，娘一打麻将，我就对娘大发雷霆，凶得娘每次都泪水涟涟、伤心欲绝，而岳父打麻将，我却会欢天喜地地给岳父送去热菜热饭，并坐在旁边看上一两个小时。娘九死一生生了我，又千辛万苦养了我，我却因一点点爱情和一点点父爱而彻底背叛和忘记了娘!

母爱太多了，多得我已经承受不了、支撑不住，想逃了。而父爱太少了，少得我摸不到父爱的一星半点。所以，当另一种跟父爱有点相似的爱突然来临时，焦渴的土地，迎来了细雨和琼浆。父爱弱水三千，我只需其中一碗。母爱弱水三千，我却得了三万。父爱母爱的严重失衡，使我模糊了爱的双眼，迷失了爱的方向。岳父的点滴之爱与女友的蓬勃之爱，相互汇聚与浇灌，彻底湮没了我对娘的情感。

倒是岳父岳母经常提醒我要回家看看娘，讲娘老了，不方便，记得给娘做点好吃的、送点好吃的。

儿子有了所爱，娘并没有感到孤独和伤感，有人疼我痛我，娘心里一百个高兴，一千个快乐。娘对女朋友和岳父岳母讲：我无能无志，学明长这么大没人痛没人顾，就跟我喰亏受苦，现在有你们痛你们顾，我九泉之下也安心了。学明不会攒钱攒米，你要好好把他管起，让他好好成家过日子。

岳母讲：你把学明养这么大了你舍得？

娘笑得嘴都合不拢：舍得，舍得！多一屋人痛我学明，我舍得！

娘不好上女朋友家去，就每天悄悄地站在女朋友家对面的小巷子里，往女朋友家守望。只盼我和女朋友从家里出来，看看我和女朋友手牵手的情形。如果我和女朋友出来逛街或轧马路了，娘往往会悄悄在后面跟一段距离。娘不是怕打搅我，更不是跟踪我，娘是特别想跟我和我女朋友讲几句话，但娘怕我不高兴，怕我发脾气，只能悄悄在后面跟着。更多的是，我和女朋友宅在家里不出来，那么娘就往往空空守望一两个小时。

就这样，那条不足几百米的小巷，成了娘望断天涯的望儿路，风雨无阻，肠断天涯。直到那天娘在雪地里摔成骨折，我才知道娘原来天天都风雨无阻地走在看儿的路上。

湘西的冬天，年年都要下雪的。一场、两场或者三场。湘西的雪，远远大过北方的雪。我在北京九年了，还没见过一场雪比湘西雪大，没见过一场雪比湘西雪猛，更没见过一场雪比湘西雪美。湘西雪最大的时候，可连下几天几夜。几天几夜的雪，深达半人多高，成片的古树常常被拦腰压断。当娘在冰天雪地里摔成骨折时，我没想过，我就是常年都冷酷地飘在娘心头的雪、压断娘筋骨的冰。

我是一条恩将仇报的、冬眠的蛇。

三十八

其实，与女友的甜蜜，转瞬即逝。

在随后的几年里，我与女友的恋爱是漫长的马拉松，是顽强的持久战，是疲惫的攻坚战，甚至是东躲西藏的游击战，恋爱过程中的伤痛远远胜过了初恋时的甜蜜。我一直都不敢与女友结婚，就是因为在长期相处的过程里，深深感到我跟女友是两种不同的人。性格不同，追求不同，志趣不同，脾气不同。一个是炸药包。一个是导火线。一点就炸。而且，我担心娘就是那根火柴。三个性格不同却都极具个性的人在一起，讲不定就是一个火药库。一点点火星飘过来，都会把生活炸个粉碎。生活哪有不生火的？不生火的生活怎么让生活变熟，怎么让生活有味呢？而摆在我面前的现实是，我跟娘处不好，她跟娘也未必处得好，任何一点鸡毛蒜皮的事，都可能变成一个火药库，把我们炸得惊天动地。我家生的火，不是灶孔里那把让生活变成炊烟和日子的火，而是让生活变成火药和火气的火，所以，我不敢点燃婚姻那把火，我害怕婚姻那把火点燃后，我整个生活就烧毁了。我已经让娘难受和痛苦了，不想因为我的婚姻生活，再多一个人让娘更难受更痛苦。一旦娘与媳妇之间的火燃起来，我不具备那种灭火能力，因为，我那时的性格不是灭火器，而是火上油。既然不具备这样的灭火能力，还不如事先掐灭火源和火种。

于是，我迟迟不肯结婚，甚至几次提出分手。

娘却坚决不允许我分手。

娘讲：我看她就顺眼，配你有余有剩。

我讲：脾气丑。

娘讲：脾气丑要什么紧？心不丑就成。你也不看看你什么脾气？千丑万丑，都米有你脾气丑。

我讲：到时你不好过莫赖我。

娘讲：不赖你，娘阿是那句话，只要你早点结婚，她一天打我三餐我都欢喜。

其实，女友的脾气并不是丑，而是固执。女友善良，我也善良，但善良与善良相遇时不一定是更善良。我们那时虽懂爱情，却不懂婚姻。在婚姻问题上，我们都太过于纯真、过于聪明，总把自己当作一面镜子，去照对方，想把对方什么都照得明明白白、一丝不挂，而不知道美好的婚姻，常常要开一只眼闭一只眼，不能看得太清。我们也总想把对方变成自己或者改造成自己，总强迫对方该怎么怎么，而不想自己该怎么怎么，不想男人和女人本身就是两种不同的动物。这样，双方看对方的缺点都越来越多、越来越大，甚至优点都变成了缺点。

拗不过娘，我步入了婚姻的殿堂。

这种不情愿的婚姻，为以后的婚姻破裂，埋下了伏笔。这段痛苦的婚姻，无所谓谁对谁错，错的是本就不该相识、不该相爱，更不该结婚。我不想在这里喋喋不休地讲对方的不是，而更应该深刻地反思自己、检讨自己，因为再强大的女子，都需要一个可以停靠的港湾，一个安全的避风港。应该讲，双方都是问心无愧的。但对一个男人来讲，不管你怎么问心无愧，一个天天在外忙碌、不怎么顾家的男人，一个并不富有、不能人前显贵的男人，一个不会甜言蜜语还爱较真的男人，是不会让一个女人感到安全可靠的。

在婚姻问题上，我最愧对的，还是我的娘。

在两家商量婚事时，我没有让娘到场。

在我步入婚姻殿堂时，娘已病得气息奄奄，无法到场。

商量我的婚事时，我把我的两个隔房叔叔从老家保靖县接到了张家界与岳父岳母商量，却没有让我娘与岳父岳母商量。至于为什么，我不想再碰触最敏感的那根神经和隐痛。总之，这是我人生一大罪恶。娘的一生，儿女最重，儿女之中，我是全部的重，我却将娘放在了可有可无甚至完全虚无的境地。娘得知我要接两个叔叔来一起商量婚事时，心里充满了喜悦和甜蜜，娘一生最牵挂的孩子终于要开花结果了，哪能不喜悦和甜蜜？

娘怯生生地问：我要不要去？眼神里充满了期待和渴望。

我却蛮横地阻止了：你去搞什么？你又帮不了什么，还不是添乱？我厌恶和冷漠的表情，让娘不寒而栗。娘咬了咬嘴唇，一言不发，回到自己的房间，躺在了床上。

我不知道我的话对娘是多大的钝击。但我毒蛇一样的语言和表情，绝对把娘彻底击碎了。

在我与娘几十年的战争里，娘始终是退守的羔羊，我始终是进攻的豺狼。在我一次又一次的进攻里，娘终于被我逼上了绝路，无路可退，跌进了悬崖。跌进悬崖的娘，连一只有生命的羔羊都不是了，而是一件没有生命的瓷器，一碰便粉身碎骨，成为碎片，无法还原。我是击碎瓷器的石头和铁蹄。偌大的宇宙和世界啊，当娘容纳了我和我的一切时，为什么就没有一处可以容纳娘的心？

　　娘就此一病不起，气息耗尽。娘一定是对儿子彻底绝望了！娘万万没有想到，娘拼死拼活养育和保护下来的儿子，居然在商量结婚事宜时，只要岳父岳母和叔叔的参与，而不要娘的参与！儿子对娘甩下的几句恶语，证明了儿子不仅是对娘终生埋怨，更是对娘彻底抛弃！绝望之余，娘一点没有责怪儿子的无理，而是伤感自己给儿子办不起像样的酒席，伤感自己给儿媳妇送不起昂贵的金银首饰和嫁妆。娘发自内心地觉得对不起儿子、拖累了儿子。娘恨自己为什么不早死，死了才是对儿子最好的解脱和最大的帮助。可娘却偏偏一次又一次从病魔和死神手中逃出来，于是，娘便觉得生不如死。

　　以前，娘一次又一次从病魔和死神手中逃出来，是因为娘还牵挂惦记儿子没有长大、没有结婚成家，还能从儿子身上看到一点点希望，所以，娘一次次地与病魔抗争，一次次地活了下来。现在儿子长大了，要结婚成家了，娘没有牵挂了，希望也破灭了。娘的心太累了，不想跟病魔抗争了。娘的心太苦了，再也承受不住了。所以，娘一病不起，日渐枯萎了。

　　我准备婚事准备了半个多月，娘躺在床上粒米不进半个多月。当我和女友牵手走进婚姻殿堂时，娘没有看到几百人前来参加婚礼的热闹场面，没有看到灯红酒绿的喜庆场景。

——娘身病得太重，心伤得太深，娘躺在病床上，正靠生理盐水和葡萄糖维持生命。

娘不时闪动的泪光里，一定是儿子婚礼的礼炮和烟花。

三十九

　　都说有一种能够飞翔的无脚鸟，因为没有脚而无处停靠、不能歇息，只能一直不停地在空中飞。无脚鸟一辈子只能落地一次，那就是死的时候。但无脚鸟却从未忧伤哭泣，而是轻盈歌唱；从未停靠歇息，而是不停飞翔。无脚鸟之所以不停地飞，是因为无脚鸟的心中有一个美好的天堂，它要拼其一生，寻找美好的天堂；无脚鸟之所以不肯歇息，是因为无脚鸟的心中还有一轮光明的太阳，它要拼其一生，飞向光明的太阳。所以，无脚鸟又叫天堂鸟和太阳鸟。娘，就是那只飞了一辈子都没有停歇、无处停歇，也不肯停歇的无脚鸟。娘心中的天堂和太阳就是儿女们的幸福和安康。娘穿过一生的风雨，通过一世的辛劳，把儿女带到风平浪静的港湾，让儿女得到幸福安康后，精疲力竭，溘然而逝了。

　　娘没有等到抱孙子的那一天。

　　在我婚后半个月里，我婚姻的蜡烛还在亮着，娘生命的蜡烛却突然熄灭了。

　　娘生命的蜡烛无数次都在风雨飘摇中差点熄灭却一直没熄，就是等着接上我婚姻的蜡烛。娘像一盏生命的油灯，一直以微弱的光亮熬着、熬着，熬到了我婚姻的烛光悠然点

299

亮。娘是用对儿子无尽的母爱熬干了自己，用对儿子无尽的期盼熬到了天明。娘一直在死亡线上煎熬、挣扎，就是为了等待儿子成家立业的这天；娘生命的烛光一直顽强地燃到现在，就是害怕儿子一个人在黑暗里走，期待有一盏爱情的灯火能替娘照亮儿子的前路。现在娘终于看到了，就再也挣扎不起、坚持不住，熄灭了。

娘是2000年1月3日去世的。享年七十六周岁。新世纪的第一天，我就有预感，但没想到预感很快变成了现实。

2000年1月1日，新世纪的第一天。我带着娘到楼下的诊所输液，回来的路上，我提着的药袋子突然破了，药和青霉素全洒在地上，青霉素全都摔碎。我当时心里就咯噔一下，新世纪头一天就摔破了药瓶子，莫非是老天提醒我娘的病治不好了？这念头一闪，我立刻感到是一种罪恶，赶忙自我安慰：摔了好，摔了好，说明娘以后不要喢药打针，娘的病好了。

娘自己也有预感。娘没有多讲，只是央求我这段时间不要出差。我答应娘没有出差，却依然天天去上班，依然每天忙到半夜才回来。即便元旦放假，我也在陪着来张家界旅游的客人。回来时，都能听到娘无日无夜的咳嗽、无日无夜的呻吟。我讲：娘，上医院住院吧，住院有医生和护士在身边，好得快一些。娘不肯住院，讲自己这回好不了，逃不过去了。我本就担心娘熬不过去了，娘这么一讲，我觉得晦气，大声呵斥娘：娘！喊你去医院你又不去！你老这么拖着，越拖越严重！早去早好！娘哭着讲：儿啊，娘好不了了！你不要花冤枉钱了！我各人的病我各人晓得！我讲：每次害病老火时，不是一去住院就好了吗？这次哪有好不了的？娘讲：好不了了，你嘎婆给我托梦了，我就要去见你嘎婆了。我听到这话，心里更加恐慌，赶忙叫来我的几个朋友劝娘住院。娘依然不肯。我便愤怒地丢下一句话，再也不搭理娘了：这儿也不去，那儿也不去！你死你的！懒得管你！

至今，我还在为我这句狂怒而大逆不道的话深深自责和后悔，我怎么能够这样对待奄奄一息的娘呢？娘在临死时还想着给儿节约，儿却诅咒娘死，这还是儿吗？

娘临死的前夜，是大冷的冬天。我从外面应酬回来时，已是半夜。妻早就睡了，娘一个人靠在客厅的沙发上呻吟。我看娘病成这样子了，还要等着我不肯睡，火气又上来了。我气势汹汹地对娘讲：娘，你都病成这样了，还等我？你每天都这样，我真受不了，我又不是去了死了，不转来了！

娘讲：儿，我痛得受不了，浑身骨头都痛，睡不得。

我听了，更来火，讲：喊你坐院你不坐，你活该！痛死起来！

娘讲：你莫不耐烦了，儿，娘拖累不了你几天了。

我不高兴地把板凳狠命地往地上一砸：你一天到晚死啊死啊的，你不提死不行？听这个死字就烦躁！

娘讲：娘老了，到死的时候了，不死也得死了。娘晓得你发脾气都是为娘好，娘不怪你，就怪娘一直米有好身体，把你拖垮了，整苦了。

我骨子里很迷信，我担心娘这么一讲，就全变成真的了。我态度更加恶劣地打断娘，不让娘继续讲下去：娘，你能不能不提这些，我一天到晚够忙够烦的了，你还嫌不够是不是？

301

娘就不作声了，头歪在沙发上，含着眼泪看着我。一直含着眼泪看着我。

娘讲：你累了，你上床困，我就在沙发上靠着向火①。娘就趴在火炉架子上，十分留恋地看着我。炭火很旺，娘留恋我的眼神，像炭火的灰烬，散发着母爱绵绵的余温。

娘这个样子，我怎么睡呢？裹着厚厚的几床被子，娘都骨头发冷发痛，坐卧不得。娘一会儿让我把她扶在沙发上靠着，一会儿让我把她放在沙发上躺着，一会儿让我把她扶到火炉架上趴着。翻来覆去，不断折腾。

虽然我都按照娘的要求去做了，可都是极不情愿、极不耐烦。因为我心里有气，我埋怨娘不听人劝，不进医院，现在病成这个样子，不是害人吗？

天快亮时，娘讲：儿，你坐到我身边，让娘靠一阵。

我就很不情愿地坐在娘身边，让娘靠在我身上，一直到天亮。娘已经轻如一朵棉花，娘靠在我身上时，就像一缕空气。可恶的病魔，已将娘全部抽空了。我的心揪得一阵阵发慌，一阵阵发疼。

天一亮，我就打120，强行要把娘送往医院。娘死活不肯去，哭着求我：去不得医院啊，儿，你把娘往医院送，就是往阎王爷那里送啊！娘不去医院，娘要去你二姐那里。

我依然怒气冲冲地对娘吼着讲：你去二姐那里搞什么？二姐又不是医生，二姐又治不了你的病！

娘哀求：去二姐那里，娘死了，你二姐他们会给娘年

————————

① 向火：烤火。

302

年上坟挂亲，娘不能死到这里，以后你调走了，米有人给娘上坟挂亲。

我更加愤怒地吼：娘，你又死啊死啊的来了！送你去医院，是给你治病，医院条件好些，治好了你再去二姐那里！

医生也劝娘。可娘就是不去，奄奄一息地哭着哀求。临上车时，娘满眼泪水地绝望地望着我讲：儿，娘不去医院，娘去医院就是往死里送，你会后悔的，儿！

我不听，让救护车强行把娘拉到了市人民医院。

到医院一番全面检查折腾后，护士准备给娘打针。娘一看到针，就恐惧地哭了。娘再次哭着哀求我，要回到二姐那里去，不打针，不住院，再次讲儿是把娘往阎王爷那里送，娘死了，儿会后悔的。

我不知道娘为什么这么固执。我愤怒地讲：娘，这是给你治病，是为你好，你打针也得打，不打针也得打，儿不是害你！

护士望着我，意思是问打不打。

我对着护士一顿凶：看什么？你不会整病啊？打！

护士针下去的瞬间，娘更加惊恐地哭着看着我哀求：打不得啊，儿！打不得啊，儿！

但我依旧凶狠地呵斥着娘，让护士一针扎了下去。

娘艰难地向我伸出手，想拉住我，但已经无力了。娘流着泪，绝望地望着我倒下，倒下，倒下……

娘被这一针，活活吓死了！

我忽略了这些天诊所的护士都给娘打不进针了。打在娘手上，药水就从娘的手臂漏出来。打在娘脚上，脚就肿起

303

一个大包。针尖已经把娘浑身的皮肉全部挑烂了。娘对针已经有了严重的恐惧症。

几个医生护士，赶忙狠命给娘按胸。按了不到一分钟，我就不让按了。娘已经瘦得皮包骨头，只有一手爪大了。我担心娘的骨头和心脏都被医生护士按碎了，就不让医生护士按了。我流着眼泪愤怒地对医生护士讲：心跳都停止了，你们别再折磨我娘了！

医生和护士便也停止了抢救。

为此，我每天都在深深自责和后悔。

我不该不听娘的，硬逼着把娘往医院送。

我不该阻止医生抢救，让娘错过了重新复活的机会。

我是亲手杀害娘的凶手。

特别是当我知道一个朋友的母亲心脏停止跳动十多个小时还被抢救复活后，我更觉得我是一个十恶不赦的、杀害我娘的凶手！

娘去世时，眼睛一直没闭。直到岳母赶到医院给娘讲：大姐，你闭上眼睛好好走吧，你不闭眼会吓到孩子。

娘的眼睛就闭上了。永远地闭上了。娘到死还怕吓到她的儿子，娘为儿而生，娘为儿而死。

娘在这个世界上，用她的眼睛给儿女照了一辈子亮，终于很不情愿地闭上了。儿女的路还很长，娘还想给儿女照一段路，娘还没有看够她的儿女，还没陪够她的儿女，娘一定是不放心她的儿女。昨晚，娘一夜不睡，不知道有多少话要跟儿讲，儿却生生地不准娘讲。娘一反常态靠在儿的身上，原来是娘知道儿再也靠不上了。娘临死时艰难地伸出手，想抓住儿这根救命稻草，儿却冷漠地站在床的另一头，远远地看着娘倒向阎王、倒向死亡。儿不是儿，儿对不起娘啊，娘！

写到娘死这个片段时，正是 2011 年的 6 月 11 日 15 点，北京的天空突然刮起了大风，打起了炸雷，下起了大雨，还下起了冰雹！狂风裹着大雨和冰雹，一路哭过来，跟我的泪水搅在一起。狠心夺去了我娘生命的苍天，居然也悲痛后悔地跟我一同落泪，一同痛哭！六月雪！六月冰！娘死得冤哪！

四十

　　我第一个想到的是告诉远在长沙的大姐。大姐毕竟是我们一娘所生的儿女中最大的。天塌了，得让大姐拿主意。

　　我跑到医院外面的电话亭，大哭着给大姐报告娘去世的噩耗。大姐也立刻在电话里哽咽抽泣起来。安慰我：学明，你莫哭，我和你姐夫马上赶过来。

　　大姐的安慰，让我更加悲痛难抑，捏着电话痛哭不止。我真正感受到了天塌下来时末日的滋味，感受到了最亲的人走时孤恓的滋味。的确，尽管岳父岳母都在身边陪着，可我一样感到六神无主、孤立无助。人来人往的医院，我感受到的只是彻骨的空虚、彻骨的寒冷和彻骨的孤独。我讲：姐，我该死！我有罪！我也不想活了！我真的不想活了！

　　然后又是放声大哭。

　　姐在电话那头也哭得讲不下去了，姐夫接过话筒在电话里替我们安排娘的后事。姐夫是将军，姐夫的镇定和果断，展现了军人本色、大将风采。我有了一种依靠感。心，慢慢平复和镇定。

　　我找了一辆卡车，连夜把娘运回了二姐那个寨子：古丈县断龙乡白家村彻土库，那是娘和我曾经生活过的地方。

娘曾经讲过，娘死后要葬在那里，二姐和二姐的几个孩子对娘最孝顺，娘盼着有人给娘上坟挂亲。

娘安详地躺在卡车里，穿过一座座大山、一层层黑暗。我和刘明成、张玉球等几个朋友坐在娘的身边。我就那么一直捏着娘的手，牵着娘的手上路，在无尽的黑暗里，我怕娘找不到去二姐家的路，我怕娘看不见路摔着了。刘明成和张玉球一路放着鞭炮、撒着纸钱，给娘招魂、送行。我则一路捏着娘的手跟娘讲话。

我讲：娘，你莫怕，儿送您回二姐屋。

捏着娘温软的手，我一直在哭。大声地哭，无声地哭，有泪地哭，无泪地哭。我不知道，娘曾经伺候过的那些庄稼会不会哭，娘曾经喂养过的那些家禽会不会哭，娘曾经抚摸过的那些树木会不会哭。我想，一定会的，它们也从此跟我一样看不到娘的身影，得不到娘的爱了。娘的儿子，在提着一盏悔恨的灯盏，照亮娘回家的路。

娘的手一直都软软的、热热的，不像死去的样子。娘的身子也软软的、热热的，不像死去的样子。等到了第二天，二姐给娘换衣服时，娘的身子和手都还是软软的、热热的。二姐和我都怀疑娘只是睡着了，没死。

我现在还后悔，不该按照当地习俗很快将娘封棺。如果不封棺的话，娘讲不定在我们的哭声中会醒过来。我后来得知医学上有种死是假死时，我更加认为娘当时没死，是我将娘活埋了。如果当时让医生护士多抢救一下，如果我给娘做下人工呼吸，如果我把娘扶起来多呼唤一些时辰，娘也许就缓过气，活过来了。即便到了二姐家，我们采取这些措施，也许还会活。可是没有。我们都没有。我们就眼睁睁地看着娘温热而柔软的躯体，被无辜地装进了棺材！

娘的一生，就这样装进了黑漆棺材。当娘被放进黑漆棺材时，我立刻感到我头上辽阔的天被收成一壶春水装进了棺材，我脚下厚实的地被扯成一匹绸缎装进了棺材，我对娘的爱，我对娘的恨，我对娘的怨，我对娘的悔，都凝成一串串苦泪，装进了那个小小的、黑黑的、孤零零的棺材。

世界上最爱我的那个人去了。

世界上最挂念我的那个人去了。

世界上最容忍我的那个人去了。

世界上最怕我的那个人去了。

无论我受怎样的委屈，我都没有机会对娘发泄、跟娘吵架、和娘战斗了。再没有人像娘一样容忍我、听凭我、放纵我了。我们五姊妹真正变成无娘无爹、无依无靠的孩子了。

我们按湘西最隆重的仪式，请了梯玛①，安葬娘亲。梯玛姓彭，是从保靖县仙仁乡请来的，师徒八人，与二姐家只隔了两个山头。梯玛头戴凤冠，上穿红花褂子，下系八幅罗裙时，皆有仙风道骨之相；挥着师刀、斩刀，摇着铜铃和五彩柳丝棒时，皆显道法高深之品。

梯玛先给娘搭起了一座很大的灵堂，供子女和来客祭奠。又给娘扎了一个非常精致的灵屋，给娘遮风挡雨。娘一生都栉风沐雨，小小的灵屋，安放娘的来生。

---

① 梯玛：湘西土家族从事祭祀的法师，俗称土老司。

在湘西各种节日里，我多次看到过神圣而虔诚的梯玛。他们祭祖敬神。他们跳丧占卜。他们谢天谢地。不想，这次是给娘来超度。无穷的泪水，全都化作心底的悲凉。

梯玛非常用心地在灵堂的大门四周画了很多裱纸画，一幅幅色彩鲜艳、斑斓夺目，好几百米外都能够看到。每幅都寓意深刻，与父母的养育之恩有关。梯玛给娘做了十一天的道场。

十一天里，我切身感受到失去娘亲之痛时，也感受到了亲情、友情和乡情的温暖。

二姐所在的一个寨子的人，都不请自到地来帮忙做白工。搭灵堂，砍柴火，杀猪羊，推豆腐，做饭菜，抬灵柩，什么都不用招呼。湘西人做红事是要给亲朋好友发通知和邀请的，亲朋好友很在乎你亲自通知不通知、邀请不邀请，因为那代表你看不看得起他。而做白事是不用通知和邀请亲朋好友的，只要他听讲，就会主动前来，因为他知道你这个时候最需要安慰和帮助。

我跟桑植县委书记陈美林是多年的朋友，我刚去张家界日报社时，陈美林是桑植县县长，我跟着他跑遍了桑植县每一个乡村和角落，见证了他如何辛苦工作。记得我们有一次在桑植县白石乡南滩草场慰问时，曾亲眼看到炸雷像炸弹一样一排好多个地连着滚过草场，真被吓得心惊肉跳、魂飞魄散。按湘西习俗，我也没有把娘去世的消息告诉陈美林。美林兄得知后，连夜和石绍河驱车两百多公里，前来悼念娘。他们不知道具体的乡村，更不知道具体的地址，只知道我把娘运送到古丈县来了。乡村没有手机信号，打我电话也无法打通。他们灵机一动，一路问我跟我大姐和大姐夫的名字。幸好，我和大姐、大姐夫在古丈县机关和乡镇干部中几乎尽人皆知，乡下老百姓也有不少人知道，他们才得以在凌晨四点多找到了二姐所在的白家村。给娘敬完香、磕完头，几人又连夜出发，往回赶。因为第二天张家界市召开"两会"，作为一县之首的陈美林要带团参加"两会"。

我同爹不同娘的哥嫂及熬溪一寨人来了。

上布尺一寨人来了。

哈列车、彻土库一寨人更是来了。

黎巴嫩诗人纪伯伦曾经讲过："和你一同笑过的人，你可能把他忘掉；和你一同哭过的人，你永远都会记得。"

给娘当大事①的十一天里，有很多种祭祀和纪念仪式。为了娘能在天堂过得舒心，我们这些儿孙们日夜不眠地跪在娘的灵堂前，顺着梯玛的指引，为娘招魂，为娘超度，为娘祈祷。

梯玛的锣鼓日夜敲打。

梯玛的孝歌吟唱不停。

《十月怀胎》《二十四孝》，全是我们这些儿孙们的心声。

我们像一只只淋湿了翅膀的寒号鸟，跪在娘的灵前，泣血流泪。

上帝讲，人生都是罪孽，人死不能复生。

梯玛讲，人生轮回，只要洗清前世的罪孽，人死可以再生。

---

① 当大事：做道场。

是的，人人都有原罪，人生都有罪孽，可娘的一生没有罪孽。娘的一生都是功德。娘的罪孽，都在娘含辛茹苦抚养儿女的过程中，在娘毕其一生积善积德的行为里，洗得干干净净，只留下了恩典和功德。罪孽深重的，是我这个大逆不道却貌似无罪的儿子。

我们披麻戴孝地长跪在灵前，听梯玛一遍一遍地给我们倾诉娘苦，歌唱娘恩。儿孙们的生活太甜太好了，娘的苦难往往被忘记了。儿孙们的世界太丰富太美满了，娘的恩典也往往被遮蔽湮没了。仁慈的梯玛在提醒我们。

我们披麻戴孝地紧随着梯玛打绕棺，让梯玛带着我们跟娘感受最后一次天伦之乐。绕棺如绕膝，母子同嬉戏，娘在前面跑，子在后面追。当梯玛带着我们呈"S"形穿插快跑时，我们常常乱了队形和方向，让人忍俊不禁、悲中生喜。这是湘西人面对死亡的一种乐观和豁达。我不要这种乐观和豁达，我要娘从棺材里真正站起来、活过来，真与我们追逐嬉戏。梦一样的打绕棺，让我想起了老鹰抓小鸡的游戏。此刻，我们就是躲在娘身后的那群小鸡。

土家族自古认为，人有三魂。人去世后，一个上神龛受祭，一个留坟堂守墓，一个去投生再世为人。招魂时，梯玛在门前的稻田里用竹子和树桩设了十八层地狱，十八层地狱弯来绕去，像一个巨大的迷魂阵和八卦阵。梯玛把我们这些孝子贤孙全部找来，在十八层地狱里来回穿梭，给娘引路，把娘带出地狱之门。我们急切地翻开瓦片，将娘的灵魂解救，让娘死而复生。

下葬那天，本下着淅淅沥沥的小雨，可当乡亲们抬着娘的灵柩前行时，雨却戛然而止了。阴郁的天空，居然云开雾散，透出几线耀眼的光来。耀眼的光束像舞台的追光一样打在棺材上，让所有的人惊奇不已。我再次泪如雨下，想，老天哪，你是担心我娘受风受寒吧？我娘这辈子冷够了、冻够了，是需要你仁慈的光芒照耀和温暖了，可是天哪，你怎么不早这样把人间的温暖播撒在娘的身上呢？

乡亲们的解读则完全跟我不一样，乡亲们讲：你娘一辈子善良、心好，你娘是怕落雨淋湿我们，怕我们不好走路，所以祈求老天开恩，出了太阳。

是啊，娘，您在走向另一个世界的时候，居然还忘不了给您的儿孙及人们留下最后一束温暖和光芒。

娘，您是我们这些儿孙永远的太阳。

我和哥，扑通一声跪下来。

一跪娘亲泪雨落，罔极恩深难尽溯，
一滴若能到九泉，是泪是雨难诉说。
二跪娘亲悲跨鹤，一在天涯一地角，
生时鱼水未承欢，今日为娘斟几酌。
三跪娘亲肝如割，娘儿情深难分脱，
羔羊未能报乳恩，枉为人子空蹉跎。
四跪娘亲心裂帛，儿心是根索命索，
为儿不懂娘的苦，为娘对儿莫奈何。
五跪娘亲苦难深，在世没福享天伦，
此去天堂是福地，无苦无难无疾病。
六跪娘亲事事顺，大路小路一展平，

文官武官都下马，叩首苍天拜娘亲。

……

然而，我跪得再多，有什么用？

我悔得再深，又有什么用？

再大的道场和法事，都弥补不了我今生罪大恶极的过错。

想起娘倒下时望着我孤独无助的眼神和孤恓无助的泪，想起娘临死时向我艰难伸出的那只手，我就心如刀绞。那是娘求生的一瞥、不舍的一瞬，是娘与儿生离死别时想最后拉住儿子的手，是娘想抓住儿子这根救命稻草的最后求救！可是，儿不但没有去救，还亲手害死了娘，埋葬了娘。娘啊，儿子不孝！儿子有罪！儿子几生几世都赎不了这千刀万剐的罪孽！

在以后的日子里，我多次在梦中梦到我的娘。有时候，我梦见娘离家出走了，不回来了。有时候，我梦见娘坐在荒山野岭孤独地哭泣。有时候，我梦见娘一个人在吃药打针。当然，也梦见过娘洗衣做饭。一梦醒来，泪流满面。娘住过的那间房子，我常常幻听出娘的哭声。

每每回想我跟娘的战争，我就感到我是战争罪犯。每每反省我对娘的行为，我就感到我是披着羊皮的狼。在跟娘几十年的战争里，我总是拿着一把杀人不见血的刀，刀刃娘，伤害娘，把娘扎得遍体鳞伤。娘从未对儿还击过，只是伤感地躲在一角擦血疗伤。面对儿的刀锋，娘无招架之力，也无招架之心，只能哭泣流泪。三十多年，一万多个日日夜夜，

313

娘的眼泪就没干过，即便走向黄泉的那一秒钟，都是泪流满面。那是和着血的血泪！娘之所以得肺心病，就是因为娘跟着我没过一天舒心的日子，我不但没给娘讲过一句贴心的话，没给娘做过一件顺心的事，我还天天拿刀捅娘的心窝子，天天让娘心里流血。娘的心脏不出问题才怪！要不是因为我的狠毒，娘绝对不会死于肺心病。我是一个没有良心的人！

遗憾的是，社会上还都以为我是一个孝子，都以为我对我娘孝顺有加。在保靖工作，我把娘带到保靖。到张家界工作，我又把娘带到张家界。人们都以为娘跟着我过上了好日子。谁知道娘跟着我过的是更苦的日子？我没工作前，娘过的日子也苦，但心不苦，娘的心里还有孩子的希望和未来，娘的心再苦都甜。我工作了，娘的吃穿不愁了，娘的心却苦了。儿子的凶面孔，儿子的毒语言，儿子的冷暴力，儿子的铁心肠，把娘的自豪与尊严，把娘的希望和寄托，全都击得粉碎。娘在儿子面前，就像一个惊恐的小孩和一只胆怯的老鼠，整天提心吊胆、战战兢兢，实在可怜！

世界上那么多好看的地方，我看了，却没带娘看过。世界上那么多好吃的东西，我吃了，却没带娘吃过。世界上那么多好穿的衣服，我穿了，却没带娘穿过。世界上那么多好听的语言，我讲了，却一句都没给娘讲过。我算什么孝子呢？我有什么值得称道的呢？

几十年来，我从没站在娘的角度去思考过问题，总以我的行为方式去规范娘的行为方式，总以我的处世原则去强迫娘的处世原则。特别是当娘跟我住进城以后，我总是以知识分子的精神优越感认为娘这也不懂那也不懂，指责娘这也不是那也不是，命令娘这也不能做那也不能做。我不知不觉地把自己当成了娘，把娘当成了小孩，还总以为自己是为娘好。殊不知，我是给娘戴上了一副沉重的心灵枷锁，是有意无意地害了娘。一个举目无亲的老人，偶尔打打麻将有什么错呢？一个孤独寂寞的母亲，想跟儿聊几句天有什么错呢？一个习惯了劳动的农民，想做点小生意来减轻儿子的负担，有什么错呢？即便风烛残年、天天生病住院，又有什么错呢？做儿子的，难道就不能好好跟娘讲几句贴心话吗？难道就不能好好顺着娘的心去做点什么吗？孝顺，难道是一种自以为是、带有绑架的爱？难道是要以火药味和枪炮声来威逼父母服从？孝顺，孝顺，既要孝，更要顺，顺比孝大，先顺后孝。顺了老人心愿，老人开心快乐了，就是最大的孝。不顺老人心愿，老人不开心快乐，就是最大的不孝。

我从没替娘想过什么，总是自私地认为娘欠我的，从没认为我欠娘的。我埋怨娘把我生在一个不幸的家庭，让我吃尽苦头；埋怨娘老跟人吵架打架，让我丧尽尊严；埋怨娘固执偏激，不考虑我的难处，让我伤透脑筋。娘多深的情、多重的爱、多大的恩，居然都抵不上我对娘的怨恨！娘问我一声寒暖，我就嫌娘啰里啰唆；娘跟我讲一句白话，我就嫌娘多管闲事；娘为我做每一件大事小事，我都嫌她多此一举、自找苦吃。我太独立、太自我的个性，使得我把娘的爱不是当作一种幸福去享受，而是当作一个包袱去承受，我时刻都想甩掉这个包袱。我太自由放任的生活，也使得我把娘的爱不是当作一个港湾，而是当作一种束缚，我时刻都想挣脱这种束缚。我没有把娘对我的溺爱当作甜蜜的糖，而是当作放多了的盐。我嫌娘的爱盐一样多得咸了、苦了、咽不下去了。所以，我总是歇斯底里地发泄，暴跳如雷地抵抗，变态扭曲地逃避。我横征暴敛地攫取了娘的爱，却又肆无忌惮地践踏了娘的爱。我丧尽天良！

这个世界上，任何人都会因为别人一次不经意的冒犯而怀恨在心，都会因为一次恶意的伤害而出手还击，更会因为利益的纠葛而相互争斗。友情会因此裂变，亲情会因此离散，爱情会因此腐烂，只有父母的舐犊之情永远不变。父母不会因为儿女不经意的冒犯而怀恨在心，不会因为儿女的恶意伤害而出手还击，更不会因为利益的纠葛而与儿女殊死争斗。即便儿女虐待父母，父母也会海一样地宽容。饿了，可以去父母那儿；冷了，可以去父母那儿；累了，可以去父母那儿；受委屈了，可以去父母那儿。除了父母，没有一个人可以容忍你对他或她的不恭不敬、大逆不道。

我一次次地在心里发问，我真的丧尽天良、对娘不好吗？不是。我发自内心地对娘充满了爱和感激。如果不爱，我就不会在娘生病时那么着急、那么心疼；如果不爱，我就不会在同学侮辱我娘时痛打同学一顿；如果不爱，我就不会放弃回到故乡而选择留在娘的身边；如果不爱，我就不会走到哪儿把娘带到哪儿。可是，我为什么又对娘这么狠？我对娘的爱为什么是以如此尖锐残忍的方式出现？难道真的是爱之越深恨之越切？难道真的是伤害最深的人往往是我们最亲的人？为什么对我们最好的人往往是我们最不能原谅的人，而那些对我们最不好的人却往往是我们最能原谅的人？难道这就是人间和生活，一个充满了悖论的人间和生活？

　　娘的一生变成一座坟茔湮没在一片青山翠柏中。我特地给娘买了一副新麻将，放到娘的身边，算是对娘的弥补。娘在人间孤寂了一辈子，希望娘在天堂不再寂寞。在追忆娘的过程里，我发现，我居然只有一张跟娘的合影，因为娘常常九死一生地从阎王殿里逃回，我不愿意跟娘照合影，我生怕照了合影就成了娘留给我的最后纪念。幸好二姐给我保存了这张照片，要不然，我只能抱憾终生。我也没留下娘的任何遗物。娘用过的衣柜、碗柜、桌子、椅子，甚至一双碗筷，我都没有留下。我从没想过，那是娘留给我的财富和传家宝。一个不在意父母的遗物、不把父母的遗物当作传家宝珍惜的人，绝对不是一个值得尊重的人。父母的遗物，不在财富的多少，而在亲情的贵重。是无价的、永生的、永恒的。而我错过了这种无价、永生和永恒。不能不说是终生遗憾。

　　幸好，我留下了娘给我的精神财富。坚韧、顽强、博大、无私、善良、宽容、勤劳、质朴、勇敢、真诚、真实等精神品质，是娘在言传身教中留给儿女的宝贵财富。这是一个农村妇女最本质的财富，也是一个民族最基本的财富。我引以为荣。

　　曾经我是那么不愿意见到我娘，如今才知道家里有娘是多么幸福。早上上班去，听一声娘的嘱咐，一天工作都平平安安；晚上下班回家，喝一杯娘的热茶，一天的烦恼都烟消云散。出门在外，不用担心家里无人照料而被偷被抢；走近家门，轻轻一敲，娘就在屋内把门打开，大包小包娘帮接，仆仆风尘娘帮抖；若是冬天，还会有一盆温暖的炭火跟娘一道等着。

　　而今，这一切都不可能了，永远都不可能了。月光醒了，可以再回到天空；鸟儿累了，可以再回到森林；儿女没有娘了，就再也无处安生。没有娘的家，是残缺的、空虚的。没有娘的日子，是孤寂的、清冷的。没有娘的生活，是没有生气和活力的。娘在，兄弟姐妹是一家；娘不在，兄弟姐妹是亲戚。人活一百岁，都得有个娘！没有娘，你的财富能够买断整个江山又怎么样？没有娘，你的权力能够统治整个世界又怎么样？你还是一个无家可归的孩子！没有娘的孩子，再大都是无家可归的孩子！现在，我就是那个无家可归的孩子。我把娘弄丢了。我无家可归了。我再也看不到娘天天站在阳台上目送我远去、等着我回来了……

四十一

可悲的是，很多年，我都不知道自己把娘弄丢了。我一直以为没有娘的世界依然精彩，没有娘的日子依然快乐。我依然看似风光地到处出差讲学，依然心安理得地接受别人真诚的客气和虚假的恭维，依然自鸣得意地满足一点小小的虚荣。直到我在北京这个大都市里痛彻心扉地感到世情的冷漠、真情的缺失、人性的悲凉。

我是一粒来自乡村的、小小的种子，我不知道北京的土壤居然这么硬、这么老，怎么努力都扎不了根。

我是一线来自乡村的、浅浅的清流，我不知道北京的水居然这么深、这么浑，怎么使劲，都流不到一起。

2004 年 5 月，中国作家协会面向全国招考干部时，我以全国第一名的成绩考进了中国作家协会。这个我曾经用文字和心志都仰望的单位，让我充满了庄严神圣的梦想。在首都码字写书，不是长城的砖一样厚，就是故宫的宝一样贵。我天真地以为北京是中国的北京、全民的北京。可总有人认为北京是他和他家的北京，你来北京是抢他的饭碗和地盘，他得想方设法把你赶出北京这个地盘，保住他的饭碗。即便他比你先来一分半秒，他也认为北京是他的，不是你的。他会摆出一种老资格，纠集一批小势力，缔造一个丐帮王国，完成一个帮主梦想。

要么你同流合污，要么你举手投降，至少你得装傻、装怂、装萌。在同流合污中，一个个结党营私的利益集团诞生。举手投降时，一根根挺直的脊梁弯成了一张弓。做人的棱角和正气，也在装傻、装怂、装萌过程中变得圆滑世故，没有原则。

当人与人之间只剩下利益时，真情没有了，友情变质了，亲情淡味了，爱情馊臭了，世情轻薄了。同事与同事之间不能随便交心，朋友与朋友之间不再拔刀相助，亲人与亲人之间很难患难与共，邻居与邻居之间老死不相往来。你在高处，众人攀附。你在低处，众人漠视。你在难处，众人践踏。人心人性，远比城市里的钢筋水泥还冷还硬！

是的，在这个世风日下、人心和人性都比钢筋水泥还冷硬的城市里，当我遭遇了一次次挫折和暗算而渴望温情却没有温情、期盼倾诉却无处倾诉、想大发雷霆却不能大发雷霆时，我才深深感受到娘在我的生命里是多么宝贵和重要，我才明白，娘是我心灵的栖息地、精神的疗养师、生命的捍卫者、生活的出气筒。没有娘的日子，是没有生气的日子；没有娘的生活，是枯燥无味的生活；没有娘的生命，残缺是枯萎的生命；没有娘，我的一切都死了！

可是，我把娘弄丢了，并且不知道把娘丢到哪里了。

我不但弄丢了娘的爱和生命、娘的快乐和幸福，更弄丢了娘的历史和未来。我不知道娘从哪里来到哪里去，不知道娘想什么做什么。娘的童年少年，娘的青春爱情，娘的快乐悲伤，娘的内心隐秘，娘所有的人生轨迹和生命历程，我都不知道。一点都不知道。

我只知道娘的老家在湘西花垣县下寨河，只知道娘十来岁时，嘎公①被国民党抓壮丁抓走了，一去不知生死，杳无音信。嘎婆带着娘和舅舅、大姨逃难到了保靖县水银乡的梁家寨，嫁给了一梁姓人家。舅舅改姓梁。娘和大姨还是跟着嘎公姓吴。娘的大名吴桂英，小名吴二妹。

其余，就是空白。

娘在娘那个家族里，只是一个过客，匆匆一过，就没人再会想起或无从想起。也许娘的老家也在某个时候、某个场景想起过那个叫作吴二妹的小姑娘，但岁月沉重而艰辛的风沙，把娘的身影彻底湮没了，老家找不到娘的一点踪迹。在我的记忆里，娘也一直没回过娘家。也许，娘的娘家什么都没有了。娘注定了一辈子都被家族忽略，被儿女忽略，被世人忽略。

娘曾经问过我一句话：世界上什么最蠢？

我讲：不晓得。

娘笑：是牛和马。

我讲：哪门是牛和马？

娘讲：因为牛和马找不到回家的路。不管人还是动物，如果连回家的路都找不到，肯定最蠢。

的确，牛和马不像狗和鸡一样走了千里还能回家。

娘就是一个乡村哲人。

而我明白得太晚。

在张家界工作时，我有一次不知道想到了什么，突然

---

① 嘎公：外公。

心血来潮，问娘想不想回花垣县下寨河看看，要是想，我抽空带娘去。

听我要带娘回去寻亲，娘的两眼一直闪着极为明亮耀眼的光。这是第一次看到娘眼里有如此强烈透明的光。是我从没见过的光。是极度的喜悦、幸福和兴奋点燃的。是从娘的心里迸发的。所以如此明亮，如此耀眼。

娘兴奋地将信将疑地问：真的？你会带我去？

我讲：会。有时间就带你去。

曾经，娘贫穷、流浪和挣扎了一辈子，没有时间，也没有脸面回娘家看看。现在一切好了，娘又老了，走不动了。所以，当我主动提出要带娘去娘的出生地看看时，娘脸上的光泽一直闪亮。

娘的心，一定跟娘的童年一道，奔走在寻亲的路上了。

遗憾的是，我整天东奔西颠，并没有兑现对娘的诺言。我只是给娘开了一张空头支票，让娘空欢喜一场。

当娘有次怯生生地提起此事时，我还不耐烦地指责：你没看到我忙得死去活来，哪有闲工夫带你去寻什么亲！

我有生以来，好不容易给娘点了一盏希望的灯，却又出尔反尔地把灯灭了。

娘在黑暗的等待里，除了黑暗，还是黑暗。无边的黑暗里，我是那个把娘推向更为黑暗的罪人。

我得赎罪、还债。即便无法戴罪立功，也得以戴罪之身，赎戴罪之心。

我把娘弄丢了。我得把娘找回来。

我把心弄坏了。我得把心补完整。

四十二

　　2012 年的 1 月 16 日，我终于下定决心踏上了到娘的老家寻亲或寻根的路。这是一条我年近五十才明白该要踏上的路。那是娘的血脉、我的根筋。我必须认清。

　　我要弄清楚我是怎样从娘那儿来的，娘是怎样从嘎婆那里来的，娘是谁的谁，我是谁的谁。任何人都不是只从母亲子宫里钻出来那么简单。娘的来龙去脉，娘的前世和今生，是我认清自己的最好胎记。

　　我把舅舅舅娘从梁家寨接来，带着舅舅舅娘从保靖县出发，前去花垣县，找娘。

　　花垣县是湘西自治州一个典型的苗族县，县里百分之八十的人口是苗族。这个县最荣耀的两件事，一件是曾任中华人民共和国总理的朱镕基是在这里读书毕业的，朱总理来湘西寻根时，特地来花垣县拜望了母校，把花垣县亲切地称为故乡。他对花垣县的一往情深，是花垣县人最骄傲的资本。另一件事是一代文坛巨匠沈从文的《边城》，就是以花垣县茶峒为背景的，翠翠和二老的故事，成了花垣县人最美好的记忆。

　　一路上都是晶莹剔透的雪。我已经几次写到湘西的雪了。我还是百写不厌。湘西的雪是没有污染的雪，远比北京的雪白、纯和亮。湘西落雪就是落雪，不会落其他的什么。而北京落雪的同时，还落漫无边际的工业废气和漫无边际的沙尘，能有我湘西的雪白、纯和亮吗？

雪，使湘西大地更为宁静，空山鸟语，狗吠鸡鸣，似乎都被雪藏了，我们只听得到雪的呼吸声。雪的呼吸，冷冽入肺，清新刺鼻，让人神清气爽。随着山势的起伏，茫茫雪原，就有了无尽温柔而奇崛的雪线。那是雪的画框。画框里，是披着雪绒的树，盖着雪被的屋，和穿着雪袄的草垛。

舅舅舅娘给我讲了一路娘的故事，我流了一路心酸的泪。

舅舅讲，他们这辈人身世就很复杂，家庭很特殊。嘎婆一共生了四个孩子。我大舅、大姨、娘和舅。大姨、娘和舅是同娘同佬①，大舅是同娘不同佬。大舅的爹死后，嘎婆带着大舅改嫁到下寨河，嫁给嘎公，生下了大姨、娘和舅。嘎公被抓壮丁杳无音信后，嘎婆又带着大舅、大姨、娘和舅改嫁到了梁家寨，没有生养。

舅舅知道的，就这点。其他的，舅舅也不知道了。

我问舅舅：你多久米有回花垣了？

舅舅讲：我小时候去花垣县拜过几回年，也跟你大舅到花垣躲过国民党抓壮丁。1952 年你嘎婆米得后，就米有再回过花垣了。

六十年了，一切早已物是人非。不知哪些还会让时间留住？

我问舅舅：你记得嘎公嘎婆的名字吗？

---

① 佬：爹。

舅舅讲：我那时都抱到手上的，两尺大，不晓得话，你嘎公嘎婆的名字不记得，只晓得嘎公叫吴老大，嘎婆叫杨二妹。

我的心，一下子像眼前的雪一样，结成了冰。舅舅怎么会连自己爹娘的名字都不知道呢？这怎么找啊？我一直以为只有娘、舅和大姨三姊妹，没想到居然还有一个大舅！同娘不同爹的大舅！娘的命运跟我何其相似！

我急切地问：舅，你记得大舅的名字吗？

舅讲：那哪门记不得，一起长大的。大舅喊姚老贝。

我问：大舅的老家你记得不？

舅讲：记得，老后坪。

那我们先去老后坪。我对舅舅舅娘讲。

舅舅舅娘讲：好。

老后坪的路，不怎么好走。车子在坑坑洼洼的路上颠簸了一阵后，不能走了，我们只能下车步行。路面的雪开始化了，山路尽是泥泞。这条陌生而难走的路，居然让我有一种熟悉和亲切的感觉。一种胞衣和血脉相连的感觉从脚下滋生出来，直抵心上。踏实。亲切。轻快。我分明看见了娘和舅舅走过的脚印，看到了娘和舅舅的身影。

真是老天有眼，我们在村口碰见的第一个人就是大舅姚老贝的远房亲戚，叫姚本三。大舅跟他爷爷是弟兄。他叫大舅为贝爷爷。他才三十多岁，只知道大舅名字，没见过大舅本人。于是，他热情地把我们带到了他婶娘家。他叔叔已经去世，只有婶娘在家。

他婶娘八十来岁，耳聪目明，精神好得很。见我们是去寻亲的，也格外热情。把在家的老人都叫来，一起回忆。按辈分，我得叫她表嫂。因为，她丈夫该是大舅的亲侄子。表嫂快人快语，看得出当年的泼辣、干练、雷厉风行。

一堆熊熊的大火，一群热情好客的乡亲，都无法温暖我心中的凄凉和寒冷。我的心，像一层覆盖在老后坪的雪，怎么烤都烤不热，即便烤融成了水，还是冰冷的。——来得太晚了，没有人记得大舅的模样和故事，更没有人记得娘和舅舅的模样和故事。跟大舅和娘差不多年纪的都去世了。好不容易找到一个跟大舅和娘年纪差不多的老人，却整个都糊涂了。他们知道有这么一个叫姚老贝的大舅，知道他很早就跟着他娘，也就是讲跟着我的嘎婆去了保靖，却不知道大舅更多的什么。

老后坪人讲：都六十年了，你们才来寻亲，哪门不早来啊？

我的泪一下子出来了，我哽咽着讲：才醒悟啊！要是早睡醒了，就不会这样了，后悔啊！

老后坪人赶忙安慰：来了就好，仁义！

幸好，舅舅发现了他曾经住过的那栋小木屋。那是一栋小厢房，有些歪斜，却依然挺立。显然，厢房已经没有人住了，杂乱地堆满了柴和杂物。正房虽然有人住，也是人去楼空。都外出打工了，寨子上见不到一个年轻人。已是年关，年轻人都还在风尘仆仆往回赶的路上。我们见到的姚本三是最早赶回来的人。

见到这个厢房，舅舅的记忆也慢慢复活起来。舅舅讲，这是大舅妹妹妹夫的房子。大舅的这个妹妹，跟大舅是同爹不同娘，跟舅和娘没有任何血缘关系。舅舅曾经几次跟大舅一起来到这里躲国民党抓壮丁。一躲就是几个月。躲壮丁时，大舅就会带着舅舅上贵州、四川挑盐。挑回老后坪后，到花垣城里去卖。有一次碰上了抢劫，盐被抢走了，大舅被打得遍体鳞伤，是舅舅把大舅背回来的。

被抢了几次后，大舅伤了心，觉得那个社会弱肉强食，不拿枪不行，于是也跟着人上了山，学着抢。可大舅点子斜，第一次抢，就抢的国民党县长的家当，被国民政府抓住后，劳改了一年。刑满释放，觉得无脸见人，在路上就上吊了。

舅舅讲：大舅命苦，一生四处漂泊，没有生养，没有后代。但大舅心地善良，得来的钱米都舍不得自己用，全部给了嘎婆。

老后坪人讲，大舅的父亲，也就是我的姚姓嘎公是在一次偶然的事故中死的。姚嘎公五兄弟在十里八村赫赫有名。赫赫有名的不是他们的名字，而是他们五兄弟中有四兄弟在取红苕时同时死亡。他们不知道苕洞捂得太久，里面全是沼气，一个个都是沼气中毒死的。我的姚姓嘎公也是在下苕洞去拉他兄弟时，沼气中毒死的。

红苕就是红薯。苕洞就是装红薯的洞。湘西人把红薯从地里收回家后，会在房前或屋后挖一个很大的洞，把红薯放进洞里，盖紧，捂严，保鲜。谁也不会想到，祖祖辈辈用的苕洞，居然变成了大舅他爹，也就是我姚姓嘎公四兄弟的索命殿和阎王洞。哭瞎了眼睛的嘎婆在老后坪硬挺了一段日子后，带着大舅改嫁到了下寨河，嫁给了我亲嘎公吴老大，生下了大姨、娘和舅舅。

我给大舅家那边的远房亲戚每人送了两瓶茅台和一千块钱，算是代替娘走了一次大半个世纪都没有走过的亲戚。没进老后坪时，我以为娘和舅舅一样在老后坪待过，到了老后坪，我才知道，这些亲戚，娘都没见过，更别讲走过。这些亲戚除了知道大舅外，也不知道还有娘和舅舅这样的亲戚。岁月走得太快，日子过得太难，即便很近的亲戚亲情，都会变得远隔千山万水、互不相认。当人心和人性也变得冷漠时，即便只隔着一层肚皮，亲戚也不是亲戚，亲情也不是亲情。娘虽然一生都在挣扎和流浪，可娘的心中一直都给亲戚、亲情留有一把椅子、一个座位；娘的梦里，一直都在亲戚、亲情那里匆匆赶路，等待落座。娘曾经无数次想过寻找，想过要越过这千山万水，拥抱亲戚，翻动亲情，可娘最终因为贫穷流浪，因为年老体衰，因为我的粗枝大叶和冷漠而未能如愿。

我是代替娘来还愿的！

我讲：我娘早就想看你们的，米有来成。我今天代娘来了。你们保重！

讲完，我再也忍不住，放声痛哭！

我想，娘要是知道我在寻找自己的血脉、走访娘家亲戚的话，一定会高兴得老泪纵横。要是有金山银山，娘都会全部送给这些亲戚们。

可是，我很明白，老后坪还不是娘的根和我的根。下寨河，才是娘的根和我的根。我还得到下寨河去。

下寨河才有娘的脐带和胞衣。

下寨河才是娘的母亲河。

四十三

当我第二次踏进花垣县寻根时，已经是 2012 年的 4 月 2 日。湘西到处都是明媚的春天。

湘西的春天是嫩绿的叶芽和烂漫的山花做的。湘西的每一座青山都被满山新嫩的春光翻晒成满山嫩绿的叶芽，对着蓝天，竞相绽放。苍茫的绿意，滚烫的翠色，缠绵的诗情，都像黄鹂柔情蜜意的舌尖，一枚一芽，轻盈弹唱。一山一山的白梨花被弹开了。一岭一岭的红桃花被弹开了。一坡一坡的黄油菜花被弹开了。还有一树一树不知名的各种野山花也被弹开了。岁月的颜色。大地的锦缎。自然的杰作。白的素净，红的羞涩，黄的华丽，紫的矜持。而绿，永远是湘西最柔美的表情和笑容，光鲜鲜的，亮闪闪的，绿油油的，洗尽铅华，风情绝代。

往下寨河走时，愈走春色愈深。层峦叠嶂的春色，在下寨河次第烂漫。山上繁花似锦。山下绿意纷披。田里春水明澄。地里油菜花深。再茂密的林地，也锁不住阳雀和布谷一声声动人的催春声。在一声远似一声的催春声里，我们看见有人在耕田，有人在犁地，有人在播种，看见春天的光影在下寨河录制着别无两样的湘西风景。

329

下寨河在花垣县窝勺乡。是一个村子。也是一条河流。寨子叫下寨河，寨子前的那条小河也叫下寨河。寨子挺大，共有十一个生产小组，一千二百多人，多是吴姓人家。河流挺小，全长不到五十公里。这五十公里的下寨河像五十公里的绿色丝线，穿山凿谷，绕村过寨，沿途串起了好几个苗族村子。下寨河村是以这条河流命名和串起的村子。

听说下寨河三组还有一个九十五岁的老人耳聪目明，且能够下地劳动，我便带着舅舅舅娘直奔这位老人家。

看到这位老人时，老人正在地里挖地种苞谷。太阳正高，暖暖的太阳照得万山明媚、万物葱茏。老人叫吴代三，四世同堂。本可安享天伦，却田里地里忙个不停。村人讲，老人犁田种地砍柴挑水，样样能干，完全不像一个快要百岁的老人。湘西男人顽强和雄强的生命力，在老人身上得到了最好的见证。湘西男人为儿女活一天就辛苦一天的秉性，在老人身上也得到了最好的印证。

遗憾的是，老人对舅舅家的一切，一点都不知道。舅舅幼年断层的记忆，没有办法让一个九十五岁的老人接起。这是一个太大太长的断层。每一线时间的窄缝里都看不到舅舅和娘这个家族的踪影。

我们只好告别下寨河，再去舅舅幼年记忆库里残存的灯笼坪。舅舅讲，他小时候在灯笼坪给他的舅舅拜过年，灯笼坪也许有我舅舅的老表活着。舅舅的老表们也许可以提供一些关于嘎公嘎婆的历史碎片。找到嘎公嘎婆的历史，就可以找到娘和舅舅的历史。可是，到了灯笼坪，五六个热情的老人无论怎么讨论回忆，都回忆不起这个寨子有一个叫吴老大的人被抓了壮丁，记不起吴老大娶了一个叫杨二妹的女人为妻，因为这个寨子根本没有吴姓人家，全姓彭。几个老人热烈讨论和回忆时，全是苗话。我这个苗族和土家族共同哺育出的后代，根本听不懂一个字，恍若隔世。就像我与娘的历史隔世一样。

怆然而归的途中，舅舅突然看到了他熟悉的一个村子。一看到这个村子，舅舅就兴奋地讲，他当年就在这村子四周玩耍。舅舅讲，这就是他舅舅的村子。也许是物是人非，也许是行政建制变更，这个村子不是舅舅记忆中的村名，而是一个叫窝巴的村子。在窝巴，舅舅的叙述终于和村人的叙述有了交错和重叠：舅舅的舅舅是篾匠，靠织篾篓和背篓为生；舅舅的舅娘信佛吃斋，从不吃肉。舅舅的舅舅一共有十五个孩子，最后只剩下一个女儿。女儿出嫁后，舅舅的舅舅舅娘就跟随女儿住到女儿家了。这个女儿就是我舅舅和娘的表妹，是我舅舅和娘在娘家唯一的血亲。舅舅兴奋的表情里，有了一抹难以控制的泪。尽管舅舅根本不记得有这样一个表妹。

窝巴人讲，舅舅的表妹叫杨秀花，表妹夫叫石老祥，住窝勺村。早就有人去通知杨秀花夫妇了。两口子放下春耕，在村口迎接。他们做梦也不会想到，几十年后会从天而降一个表哥。这份天赐的亲情，他们得远远地迎接。

家里只剩下杨秀花两口子和一个两岁的孙子，两个孩子都打工去了。空巢家庭，在农村比比皆是。杨秀花告诉我们，小时候，她是多么渴望亲情，曾经多次问过她爹娘，为什么人家都有亲戚可走就她没有？如今突然有亲戚来寻亲，她很是感慨和激动。她小时候只知道有两个娘娘，大娘在花垣县三角岩，二娘在保靖县，却都从来没有见过。娘娘即姑姑，苗语。她讲的二娘就是我的嘎婆杨二妹。她对我嘎婆的历史也一无所知。

也难怪，我嘎婆在1952年去世后，娘和舅舅就再也没来给杨家舅舅拜过年。而杨秀花1958年才出生，所以，杨秀花没见过舅舅，舅舅也没见过杨秀花。杨秀花当然就对我嘎公嘎婆的历史一无所知。满怀信心想得到的线索，到此全部中断，再无头绪。

几次寻找，我找到了嘎公嘎婆的小名，却没找到嘎公嘎婆的大名；找到了一个姚姓大舅和大舅的出生地，却没有找到娘和舅舅的出生地。嘎婆是窝巴的，那嘎公是哪里的？到底是下寨河还是灯笼坪，抑或另外一个村子？嘎公到底是哪一年被国民党抓壮丁走的？抓走后回来过没有？是死在国共携手抗日的战场上还是国共较量的战争中？或者，嘎公根本没有战死在疆场，而是告老还乡老死老家，甚至当了共产党或国民党的将军，在另外一个地方安家？九泉下的嘎公在哪里呢？嘎公的九泉在哪里呢？找不到嘎公是哪里的，就找不到嘎婆离开老后坪后、改嫁到梁家寨前嫁到了哪里。那么，也就找不到嘎婆生下大姨、娘和舅舅的地方。找不到娘的出生地，就找不到我的根！

我最终没有找到我的根，那条与我和娘紧密相连的根！

每一个人的世界都是有根的世界。每一个人的生命都是有根的生命。在这个有根的世界和有根的生命里，我成了一个有根却找不到根的人。从未见过的爹，我都知道是保靖县复兴镇熬溪村的；养育了我一生的娘，我却不知道到底是哪里的。我的心里一阵阵心酸、悲凉和后悔。我用我的笔给世界讲了那么多的话，却居然不愿意在娘的有生之年跟娘多讲一句话。我用我的心跟世人诉说了那么多真相，却居然不愿意听娘讲一句娘的真相。我用我的爱给了世间那么多关爱，却居然对娘是哪里的都漠不关心。那么多的日月，那么长的岁月，我只要问一句娘在哪里出生或早点带娘回乡来省亲，我就不会连娘的出生地都找不到，不会连嘎公嘎婆的姓名也找不到！当很多人的历史可以上溯到几十几代时，我的历史到爹娘一代就模糊不清、连根断掉了。我把娘弄丢了，也把自己弄丢了。我找不到娘了，也找不到自己了！

我，悔！

就此，我才知道，并不是所有的错误都可以改正，也并不是所有的过失都可以弥补，更不是所有的事情都可以从头再来、所有的罪过都可以洗刷原谅。

就此，我才更加明白，"娘"就是那个天下最好的女人，"妈"就是那个一辈子为儿女当牛做马的女人；我从来没有像现在这样，羡慕那些几十岁还有娘喊的人。

所以，每年的清明节、母亲节和重阳节，我都会在我微信朋友圈里重复转发我自己写的一条微信：

> 几十岁还有娘喊的人
> 你们真幸福
> 请替我多喊几声

几十岁还有娘开门的人
你们真幸福
请替我多回几次家门

几十岁还有娘唠叨的人
你们真幸福
请替我多陪娘唠叨几个时辰

几十岁还有娘牵挂的人
你们真幸福
请替我多给娘打几个电话
让娘放心

四十四

娘去世后，好几次都在梦里问我上布尺、下布尺的路修了没，问上布尺、下布尺的人来找我没。如果找了，要我热情点；如果没修，让我帮修，做千年万年的好。要我讲信用、讲承诺，不要光来话不来钱、光动嘴不动手。莫让人把我看白了。

我在梦里也多次嫌娘啰唆和多管闲事，也疾言厉色地凶娘吼娘，跟娘吵架。跟现实生活中一样，我在梦里也不明白娘为什么那么牵挂一个伤害最多、伤痛最深、受难最重的地方。后来，我想明白了，是娘的心太善太宽太大，装得下整个世界；是娘的爱太深太真太沉，容得了天下一切。

我终于下定决心给上布尺和下布尺找钱修路，圆了娘的心愿，救赎我的灵魂。也许，娘在另一个世界，还在上布尺和下布尺沉沉赶路。

我先找到了湘西自治州交通局局长龙文辉，这是一个苗族干部。湘西穷得连工资都发不出时，他是古丈县县长。他曾经任职过的地方还没有通公路，他有责任修通。接着我找到时任古丈县委书记的吴凌频、县长高文化，请他们尽快修通我曾经走过无数次的路。这得到了他们的一致重视。

于是，我们选了一个日子，一起去了上布尺和下布尺。同行的还有当时古丈县人大主任梁明金、县委副书记龙应金、宣传部部长余晓泓和发改委、财政局、扶贫办及文联的朋友向午平、张贤义、向功付和宋祖林。

离开上布尺、下布尺三十年了。三十年的光阴对时间和岁月来讲，不是一寸，对一个曾经饱受屈辱和磨难的人来讲，或许就是一生。三十年来，不管我多么伤痛那个地方，我还是多次在梦里把那片土地亲吻。奇怪的是，在一次次的梦里，留下的居然没有伤痛，全是欢乐。满地乱滚的童年。满山乱跑的少年。满谷回荡的欢呼。都在梦里起死回生。

山还是那样蛮横无理地堵在上布尺和下布尺，高高大大的，把整个世界全挡住了。以前，我只以为山挡住的是我的视线，现在我才知道挡住的不仅仅是我的视线，而是整个时光和世界。这身高两千多米、浩荡几十里的石壁，是如此顽固不化，雷电劈不开，岁月摧不倒，江海移不走，简直就是上苍打造的一道牢门，把上布尺、下布尺牢牢地关在这里。

这样一个高寒山区，不管种植的，还是野生的，所有产品都是原生态的绿色食品，但却什么都卖不出去，都烂在地里。姑娘大了都嫁出山外不肯回来，小伙大了都找不到媳妇独守空房。村主任讲：再好的小伙子，都烂在这里卖不出去，仅上布尺就有十多个三十岁以上的小伙子找不到老婆，日子比苦胆还苦。

我就读的小学的确撤了，成了村委会的办公楼。那口铁钟还挂在那里，只是再也没有了敲钟的人。而我分明看到某个老师正站在钟下敲钟，铁质的声音，比任何时候都清脆嘹亮。这山乡的黄钟大吕，曾经何等嘹亮地敲响我儿时的梦想。而今，却是如此地沉默、寥落和凄凉。

听说曾经在上布尺备受欺凌的彭学明带着州、县的领导一起来帮上布尺、下布尺修路，一寨子的人都跑来看热闹。讲一寨子人，其实也就是老人和孩子。因为，青壮年全都打工去了。有的是走到我们身边，围着我们。有的是站在远处，看着我们。老人浑浊祈求的目光，孩子无辜清澈的眼神，都让我的心里溅起一阵阵涟漪。望着眼前陡直壁立的大山，望着他们孤苦伶仃的身影，我突然想起一个词：碰壁！什么叫碰壁？这就叫碰壁！生活碰壁。爱情碰壁。命运碰壁。希望碰壁。事事碰壁。处处碰壁。

生活亏待他们太久了，生活不能再亏待他们！

上苍亏待他们太久了，上苍不能再亏待他们！

我们亏待他们太久了，我们不能再亏待他们！

州里、县里的领导，都当即表态，无论如何，也要帮他们修通一条通向山外的路。

曾经当过古丈县委书记，时任州委副书记的彭武长又特地与我去了一次上布尺、下布尺，与村民座谈。彭武长在古丈县当县委书记时，就与他的搭档——时任古丈县县长，后也任州委副书记的郭建群着手修筑通往上布尺、下布尺的路，而且已经修通了邻近的几个村子，只是山高路险，蚂蚁啃骨头，进度特别慢。古丈县的领导们只能一届一届地接力。直到向顶天和杨彦芳分别接任古丈县委书记和县长时，这条路还没有完全修通。后来，向顶天和杨彦芳多次来到上布尺、下布尺察看修路情况，解决修路难题，终于修通了这条难于

337

上青天的路。

路修通时，我在贴身衣兜里装了一张娘的照片，带着娘沿着公路回到了那个我和娘又爱又恨，却梦魂萦绕的上布尺、下布尺。

我带着娘坐车。

我牵着娘走路。

我扶着娘上坡。

我背着娘过河。

我挽着娘的胳膊，敲开上布尺、下布尺的每一个窗口、每一扇柴门。

我跟娘紧紧地靠在一起，看蓝天用白云作诗、飞鸟用炊烟写字、苍鹰用落霞画画，看放牛回家的孩子们，在桃花深处追逐嬉耍。

坐在一块大石板上，我跟娘天南海北地神侃胡吹，聊生活工作，讲笑话趣事，讲我们的前世、今生和未来。娘从来没有笑得如此开心。

活到今天，娘九十岁了。九十岁的娘，满头青丝，一口白牙，美丽年轻。

娘修通了前往上布尺、下布尺的公路，也修通了我通向博爱、宽容、仁厚、孝顺、坚韧、正直的心路。在这条历经岁月洗礼和精神磨难才换来的心路上，我比任何时候都懂得博爱、宽容、仁厚，懂得坚韧、正直、孝顺。我的心越走越宽，我的路越走越广，我的人也越走越正。我比以往任何时候都爱我的娘亲、家人，爱我的亲戚、朋友，爱我的国家、民族，爱每一个相识和不相识的人。娘要是泉下有知，该会怎样满足和高兴？

要是时光能够倒流，我不会再是那个整天对娘咆哮如雷的儿子，我会像一只乖顺的小猫，整天蜷伏在娘的脚下，听娘夜莺一样的唠叨、夜莺一样的歌声。我不会再是一把锋利的尖刀，直捣娘的心头。我会是一块温润的碧玉，挂在娘的胸口。我会满含一口家乡的井水，洗去娘操劳一生的风尘。我会手捧一束美丽的康乃馨，让娘幸福和安宁。娘流浪的屈辱、娘挣扎的苦痛、娘养儿的艰辛，我都要羔羊跪乳、乌鸦反哺、供奉一生。

可是一切都晚了！娘什么也看不见了，什么也听不着了。我只能空留一腔惆怅、满腹悲情、万年遗恨！

我曾经以我的无知和可恶，撕碎和毁掉了娘的整个世界；而今我想以我血淋淋的教训和迟到的觉醒，告诉和提醒整个世界：多陪爹娘、及时行孝，善待家人、珍惜亲情，亲近人间、包容世界，多点理解、少点抱怨，千万别像我一样拥有时破坏、抛弃，失去时珍惜、后悔，子欲养而亲不待，儿欲孝而亲不在。

面对已经远去、不会再醒来的娘，想起我对娘的无数叛逆和伤害，我有时觉得自己连忏悔的资格都没有，觉得我再多的追悔都是猫哭干鱼，都是鳄鱼的眼泪。因为，一切都不会再来，过失永远无法弥补，错误永远无法原谅。娘，只能出现在我一次次的梦中和一串串的泪里。

如今，高速公路都开始连通湘西各地了，通村公路的道路硬化，也在湘西全面铺开，基本竣工。世界上最高最长的钢梁悬索桥——湘西矮寨大桥，成了令世人叹为观止的湘西一景。交通的便捷，不一定代表人们心灵沟通的便利。四通八达的道路，不一定通向每个人的心灵。所有孩子的心都没有娘的心大。所有孩子的心眼，都可能蒙上灰尘。在这个世界上，永远只有娘的心最辽阔博大、最清澈明亮、最四通八达。

我知道，娘一定想到处走走看看，娘对这个世界始终保留着一分热爱和新奇。大姐居住的长沙，二姐居住的彻土库，哥哥居住的哈列车，妹妹居住的保靖城，还有我居住的北京，都是娘心牵挂的地方。儿女在哪里，娘心在哪里。那些给娘留下了无尽伤痛的苦难之地，娘也一定会特意走走。在娘与那些乡音、乡情亲切相逢的时候，会不会与生命中遭遇过的那几个男人相遇？我爹、史伯父、妹妹的父亲，还有那个继父，哪个会是娘来生的伴侣和依靠？娘会选择哪个男人度过别样来生？我的这些父辈们，会不会在九泉下像我一样椎心泣血地追忆、椎心泣血地感念、椎心泣血地忏悔？他们会不会以一种爱的担当，与娘从头再来，与娘共度来生？

娘！您在人间受尽苦难和委屈，儿期盼您在遥远的天堂，有一副结实的肩膀给您遮风挡雨，有一双温暖的大手携您患难同行！

四十五

　　千万里，我从北京追寻到湘西，只为找娘，只为赎罪，只为找到自己的根。可失败了，绝望了，也只好终止了。虽然，我一千个不甘心，一万个不甘心，可不甘心有什么用呢？自己的罪孽得自己承受，出来混，就得还。

　　本以为永远找不到了，我把娘彻底弄丢了，我永远是一个无根的、忘本的和缺心的人了，没想到柳暗花明、峰回路转，娘在天堂，依然用无言的母爱，福佑着儿女们。

　　我的几次寻找，虽然没有找到娘的出生地，但我找娘的故事，经过媒体的报道后，在三湘大地产生了不小的反响，读者及家乡父老，开始了接力寻找。他们说，这样的娘应该有安放灵魂的地方，这个迷途知返的儿子，也应该有个改过的机会、赎罪的机会，不然儿子的心不得安宁，娘的心也不会放下。

　　我母校吉首大学的师生们组织了四十多位志愿者，开着两辆大巴，沿着我书中提到的下寨河这条河流，一个村庄一个村庄地寻找。我出生的家乡保靖县委宣传部、统战部的部长龚迎春也带着我的舅舅舅娘和一批保靖县的读者，去那个叫下寨河的村庄求证和寻找。那些在外地工作和读书的湘

341

西人，也发网帖帮着寻找。花垣县的读者，更是为娘牵肠挂肚，他们就在娘的家乡，他们离娘最近，他们是娘的娘家人。所以，他们不想让娘在花垣县失踪或迷路，他们要让娘真真切切地回到家。他们是找娘最执着的人。一批一批地，他们先后来到下寨河，来到下寨河沿岸的村庄，寻找，寻找，再寻找。龙宁英、梁中金、石明照、谢成都、谢军、林成金、龙光平、吴玉华、龙科等等，认识的，不认识的，我可以列出一长串名字。尽管也没有找到，但他们的先后寻找，风一样吹遍了下寨河。整个下寨河的乡亲们，都知道有个彭学明在找娘，彭学明的娘好像就是下寨河的。

因此，下寨河的乡亲们，也开始了寻找。

正因为有了下寨河乡亲的寻找，才有了我的那位从未谋面的表哥吴家海苦苦寻找的故事。

表哥吴家海是下寨河村桐油寨人。两个儿子，一个女儿。女儿很争气，考上了省城长沙的一所大学，他就长年在长沙打工，一边赚钱一边照顾女儿。2012 年 5 月回家时，他第一次从爱人口中听说了我们寻亲的故事。当听到寻亲的人是保靖县水银乡人时，他心里咯噔一下，想：是不是我家亲戚呢？因为，他从小就听他父亲说过，他父亲的伯父被抓壮丁走后，父亲的伯母带着几个孩子逃荒要饭到保靖县，后落户到保靖县水银乡了。但是，却阴差阳错，再也没有见面和走动过。于是，他连夜跟父亲旧话重提，让父亲再次回忆隔了半个多世纪的陈年往事。一聊，就到了凌晨三点多。他记了密密麻麻半个本子。

他不再下长沙打工，而是留在家里，希望等到再去寻亲的人。

而绝望中的我没有再去。绝望中的舅舅舅娘也没有再去。因为，我们以为再也不可能找到了。我们不知道还会有吴家海的父亲是活着的见证者，更不知道吴家海也在苦苦寻找。

偶然中的必然，转机在一个理发店出现了。

那时，已经是2013年的2月初，是中国农历壬辰龙年的腊月底。乡下人已经开始杀猪宰羊，置办年货，准备过年了。城里人也张灯结彩，到处是年的气息和欢乐。吴家海到花垣县城，置办点年货，理理发，好热热闹闹、清清爽爽地过年。当他踏进理发店，跟理发员闲聊时得知，理发店老板的母亲居然跟我舅舅是一个寨子上的！这真是踏破铁鞋无觅处，得来全不费工夫。狂喜像闪电和雷霆，同时擂进他的肺腑，让他激动得流出一串泪来。远去的历史，往往就是这样，在不经意时，会戏剧性地拐过弯来，把断层接上，与现实相逢。

吴家海迫不及待地见了店老板的母亲，给店老板的母亲讲了自己有亲戚在水银的有关情况。店老板的母亲觉得吴家海说的跟我舅舅家的情况有点相似，就给我舅舅打了电话，然后有了舅舅跟吴家海父亲——也就是我堂舅的历史性会面。

这个理发店，无意中成了我找到生命之根的福地。

理完发，吴家海一刻也不敢耽误，连夜跟哥哥一道带着父亲去水银梁家寨村见我舅舅。当九十岁的堂舅老泪纵横地跟我舅舅舅娘讲述嘎公嘎婆的历史，讲述娘、姨、舅舅和

343

姚姓大舅时，舅舅和舅娘也一直泣不成声，而当堂舅讲出舅舅谁也不知道的另外一个名字"吴仕清"时，七十八岁的舅舅再也控制不住自己，抱住堂舅放声大哭！舅舅喊：哥啊！我就是吴仕清啊！我总算找到你们了啊！

两个分离了将近八十年的老人，穿过隔世的风雨，在漆黑的夜晚，放声痛哭！

那是亲情走失多年以为再也不会回来的伤痛之哭！是亲情走失多年失而复得的喜悦之泪！

时间和历史，就这样带着亲情，倾盆而至，突然而来。走过风。走过雨。走过痛。熊熊的火塘里，火苗和火光，将亲情与泪水烤得火热、滚烫。

爱，只要坚持，历史就会留下缝隙，时间就会给予机会，上苍就会感动，亲情就会胜利。

当舅舅在电话里把这个喜讯告诉我时，我一下子就哽咽了，任暴雨般的泪水，挂满两腮。放下电话，我像受了多年委屈的孩子，失声痛哭。娘啊，我总算做对一件事，总算找到您的出生地，找到了我的根！

感谢老天，还让我的堂舅如此健康地活着，才使我有机会知道、找到娘的家园，找到我的生命之根。

感谢读者，能够宽容和原谅我这个深怀愧疚的孩子，帮我找到了娘的家园，找到了我的生命之本。

感谢娘，至死还深爱着自己的孩子，还引领着孩子找到了回家的路。

我在前面的章节说，嘎婆是改嫁到保靖县水银乡梁家寨的。其实不是，吴家海的父亲，也就是我的堂舅的讲述，让我清晰地明白了娘的家族地图，看见了我的生命来路。

堂舅叫吴仕银，九十岁了，属鼠，跟娘同年，小娘半岁。堂舅说，我嘎公有三弟兄，个个高高大大，我嘎公是老大，他父亲是老二。堂舅叫我嘎公为大伯，嘎婆为大伯娘。嘎公三弟兄都给地主做长工。嘎公跟嘎婆结婚时，从老后坪带了个随娘儿，叫姚老贝。嘎公跟嘎婆又生养了三个儿女，我娘、大姨，还有舅舅。嘎公被抓壮丁时，嘎公的父母四处借钱，想把嘎公赎回来。却最终没有借到，而看着嘎公被国民党用铁丝绑着大拇指，与其他人穿成一串抓走（这与娘给我讲述的用铁丝绑着大拇指这个细节完全吻合）。嘎公被抓走后，曾经来过一封信，说那里特别冷，要嘎公的父母及我嘎婆给他寄两双布鞋和两套衣服。堂舅估计我嘎公是被抓到了北方，在北方打仗，不然不会那么冷。一屋人都给地主当长工，哪里来钱给嘎公置办衣服和鞋子，嘎公的要求就成了泡影。嘎公也就此杳无音信。堂舅说，肯定是战死沙场了，只可惜死在哪里死在何时都不知道。嘎公被抓走，地主嫌嘎婆一个人带着四个孩子，吃得做不得，就不要嘎婆在地主家做长工了。养不活孩子的嘎婆，只好带着四个孩子逃荒讨米，就此再也没有回来过。也不知道是生是死。

上世纪八十年代初，下寨河一个叫吴孟虎的老师到保靖县葫芦乡赶集做生意，路过水银乡。天黑了，不敢再一个人赶夜路，就敲开了水银乡一户陌生人家的门，讨歇处。这户人家的主人半夜起床给吴孟虎煮了一鼎罐饭，还打了几个鸡蛋，收留吴孟虎住了一晚。第二天还盛情地给吴孟虎杀了一只鸡，挽留吴孟虎多住几天。吴孟虎要赶回去给学生们上课，就没有多留。但吴孟虎却给堂舅带回了一个惊人的消息，这个收留吴孟虎住了一个晚上的人也是花垣县下寨河人，而且是堂舅家的堂姐。这人听说吴孟虎是下寨河人时，哭了，向吴孟虎打听堂舅家的情况。堂舅这才知道他当年从家里逃荒讨米出去的大伯娘一家落户到了水银。

这个收留吴孟虎住了一晚的人就是我娘！

吴孟虎借歇的就是我家！

堂舅对舅舅说：是老天有眼，是我们的二姐、学明的娘在天堂保佑我们相见！要不是二姐仁义、心好，收留吴孟虎住一晚，我们也就永远不会知道你们的下落，我们就断了这唯一的一条线索。我们命中注定有这么一个好二姐，学明命中注定有这么一个好娘，是我们的二姐在保佑我们今生相见，不再分离！

人间真是有太多的巧合和机缘，人间真是有很多命中注定无法改变的东西，但无论是机缘巧合，还是命中注定，都不是无缘无故、空穴来风的，无论怎样的变数和定数，都是前世今生积下的，或积的善，或积的德，或积的恶，从而种瓜得瓜，种豆得豆，善有善报，恶有恶报。娘一生的善、一生的德和一生的爱，就证明了这条千古不变的训示和定律。没有娘一生做人的善良与品德，就没有我们今生幸福喜悦的相逢。娘比天高比海深的爱，让时间和岁月，让上苍和人类，都收获了善良与感动。娘穿越时空的爱，让尘封而无情的时光，让严酷而公平的上帝，把亲情，善良地还给了我们。

四十六

　　找到了娘的出生地，我心里并没有如释重负的感觉。我现在做得再好，都换不回娘的生命，都无济于事。我都不能将功补过，不能恕罪赎罪。但不能因为换不回娘的生命，我就不去将功补过、做我还能做的事，不能因为对娘对我无济于事，就不去以心赎罪、做我该做的事。人生就是一杆秤，只要秤砣压上，就有重量，就得负重，就得过秤。我便一寸一寸地数着时光，等待着带娘回家的那天。

　　我带了五张娘的画像，然后把娘的画像一一过上塑，装上框。我想回去时，给兄弟姐妹一人一张。我不能光让娘保佑我一人，还要让娘保佑所有亲人。我不能光让我一个人想娘时能够看到娘，还要让我的兄弟姐妹们想娘时也能够看到娘。

　　娘的画像惟妙惟肖，生动传神，跟活着的娘一样。娘的表情是那么慈祥而安宁，娘的眼神是那么坚毅而淡定，娘和娘的爱，就那么温馨地坐着，看着这个世界和儿女们。给娘画像的画家叫胡晓曦，是徐悲鸿艺术学院毕业的，知识产权出版社的美编。这个二十几岁的年轻人说，她不是用笔画出来的，而是用心描出来的，是画笔经过灵魂的洗礼后用情一点一滴地绣出来的。她画的好像不是彭学明受苦受难的娘，而是自己最疼最爱的奶奶。

2013 年的 4 月 2 日，我带着娘的遗像和遗愿，带着儿子一生都无法弥补的遗恨和遗憾，回到了下寨河。

有生以来，我第一次陪娘回家。

下寨河的乡亲们，一个月前就开始准备迎接娘和我们这些儿女了。他们怕路高低不平，摔着了娘，把路重新铺上了沙子和水泥。他们怕房子太老太旧，娘坐不习惯，把房子重新整修和上了桐油。他们杀猪宰羊。他们杀鸡破鸭。他们把一个寨子最好的东西，全部都拿了出来，招待娘和娘的儿女们。

远远地，我看见下寨河的山顶上矗立着一张娘的巨幅画像。那是下寨河乡亲喷绘的。蓝天下，白云里，娘孤独地站在山顶上，等着我和我的兄弟姐妹一起回家。

下寨河的乡亲们还在村口扯了条横幅——

下寨河亲人欢迎彭学明兄弟姐妹陪娘回家

这样的横幅，他们一路扯了很多条——

下寨河亲人接娘回家

下寨河是彭学明娘的母亲河

吴桂英阿乃^①，下寨河亲人想您，盼您，热爱您

下寨河永远是吴桂英阿乃的家

下寨河，母亲心中的古苗河，儿女心中的母亲河

吴桂英阿乃，我们为您骄傲

娘是天下儿女回家的路，娘为天下儿女点亮回家的灯

每一条横幅都是下寨河亲人深情的呼唤。每一条横幅都喊出了我心底滚烫的泪。

在这样深情的呼唤里，我看见下寨河的几百个亲人都穿上了节日盛装，伫立村路，迎接我们。激越喜悦的苗鼓，把整个山寨都敲得欢天喜地，热泪滚滚。

我就这样虔诚地抱着娘的画像，牵着娘的衣襟与娘回家。

按中国的惯例，这样热烈的横幅标语，这样巨幅的民间画像，这样隆重的欢迎礼仪，都是给官方的、元首的、伟人的。可下寨河的乡亲们却给了娘，给了我，给了陪娘回家的儿女们。他们是民间最朴素庞大的仪仗队，是最重情重义的骨肉亲人。他们以民间最朴实的感情和最隆重的礼节，迎接失散多年的亲人。

舅舅舅娘来了。

---

① 阿乃：阿娘。

表哥表姐来了。

下寨河在家的男女老少来了。

下寨河在外工作的机关干部和打工的兄弟姐妹来了。

一些朋友来了。

一些读者来了。

就连正在湘西做节目的湖南卫视著名记者李兵和他的伙伴们也闻讯赶来了。

当下寨河的村民全体出动，站在村口，浩荡迎接时，您看到了吗，娘？他们是您离开八十年后魂牵梦绕的亲人！

当吴家海表哥兄弟俩在前面引路，几百位乡亲浩荡相随时，您看到了吗，娘？他们是您离开八十年后从未动摇过的坚强后盾！

他们在打您最喜欢打的苗鼓。

他们在唱您最喜欢唱的苗歌。

他们在跳您最喜欢跳的苗舞。

他们在讲您最喜欢讲的苗话。

就连那只不知道从哪里来的小黄狗，也闻到了您的气息，也知道您是亲人，也欢天喜地地为您保驾，为您引路。

快进家门时，吴家海兄弟把娘的画像从我手中接过，领娘进门。他们是娘最亲的晚辈，最亲的亲人，他们以最隆重的礼仪烧香、奠酒、祈祷，把娘放到神龛，与祖先一道供奉。娘是这个世界上保佑所有亲人的神！

仁慈的巴代雄①为娘唱起了古老的苗歌：

_____

① 巴代雄：苗族祭祖的巫师。

顺水漂，随水流，落叶漂到山外头，背井离乡儿女苦，无年无月无盼头。

星子起，星子落，星子落到下寨河，爹娘盼崽崽没回，眼泪泡饭魂打落。

这首歌，让堂舅和舅舅再一次想起了过往凄苦的岁月。堂舅指着门前的一丘水田和一块空地对我说：那一片过去都是大地主的田土，我爹我娘，还有你嘎公嘎婆都一无所有，都给地主打长工。你嘎公在他们几弟兄里是老大，既要拖你娘你舅舅他们，又要照顾兄弟姐妹和老人。你嘎公嘎婆就是在那丘田里搭了个茅棚子成的家，生了你娘、你大姨和你舅舅三姊妹。后来你嘎公和我爹他们三弟兄，凑齐了八吊钱，把这丘田和地买了下来。中华人民共和国成立后交了公。改革开放，田土到户后，你吴家海哥哥又把这丘田和地买了回来。这也是命中注定你娘的根就是我们吴家的，哪个都抛不断、挖不走。

堂舅说：你娘那时候就听话、懂事，大人们帮地主干重活，你娘就帮地主扯猪草、砍柴火，地主就会给你娘一碗苞谷糊糊。你娘舍不得喰，端回家，分给你大姨和舅舅喰。你娘那时候个子小小的，但喰得苦，要得强，不怕死，哪个敢欺负你大姨和我们，你娘都会第一个冲上前，跟人家打。可惜的是，你嘎公被抓壮丁后，你娘和舅舅他们就被你嘎婆带着外出逃荒要饭去了。那时候，你娘不到十岁，你舅舅还抱到手里的，才一岁多点。我们以为，你娘他们都会讨米转来，米想到，一去就米有转来了。八十年了，外甥，要是你娘活着，我们能够见上一面多好？

说着，堂舅就哭了起来。舅舅舅娘也哭了起来。

堂舅说：不怪你娘，怪我。那回，吴孟虎老师从你娘那里转来后，我晓得你娘他们在水银了，我也米有去找，米有去走。因为吴孟虎讲，你们日子过得很穷很苦，我也过得很穷很苦，我帮你几娘么送不起二两米、出不起二两力，就连一颗水果糖都买不起。我米有脸去。人穷面浅，人穷脸红，人穷了，直不起腰，讲不起话，讲了话也不压秤，米有人听。

还有一个更深的原因，堂舅没给我说，但吴家海表哥给我说了，那就是堂舅当年当农会主席和贫协主席时，也因为穷，跟自己的亲弟弟为了一件事反目为仇，伤透了心。堂舅跟吴家海表哥说，各人的亲弟弟都像死对头了，堂姐堂弟又有好多亲情可言、可信？所以，堂舅也一直没去找我娘我舅，没有去走他的这几个堂姐堂弟。

是的，在那样的年代，当政治强硬、生活贫穷、日子艰难时，亲情、友情，还有人情、人性，都会脆弱得不堪一击。为了生存，人们想保持那份尊严，却反倒失去了尊严；为了生计，人们想找一条活路，却反倒被逼上了绝路。在贫穷的十字路口，亲情和友情，既可能走拢来，相濡以沫；也可能转过身去，爱莫能助；更可能你争我斗，大打出手。

我跟兄弟姐妹们来到水田边，望着一汪田水，我仿佛看到了嘎公嘎婆的那个工棚，看到了娘和嘎公嘎婆在工棚里进进出出的身影。我看见娘光着脚板在田土边扯猪草。看见娘扎着小辫子在森林里砍柴火。看见娘抱着一岁的弟弟在哄着入睡。我甚至听到了娘出生时那声嘹亮的啼哭。面对苍天，我扑通一下跪倒在田边，亲吻生养我娘的这块土地，叩拜娘和祖先的在天之灵。我点上香，烧上纸，然后把《娘》书，一页页撕下，烧给娘看。那一个个字，是我的一句句话；那一声声喊，是我的一阵阵痛。娘啊娘，儿子总算找到回家的路了，找到回乡的根了，儿子终于带您回来了！您安息吧！

在苗家的长桌宴上，下寨河的亲人们又一次唱起了苗歌。我无言以报，只能深深鞠躬，为亲人们演唱了一首彭丽媛的《父老乡亲》。我特别喜欢这首歌，有血有肉，有情有义，有温度：

> 我生在一个小山村
> 那里有我的父老乡亲
> 胡子里长满故事
> 憨笑中埋着乡音
> 一声声喊我乳名
> 一声声喊我乳名
> 多少亲昵
> 多少疼爱
> 多少开心
> 啊　父老乡亲
> 啊　父老乡亲
> 我勤劳善良的父老乡亲
> 啊　父老乡亲
> 啊　父老乡亲

树高千尺也忘不了根

……

可是，当我唱到第二声"喊我乳名"时，我突然泪雨滂沱，痛哭失声。整个寨子都是乡亲们跟我一起淌下的泪水，一起嘤嘤的哭声。

谁会与你同笑？豺狼也会同笑。

谁会与你同哭？只有你的亲人！

曾经，娘是一片嫩嫩的树叶，被命运的狂风暴雨从下寨河刮走；而今，我是一条小小的银鱼，因亲情的力量往下寨河洄游。是娘的土地，娘终究会落叶归根。是娘的孩子，娘终究会深情亲吻。

泪光里，我的耳边又升起了那首我百听不厌的苗歌：

亲人哪我们的骨血

你晓不晓得我们一直在想你

我们怕你吃了千难受了万苦

我们一直到处找你

找了千山

找了万水

找了魂里

找了梦里

今天终于找到了你

今天你终于回来了亲人

我们像过年过节一样杀猪宰羊迎接你

我们用最动听的苗鼓欢迎你
我们用最好吃的米酒招待你
我们用最深情的苗歌祝福你
骨肉团聚
永不分离

四十七

下寨河又叫古苗河。之所以叫古苗河，是因为传说苗族先祖蚩尤与黄帝大战于涿鹿时，兵败湘西，退守花垣。蚩尤看到下寨河山高林密，陡峭险峻，组成了一道天然屏障，便据守这里，迎击敌人。当敌人的铁蹄在山谷中溅起阵阵回声时，蚩尤就是凭借这道天险，把数万敌人打得屁滚尿流、闻风丧胆，不敢再踏进一步。此后，蚩尤定居这里，修身养性，繁衍生息，在湘西哺育和壮大了一个民族——苗族。就此，下寨河就有了另一个名字——古苗河，蚩尤居住的那个村庄就叫蚩尤村。下寨河成了湘西苗族名副其实的母亲河。

下寨河只是湘西的一条小河，不过五十公里长。从下寨河起步，到清水河交汇，流入酉水，注入沅江。她是一个小个子的苗家女人，却是一个大气大度的苗族母亲。沿岸的几十个小村小寨，都是她丰沛的乳汁喂养的。下寨河两岸的山，虽然依然陡峭险峻，但一山山连绵起伏的绿色，却把山势铺得温润柔和。尽管铮铮铁骨、傲然挺立的奇峰，依然是江山万里、一派宏阔，水，却永远是一匹柔软的绫罗绸缎，依着山势，层叠蜿蜒。那曾经洗去苗族祖先风尘的河，如今是那样地深情款款，一步三回，千回百转；那曾经荡涤敌寇铁血的水，如今是那样地碧绿清澈，妩媚宁静，欢快丰满。风生，水起。雾飘，岚映。河岸上满山的野花，在波光潋滟中，摇曳，浸泅，成一团团斑斓的流彩。绿色里满山的鸟鸣，跌进瀑布，与瀑布的歌声，联唱，和鸣。一首苗家的女歌，总是箭一样从某个地方射起，刺破青山，冲向天空，行云流水，悠扬动听，那里一定是有村落、人家，有炊烟、饭香了。而最美的那个村庄、最香的那粒米饭，就是娘的那个下寨河桐油寨，一个苗语叫"喔吧豆油"的地方。

"喔吧豆油"是苗语，汉译"长满桐油树的寨子"。桐油树是湘西极不起眼的一种树，一张张绿色的阔叶，就像一张张圆圆的大脸盘。身材五大三粗，头脑简单，四肢发达。花朵也大朵大朵的，小喇叭一样，开得很白，开得很茂，朴素，不香，却是生命的怒放。桐油花的美不在外表，而在花心和花蕊，花心和花蕊里那一笔笔的红、一线线的黄，就像苗女一笔一画描的、一针一线绣的，一束一束，一绺一绺，一抹一抹，浓淡有致，甚是好看，就像下寨河的人。他们就跟这桐油花一样，朴素，普通，极不起眼，却满山怒放。当年，娘、舅舅，还有大姨，像桐油花一样跟着嘎婆飘落异乡时，娘的记忆里就是这满山的桐油树、满山的桐油花。我抓了一把桐油寨的泥土，又摘了一朵桐油寨的桐花，用桐叶包着，带回了北京的家。我要让娘天天看到故乡的桐油花开，时时闻到故乡泥土的气息，我要让娘的灵魂在故土大地得到安放。我想，只要娘在儿心，这朵桐花就不会死，这片桐叶就不会枯，这抔泥土就不会腐。

回首整个找娘寻根的过程，似乎结局非常圆满。其实，不然。我只是找到了娘的出生地，找到了我生命的根和本，找回了一个儿子对母亲应有的心。娘，却永远在另一个世界，永远找不回来了。我依然把娘彻底弄丢了。我对娘所犯的一次次错、一回回罪，我对娘欠下的种种愧疚，都是不能以一对抵百错的。我认识得再深刻，忏悔得再彻底，救赎得再完美，都不可能让娘重活一次。所以，我只能一辈子活在愧疚中、悔恨里，只能一辈子经受良心的拷问和煎熬。

我希望通过我的寻找，能够让亲朋好友及读者们吸取我的教训，趁着父母健在，好好珍惜父母和亲情。父母和亲情，有时也会像雨或水，说来就来，说走就走，一去不复返的。趁着父母健在，多听听父母的人生故事，多摸摸父母的历史镜像，父母的人生和历史，就是我们的人生和历史，就是我们的根和本。我们的现在，我们的未来，都是父母的人生和历史指明的方向和来路。不了解父母的人生和历史，就是不了解自己的方向和来路，就是没有自己的根和本。

在这个世界上，在这样的时代里，我们有多少人真正了解自己父母的人生和历史？有多少人愿意了解自己父母的人生和历史？有多少人把了解自己父母的人生和历史当作快乐，当作幸福，当作一个孩子应有的使命？或许，我们更多的人只是领导的唯命是从者，却不是父母的聆听者；我们宁愿待在恋人情人身边听恋人情人说一千遍废话假话，却不愿意待在父母身边听父母说一句真话实话。当整个社会和时代都想着权财、孩子和自己时，还有多少人在想着父母和根本？也许，我们太多的人把父母忽略了，把根本忘记了。在越来越城市化的今天，当我们离生养父母的土地和生养我们的家园越来越远，越来越接不上地气和人气，越来越没有故乡和根本时，我期望在我寻根寻娘的举动里，大家能够吸取我血淋淋的教训，莫忘根，莫忘本，找到根，找到本。

根在父母身边。

本在故土大地。

是母亲身上的一滴水，就得回到母亲身旁的母亲河。只有母亲，才会让儿女们的河床永远丰盈、不会干涸。

四十八

沿母亲河逆流而上，娘前世的浪花和涟漪，开始一点一滴地溅湿我生命的源头和河床。

将近半个世纪里，我从来没有跟我的姐姐妹妹和哥哥们认真地谈论过娘，更没有跟我的舅舅舅娘和乡亲们好好地聊过娘，如今，我却如此真切地站在河的一岸，与我的亲人和乡亲们，打量娘，述说娘，呼喊娘。

娘在河的另一岸，不知道听不听得到儿女们一声声肝肠寸断的呼喊，看不看得到儿女们河水一样奔涌的泪光？

前面说过，十来岁的娘随着嘎婆一路逃荒到保靖县水银乡梁家寨后，好心的梁姓人家收留了娘几姊妹和嘎婆。时间一长，嘎婆就喜欢上了这个姓梁的男人，这个姓梁的男人成了娘和舅舅的继父，成了我们的嘎公，我们叫梁嘎公。梁嘎公无父无母，是个孤儿。他视娘、姨、姚姓大舅和舅舅为亲生儿女，不再生养，千辛万苦地与嘎婆一道把娘几姊妹养大。嘎婆，就此丢掉了逃荒要饭的打狗棍，娘几姊妹从此有了一个温暖的家。

山风喂养大的孩子，总是生命力最旺盛和强大的孩子。没几年，姚姓大舅就出落成一个玉树临风的美男子，娘和大姨也出落成亭亭玉立的仙女，而舅舅，则是一个跟大舅一样高大的美少年。十里八寨的人，都纷纷上门提亲。有给大舅说媳妇的，有给大姨和娘找相公的。

姚姓大舅，好了几个女人，却跟谁都没有结婚。也许是因为贫穷，他要给梁嘎公嘎婆减轻负担，帮梁嘎公嘎婆挑起家庭重担；也许是他风里来雨里去的漂泊惯了，他没办法给女人一个安定的家，所以不想女人吊在自己的裤腰带上跟着吃苦受穷。总之，他是第一次实施抢劫就被抓住、畏罪自杀的，他没有娶过一房女人，更没有留下一脉香火。他是一片树叶，被无情的命运，无情地刮走。风冷，命冷。风硬，命硬。雷击火烧的树叶，没有留下一丝灰烬。

大姨，却柳枝一样插在了梁家寨，嫁给了几米之隔的邻居，成了梁家寨上梁家人的儿媳。这一个寨子都是一个祖上繁衍下来的家族，嫁给梁家人，是亲上开亲，亲上加亲。柳枝虽然摇曳飘拂，却有着稳固的根。

而娘，则成了传说中抢亲的主角，被抢亲的娘，注定有了传奇的一生。

这抢亲的，就是史伯父，是我同母异父的哥哥姐姐的父亲。

说实在的，我对史伯父的感情，远远超过对我亲爹的感情。在史伯父有生之年，我多次见过他。史伯父外表的英俊高大，内心的善良慈祥，都给我留下了极为美好的印象。我一直搞不懂娘为什么会跟史伯父离婚。一直怀疑并不像娘告诉我的那样，仅仅是因为连国家都穷的时候，怕哥哥姐姐吃不饱养不活而有商有量离的婚。

361

当二姐和舅舅给我讲起娘的第一次婚姻，是被抢亲抢走的时候，我的惊讶超过了听到世界上任何一个奇谈怪闻——天啦，娘居然是被抢走的！娘怎么就会被抢走呢？我为什么从未听人提起过呢？

唯一的解释就是，娘的几次改嫁，和改嫁遭受的屈辱与苦难，成了我们兄弟姐妹及每一个亲人都不愿揭开的伤疤。一揭就会烂，一揭就会痛，一揭就会有新鲜的伤口流血、流脓。

的确，在我们兄弟姐妹及亲人间的交流里，我们从没说到娘的过去，我们都是把娘的过去埋在心底，埋得越深，活得越顺；埋得越严，活得越舒坦。因为，那埋掉的是不堪回首的岁月，不堪回首的苦难，和不堪回首的屈辱。

娘那时一定是个赛过仙女的美女。做裁缝的史伯父，与娘相隔的距离，不是几座山几条岭的距离，而是一条河奔向大海的距离。娘在保靖县水银乡的梁家寨，史伯父在古丈县断龙乡的小白村。山隔着山，水隔着水，山重水复两百里。那可是没有交通，没有信息，蛮荒闭塞的时代啊，做裁缝的史伯父，居然听到了娘的芳名。他一路做着裁缝，一路来到了梁家寨，暗中见到了娘。我不知道娘当时是以怎样的一种美丽打动了史伯父。但暗中窥探娘的史伯父，一定看到了仙女的模样。娘长长的辫子、弯弯的蛾眉、红红的脸蛋、莲花的足盏，一定让史伯父想起了传说中的田螺姑娘。所以，史伯父选了一个葵花向日的早晨，假装迷路，勇敢地走上前去，跟娘问路。在旭日里挑水的娘，和在旭日里问路的史伯父，就陌路相逢在薄雾袅袅的晨光里。娘的心不知就里，如泉水清澈，史伯父"心怀鬼胎"，如霞光万丈。娘挑着水走了，史伯父却久久地站在原地，目送娘的背影拖着晨光远去。娘的水桶里，装走了高大英俊的史伯父的心。

史伯父没回自己家，而是跑到阳朝乡溪州村一个远房亲戚家里，要这个远房亲戚前来提亲。史伯父早就打探好了，当年嘎婆带着娘几姊妹逃荒要饭时，曾经在史伯父这个远房亲戚家住过一段时日，嘎婆感恩于史伯父这个远房亲戚，每年都亲戚一样走动。史伯父觉得这真是天赐良缘，是上天安排嘎婆与他的这个远房亲戚相识，又是上天安排他要与娘成亲。

嘎婆同意了，娘却断然拒绝。

史伯父大娘十二岁，属鼠，生于 1912 年，是只二十九岁的大老鼠了。而娘才十七岁，也属鼠，是只小老鼠。娘觉得史伯父年纪太大，不想嫁一个大自己十多岁的男人，就坚决拒绝。嘎婆觉得史伯父会裁缝，手艺是打不烂的金饭碗，一个人只要有了门手艺，就可以端着饭碗吃天下，嘎婆还觉得年纪大的男人疼女人，知冷知热，不会亏着，就特别中意这门婚事。娘从小就独立要强，再乖顺，也不拿自己一生的前途开玩笑，因此坚决不从。娘理想中的丈夫，不是青梅竹马的，也是浪漫邂逅的。娘想找的不仅是一个勤劳善良的好哥哥，还是一个会给娘吹土家族咚咚喹，或者会与娘对苗寨飞歌的帅哥哥。那能吹开和唱欢娘心的才是娘想找的。娘要给他织花带、做花鞋，娘想他日日夜夜在屋后的山上唱完情歌后，用一顶花轿将娘欢天喜地地抬走。

可这怎么由得娘？在封建的旧体制里，儿女的婚姻，自古就是父母之命、媒妁之言，哪里由得儿女抗婚。抗婚就是大逆不道。一个穷人家的女儿，能够吃上一口饭就是天大的福气，还想那么浪漫，真是岂有此理！

嘎婆发话：我女不去，你们就抢！

得了"圣旨"的史伯父，就真的带了寨子上的十来个人，把娘抢走了！

那天，也是一个风响霞飞的早晨。大舅外出谋生去了，他那时还浮萍一样漂着，没有出现意外。大姨则嫁出去了。只有娘和小舅在嘎婆和梁嘎公身边。小舅还小，家庭重担就落在了娘肩上。娘早早地起来，梳头，早饭没吃，就下地薅苞谷草。天太热，娘得赶在日头最毒前，出一个早工。这地不是娘和嘎婆的，也不是地主的，而是土匪徐雅南的。徐雅南是湘西保靖县有名的土匪，曾任"湘鄂川黔反共救国军总司令"。早年共产党在革命老区领导穷人打土豪、分田地，把地主的田土都分给了穷人。共产党离开老区后，这些土地又被国民党下了委任状的匪首们收回去，成了匪首们搜刮民脂民膏的乐园与家业。匪首们把土地租给穷人，让穷人种庄稼和鸦片，粮食允许穷人留一点养家糊口，鸦片全部上缴，以便土匪卖钱置业，武装扩张。

绿油油的苞谷林，都有半人高了，旺盛而整齐。肥沃的土地，让每一棵苞谷都肥绿肥绿的，纷披着枝叶，挺立着杆芯。没风时，苞谷林静默无声，像一群埋伏在地里的战士，屏声静息地谛听着风声雨声和敌声。有风时，纷披的枝叶就翩翩而起，飘飘飞动，像无数的绿带在交缠、欢舞，杆芯被交缠和欢舞扯动得迷迷瞪瞪，微笑颔首。眼花缭乱的舞姿，是眼花缭乱的迷离；眼花缭乱的迷离，有眼花缭乱的美丽。在苞

364

谷林里辛勤劳作的娘，做梦都没有想到，自己早已是史伯父心中最亭亭玉立的那杆苞谷，娘的一枝一叶，娘的一颦一笑，早就长在了史伯父的心尖上、梦呓里，史伯父早就在这苞谷林里设下了天罗地网，只等娘一步一步地走进伏击圈。

娘的身影才刚刚融进这一片绿色，才刚刚看到这一幅风景，史伯父和他的伙伴们就迫不及待了。他们冲进苞谷地里，扛起娘就跑。

为了让娘知道不是土匪而少受惊吓，史伯父开抢时就对娘亮明了身份，说明了来意。史伯父边跑边对娘说：不要怕，我是托人上你屋里提亲的史裁缝，不是谋财害命的，我是娶你为妻的，你不干，我只好抢。

娘像受惊的一只小鸟，还来不及张开一片羽毛，就被擒住了，拼命喊救命。可是远远地没有人听见，娘喊破喉咙也无济于事，只能无望而愤怒地在史伯父的肩上乱蹬乱打。蹬打的力量比羽毛还轻。荒野里，留下的是娘惊恐的眼泪和史伯父与他同伴踩断的苞谷杆。

其实，嘎婆和梁嘎公就躲在密林深处看着。看见娘被史伯父抢远了，嘎婆和梁嘎公才假装喊：快来人哪，抢人了！快来人哪，我小女儿被抢走了！

村里的人听见了，都跑出来跟着追，追到山坳上，史伯父已经在山脚下了。追不上了，就笑嘻嘻地停下来，给嘎公嘎婆道喜，说：你们养了个好女儿，有人抢。下回，我们的女儿也有人抢就好了。

嘎婆和梁嘎公就一边抹泪，一边喜滋滋地说：过几天来喝喜酒吧。

抹泪，是舍不得女儿。高兴，是自己养了个好女儿，女儿不是嫁不掉而送出去的，而是想娶的人太多，被人迫不及待抢走的，嘎公嘎婆脸上有光。

在山脚下等了很久的花轿，见娘被抢来了，欢天喜地地抬着娘就跑。没跑多远，娘却从花轿里跳了下来，吓得史伯父和他的同伴们魂飞魄散。天啦，这个女子性子这么刚烈，摔坏了哪门办？

娘还真的摔坏了，娘的左脚崴了，摔在地上爬不起来。膝盖也在一块坚硬的石头上碰出了一道伤口，流出鲜红的血。

史伯父的心一下子疼得痉挛了，蹲下去，捧起娘的脚，问娘疼得厉害不？娘怒目圆睁，没有回答，使出浑身的力气和愤怒，一脚把史伯父蹬开。这一蹬，史伯父损不了一根毫毛，娘的脚却一下子脱臼了，咯噔一声，娘听到了脚腕脱节的声音。娘也惨烈地叫了一声。

左脚受伤的娘，再也由不得自己了，只能任凭史伯父把自己强行扶在婚姻的路上。

史伯父担心娘再从花轿上跳下来，好说歹说，背着娘走。娘伏在一个陌生男人的肩头，心里全是憋屈和别扭。眼泪，珍珠断线一样滴落在史伯父的肩头、脖子和脸颊，热热的，把史伯父的心烫热。史伯父说：你莫哭，我不会让你喝苦受罪，我是裁缝，一定能够让你过上好日子。娘不答言，在心里说：你是裁缝又哪门样？裁缝就可以把我当成一块布随便裁？人家抢亲，都是你情我愿的，是意中人抢意中人，你却像个强盗土匪，强抢恶要，有什么好日子？

的确，在湘西，抢亲是延续了几千年的民间习俗。无论土家族还是苗族，抢亲往往都是男女双方你情我愿而抢的。男女双方你情我愿时抢亲，是男方对女方的尊重，表示女方金贵和优秀，追捧的人多，得先下手为强，不然就被别人娶走了，所以，选一个日子，到女方家去抢，让女方家博得一个好名声。如果新郎新娘本就见过，心心相印，父母双方也很满意，这种抢亲，往往是最快乐和最幸福的。那是所有人都见证和分享爱情幸福与快乐的方式。遗憾的是，在那媒妁之言的时代，往往是父母满意女儿不满意，那这不满意和不知情的女儿被抢亲时，女儿就成了这个民间习俗的牺牲品。

　　娘现在就是这个民间习俗的牺牲品。

　　娘伏在史伯父的肩头久了，既不好意思，又不忍心。不好意思的是，一个黄花闺女，怎么能够让一个陌生男人背着？不忍心的是，不知道有多少山高水长，史伯父怎么背得起？心软的娘终于开腔说话，要求坐进花轿。

　　史伯父在确认娘真的不会再跳下花轿后，就一路把娘抬上了船。水路有多长，娘的眼泪有多长。山影有多重，娘的忧伤有多重。娘没有一点即将做新娘的喜悦，而是一种卖身为奴的酸痛。

　　史伯父家住酉水边的一个小村庄。叫哈列车。也是一个土家族语的地名。我不知道这地名是什么意思。我想象不出哈列车过去的模样。因为下游修大型水电站，哈列车从河边搬到高高的山顶上了。我想，那一定是我见过的酉水河边最美的寨子之一。

船未靠岸，娘就看见悬崖边上挂着的一排整齐的吊脚楼了，黑瓦，木板，绿竹挺立，绿树掩映。也有几座茅棚子和竹篱笆及石头垒砌的房子。炊烟正一笔一缕地从屋顶上飘出来，鸡、狗，还有牛的叫声，钻出绿树绿竹的厚重绿影，落进娘的心里，给娘几许温暖。一只狗正站在岸边欢天喜地地摇着尾巴迎接，让娘有了一种亲切和踏实。在这样的环境，这样的时候，一切都是陌生和惶恐的，只有炊烟、家禽和狗跟娘的家里一样，熟悉和温热。

　　石板，从河岸蜿蜒，一级一级，向上，登高，直通村寨，送娘进门。娘的婚姻之路就这样不明不白地开始，委委屈屈地完成。娘像一段命运的印花布，被史伯父的剪刀一裁一剪，娘就由一段布匹变成了一件成衣，由一个少女变成了一个女人。

　　尽管史伯父对娘百般恩爱，娘却始终高兴不起来。史伯父大娘快一倍岁数不算，还赡养着一个瘫痪的失明的母亲，这是娘没有想到的，也是嘎公嘎婆没有想到的。娘不是嫌弃瘫痪的失明老人，娘是想，史伯父为什么在没有得到娘同意的情况下抢亲？嘎公嘎婆为什么就同意史伯父抢亲？家里有一个又瘫又瞎的老人，史伯父为什么就不如实相告？娘从骨子里感受到的不是史伯父的爱，而是受欺骗、受欺负和不被尊重。娘彻骨地寒心。这种从源头上就受伤害的包办婚姻，注定了没有爱或缺少爱，史伯父再大的爱火，也难以烧热冰冷的心。

　　可是，当寨上人告诉娘史伯父怎么怎么心好、怎么怎么孝顺，告诉娘史伯父就是因为照顾瘫痪在床的失明母亲才一直未娶，或一直娶不上时，娘铁冷的心松了、软了，慢慢地热了。娘看到了史伯父高大的外表下那颗柔软的心。娘既看到了史伯父心的善良、心的坚韧和心的蓬勃，也看到了史伯父心的孤寂、心的酸楚和心的无助。

好心的人给高大英俊的史伯父走马灯似的介绍过十来个女人，可是那些女人一听说史伯父家有一个失明老人，就吓跑了。史伯父再英俊高大，再有裁缝手艺，也无法让一个女人心甘情愿嫁给他。无论古今，有多少人愿意天天面对一双黑暗空洞的眼睛，把自己拖进黑暗空洞的生活？

慢慢地，史伯父死心了，不再找。那些走马灯一样亮着的女人，在史伯父心中彻底灭了。史伯父一心一意地照顾自己的母亲。

史伯父的母亲嫁给史伯父的父亲时就是个盲人。史伯父的父亲在史伯父八岁时，染病而逝，留下史伯父与盲人母亲相依为命。史伯父的母亲虽然看不见，心却亮着，耳也灵着。心和耳成了她在这个世界上最亮的眼睛。她不但能够在家里摸索着煮饭、洗衣、喂猪，还能够挂着拐杖到水井边打水、到地里摘菜。读了两年私塾的史伯父，从小就挑起了照顾母亲的重担，成了他母亲的拐杖和灯。即便他跟人学裁缝，也是每天都要穿山越岭，回到母亲身边，不让母亲度过一个孤单害怕的日子。他知道，只要他在身边，母亲的眼睛就是明的、亮的，母亲的生活与日子就是发光的、有热的。遗憾的是，屋漏偏遭连阴雨，史伯父的母亲又在一场大病中瘫痪了。那时，史伯父才十四岁。从十四岁到二十九岁，史伯父的生活和生命也跟着母亲瘫在了床上，难以挺立。喂饭，喂菜，端屎，接尿，洗衣，换被，翻身，抹澡，成了史伯父每天最忙碌、最艰辛和最重要的事。他的爹死了，他的娘不能再死。只要娘活着，哪怕就这样瞎着，什么也看不到，也是一盏灯在史伯父心里点着；哪怕就这样瘫着，一点也不能动，史伯父的生命也是活的、有生气的。一旦又瘫又瞎的母亲去了，史伯父就是一个孤儿，无依无靠，无处皈依了。现在，再怎么苦和累，他都是一个有娘的人，他不是孤苦伶仃的孤儿，他要拼了一切，延续母亲的生命时光。所以，当我娘走进史伯父家门，看到史伯父母亲时，史伯父母亲的房间没有一点异味，史伯父母亲的身上没有一个褥疮，史伯父母亲红头发色的，很是滋润。

娘站在史伯父母亲的身边时，史伯父母亲伸出手说：二妹啊，你坐到娘身边来，让娘看看。

娘就坐在史伯父母亲床边，让史伯父母亲仔仔细细地看。史伯父母亲用手在娘的身上、脸上和发上，看了又看。粗糙的手掌和指头，像点亮的蜡烛和灯盏，爱不释手地将娘照遍。娘本来因愤怒而毫无生气的脸，在史伯父母亲的抚看下，变得羞红、温润和生动。

史伯父母亲说：二妹啊，娘晓得你受委屈了，我这个娘是个米有用的娘，要是你不愿意，你跟娘坐几天，歇一歇，等你回门时，再让史裁缝把你送转去。

史伯父母亲一句"娘晓得你受委屈了"的话，让娘失声痛哭了起来。娘被史伯父一行人抢走时，所受的惊吓与委屈，全因史伯父母亲这句充满人情味的安慰话找到了宣泄口和依靠感。娘想，世人怎么还不如一个失明老人了解人心、看穿人心呢?

没有唢呐声,没有鞭炮响,更没有红盖头,娘就这样不明不白地嫁给了史伯父。那顶把娘抬进家门的花轿,仿佛不是一顶花轿,而是一个囚笼,把娘五花大绑地捆进了婚姻的殿堂。

三天后,娘没有按湘西的风俗跟史伯父一道回门看嘎婆,而是跟着史伯父下地了。娘想,既然嘎婆能够狠心地让一个陌生人把自己的女儿抢走,又何必在乎女儿是不是回门呢?

回门,是全国各地很多地方都有的婚姻礼俗,湘西土家族和苗族也一样。在湘西古老的婚俗中,新婚回门前是不允许入洞房的。新娘出嫁后,在男方家住三至五天,就得带着新郎回娘家,就是人们俗称的"回门"。新娘回门时,男方家必须给新娘的父母和至亲悉数准备礼品,以示感恩和答谢。女方会准备回门酒和谢亲酒,宴请亲朋,招待男方。席间,边饮边歌,边吃边舞,通宵达旦,热闹非凡。新郎在回门酒间一一拜谢岳父岳母和女方亲人后,方能带着新娘回到自己家里,与新娘圆房共欢。

娘不肯回门,除了对嘎婆满怀怨恨外,也是不与史伯父圆房的一个理由。没有回门,这个婚姻的礼俗就还没完结,史伯父就不能与娘圆房共欢。已经觉得亏欠娘的史伯父,没有任何怨言,高高兴兴地依了娘。史伯父知道,只要娘不离开这个家,娘最终会属于这个家;只要娘不离开他这架缝纫机,他就有机会将娘裁剪成一件最好的霓裳。

娘拒绝与史伯父同房,而是与史伯父的母亲睡在一起。

理由充分而简单：照顾老人。

娘每天早上起来的第一件事就是给老人端屎、接尿，然后洗脸、梳头、喂饭。史伯父以前为老人做的事，娘全接过来了，而且做得更好。以前，史伯父只是几天给老人抹一次身，娘却每天给老人抹一次身。热天时，抹两次身。娘睡觉时，担心自己睡沉，就把手垫在老人身下，这样老人稍有不适，就能够最先感觉。开始，娘对老人的照顾，有很多躲避婚姻和史伯父的成分，慢慢地，娘对老人有了感情，娘对老人由同情变成了尊敬和责任。一个失明老人能够含辛茹苦地养大一个孩子，本身就令人敬仰。加上老人对娘也百般呵护和怜爱，娘从心底也认同这个老人。

无论是一个整天躺在床上不能动弹的老人，还是双眼失明的老人，都是没有白天黑夜，不分白天黑夜的，想睡就睡，想醒就醒，不想睡也得睡，不想醒也得醒，这就使得娘也无法睡得安生。娘把手垫在老人身下，就是为了老人稍有动弹时，惊醒自己，给老人翻身，以防老人长褥疮。老人如果半个小时动弹一下，娘就半个小时给老人翻动下身子。老人如果两个小时动弹一下，娘就两个小时给老人翻动下身子。在娘与老人相处的两年多的日子里，娘就没有睡过一次安稳觉。

白天，娘和史伯父不管出门多久，娘都会几个小时就回来一次给老人翻身子、换衣裤。一天两换，随换随洗，雷打不动。娘还隔三岔五地想办法给老人改善生活，滋补身子。老人逢人就说，不晓得哪辈子积了德，修了福，让她有了这么一个比女儿还好的儿媳。村里人都说，老天亏欠了老人，让老人瞎了双眼、瘫痪在床，现在是派娘给老人弥补过失，让老人安度晚年。娘是老天派下来的七仙女和田螺姑娘。

七仙女全国皆知。田螺姑娘则是湘西一个美丽的传说。

传说田家峒有一个后生叫田七。父母双亡，孤单一人。他勤劳善良，英俊大方，却因家境贫寒，一直娶不上媳妇，过着早无早、夜无夜的可怜生活。有一天，他在田里犁田时，捡到了一个大田螺，舍不得吃，就放在水缸里养。养了三五天后，田七的生活发生了不可思议的变化，他每天出去做工回来，就看见家里摆着一桌可口的饭菜，沏着一壶滚烫的热茶，房前屋后都收拾得干干净净。他以为是邻居们悄悄给他做的，就跑去给邻居们一一道谢。邻居们却个个摇头，不知所以。

田七纳闷了，这是谁做了好事还不承认呢？于是，他假装跟往常一样出门干活，却悄悄折回来看个究竟。他躲在窗子外面，踮起脚尖一看，只见一个美若天仙的姑娘从水缸里钻出来，开始生火、煮饭、洗衣、扫地。他又惊又喜，却不敢出声，生怕一出声，就把姑娘惊跑了。他怕是自己眼花了，第二天就又躲在窗子外看个究竟。当姑娘第二天再从水缸里钻出来给他烧火做饭、打扫卫生时，他迫不及待地冲到水缸边，只见田螺只剩下了一个壳壳。他一把抱住姑娘，急切地要问明原因。田螺姑娘只好如实相告：我是田螺仙女，观音娘娘看你勤劳善良，孤苦伶仃，就派我来悄悄照顾你，让你吃饱穿好。田七便央求田螺姑娘留下来，做自己的老婆。田螺姑娘早就对田七心生爱慕，请示观音娘娘后，留了下来，与田七过起了男耕女织的田园生活。因为是仙女，田七从此要金有金，要银有银，要什么有什么，还常常周济乡邻乡亲，让乡邻乡亲的日子也慢慢好起来。

　　娘在史伯父家里当然不会要金有金要银有银，但娘的贤德却让四邻乡亲感慨万分。史伯父一连问了十来个亲，却没有一个问成，只有娘留了下来，给他天天洗衣做饭、照顾老人。娘是他们眼里最真实的田螺姑娘。只有田螺姑娘才有这样的贤德，才愿意吃这样的苦，遭这样的罪，赐这样的福。

　　史伯父不忍心看娘一个人这样苦累，就把嘎婆和梁嘎公及舅舅都接到了哈列车，以便替娘分担些负担。这样，史伯父就腾出了时间，带着年幼的舅舅天南海北做裁缝。嘎婆和梁嘎公及姚姓大舅就给地主和土匪头目向炳南家做长工、打短工，娘就在家一心一意伺候史伯父的母亲。瘫痪的生活，因为一家人的齐心协力而变得雄强生动、其乐融融。娘真的像一只田螺，被史伯父和生活不声不响地泡进婚姻的水缸，变成田螺新娘。娘不得不认了这桩婚姻，娘也在不知不觉中爱上了这个沉默寡言却心细如发的史伯父。史伯父外表的美与心灵的美终于让娘的心里飘出了属于史伯父的炊烟。被抢亲的娘，终于心甘情愿地成了史伯父这个小裁缝的布衣，任史伯父的剪刀裁裁剪剪。

　　史伯父的母亲去世后，嘎婆和梁嘎公觉得娘和史伯父没有什么负担了，就带着舅舅和姚姓大舅离开哈列车，回到了保靖县的梁家寨，让娘和史伯父过自己的小生活、小日子。

　　小生活和小日子，是小人物的小快乐、小幸福。没有了这样的小生活、小日子，小人物就没有了滋味和生气。没有了这样的小快乐、小幸福，小人物就没有了希望和念想。

四十九

娘 1941 年嫁给史伯父。1949 年才有了第一个孩子，我的大姐。1952 年有了第二个孩子，我的二姐。1955 年有了第三个孩子，我哥哥。大姐像一朵莲花，叫玉莲。二姐像一块璞玉，叫水玉。哥哥像一块金子，叫金友。这些名字都是娘自己取的。朴实，土气，却诗意，灵气。暖暖的，接着骨肉情意，含着娘的期冀。

三个孩子，个个如花如画，聪明伶俐，让人羡慕。娘和史伯父开始在哈列车这块大地上开花结果。

在哈列车，整个寨子都姓向，都是根系相连的家族与亲戚，只有史伯父一家姓史，是单家独户，一根独苗。

那时，都是穷人，没有谁看不起谁，也没有谁欺负谁。娘和史伯父在这个寨子里没有任何人情上的风寒。相反，由于史伯父会做裁缝，一个寨子的新衣新裤，史伯父跟娘都不收一分钱。一个寨子给予娘和史伯父的，就都是感激和温暖。

娘和史伯父的想法是，乡里乡亲低头不见抬头见，帮了一分情，积了一分义，手艺不重情义重，单家独户，小姓人家，更要讲情讲义，情义当先。不然，就会处处有路不是路，步步可行步难行。娘对史伯父说，在邻里乡亲面前，钱只是

375

一根针一根线，情义才是那块布和那台裁缝机子①。

娘有了大姐不久，声势浩大的湘西剿匪开始了。

湘西剿匪的号角是 1949 年 9 月下旬吹响的。娘和史伯父都听到了剿匪的嘹亮号声。

那天早晨，娘和史伯父正要起床，就听到一阵嘹亮的军号声。这是什么声音？怎么这样雄壮、嘹亮、婉转、动听？怎么就好像在自己屋后的土包上？

娘和史伯父赶忙跑出屋外，只见一个小战士正站在屋后高处的一块大石板上，仰天吹号。挺拔的身姿，就像一棵马林光树，标杆笔直。一缕晨光打在军号上，溅起耀眼的光芒和光晕。军号下，红绸的颜色，也格外打眼。

娘和史伯父都被这一幕迷住和震撼了。看痴了。

军号声一停，就见许多军人从娘和史伯父屋后的竹林里迅速钻了出来。就像一夜春笋。娘见解放军又是喊口令，又是集合列队，以为是过军。娘和史伯父小时候都看到过贺龙兵过军。以为这次也是过军了。不想，一个军官跑步来到娘和史伯父面前，立正，敬礼，对娘和史伯父说：报告老乡，我们是中国人民解放军，奉命前来湘西剿匪，请老乡多多支持关照。初次来到贵地，多有冒犯和打搅，还望海涵！

娘和史伯父哪里见过这场面，一下子就蒙了，吓得娘和史伯父都不知道说什么。

军官对后面一挥手，说：把给老乡的礼物拿上来。

几个战士就跑步送来了两袋粮食、一袋食盐和一段布匹。

---

① 裁缝机子：缝纫机。

这对家徒四壁的穷人来说，特别是刚刚解放的穷人来说，简直是送来一座金山，娘和史伯父连连摆手，不肯要，也不敢要。

军官硬叫战士放进了家里。

娘比史伯父胆子大，娘问：你们真是解放军？

军官指着五角星和肩章说：你看，这就是我们解放军的标志。

解放军刚刚解放湘西十来天。娘和史伯父见过解放军的。只是，没想到解放军居然就在眼前，就在家里了。

军官接着说：老乡放心，我们解放军有铁的纪律，不拿群众一针一线，没有得到老乡允许，也不能进老乡屋里半步。老乡请看，我们昨晚到得晚，不敢打搅你们，就住在你屋后的竹林和屋后的屋檐下。

说着，军官往屋后和竹林指了指。

娘和史伯父将信将疑地点点头，然后走到屋后和竹林里，看到一夜间铺满了稻草，战士们就在稻草里将就了一夜。被子已叠得整整齐齐，像豆腐块了。

娘的眼泪一下子就出来了：这么冷的夜，战士们哪门睡啊？不冷得病才怪！

湘西山区的九月下旬，白天虽然秋高气爽，晚上却寒气逼人，得盖被子了。冰冷的地上，寒气更重，温度更低。

娘想也没想，对解放军说：快进屋烤火热身子，烧火喰早饭。

娘和史伯父立刻生火做饭。娘还把鸡笼里的六只鸡全杀了。招待解放军。

这样，解放军的一个加强排住进了娘和史伯父家。

娘和史伯父，对剿匪是没有认识的。在娘和史伯父眼里，湘西的这些土匪不见得都是土匪，有些是跟他们一样的穷人，是富人养的家丁。那些富人养家丁，不是为了杀人越货、打家劫舍，而是为了保护自己的田土和家产。那些富人也偶尔杀人，但杀的都是有杀父之仇、夺妻之恨的仇人，而不是无辜的人。像娘和史伯父这样的贫民，都是租种富人田土，年底交粮交租。那些实在交不齐的，就一直欠着，甚至免了。富人与那些杀人越货的土匪有本质的区别。所以，娘和史伯父一直对解放军说：我们这里没有土匪，最多是剥削人的地主，罪不该杀。

解放军就认为娘和史伯父思想落后，举了很多土匪杀人越货的例子给娘和史伯父听。说得娘和史伯父都泪水淋淋。

在湘西人心里，至今没有多少人承认自己的父辈和爷爷辈是土匪，他们跟娘和史伯父一样，只认为那是保境安民的地方武装。湘西人认定的土匪就是那么几个十恶不赦的匪首，比如古丈县的张平、保靖县的徐雅南、龙山县的师兴周、大庸县的覃国卿、新晃的姚大榜等。湘西的土匪，的确有其特殊性。土匪，按理都是穷人生活不下去，被逼着拖枪为匪，占山为王的。但湘西的土匪，却不是这样。占山为王的匪首，大都是良田万顷，富甲一方。而那些手下，都是一个寨子或几十个寨子的乡亲。平时，在家务农，租种匪首的田地；战时，拖枪为兵，为保卫家园奋不顾身。

但是，随着后期国共两党的不断战争，湘西保境安民的

378

地方武装被捷足先登的国民党收编成了国民党地方武装，成了国民党的十几个师。在蒋介石退守台湾后，被国民党收编并洗脑的这些湘西武装，担心共产党会像国民党宣传的那样"共产共妻"，纷纷组成"反共救国军"，殊死抵抗，保卫家园。湘西这些保境安民的地方武装因为贴上了国民党武装的标签，自然而然成了负隅顽抗的匪，自然而然要被彻底清剿。

于是，解放军 47 军、46 军 136 师、38 军 114 师等主力部队，浩浩荡荡地挺进湘西，开始了为期四年的湘西大剿匪，共计歼灭土匪十一万人。

在这场声势浩大的剿匪战争中，娘和史伯父都没有成为剿匪英雄。虽然，剿匪部队就住在娘和史伯父家里。但在娘和史伯父心里，解放军和解放军眼里的土匪都是好人，好人应该好在一起，不该杀成一团。因此娘和史伯父两边劝架，叫两边都不要打。

两边根本不听娘和史伯父的。解放军认定湘西的那些地方武装就是土匪，恶贯满盈，必须根除。而湘西的那些地方武装认定解放军就是来"共产共妻"的，必须殊死抵抗，把解放军赶出去。因此打得不可开交，你死我活。

娘和史伯父亲眼看到了解放军和乡亲们一个一个倒在自己的眼前。

最让娘悲伤的是，梁嘎公和吹军号的解放军战士都倒在了娘的怀里。

那天，梁嘎公是来看他的外孙——我的大姐的。大姐一岁多了，嘎婆给大姐绣了好几件衣裤，让梁嘎公来送。嘎公远天远地从保靖县梁家寨走到古丈县的哈列车。看到大姐

379

聪明伶俐、健康活泼，嘎公就高高兴兴地回去了。娘背了大姐送嘎公一程。快到米多村时，突然枪声四起，硝烟弥漫。解放军跟向炳南的地方武装激战。

向炳南是古丈县田家峒最大的地方势力，是古丈县仅次于李家峒匪首张平的地方势力。米多村是向炳南的老巢。娘和史伯父及方圆几十公里的人都是租种向炳南的田土的。娘没见过向炳南，但史伯父见过，史伯父给向炳南家做过裁缝，还给向炳南量体裁衣过。史伯父给向炳南一大家做的衣服很让向炳南满意，向炳南还多给了史伯父几个工钱，并免了史伯父好几年租子。临走，还对史伯父说，常来常往，莫讲客气，莫要见外。这让史伯父很感动。清瘦的向炳南在史伯父眼里，很高大。史伯父从没认为向炳南是匪首。穷人的感动不需要有金山银山的赐予，只需要一丁点温馨体贴的话言话语。

听到枪声，梁嘎公立刻拖着娘钻进一片树林躲了起来。熟睡的大姐，被枪炮声吓醒，哇哇直哭。梁嘎公赶忙脱下外套，盖在大姐身上，免得大姐多受惊吓。娘蹲下来，埋下头，把大姐紧紧抱在怀里，希望躲避子弹的眼睛和枪炮的惊吓。子弹没有伤害娘和大姐，却将嘎公的头颅击穿了。等枪炮声停止，娘回头看梁嘎公时，梁嘎公已经倒在身旁，没有一丝气息。娘丢下大姐拼命摇晃哭喊梁嘎公，梁嘎公却一点反应都没有了，眼睛死不瞑目地盯着树梢剑指的天！一条鲜活而无辜的生命，就这样无辜而陡然地死去。

娘伤痛的心尚未愈合，那个吹军号的小战士又倒在了娘的怀里。

娘和史伯父太喜欢那个小战士了。那个小战士是山东人，人们叫他小山东。

娘和史伯父不知道山东有多远多大，小山东在娘和史伯父心里的位置却很重很大。小山东爹娘死得早，是一个孤儿。十四岁就跟着部队东奔西突，转战南北。小山东不像山东人那样高大，却俊秀英气。虽然整个队伍都跟娘和史伯父亲，小山东却更亲。小山东吹完军号，除了像其他战士一样帮娘和史伯父及乡亲们做家务、干农活外，小山东最喜欢的就是帮娘和史伯父带孩子。那时，娘和史伯父只有大姐一个孩子。小山东一有空闲就背着大姐到处走。给大姐当马，让大姐骑着满地跑。把大姐驮在脖子上，让大姐张开翅膀满天飞。偶尔有几颗小糖果，也一口都舍不得吃，全喂给大姐。小山东还心灵手巧，会用青草干草做蝈蝈、狗狗和各种小动物，哄大姐开心。大姐对小山东的依赖，远胜过对娘和史伯父的依赖。军人在大姐幼小的心灵留下的美好印象，也许是大姐成人后嫁给军人的一个最大要素。小山东的嘴巴也天生的甜，大姐大哥的把娘和史伯父喊得甜透心里。

就是这样一个人见人爱的小战士，却在跟土匪的战斗中中弹牺牲了。娘和史伯父没有看到战斗的惨烈场面，没有看到小山东中弹倒下的瞬间，但娘和史伯父却看到了小山东满身的血和满眼的泪。当战友们抬着小山东进入娘和史伯父家时，小山东没来得及跟娘和史伯父说一句话，只是恋恋不舍地望着娘和史伯父，弱弱地喊了声"姐"，就落气了。娘和史伯父都悲痛得号啕大哭。娘更是抱着小山东的尸体，边哭边喊"我的弟"，边哭边骂土匪"天杀的"，边哭边吼老天"不长眼"。娘疼啊，发自心尖上地疼啊！快一年的相处，娘早已把这个没有爹娘和亲人的小战士当作自己最亲的亲人了，娘怎么能眨眼就失去了这个亲人？娘给小山东做的鞋还没有做完哪！娘给小山东绣的鞋垫还有最后几针哪！天杀的土匪怎么就把小山东打死了呢？就在那一刻，娘才真正认识了土匪的恶，才恨起了土匪，才觉得土匪该剿该杀。

但是，娘最终没能参加一次剿匪战斗，没有成为剿匪英雄。因为那时的土匪已基本剿灭，只剩下少数残匪了。娘和史伯父能做的，就是帮解放军做饭、洗衣和护理伤员。娘和史伯父失去了成为剿匪英雄的机会。

我之所以要写娘跟剿匪的这段历史，是因为我在想，如果娘成为剿匪英雄，娘和我们这些孩子的命运就会改写了。如果娘成了剿匪英雄，娘肯定就成了乡村干部，成了乡村干部，娘就不会被人瞧不起、不会受人欺负、不会吃那么多苦遭那么多罪了，我们这些孩子的人生轨迹，也会急转直上，走往另一个方向了。

遗憾的是，历史不会有那么多假设，不会让我们这些孩子有机可乘。娘注定成不了英雄，娘注定只是湘西最普通的一个农村妇女。娘不会后悔，我们也不会后悔。因为娘就是娘，一个"女"和"良"组合成的善良的女人。没有学识，却有辨识。看得不远，却看得很真。好人莫相残，兄弟莫相煎，是一个湘西女人最朴素的情怀和最朴实的眼光。历史最后证明了这种情怀和眼光的博大和高远，因为，在以后的日子里，共产党和人民政府为很多没有带血且有贡献的湘西土匪平了反。

战争的云和灰，有时候太厚太沉了，遮蔽了善和爱。拨开了，拂去了，善和爱的光芒就出来了。

五十

　　没有成为英雄的娘，只能和史伯父一道拉扯大姐、二姐和哥哥。

　　跟处处一穷二白、处处充满生机、处处充满激情的中华人民共和国一样，娘和史伯父的生活也是一穷二白、充满希望。娘辛苦地拉扯着几个孩子，幸福地憧憬着美好的未来。毛主席的"一张白纸，没有负担，好写最新最美的文字，好画最新最美的画图"，沸腾了全中国每一个人的血液，兴奋了全中国每一个人的神经，调动了全中国每一个人的热情。那些庄稼、那些楼群、那些楼上楼下的电灯电话，在每一个人的脑海和心上呼呼生长。娘和史伯父的脑海和心上，同样也长有属于自己的一片庄稼、一栋高楼、一盏电灯、一部电话，那是娘和史伯父梦想的幸福生活。

　　所以，娘和史伯父的日子，每天都有甜蜜的滋味在心头荡过。娘和史伯父的生活，每天都劲鼓鼓的、雄蹦蹦的、乐呵呵的。

　　人，一旦有了精神上的向往，就比什么都快乐。

　　中华人民共和国的向往，就是直接把人民带进共产主义。

美好的"共产风"吹遍大江南北。

1958 年夏天,"大跃进"运动与日渐炎热的天气一样,如火如荼,进入高潮。人民公社"向共产主义过渡",所有个人财产和个人债务都一股脑儿全民所有,全民共产,全民供给。既然全民共产、全民所有和全民供给,就全公社是一家人了,没有必要家家户户另起炉灶,就该全公社一家,同锅造食。于是,各家各户把粮食、锅子、碗筷,都搬到一起,共同开伙,公共食堂应运而生,全民大锅饭的盛世景象如期来临。

解放不到十年,翻身做主的穷苦人们就实现了共产主义,就吃大锅饭,吃饭不要钱了,娘和史伯父跟所有人一样,对这个国家和社会充满了感激和热爱,也充满了希望和信心。娘和哈列车全体村民,敲锣打鼓,欢天喜地,拥抱人民公社食堂,迎接社会主义。娘和哈列车全体村民,载歌载舞地跳了几天几夜,唱了几天几夜,表达心中由衷的喜悦。

在哈列车的村口,有几棵五六人才能合抱的大古树。那是一个土地堂。中华人民共和国成立前,哈列车人有什么心事,都会来到这几棵古树下的土地堂里敬土地神,祈求风调雨顺,平安兴旺。中华人民共和国成立后,尽管政府一再破除迷信,不准敬神敬鬼,还是常常有人偷偷来这里烧香拜神,祈求平安,常常可以看到画有各种符号的红纸和贡品。

古树是柏梓树。古树的确古了。古树古得树皮一层一层地结满了老茧,长满了疙瘩。那一定是岁月的汗渍,年复一年积成的汗垢、结成的汗疤。古树枝繁叶茂,茂密得一般的大雨都淋不透。古树也很高,高得可以接住蓝天和云朵。

哈列车村办的公社食堂就选了这样一个所在，摆在了大古树旁的土地堂边。

五六口大锅，一字排开，架在古树旁。从早到晚，灶火熊熊，没有熄灭。人民公社社员随到随吃。谁家来客，也随到随吃。

早期的共产主义食堂真是好啊，那肉片，片片都切得手板大，那豆腐，块块都煎得两面黄。要多少，吃多少，并且随到随吃，想吃就吃。"吃饭不要钱，老少尽开颜；劳动更积极，幸福万万年"，是当时人们喜悦心情的真实写照。

那时，史伯父在家与全体村民日出而作、日落而息，出集体工，娘则被抽到集体养猪场，给集体养猪，以便公社食堂天天有猪杀、有肉吃。共产主义就得餐餐油乎乎、盐咸咸的，就得天天有肉吃。遗憾的是，没过多久，就吃不下去了。以前天天吃饱了撑死，现在开始饿得眼冒金星，瘦得皮包骨头。

娘担心姐姐和哥哥饿死，就把姐姐和哥哥接到养猪场，跟娘住在一起。娘知道养猪场照样吃不饱，但带在身边，看在眼里，心里放心些。

可笑的是，人吃不饱不要紧，人民公社的猪得吃饱，还得吃好。因为那是集体的猪，是给社会主义和共产主义养的猪。宁愿人饿死，也不能把集体的猪饿死，不能给社会主义和共产主义的脸上抹黑。猪养好养肥了，人们才有好肉肥肉吃，猪养没了死了，人们就没有好肉肥肉吃了。因此，娘和娘的同伴们，除了挨着饿上山给猪扯猪草外，还每天给猪熬两餐苞谷糊糊，也就是玉米粥。大姐二姐，已经朦朦胧

385

胧地知道什么集体和集体主义、集体荣誉了，再饿也挨着。只有三岁的哥哥却常常在大人离开后，跟猪在猪槽里抢苞谷糊糊吃。哥的满嘴满脸，甚至满身，都是跟猪抢食时被猪拱的痕迹。哥说，他一个人抢不赢一群猪，抢完后，又悄悄跑到一边把衣服脱下来，舔衣服上沾着的苞谷糊糊。

哥跟猪抢食吃的场景，最终被人发现了。幸好，那人没有灭绝人性地去检举哥，而是流着眼泪把哥从猪槽里拉出来，擦干哥脸上、头上和身上的污秽，打了一大碗苞谷糊糊给哥。哥和娘由此感激了一生。娘说，人和人心，这个时候是最能清澈见底的。

娘虽然心疼得流血，却没有原谅哥哥的无奈和无知。娘把哥哥牵到僻静处，折了根枝条，一顿痛打。在娘的眼里，哥跟猪抢食，就是损害集体利益，就是小偷小摸，不能听之任之，应该狠狠教训。打得越痛，记性越深。哥由此再也不敢偷偷地跟猪抢食吃。

哥现在当村主任，老被嫂子抱怨只见拿自家的钱给公家办事，不见拿公家的钱给自家办事，也许得益于娘的这顿痛打。哥说，他细细的嫩肉，被竹条子打得全是一道道血红的痕、血红的皮。

如今已经有了四个儿子、五个孙子的哥哥，家里家用电器一应俱全，还有打米机、制茶机，日子过得比我这个城里人还舒坦快乐。用嫂子的话说，现在农村快活得很，什么都不要那么无日无夜辛苦了，只差在牛脖子上也挂一部手机，连守牛都手机指挥。

哥终生难忘的还有一件事。那个冬天，哥从三岁长到四岁了。湘西的冬天本来就冷,穿得单薄的哥哥更冷。养猪场的十几个大人都扯猪草去了,大姐二姐去上学,只留下哥一个人在猪场。天冷得像前胸后背都背着一块冰。哥在煮猪食的灶房里烤火。灶孔里,柴火熊熊,哥边烤火,边无聊地在地上乱涂乱画。不是用笔,而是用一块瓦片。画得正起神,一只小猪崽突然冲进了灶孔,钻进了火堆。火,烧得小猪崽乱跳乱叫。那是灶孔里,不是火塘上,冲进去就出不来。吓坏的哥赶忙用火棍刨,可哪里刨得了?乱蹦乱跳的猪,把灶孔里的火炭和柴火都搅了出来,烫伤了哥的手,熏出了哥的泪。哥只能放弃抢救,眼睁睁地看着小猪崽被活活烧死。

小猪崽烧死了,哥的胆吓破了。哥想,完了,闯祸了,他把集体的猪烧死了,娘肯定又要把他一顿狠打了。哥害怕得边哭鼻子边翻山越岭,跑回了史伯父身边。

一头猪没了,非同小可。集体的财产怎么能随便损失?集体的猪怎么说没就没了?不是人偷了,难道是鬼吃了?整个养猪场都笼罩着必定是阶级敌人搞破坏的气氛。

面对几根烧焦的骨骸,公社来人进行盘查,非要揪出这个搞破坏的阶级敌人。查来查去,就是查不出头绪。养猪场里,没人有作案的可能。于是有人怀疑是哥哥把小猪仔烧了吃了。娘一听,火不打一处来,站起来就骂:你讲冤枉话,就不怕屙血屙痢疤子!我儿还没猪儿大,他有胆子把猪烧了喰了?我看是你个人把猪烧了喰了做上路食了,还赖人家!

那人见娘大怒,赶忙说:二姐,你莫发脾气,我就是多那么一嘴,小孩子不懂事,烧了喰了,也很正常。

娘听那人还这么说，走到那人身边，扬起锥子吼：你烂嘴巴再讲是我儿子烧的嗉的看看！你再讲，我就用锥子和针线把你烂嘴巴缝起来！看你嘴巴管不管风！

说完，娘用锥子在那人面前比画了几下。娘当时正在纳鞋底。锥子是用来锥厚厚的鞋底鞋帮的。锥子又长又尖，锋利无比，那一锥子锥下去，那人不杀猪一样叫才怪。

那人边闪边讲：二姐，我讲错了，你莫当真。

娘讲：这是什么事？天大的事！你喊莫当真就莫当真？你嘴巴一动，快活了，我儿子一辈子被你毁了，我还莫当真？你怀疑一千万一万万，也不能怀疑一个三岁的小孩，就是怀疑我，都不能怀疑我儿！三岁的小孩，心都还没长齐，哪来的那个胆和心思？只有你这样一肚子死牛烂马的人才想得出来！

那天，要不是公社书记出来打圆场，娘也许真会把那女的嘴巴缝了。

娘是一个不会给别人泼脏水的人。

娘更是一个不允许别人给自己儿女泼脏水的人。

谁要是给娘的儿女泼脏水，娘就要跟谁拼血水。

不久，古丈县断龙山引水工程开始了。

古丈县有两座最有名的山，一座是高望界，一座是断龙山。高望界是苗族集聚的地方，是苗山。断龙山是土家族集聚的地方，是土家山。

断龙山就在田家峒。当年，土匪向斗南就盘踞在这里，与解放军周旋。站在断龙山任何一座山峰望去，一座座山岭起伏相连，犬牙交错，成好几条山脉通往远处。山腰如锯，峰岭如齿。锯，冷硬如铁；齿，锋利如刀。当几条山脉，莽莽苍苍地旖旋而去、盘旋而回时，就像几条巨龙腾跃出海，卧伏盘踞，巍峨雄浑。蜿蜒的山势，是龙嵯峨的脊背；交错的锯齿，是龙尖锐的刺骨；满山的树木，是龙厚重的鳞甲；而高昂的龙头只看得见一个，就是最高最大的那座山峰——断龙山。

传说，田家峒这个地方太富裕了，山是金银山，地是金银地，水是金银水，什么种子落进地里，都风调雨顺地疯长，要金变金，要银变银。生活在这里的土家族人们幸福快活得如神仙。朝廷嫉妒得要命，就要把这块风水宝地占为己有，命人传旨，纳土朝贡。土家族人历来血性十足，坚决不从，朝廷便派兵占领。土家族本就英勇善战，加之地势险要，打了九九八十一天，朝廷也打不进来。朝廷便决计挖断龙脉。可是，白天挖多少，夜里又长多少，挖了七七四十九天，一寸土也不见矮下去。朝廷只好鸣锣收兵。鸣锣收兵时，一个白天丢了东西的士兵，夜里去拿时，听到两条龙在说话：

千把铁铲万把剑，不怕朝廷戳瞎眼。
千把锄头万把刀，只怕铜钉铁钉钉断腰。

士兵立刻禀报。朝廷欣喜若狂。立刻打了一把巨大的铁马钉，钉在了断龙山的腰际上。断龙山就真的拦腰断了，留下了一个巨大的断层。从此，一条深达千余米的悬崖绝壁就永远悬挂在了断龙山上，那是岁月给断龙山留下的最深最

389

硬的伤痕。那个铁马钉后来变成了一小山丘，小山丘的寨子，如今就叫铁马州。

龙脉一断，龙宫里的水就不可能再流出来。断龙山的土家族人民从此不再风调雨顺，年年大旱，日子和生活在赤日炎炎的焦土里变得皲裂、枯萎和贫穷。地面上，可以看到腾腾升起的烈焰，干旱最严重时，牛渴得追着挑水背水的人狂叫乱跑。

被旱灾折磨得苦不堪言的断龙山人，决定战天斗地，修渠引水。

那是 1959 年的春天。

生活在断龙山上的断龙公社和茄通公社，打响了修渠引水的第一炮。

两万来人，按部队建制，分团、营、连、排、班，绵延在莽莽苍苍的断龙山上。劳动的号子，打钎的锤声，喊山的调子，伐木的歌声，在山腰山尖，响彻，回荡。那一面面红旗，写着一个个番号，代表一种种决心，传达一句句誓言：猛虎州大队猛虎连、白家大队白虎团、座苦坝大队钢铁营、细塔大队尖刀排、小白大队先锋队、杨家坪大队杨家将等等，不一而足。还有两个引人注目的铁姑娘连，一个是断龙人民公社铁姑娘连，一个是茄通公社铁姑娘连。娘就在断龙人民公社铁姑娘连。

娘是主动请战去修断龙山的。因为，修断龙山极为辛苦，每个劳动力所得的工分比干什么农活都高，口粮也比干其他农活多。娘多次请战，就是为了得到最高的工分，分到更多的口粮，以便养活大姐二姐和哥哥。

铁姑娘连当时红透湘西甚至湖南。她们跟男人一样吃苦受累，什么苦活、重活，都跟男人一样干。在绝壁上把身子用绳子吊起来打钢钎，在丛林里伐倒一根根木头架木桥，在山腰上凿开一个个山洞挖沟，从山谷里抬来一块块硬石筑渠。甚至，还跟男人一样点开山炮。铁的意志。铁的精神。铁的姑娘。娘就是铁姑娘连的一员。

断龙渠真是修得苦！豪言好出，壮志难酬。那不是在宣纸上笔走龙蛇，而是在绝壁上辟路修渠。绝壁万丈，悬崖万堵，望一眼都腿脚发虚，头晕目眩。那路陡啊，稍不小心，一个趔趄就摔下悬崖，粉身碎骨了。好几个人，点炮时无法跑快，炸飞了。好几个人，用绳子吊起在悬崖上打钢钎时，绳断人亡了。那四千米的引水渠，是断龙和茄通两个乡的人，用汗水与血肉筑起的。

我们湘西的断龙渠比红旗渠早修了三年，却远没有河南红旗渠闻名，红旗渠早已进入教科书、载入中国史了，而断龙渠却依然默默无闻、寂静无声，现在的湘西，都没有多少人知道。许多人，许多事，都这样，有的像金子在地里埋着，看不见光芒；有的像太阳在天空亮着，光芒万丈。断龙渠，既不是金子，也不是太阳，既没明珠暗投，也没闪闪发光。断龙渠，只是湘西人刻在石壁上的一种记忆，留给后人们的一种精神——自力更生，艰苦奋斗，战天斗地，永不过时。

娘在修渠大军里出名，不仅因为娘是铁姑娘连的一员，还因为，娘是带着大姐二姐和哥哥三个儿女上工地的。饥饿，让娘对史伯父不放心，对儿女们放不下。娘离开养猪场，把几个儿女带到了工地。白天，两个姐姐带着哥哥就近上学读书，晚上，就跟娘一起住在工棚。娘再饿，也不会让姐姐哥哥挨饿。娘吃的是野菜野果和稀饭，姐姐哥哥吃的是五谷杂粮。常常是姐姐哥哥吃完后把碗舔了一遍，娘又再舔一遍。

有一次，一个男人修渠时，掉下悬崖死了，死相特别恐怖难看。埋了他后，有人跟娘打赌，如果娘敢半夜里把死人的花圈搬来，就给娘三斤米。在那个食不果腹的年代，三斤米就像三斤金，娘为了这三斤米，硬是硬着头皮，从死人的新坟上搬来了一个花圈。夜黑风高，荒郊野岭，到处是风吹草动，怪影怪音，孤坟野鬼。娘难道一点都不害怕吗？娘一定害怕！娘一定怕得头皮发麻，脊背发凉，眉毛头发根根倒竖！可是，为了孩子，娘再怕也得鬼门关里走一回，活命路上迈大步。

天长日久，一个工地上的人，都知道娘带着几个孩子在工地上战天斗地，修渠引水，都会今天你给姐姐哥哥分一口饭菜，明天她给姐姐哥哥分一口饭菜，后天他又给姐姐哥哥分一口饭菜。姐姐哥哥就这样吃了一年的千家饭万家菜，姐姐哥哥就这样成了大家的儿女、大家的孩子。

娘就这样，与湘西的山风、民风一道，把儿女养大。

五十一

在《我的湘西》一书里，我曾经讲过，我是一个不准出生的人。我的出生是一个错误。娘和爹的相识也是一个错误。错误地生下我，更是一个错误。现在，我不这么想了，我现在想的是，娘和爹最大的正确就是生下了我。

娘跟爹是在苗乡跳歌会上认识的。

娘和爹都是 1924 年生的，都属老鼠。爹娘三十四岁那年，保靖县水田河举行一年一度的清明跳歌会。爹和娘这对老鼠就这样相识了。跳歌会，是湘西土家族苗族都有的一种民间盛会，是湘西男女以歌会友、以歌谈情的最好方式，边唱边跳，酣畅淋漓。平时，各个集市，只要赶集就有小型跳歌会。湘西的男男女女都会争先恐后地登上歌台，赛歌比歌。湘西每个县都会有大型的跳歌会。有的在正月十五，有的在清明节，有的在六月六，有的在金秋十月。一到大型跳歌会，四面八方的男男女女都会身穿节日盛装，去赶歌会。古时，是苗族赶苗族歌会，土家族赶土家族歌会，后来就土家族苗族汉族都一同赶歌会。

跳歌是苗族的叫法。土家族地区叫社巴节。

跳歌会那天，当几万人都从四面八方涌向歌场时，想想看，那是怎样壮观的民族胜景？

保靖县水田河清明跳歌会时，爹早早就跟他的同伴们到了。爹在保靖县的十里八村是有名的飙①后生和山歌手。正值青壮年的爹丧妻几年，独自带着两个孩子过日子。爹已经多年没参加清明跳歌会了，这回在乡亲们的一再鼓动下才动了大驾。一是乡亲们希望爹在歌会上能再找到一个如意女人，二是想听听这个土家族新歌王的歌声。

爹是土家族，爹那天穿着自己扎染的土布麻衣。爹的土布麻衣，经过靛青的扎染后，朴素而宁静。爹穿的扎染，蓝白相间。蓝的是染色，如湖水蓝天；白的是底色，若白云朵朵，既像是蓝色的湖面盛开满湖睡莲，又像蓝色的天空飘满如洗白云。爹穿着一身扎染站在歌场时，就像一瓶土生土长的青花瓷立在歌场。青花瓷古朴镇定。爹沉默不语。青花瓷和爹，都在等待心中的天使，翩翩降临。

当娘跟姐妹们从歌场上穿过时，爹这瓶古朴镇定的青花瓷再也无法镇定了，青花瓷立刻像一个特务一样紧随其后，等待将天使俘获。

娘是苗族，娘那天穿着自己蜡染的土布绣衣。娘的蜡染衣恰好也是蓝白相间，像另一瓶亭亭玉立的青花瓷。只是娘的蜡染比爹的扎染更加朴素而鲜艳，上胸、袖口、衣襟、裤脚，都绣了花鸟虫鱼。娘穿着刺绣的蜡染衣在前面走时，衣服上的鸟蝶都成群结队跟着娘飞。脖子上的银项圈，胸坠下的银佩铃，一摇一动，叮叮当当响个不停，把爹的青花瓷

---

① 飙：帅。

心摇得迷离欲碎。头上的银凤冠，几十匹羽毛一样的银饰，根根直立，飘飘欲飞，把爹的心飞到了半天云里。而那两个圆圈圈的银耳坠，简直是一副温柔静默的银手铐，把爹的灵魂轻轻拷走。娘知道有人在背后跟着娘，款款回头，莞尔一笑，一笑，再一笑，爹就控制不住了，身子和声音都止不住打抖。

仙女一笑，百媚生啊。爹打开嗓子就唱：

> 哥到歌场跳歌来
> 看见仙女下凡来
> 哪个爹娘生下你
> 好像一笔画下来

娘笑意绵绵地看了看爹，唱：

> 太阳出来照白岩
> 白岩脚下桂花开
> 先开一朵梁山伯
> 后开一朵祝英台
> 两朵桂花一样乖

爹见娘接腔了，知道有戏，又唱：

> 空心萝卜半截甜
> 初才认妹开口难

心里好比擂战鼓

脸上好比火烧山

娘看爹脸红得像鸡冠子一样，心里暗笑，唱：

大山木叶细微微

问哥会吹不会吹

哥若吹得木叶响

只用山歌不用媒

爹喜喜地顺手扯了一片木叶在嘴边吹了起来，没有音孔的木叶，在爹的嘴里长出了无数的音孔和音符。

一曲木叶完毕，娘唱：

细细木叶两面光

含在哥哥嘴皮上

吹得八哥咕咕叫

吹得妹姐心里慌

劝哥莫逗笼中鸟

青布盖脸看不到

要想哥妹重相逢

连笼带鸟偷起跑

得娘圣旨的爹，立刻跑上前去牵起娘的手，唱：

今日得妹一句言

顺如^①得妹一坝田

得妹溶田喰白米

得妹言语管千年

大田插秧丘对丘

哥一丘来妹一丘

只望老天下大雨

冲垮田坎变一丘

　　这样，爹娘就相识了。爹娘相爱了。娘很快就跟爹步入了婚姻的殿堂。

　　娘讲，娘之所以看上爹，是因为娘对爹早有耳闻。爹虽然不如史伯父高大，却跟史伯父一样英俊。爹的英俊和美名蒙骗了娘的一生。娘这一辈子就唱过一次情歌，却唱错了。娘做梦都没想到，爹会是一个背信弃义的人。

　　一对在跳歌会上相看两不厌的青花瓷，结婚后，居然轻轻一碰就碎了。破碎的瓷片，划破各自的日子，流出暗红的血。伤痕累累，结痂人生。

　　我还在娘胎时，爹和娘就离婚了。正是困难时期，爹和他的叔叔婶娘，嫌孩子太多，担心养不活我，就不让我出生。爹的叔叔婶娘更是怀疑我不是爹的种子，横加阻挠爹和娘的情感与婚姻，坚决要娘吃药打胎，把我打掉。娘为了维系与爹的感情和婚姻，养活我的三个姐姐哥哥，只好委曲求

----

① 顺如：好比。

全，吃药打胎。然而，吃了七服草药，我不但没胎死腹中，还在娘的身体里顽强蠕动。

看见倒在我爹门前田里的好大几堆药渣，一个寨子的人都看到了娘人生的疾苦，闻到了娘人生的苦味。一个远房嫲嫲心疼地劝娘：二妹呀，打不死就莫打了，生下来。你看，你喝的药渣都堆成山了，还米打死，说明跟你们有缘、分不开，你硬要把有缘人打死、阴阳两隔的话，孩子会在阴间取你们命的。你越喝药打越打不死，说明这个孩子不是一般的凡胎，长大了肯定成大人物的。你是生是死，都要把孩子生下来。

娘听了，怦然感动，天生的母爱唤醒了娘的勇气和胆魄，不顾爹和爹的叔叔婶娘的横加阻挠和反对，生下了我。

要生我就得离婚。一离婚，娘就无法养活大姐、二姐和哥哥。所以生我时，爹跟娘离婚了，我相当于一个弃儿。大姐和哥哥已经回到他们的亲生父亲史伯父身边了，只有二姐跟娘住在一起。生我那天，不满十二岁的二姐到保靖县城给娘买红糖，就娘一个人在家，娘烧好了一锅给我洗澡的水后，艰难地爬到祖先神龛前，给彭家祖宗烧香磕头，求神保佑。

娘泪流满面地跪在神龛前乞求：列祖列宗啊，是你彭家的骨血，就让我顺顺当当生下，莫磨我；不是你彭家的骨血，就让我跟孩子一同顺顺当当去了，也莫磨我。然后，娘艰难地，一步一步地爬到床边，等待我的降临。

结果，我还真没折磨娘，很顺利地出世了。

娘用剪刀艰难地剪断脐带后，就再也没有力气了，奄奄一息地躺在那里等死、等救。羊水和血，流了满床满地。泪和痛苦，流了满床满地。对孩子的祈祷和对我爹的悔恨，流了满床满地。娘一直在张口喊人救我这个儿子，却喊不出声，只能偶尔发出几声痛苦的呻吟。娘一直感到有一只手在拼命拉娘，要把娘从我身边拉走，另一只手在拼命按住娘的眼睛，要把娘的眼睛紧紧闭上。娘感觉被越拉越远，身子越来越轻，可是，娘的眼睛却拼命地睁开看着我，怎么也不肯闭上、不敢闭上。娘怕眼睛一闭就永远看不见我了。娘在用最后一滴血和最后一丝力气，与阎王搏斗，与死神抗争。

幸亏那个劝娘生下我的远房嫲嫲路过，听到了我的啼哭和娘的呻吟，赶忙救起了我和娘。要不，我和娘讲不定当时就死了。

所以，我给娘的磨难从我尚未出生时就开始了。我似乎生下来就是为了折磨娘的。娘吃尽的千千万万苦，都是因为我。娘受尽的千千万万罪，也是因为我。命中注定，我是娘一生都要背负的孽债！娘，一块坚如磐石的寒玉，以月的清辉把我镀亮，以天的胸怀把我接纳，以海的深情把我养育。若有来生，我还是娘的儿子，匍匐在娘的脚下，亲吻娘的前世今生。

娘的一生都是磨难。娘的一生也是传奇。娘万劫不死的生命历程，娘百折不挠的精神斗志，娘舍命相护的舐犊之情，娘海纳百川的宏阔之心，都是一部写不完的书。在孩子的心里，娘是不死的。娘是不朽的。娘是人间最好、最美的菩萨。娘是永远活着的灵魂、生命和亲人。

世界上有很多有钱有势的母亲，我只要我娘这样贫穷卑微的就够了。

世界上有很多伟大高尚的母亲，我只要我娘这样弱小

399

平凡的就够了。

我娘，是天下母亲的缩影。

我不知道世间是不是真有天堂，如果有，我祈祷娘的来生不再是一只无脚鸟，而是凤凰鸟；祈祷娘跟那些善神、福神和所有的好神住在一起，平安幸福；祈祷娘和所有的好神都保佑娘的子子孙孙。百年以后，我们这些儿女也会像一只只凤凰鸟，飞回娘的身边，做娘千年的孩子、万年的子孙——

　　一月怀胎在娘身，无踪无影又无形，
　　好似水上浮萍草，不知定根未定根。
　　二月怀胎在娘身，四肢无力少精神，
　　路头上下难行走，双脚提起重千斤。
　　三月怀胎在娘身，站不是来坐不宁，
　　茶不思来饭不想，挑酸挑辣强提神。
　　四月怀胎在娘身，头重脚轻像病人，
　　血气上奔吐酸水，儿在腹内转乾坤。
　　五月怀胎在娘身，儿在腹内成了形，
　　儿喰娘血见天长，娘无血色脱了形。
　　六月怀胎在娘身，口含凉水不敢吞，
　　生儿当然满堂喜，生女为娘添忧心。
　　七月怀胎在娘身，受苦受难伤心人，
　　热来好比炉中火，冷来好比雪水冰。
　　八月怀胎在娘身，睡到床上难翻身，
　　日夜想往娘家去，又怕孩子路上生。

九月怀胎在娘身，娘奔死来儿奔生，
阴阳只隔一张纸，十斤阎王见九斤。
十月怀胎在娘身，临时临月儿临盆，
一阵痛来一阵紧，阵阵痛得要娘命。
一劝世上男和女，莫做忤逆不孝人，
羔羊喰乳犹跪膝，乌鸦反哺知娘恩。
养儿不报父母恩，如同牛马一畜生，
雷打火烧无人怜，世人唾骂无良心。
忤逆还你忤逆子，孝顺还你孝顺根，
不信你看屋檐水，点点滴滴滴现坑。
二劝世间后辈人，不要嫌弃父母亲，
生你盘你淘尽神，养你教你操尽心。
长乖莫嫌父母丑，富了莫嫌父母贫，
莫嫌父母嘴巴多，多陪父母散散心。
好衣都给父母穿，好味都给父母品，
好事都给父母做，好话都给父母听。
孝顺父母要搭早，不要今晚推天明，
一旦父母撒手去，后悔莫及罪千层。
要做孝子世人学，莫做孽子世人恨，
赤子报得三春晖，千古传颂留美名。

谨以此歌，与天下儿女共勉。
谨以此文，献给娘和天下娘亲。

2018 年 5 月 13 日母亲节最新修改定稿

图书在版编目（CIP）数据

娘 / 彭学明著 . — 济南 : 山东文艺出版社 , 2018.7
ISBN 978-7-5329-5694-4

Ⅰ . ①娘… Ⅱ . ①彭… Ⅲ . ①散文—中国—当代
Ⅳ . ① I267

中国版本图书馆 CIP 数据核字（2018）第 081465 号

娘

彭学明　著

主管单位	山东出版传媒股份有限公司	
出版发行	山东文艺出版社	
社　　址	山东省济南市英雄山路 189 号	
邮　　编	250002	
网　　址	www.sdwypress.com	

读者服务	0531-82098776（总编室）
	0531-82098775（市场营销部）
电子邮箱	sdwy@sdpress.com.cn

印　　刷	山东临沂新华印刷物流集团有限责任公司
开　　本	890 毫米 × 1240 毫米　1/32
印　　张	13
字　　数	270 千
版　　次	2018 年 7 月第 1 版
印　　次	2024 年 5 月第 4 次印刷
书　　号	ISBN 978-7-5329-5694-4
定　　价	48.00 元